ワカタケル

池澤夏樹

角川文庫
23803

目次

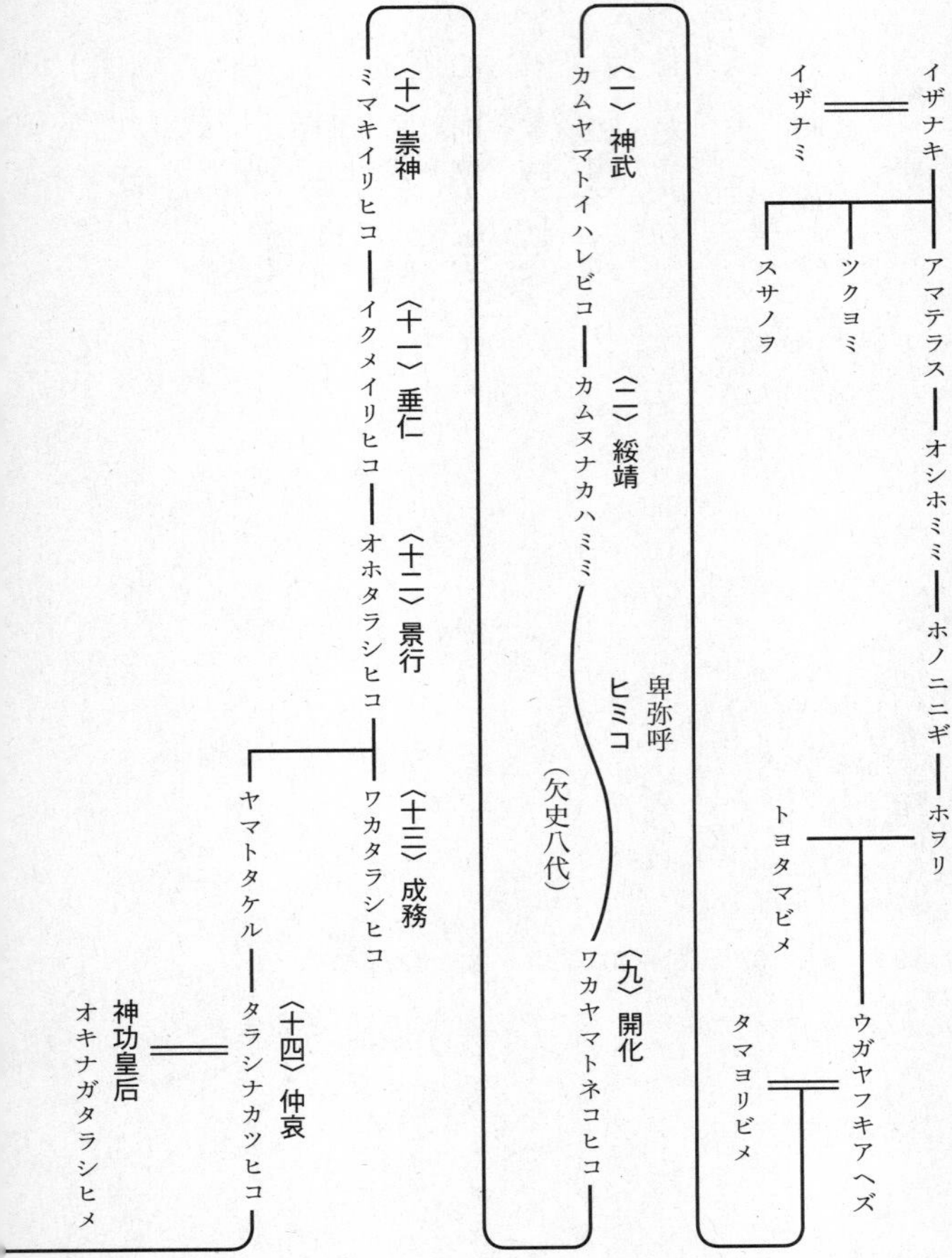
イザナキ
イザナミ
アマテラス
ツクヨミ
スサノヲ
オシホミミ
ホノニニギ
ホヲリ
トヨタマビメ
ウガヤフキアヘズ
タマヨリビメ
〈一〉神武
カムヤマトイハレビコ
〈二〉綏靖
カムヌナカハミミ
卑弥呼
ヒミコ
（欠史八代）
〈九〉開化
ワカヤマトネコヒコ
〈十〉崇神
ミマキイリヒコ
〈十一〉垂仁
イクメイリヒコ
〈十二〉景行
オホタラシヒコ
〈十三〉成務
ワカタラシヒコ
ヤマトタケル
〈十四〉仲哀
タラシナカツヒコ
神功皇后
オキナガタラシヒメ

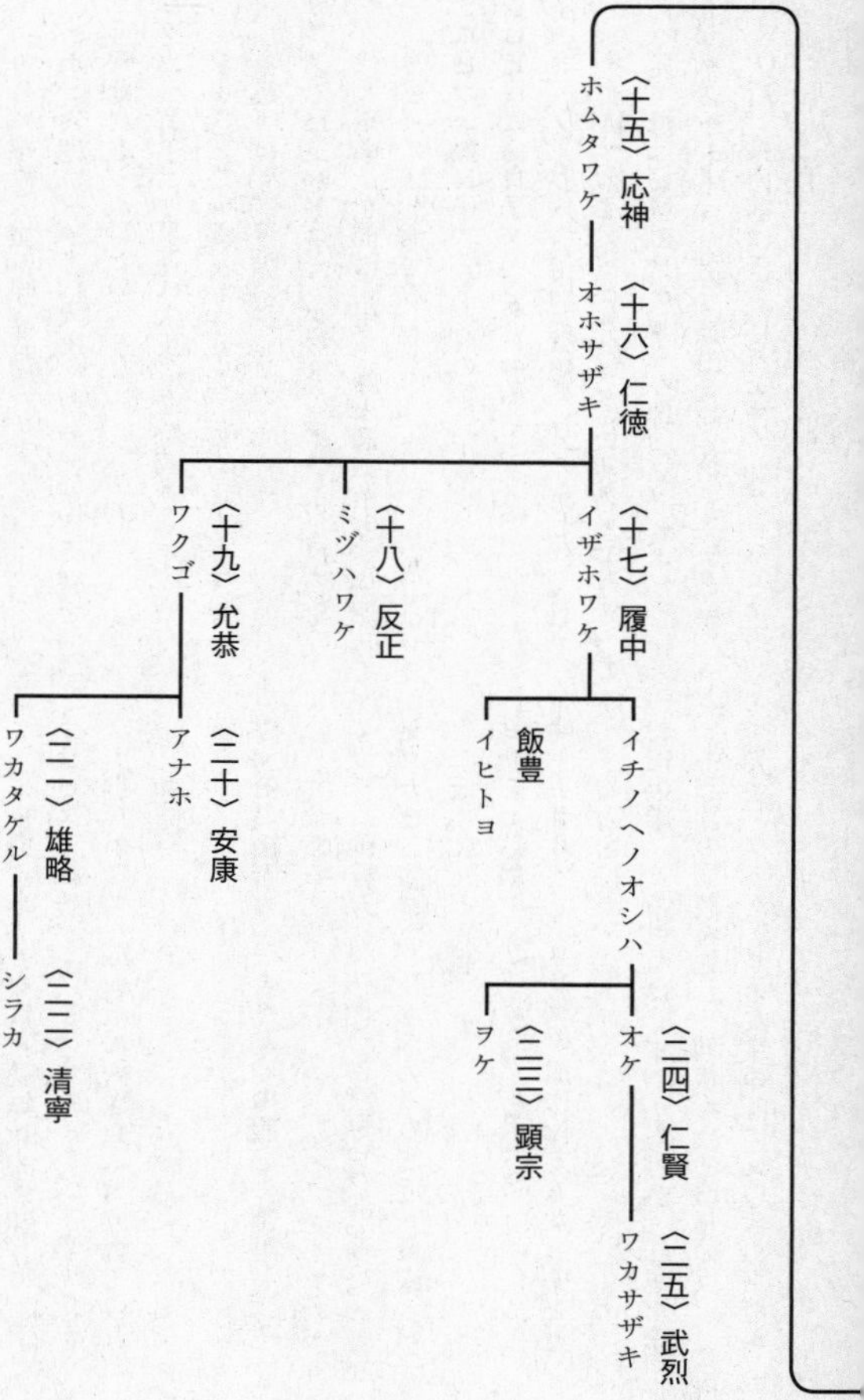

名前右の漢字名上の数字は天皇としての代数

主な登場人物

ワカタケル（若猛）　倭の二十一代大王。父は十九代ワクゴ。兄の二十代アナホの死後に即位。のちに雄略天皇と呼ばれる。

アナホ（穴穂）　二十代大王。のちに安康天皇と呼ばれる。

ワクゴ（若子）　十九代大王。在位四十二年。豪族の氏と姓の混乱を正した。のちに允恭天皇と呼ばれる。

カルノミコ（軽王子）　ワクゴの第一王子。二十代大王即位を前に、実の妹と恋に落ち、流罪となって妹と果てる。

クロヒコ（黒日子）　ワクゴの第二王子。

シロヒコ（白日子）　ワクゴの第三王子。

イチノヘノオシハ（市辺押歯）　父の十七代大君イザホワケはワクゴの兄で、ワカタケルの従兄。母は葛城のソツヒコの孫のクロヒメ。

ナガタノオホイラツメ（長田大郎女）　アナホの大后。入内前は十六代大王オホサザキの王子オホクサカの妻。

マヨワ（目弱）　アナホに入内したナガタノオホイラツメの連れ子の王子（父はオホクサカ）。

ツブラオホミ（円大臣）　かつては大王一統と並ぶ権勢のあった豪族・葛城氏の頭領。

カラヒメ（韓媛）　ツブラオホミの娘。葛城氏からワカタケルの后に入内させるべく育てられた。

ヤマセ（山背）　ワカタケルの腹心の部下。大王に仕える大舎人。

ミカリ（御狩）　ワカタケルの腹心の部下。

シヅカヒ（静貝）　ワカタケルの側近。豪族・紀氏に仕える大舎人。

ヨサミ（依網）　ワカタケルの乳母。

キト（井斗）　クロヒコの館に仕える女。夢を見る力を持つ。

稗田の媼　この世のはじまりから神話・伝承を束ねる國の物語を編む。何代も続く職掌の女。

李先生　ワカタケルの文字の師。父の代に百済から渡来し、東漢氏に属する。

大伴のムロヤ（室屋） 豪族・大伴氏を率いる。職掌は大王の近衛。大連となり、長子カタリ（談）とワカタケルに仕える。

物部のメ（目） 石上の宮の祭祀を司る豪族・物部氏を率いる。職掌は武器の製造と管理。大連となり、長子アラヤマ（荒山）とワカタケルに仕える。

平群のマトリ（真鳥） 豪族・平群氏を率いる。職掌は軍の育成と保持。大臣となり、長子シビ（鮪）とワカタケルに仕える。

紀のヲユミ（小弓） 豪族・紀氏を率いる。ワカタケルから水路の保持を任され、長子ヲカヒ（小鹿火）と仕える。

蘇我のマチ（満智） 豪族・蘇我氏を率いる。長子カラコ（韓子）とワカタケルに仕える。

土師のキヅキ（築） 大王一統の陵墓に携わる豪族・土師氏に属し、ワクゴの陵墓造営を仕切る。

東漢のサナギ（佐奈宜） 数世代前に渡来した東漢氏を率いる。東漢氏は文字を扱い文書をつくり、國の経営実務に長ける。海の向こうの國々にも精通する。

身狭のアヲ（青）・檜隈のハカトコ（博徳） 東漢氏で史部に属する。ワカタケルの信頼篤く、帝国・宋への使節に遣わされる。大王から宋の皇帝への上表文をつくる。

ワカクサカ（若日下） 父は十六代大王オホサザキ。二十代アナホがワカタケルと娶せるために遣わした使者の謀反のあと、河内の日下に籠もる。夢を見る力を持つ。

カラノ（枯野） 出会う相手が敵か味方かを見分ける白い犬。

青い男 ワカタケルに人を殺せと唆す。

イザナキとイザナミ この世のはじまりに天から遣わされた男神（イザナキ）と女神（イザナミ）。國を産み、神を産んだ。

アマテラス（天照） 高天原を統べる日の神、女神。孫のホノニニギを地に遣わした皇祖神。

カムヤマトイハレビコ（神倭伊波礼毘古）　倭の初代大王。アマテラスに地の統治の命を受け、日向に天降ったホノニニギの曾孫。日向から東征し、大和で國をひらく。のちに神武天皇と呼ばれる。

ヒミコ　倭の最初の女王。初代カムヤマトイハレビコと十代ミマキイリヒコの間にいたとされる日の御子。霊力に優れ人を近づけず、弟が言葉を伝えて國を動かした。

ヤマトタケル　十二代大王オホタラシヒコの第三王子。激しい気性を恐れた父から、熊襲、出雲、東国の討伐に遣わされて平定したが、神の怒りを買い伊勢で亡くなる。死後、魂は八尋の白い鳥となって飛び去った。

タラシナカツヒコ（帯中津日子）　十四代大王。父はヤマトタケル。大王に言葉を授けようとした神が大后に降りて新羅征伐を託宣。その言葉を嘘だと聞き流すと亡くなった。のちに仲哀天皇と呼ばれる。

オキナガタラシヒメ（息長帯比売）　タラシナカツヒコの大后。大王の死後、身重のまま神が告げた新羅征伐に乗り出し、百済、高句麗も倭に従わせた。帰國後にホムタワケを出産。のちに神功皇后と呼ばれる。

ホムタワケ（品陀和気）　十五代大王。のちに応神天皇と呼ばれる。

オホサザキ（大雀）　十六代大王。父はホムタワケ。在位八十七年。十七代大王イザホワケ、十八代大王ミヅハワケ、十九代大王ワクゴの父（共に母はイハノヒメ）。民を思う多くの事績が言い伝えられる。のちに仁徳天皇と呼ばれる。

イハノヒメ（石之日売）　オホサザキの大后。葛城のソツヒコの娘。嫉妬深さが言い伝えられる。

タケノウチ（建内）　豪族の葛城氏、巨勢氏、平群氏、紀氏などの祖。十二代から十六代までの大王に仕え、十三代ワカタラシヒコの御代には大臣。オキナガタラシヒメの新羅征伐に従軍する。

葛城のソツヒコ（襲津彦）　タケノウチの子。娘イハノヒメが三代続く大王の母となり、大王に遣わされて新羅、伽耶、百済を行き来した。

葛城の一言主　吉兆も一言、凶兆も一言、すべてを一言で告げる神。

クズハ（葛葉）　ワカタケルとタケノウチをつなぐ狐。

吉備のタサ（田狭）　ワカタケルに任那の国司に任命された後、妻を奪われ、新羅と叛乱を企てる。ワカタケルは新羅征伐にタサの息子を遣わし、その妻が渡来の職人集団を連れて帰った。

吉備のワカヒメ（稚媛）　ワカタケルの后。タサの妻自慢を、豪族・吉備氏の大王への叛意とみたワカタケルが后に奪う。

吉備のオホゾラ（虚空）　ワカタケルに仕える舎人。吉備の国に帰って長く留め置かれたため、ワカタケルが都に呼び戻すと、吉備のサキツヤの叛意を告げる。

吉備のサキツヤ（前津屋）　豪族・吉備氏を率いる。オホゾラから叛意を告げられたワカタケルが、自ら兵を率いて征伐に乗り出す。

イヒトヨ（飯豊）　十七代大王イザホワケの娘でイチノヘノオシハの妹。母は葛城のソツヒコの孫のクロヒメ。

シラカ（白髪）　ワカタケルの第一王子。母はカラヒメ。

ホシカワ（星川）　ワカタケルの第二王子。母は吉備のワカヒメ。

オケ（意祁）　イチノヘノオシハの第一子。

ヲケ（袁祁）　イチノヘノオシハの第二子。

ワカサザキ（若雀）　オケの子。のちに武烈天皇と呼ばれる。

ヲホド（袁本杼）　高志にいる十五代大王ホムタワケの五代目の子孫。

一　弑逆と蹶起

まずは我だ。
我がここにある。
これが礎。
我は我のための我だから。
我としてしっかとあるべし。
すなわち、よろめくことのないよう、揺るがず立たなければならない。
何となれば、周りから突き飛ばされるからだ。
いろんな奴が体当たりしてくる。
我が立つこの場を奪おうとぶつかってくる。
それに堪える。
ここを奪われてはならない。
奴らをはじき飛ばし、殴り倒し、蹴《け》り上げ、叩《たた》き伏せる。

そうする間にも後ろから襲ってくる別の奴がいる。卑怯千万《ひきょうせんばん》。かわして、振り返り、むなぐらを掴《つか》んでねじ伏せる。顔のあたりに拳《こぶし》の一撃を加える。

それが生きるということだ。

生まれた時からずっと今まで、我はそのようにして生きてきた。

これからもそう生きる。

時には剣を用いる。

殴ったり蹴ったりした相手はしばらくすると起き上がる。すごすごと逃げてゆくが、恨みを心の内に残して、いつかまた力をつけて我に向かってくる。

剣を用いれば相手は一瞬でそこに倒れ、血を流して地を汚し、びくびくと痙攣《けいれん》して、死に果てる。二度と向かってくることはない。始末がいい。

しかし相手の方が初めから剣をもって我に迫ることもある。油断がならない。

我の立つ場を狙ってぶつかってくるのが人間とはかぎらない。モノノケ、バケモノ、悪霊、心ねじれた神、下等な霊の類《たぐい》、魑魅《ちみ》と魍魎《もうりょう》、怪と力と乱と心、要するにこの世ならぬモノども。そいつらが我の周りに犇《ひし》めいている。

それとは別に、女たちがいる。抱いてまぐわって楽しい。しかのみならず女たちは夢見る力を持っている。未来を見透かすことができる。

ある晩、我は夜伽《よとぎ》に讃岐《さぬき》から来た采女《うねめ》を呼び出した。このところ気に入りの娘で、しばしばこれと床を共にしている。顔が美しく、四肢が長く伸びて、胸乳《むなぢ》ゆたかに腿《もも》太く、甘える声がかわいい。いざ営む時にはよく動いて、まるで互いを組み伏せ合うような愉快な格闘になり、更に、とりわけ、よがる極みの放埒《ほうらつ》な叫び声がよい。闇を貫いて一里四方に響き渡る。

讃岐の娘、名はイト（伊都）といった。

いつものように抱き寄せ、顔を寄せて喋々《ちょうちょう》喃々《なんなん》しばらくの後、口を吸って舌をからめ合い、胸元に手を差し入れた。腿と腿の間をまさぐり、溢《あふ》れるものを指に確かめた。そこでいよいよ我の「成りて成りて成り余れるところ」をもってイトの「成りて成りて成り合はざるところ」を刺し貫こうとした刹那《せつな》、我はいきなり横からものすごい力で突き飛ばされた。

一丈あまりも吹っ飛んで、板壁にしたたか頭をぶつけた。しばらくは何が起こったかわからなかった。やがて我が魂《たま》は本来のところに戻り、それと同時に憤怒が黒雲のように湧き上がった。

何者だ！

愛《いと》しいイトといよいよという時に我を押しのけるとは、なんという狼藉《ろうぜき》！

まだふらつく頭をせいぜいまっすぐに保った。両の足を踏みしめて立ち上がり、闇を透かしてイトの方を見た。

何かがイトの身体の上にいる。

両手両足でイトを押さえ込み、あまつさえ腰を動かしている。

その姿は黒く凝《こご》って、まるで闇そのものから成っているようで、閨《ねや》の乏しい光をあまさず吸い込んでいるかと見えた。

許せぬし、また許すべきではない。

我は王子《みこ》だ。

いかなる時も侮るべからざる者だ。

怒りがはじけた。

我はそのモノに向かって勢いを込めて突進し、力いっぱい身体をぶつけた。さきほど自分がされたのと同じように向こう側にはじき飛ばすつもりだった。しかし相手の身体はイトの身体の上から寸毫《すんごう》も動かず、かえってこちらがはじき返された。まるで坐《すわ》り込んだ馬にぶつかったようだった。

何か怪しきモノがイトの上にいる。

イトのあえぎが聞こえた。

苦痛の声のように聞こえたが、そうでないかもしれない。

我は逆上の内にあってなんとか平常の心を取り戻し、これは剣を使うべき場合であると考えた。

部屋の隅に行って、壁に掛けた剣を取って鞘《さや》を払い、ゆっくりとそのモノとイトの方に近づいた。

モノは女の上に重なり、ゆっくりと腰を動かしていた。イトの口から嫋嫋《じょうじょう》とむせぶような声が漏れていた。この女、我ならぬこのモノを相手によがっているのか？

我はそこに両足をしっかと踏みしめて立ち、背筋を伸ばし、一刀両断とばかりに力を込めてモノの背中に剣を振り下ろした。

ガーン！

まるで銅剣をもって鉄の馬冑《ばちゅう》を打ち叩くような音が響き、腕に強いしびれが走った。鉄の剣は我が手を離れて遠くへ飛んだ。

我はへたへたとその場に坐り込んだ。手に力が入らない。

我が一撃を好機としたかのようにモノは腰の動きを速め、イトの声はいよいよ高まり、やがて絶叫と共に果てた。

我はただ坐って見るばかりであった。

モノの顔のあたりが闇の中でこちらを向いた。

かすかな光が当たっていたが、そこに顔はなかった。

ただ二つの目と口のあたりにぽかっと穴が空いているばかり。穴の奥も青い闇。

その口の穴がふーっと嘲笑《ちょうしょう》の形に歪《ゆが》んだ。

脅《おび》えを超えて更なる怒りが戻ってきた。

我はふらふらと立ち上がり、おぼつかない足取りで遠くに飛んだ剣を探して拾い上げて両手に握り、まだ重なったままの両名のところに戻って高く剣を振り上げ、また跳ね返されるのを覚悟の上で力を込めて振り下ろした。

その刹那、モノの姿は消え、我が剣はイトの身体を二つに割っていた。

溢れ出す女の血の臭いがモノの陽根が放った汁の強い臭いに混じった。

イトの最期の叫びは先ほどのよがる大声の続きのように思われた。

それから数日、我はいかなる女も閨に入れなかった。

側近どもは我が乱心してイトを斬ったと思ったらしく、脅えてこそこそと遺骸《いがい》の始末をした。しばらく臭いは残り、我は部屋を変えて寝た。

女は欲しい。夜ごと女は欲しい。だが、またあのモノを呼び寄せるのは恐ろしい。抱いたところであれが気になってろくなことはできないだろう。煩悶《はんもん》の夜が続いた。

ある夜、若狭《わかさ》から呼び寄せたばかりの女を相手に我はおそるおそることを試みた。少しずつ歩を進めても、我を押しのけるモノは来なかった。我は女を押し伏せて上に乗った。抽送百回。何も知らぬ女は喜悦してしがみついて声を上げたが、最後まであのモノは現れなかった。

しばらくの間、あれとイトのことを何度となく考えた。もしもあそこで我があのモノを斬ろうとせず、あれが精を放ち終えて消えるままにしておいたら、もしもそのままイトを生かしておいたら、養ってやったら、果てにはイトの胎《はら》からいかなるものが生まれたのだろう？　世にもおぞましい化け物か、あるいは世にも稀《まれ》な美しい女か。

あれは何者だったのだろう？

イトが讃岐から連れ来たったのかもしれない。ここ大和《やまと》は開けた地だが、ここから遠いところにはどんなモノが生息しているかわからない。

ではあれは讃岐へ帰ったのか、死んだイトを同道して。

あるいはイトは我のよき運の妨げとなるものであり、だからモノはイトを遠ざけてくれたのかもしれない。

先の開けた若き王子《みこ》である我に味方する者であったのかもしれない。

万事をそのように受け取ること。

敵として来る者も我が宿望の糧と見なすこと。

なにものにも脅えないこと。

ある日の夕刻、石上穴穂宮《いそのかみのあなほのみや》から使者が来た。

兄なる大王《おおきみ》の宮から。

しかし使者は兄からの知らせではなく大王の身に関わる大事を告げた――

「大王が弑《しい》されました」

「もう一度言え」

「大王が弑されました」

「亡くなられたのか？」

「はっ、たしかに」

「殺したのは？」

「わかりません。神床にて剣を突き立てられて果てておられたばかり」

「おまえはなきがらを見たのか？」

「はい、畏《おそ》れながら、この目で見ました。仰向《あおむ》けになられて、裸の左の胸に剣がまっすぐ立っておりました。血はわずかしか流れておらず、見事な手腕と見えました」

この使者はヤマセ（山背）。大王に仕える大舎人《おほとねり》であり、実は我が送り込んでおいた者である。その言は信用できる。

百ほどの考えが我の頭から湧き出した。

まずは大王が死んだということ。その座に就いて三年余り。短かった。横死であった。殺された。

我には兄である。

他に兄が二名おり、姉と妹が四名いる。

兄である二十代アナホ（穴穂）の治世はまずまずだった。何かと騒ぐ豪族たちもとりあえずは力を合わせる姿勢であった。兄はことを決めるのが不得手でぐずぐずとためらうばかりの男と言われていたけれど、大王の座に身を置いていられるくらいの重さはあった。

気弱なのは生まれつきだが、思いもよらぬ成り行きで大王の座に昇ったことがいよいよそれを押したかもしれない。

大王であるならばもっと大きく構え、大胆にことを決め、果敢にふるまわなければならない。近く遠くで見ていて我はしばしばそう思った。つけあがる豪族どもを力で押し伏せねばならない。

我が一統は國《くに》の柱、始原からの國の柱、他のうからやからとは格が違う。

そう直言したこともあった。

兄なる大王は苦笑いして、「力尽《ず》くばかりが策ではない。政には折り合いをつけるということもまたあるのだ」と言われた。

それでは軽んじられる、と我は思った。

その兄が、今、死んだ。

「まずは行こう」と我は言った。「速やかに、我自ら穴穂宮に行こう」

「はっ」とヤマセ（山背）は答えた。「連れは？」

「少なくてよい。せいぜい五、六騎。他の方面へ使者は立ったか？」

「いえ、私《わたくし》一人がそっと抜け出しました。あちらではいきなりの薨去《こうきょ》に誰もが喪心の態《てい》と見受けられました。半日は先んじたかと思います」

「よし。ミカリ（御狩）を呼べ。あれと話して人を選べ。ここの者たちについてはあれが最もよく心得ている」

そう言いながら、命を下しながら、我は我なりということを強く思った。ここは我が動く時だ。

文字を教えられ、思うところを文字で伝えられると知った後、この我という文字に出合った。これこそ他ならぬこの己《おのれ》にふさわしい文字だ。みなが用いる「吾《われ》」ではなく「我」。

なんとなればこの字の形には戈《ほこ》が入っている。戈をもって打って出る。それが我の生きる道だ。未《いま》だ髪はみずらなれども、我はすでにして丈夫《じょうぶ》である。

軽装かつ小人数ですぐに初瀬朝倉宮《はつせのあさくらのみや》を出た。

ミカリは速やかに人を選び、馬を選び、用意を調えた。いつもながらに気が利く男だ。

外は激しい雨だった。

その雨の中、馬上にあって、先を急ぎながら頭の中にさまざまな思いが溢《あふ》れ返った。

そもそも誰がこの弑逆《しいぎゃく》をしでかしたのか？

大王の座を簒奪《さんだつ》せんとする者か？

治世は穏やかで、このところ豪族たちの間に不穏な動きがあったとは聞いていない。

大王の座が空位になって、次を襲える立場にいる近親の者はざっと四名。

我もそのうちだが、しかし我は何もしていない。

手を下したのが誰であれ、動機が何であれ、今や事態は昏迷《こんめい》。次に何が起こり、誰が立つか、誰が残るか、それは不明。だからこそ早く動かねばならぬ。

篠突《しのつ》く雨はむしろ好ましいものに思われた。

日が暮れる少し前、我は穴穂宮に着いた。

大后《おほきさき》は魂《たま》を失われたご様子であられた。

我が先行、他に参じた者はいない。

お顔を見て、しっかと見て、問うた――

「何が起こりましたか？」

大后は下を向いたまま。

しばらく黙した後、顔を上げられた。

「ワカタケル（若猛）、あなたが……」

「駆けつけました」

「大王はみまかられました。お果てになりました。薨去あそばされました」

「そう聞いてすぐに参りましたが、しかし……」

「私《わたくし》と午睡の床で、眠っていた私が目を覚ますと、横でむくろとなっておられた。血を流しておられた。胸に剣が立っていて……」

「あたりには？」

「誰もおりませぬ。神床ゆえ誰も近づきませせぬ」

「神床で、お二人で、午睡？」

そこで大后はこちらを見た。

そして目を伏せる。

「大王は時おりそういう無体なことを仰せられました。神床は一人で寝て神の夢を待つところ。身を清めて横たわるところ。そこに后とはいえ女を連れて入るのは許されぬことです。それは承知ながら、君は日頃から夢見る力の足りぬことをしばしば嘆いておられました。それで私を伴って神床に赴いたのですが、横並びで目を閉じても眠りは訪れず、そうするうちに君は私の身体に手を掛けられました」

「して、神床でまぐわいをなされた？」

「はい」

なんということをしたのだ。

いや、それはたった今の目前の大事ではない。誰が兄を殺したか、大王を弑したか、それをこそ考えねば。

大事は王位の行方。

この弑逆がそこに関わるのは明らかだろう。

すなわち簒奪を目する者の仕業。

我ではない。

我ではないことを我は知るが、しかし、この成り行きでこのワカタケルを疑う者は少なくないだろう。たった今はまだことは世に知られていないとしても、一旦《いったん》その時になればまず我が手を下した、兄を弑《しい》したと言いつのる者がきっと現れる。その疑いを晴らすには、この剣を手にした者を明らかにするしかない。

兄にして大王《おほきみ》であるアナホの冷めたむくろとその横に置かれた剣を前にして、我は考えを巡らせた。むくろは血に染まって黒々と沈み、剣は血を拭《ぬぐ》われて輝いていた。腰から下は布に覆われていた。

この時にあって王位に近いのは誰か？

我が兄たち。すなわち――

クロヒコ（黒日子）

シロヒコ（白日子）

我
それに従兄《いとこ》のイチノヘノオシハ（市辺押歯）。

会って話を聞く。

あるいは向こうはすでに動いているかもしれぬ。会わんとすれば我をも殺しにかかるかもしれぬ。

「大王はかむあがりなされた」

大后は力なくうなずく。

「まずは殯宮《もがりのみや》を造って、御なきがらをお納めしなくてはなりません」

「はい」

「先の王である我らが父の薨去からまだ四年、手順を覚えている家臣はたくさんおりましょう。命じて下さい」

「はい」

「そして、四方に使者を走らせてこのことを告げるのです。いずれにしても隠しておくわけにはいかないのだから」

「そういたします」

「兄たちのところへはこのワカタケルが参ります、若桜宮《わかざくらのみや》の従兄殿のところへは誰か信頼の置ける者を」

　これは熟慮ではなく神速の時である。


　いきなり主君を失ってみなが右往左往していた大王の宮廷に少しずつ落ち着きが戻ってきた。家臣たちに指図して、なすべきことを一つまた一つと決めてゆく。凶報を我に伝えにきたヤマセ（山背）が衆を率いてよく動いた。

　この先で己が何をすべきかはわかっている。一族の面々、その周囲の者ども、豪族たち、その先に広がる世のありかた、民草の生きるさま、更には海の向こう、任那《みまな》、新羅《しらぎ》、高句麗《こうくり》、また宋《そう》と魏《ぎ》などなどについて多くを学び、ものごとのことわりを身につけ、万民の上に立つ。

　幼い時から我はそう思い定めてきた。学問に力を注ぎ、諸師のもとに通い、武術も修練を重ねた。

大王の宮にひそかにヤマセを送り込むなど、日頃から企《たくら》みを怠らなかった。だからこそ今、他をさしおいてここで一歩先んじることができた。

我が名はそのまま我だ。

ワカタケル（若猛）、若《ワカ》くして猛《タケ》る者、とめどなく勢いづく者。

では、己が性情に合わせて、ひるむことなく、ためらうことなく、動こう。止まってはならぬ、一所に留《とど》まってはならぬ。

そこでふと疑念が生じた。

こうして我を鼓舞しているのは本当に我か？

これはまこと我の内から湧き出る思いか？

何者かが、呪いの術を繰り出すモノ、魔性のモノなどが我を操っているのではないか？

翌朝、早暁。

すでに我は馬上にあった。

「ミカリ（御狩）、ヤマセ、行くぞ。目指すは兄クロヒコの宮だ。急げ」

朝の雨の中、兄クロヒコのもとへ馬を走らせながら我はまだ考える。

大王が弑された。その座が空位になった。

昔のことを語る稗田《ひえだ》の媼《おうな》は、「目も届かぬ遠い昔から連綿と続いてきた王統です」と言っていた。青く霞《かす》む遠山のごとしと。

だから昔のことはしかとはわかりませぬ。

初代の大王は天から遣わされて地に降り立ち、有象無象を押しひしげて日の昇る向きへと進み、ここ大和で國《くに》を建てられた。

それ以来二十代。

その間、王権は安定して継承されてきた、と媼は言う。

そして、我が文字の師である李《リ》先生は、いずれの國でも王統は尊いと言われる。

(なにしろ親の代で海を越えて来られたお方。意足らぬと彼《か》の國の言葉に返り、更に手近なものに文字で書かれる。おかげで我も文字を多く覚えたことだ。)

その一方で本当のことというのも、低い声で教えてくだされた。太古、人々は正しく暮らしていたので、王位は父から子へと揺らぐことなく伝えられた。異議を唱える者などいなかった。

しかし近来に至って継承はなにかと騒動を伴うようになった。先王《さきのきみ》の子たちが互いに争う。殺し合う。

そうしてでも誰か統率者が上に立たなければ國は成り立たない。血にまみれた騒乱の果てに安定した治世が生まれる。

これはこの國だけのことではない、と師は言われる。海の彼方《かなた》の大きな國、すぐ先の任那や新羅や高句麗ではなく、今は宋という名を立てている大國《たいこく》、その北の魏という大國、遡《さかのぼ》れば三皇五帝から夏《か》と殷《いん》、そして周《しゅう》、秦《しん》、漢《かん》、三國鼎立《ていりつ》を経て晋《しん》にまとまり、今の宋と魏に至るまで、どの王朝でも先王から次王への継承はみな多難であった。王は常に多くの后妃を身近に置いて多くの子を生《な》す。それが王の責務だ。万一にも王統が絶えることなきよう図る。生前に次代の王を定めても、それを遺言としても、そうすんなりとことは決まらない。王子《みこ》たちの背後にはそれぞれ勢力が付いて応援している。

すなわち、今の我のこの姿だ。

雨の中を馬を駆るこの我だ。

先王が亡くなれば王子たちが乱立して相争う。

その王子たちは互いに異母兄弟、と我が師は言われた。

大王は広く后《きさき》を求める。

あるいは多くの豪族が娘を差し出す。

國を率いる大王には大きな力があり、その力に与《あずか》らんと豪族たちは養い育てた娘たちの中でも最も見目よい者を選んで宮廷に送り込む。

あるいは大王自ら評判を頼りに娘たれそれを参内させよと命じる。

かくして大王のもとにはあまたの女が侍《はべ》ることになるが、しかし、男と女の仲は容姿だけでは決まらない。どれがいちばんの美女か、好みは男ごとに異なるし、それは大王とて同じこと。

顔だち、立ち居ふるまい、歌や舞いのうまいへた、夜の床での巧拙、そして何よりも話していておもしろいこと。すなわち賢いこと。ものを広く知り、当意即妙の応答に長《た》けている女は寵愛《ちょうあい》を繋《つな》ぎやすい。

気に入った女の床には頻繁に通い、そうでない方へは足が遠のく。

だが、大王にとって最も大事なのは夢見る力だ。

世の動き、神々の思惑は人間には計りがたい。そこを透かし見て、指針を定めことを先んじるには夢に依《よ》るしかない。

大王も夢に頼る。そのために、夢に神の声を聞くために神床がある。

だが、夢を見る力、神の声を聞く力は人ごとに異なるのだ。世には覚めたままでも夢を見る、あるいは目を開けたままで神の声を聞くことができる者もいるという。しかしまったく何も聞こえない者もいるのだ。

実を言えば、かく言う我もその一人。

ゆえにこそ霊位の高い女は大事にしなければならぬ。遠いところから鄙《ひな》めいた垢抜《あかぬ》けぬ女を呼び寄せるのもそのため。﨟《ろう》たけた都近辺の女たちを差し置いて、遠つ国の女に情けを掛けなければならぬこともある。

大王の座はさまざまな力の集まる場であり、戦う場である。女たちがおり、背後には諸勢力、豪族たちがいる。

かくのごとく我が祖先たちは女に頼って、女をやりとりして、王統を保ってきた。

そもそもの始まり、まだ地面さえしかとない時に天から遣わされた二柱の神がすでにイザナキとイザナミ、男神《おがみ》と女神の対であったと、これは師ではなく我が乳母ヨサミ（依網）に幼い耳に聞かされたことだ。ずっといにしえからそう伝えられてきたことだという。男《をのこ》一人が立って開いた世ではない。

二人は互いをまぐわいに誘《イザナ》い合い、子を生そうとした。だからこそのイザナキとイザナミという名の神であったのだ。

ここでわずかに男が優位ということが語られる。

柱をそれぞれ右と左に巡って、向こう側で出会ったところで互いの顔を見て、まず女神の方が「なんとよい男」と言い、これに応じて男神が「なんとよい女」と言った。

そのやりとりを経て、地上で初めてのまぐわいが行われた。しかしそれで生まれた子はぐにゃぐにゃのヒルコ（蛭子）であった。これは水に流すしかない。

天の神々に問うと、女が先に相手を褒めたのがいけない、と言われた。そんな理屈があるものかと疑いながら、やりなおしてみた。

二回目にはことは首尾よく運び、イザナミはこの國となる島々を生んだ。

それはよいのですが、とヨサミはここで不満を大きく述べた――

何ごとも男が率先するのはよろしい。卑俗な世事などは男に任せてかまいませぬ。

だが、本当に國生みをなしたのはイザナミであったことをお忘れなく。

ものごとを底のところから作ってゆくのは、女であります。

先の世を見通して道を示すのは、女であります。

戦の場ではせいぜい戦いなされ。刀を抜き、弓を引き、戈《ほこ》を振り立て、火を放つのは男。

しかし、亡くなった者たちの後を満たす者を生むのは女。民草は一人残らず女の胎《はら》より生まれます。

先の世を見通すのも女。

ですから、あなた様も長じられた暁には夢見る力を備えた女を身近に置きなさいませ。


馬を進めるうちに雨が上がった。

土からあがる湯気を日の光が斜めに照らす。これは美しい。

雨は上がる。日は昇る。我らは行く。

道は少し上りになり、左右は竹林になった。それが迫ってくる。道が狭い。ここを早駆けでゆけば馬の脚がもつれるだろう。荷を負った者のその荷が幅があれば竹に触るだろう。

これは人を寄越して伐《き》るべく命じなければと考えた。そうやって先へ先へと考えを巡らすのが上に立つ者のなすべきこと。

いつか、まだ幼い時、このあたりまで筍《たけのこ》狩りに来たことを思い出す。春のその頃になると筍が一斉に生えてくる。多くの下郎を送ってそれを切って採って運ばせる。せがんで同道を許された。

家を出て野に遊ぶのは楽しい。

この歳になればもちろん狩りが最も楽しい。山を越え野を走って鹿を追い、猪を追う。鳥も兎もいる。なかなか獲《と》れるものではないが、獲物を得た時の喜びはまた格別。

馬を駆っている今だから、ついつい同じ馬上のふるまいに思いが及ぶ。

あの時は我も馬ではなく、みなと同じ徒《かち》で来たのだった。鉄《かね》の斧《おの》を貸し与えられ、よき高さまで伸びた筍を切れと教えられた。迂闊《うかつ》をして自分の足を切るなとも言われた。

筍を切るのはおもしろかった。鉄の斧は鋭い。根元に向けて二振り三振りすると、後は筍はたやすく手で折れる。一瞬、青臭い匂いが立つ。

これが斧ではなく剣だったら、筍ではなく敵だったら、我に仇《あだ》なす者だったら、それをこのように斬って斬って倒すのは愉快なことであろう、と子供ながらに思った。

みなが切った筍は山と積まれた。

これを負って帰るのだが、その前にここで宴《うたげ》を開こうと頭領の者が言った。

「よろしいですかな、王子《みこ》？」と形ばかり問う。

もちろん。

その場で盛大に火を焚《た》き、しばらくの後に土をかぶせて消して、その埋《うず》み火の中に筍を差し込んで焼く。歌や舞いなどしながら、筍が焼けるのを待って食った。塩の用意もあった。

あれはうまいものであった。

なおも竹林を抜けてゆく。

我が先頭に立って伴《とも》の者どもは後ろに従う。

道が下りからまた上りに変わった。

顔を上げて先を見ると、前の方で異変が起こっていた。

左右の竹が、太くて背も高い竹が、何十本となくじわじわと内側に傾いてくる。まるで家ほどもある大きな手に押し伏せられるかのようだった。

前から傾いて生えているのではなく、目の前で無理矢理に押さえ込まれているのだ。地面に近いところはさすがに曲げられず（曲げたら折れるだろう）、半ばから先がしなやかに弧を描き、先端の葉の多いあたりがすっかり道の先を塞《ふさ》ぐ形になっている。

何かがこの奇怪なことを引き起こしている。

背中から首筋にかけて冷たいものが這《は》い上ってくるような気がした。

ぞぐぞぐぐ、と恐怖が体内に広がった。

我は王子《みこ》である。脅《おび》えてはならぬ。

そう思っても、手綱を引かざるを得ない。ともかく道は塞がれているのだ。

馬が止まった。

ひたと前を見る。

なにものが現れようと恐れるものかと目を凝らして見る。

ここで気圧《けお》されてはならない。

しばらくは何も起こらなかった。風が竹の葉をさやさやと揺する音ばかり。

やがて、上から下へ押さえ込まれた竹の葉叢《はむら》の中で何かが光り始めた。

光は速やかに強くなり、人の形のようにも見えるが、しかし眩《まぶ》しすぎて形が判別できない。正視すべきなのにそれが妨げられる。なんとか見ようと細めた目に力を込めた。

これは対峙《たいじ》であり対決である。

鐙《あぶみ》の上に立って、思わず腰の剣の柄《つか》に手を掛ける。それで少し勇気が湧いた。

下馬は考えなかった。少しでも高い位置にいる方がいい。

馬は耳を伏せている。我と同じく脅えており、憤ってもいるのだ。

声がした。

「ワカタケル！」

我が名を呼ぶのか。

我を王子と知る者か。

迂闊に応じてはならぬ。返答をすれば異界に引き込まれるやもしれぬ。

「ワカタケル！」

無言。

「ワカタケル！」

三度呼ばわった。三度の繰り返しは魔性のモノにはできぬことと聞いていた。

「何者だ？」

光が少しく穏やかになったように思われた。

輝くものが人らしく見えるようになった。

「ワカタケル。よく聞け。吾《われ》はこれカムヤマトイハレビコである」

名乗りらしいが、長い名前でしかも早口でよく聞き取れない。

「吾はこの國《くに》の王統の初めなる者。天なるアマテラスから降《くだ》されたホノニニギの子のホヲリの子であるウガヤフキアヘズの子が吾である」

いよいよわからない。

しかしこの相手はともかく言葉を用いる。剣でも魔力でもない。竹林を押し伏せ、強い光を放つとしても、言葉ならば堂々と相手にするもむずかしくはあるまい、この我ならば。

「畏《おそ》れいります」と答えた。

声がかすれている。これでは駄目だ。

「畏れいります」と今度は力を込めてしっかり言った。

しばらく沈黙。

風がまたひとしきり竹の葉を鳴らした。

「ワカタケル、よく聞け」と声が言った。

姿はやはり見えない。見てはいけないのか。

「畏《かしこ》くもイザナキ・イザナミ二柱の神に始まり、アマテラスオホミカミを継いで吾に至り、その後も二十ほどの代を経て今に伝わり来たった王統である」

またわからないが頭《こうべ》を垂れて聞いた。広いところなのに洞窟《どうくつ》の中のようによく響く、低くて太い声。自分もこういう声が欲しいと思った。

「この王統を継げ」

王統を？

我が？

「國とは一人が統《ス》べ《ベ》る《ル》べきものだ。だから大王《おほきみ》のまたの名をスメラミコトという。大勢がそれぞれの思いを叫んでは國は散らかるばかり。もしも海の外から攻められたならば、がやがやと勝手を言う声の間に國は漂い、やがて沈む。強き者が上に立って束ねねばならぬ」

それはそうだ、と思った。

大王は果敢でなければならない。

「ワカタケル、おまえは幼時からとかく物を欲しがった。手に入れるまで騒いだ。他の者を押しのけた。すぐに殴り、すぐに蹴《け》った。棒を振り回した。まこと始末の悪い子供であった」

たしかにそうであった。いちいち思い当たる。だが、しかしそれこそが生きるということではないのか。我の中から湧く思いのまま、手の届く物を摑《つか》むこと。

それにしても、長い名前のこのお方、どこで我を見ていたのだろう?

「それでよいのだ。思いの強い者が中心にいて、その思いが國の思いと重なる時、そういう者が率いる時、國は強くなる」

聞いていて身の中に力が溢《あふ》れ出るのを感じた。我は我であり、この思いのままに生きることが万民の思いに繫《つな》がる。我はそういう者だ。

「國とはまずもってまとまりである。束ねられた思いであり、禍《わざわい》を避けて栄えを望む民草の願いの具現である。おまえがそれを担え」

今まで我を縛めていた縄が一刀のもとに切られたように思われた。

「思うままにふるまえ。國はおまえの後からついてくる。先頭に立ってみなみなを率い《いまし》よ。剛毅《ごうき》・剛胆を旨とせよ。果敢に前へ進め。妨げる者を斬り伏せろ。若《ワカ》くして猛《タケ》る者、それがおまえだ」

そうだ、それが我だ。

気がつくと、光る者のその強い光は次第に薄れ、消えてゆくところだった。目を凝らしてももう何も見えない。

両側から傾いて道を塞いでいた竹がざわざわと音をたてて元のようにまっすぐに立っ

た。

異変は終わった。

鐙の上で立って後ろを見た。

部下たちはみな茫然《ぼうぜん》としていた。

馬が落ち着かなくうろつこうとするのを手綱で押さえている。

「おまえたち、見たか？」

「何やら眩しいものが前方に現れて、馬が止まってしまって……」

「聞いたか？」

「いえ、何も」

そうか。

あの会話は我とあの長い名の方との間だけのことだったのだ。國のため、思うままにふるまえと言う声を聞いたのは我だけだったのだ。

たしか王統の初めの者と言っておられた。初瀬に戻ったら稗田の媼に聞いてみよう。この國の昔のことは媼、海彼のことは李先生。

「行くぞ」

馬を進めながら、心の内に動揺がなかったわけではない。

あれが本当に我のため、そして國のためを思っての助言であるとは限らない。魔性のモノのたばかりかもしれない。

数百本の竹を押し伏せて道を塞ぎ、己《おのれ》は強い光をまとって出現する。それだけで信用するわけにはいかない。このワカタケルはやすやすとは騙《だま》されない。

だが、一方、あれは我が今こそ聞くべき言葉であった。我が求めている促しであった。

信じるか否か、選ぶしかない。

信じよう。

この先は己を大王の座に据えるべく縦横に力を振るおう。ためらいというものを捨てよう。使えるかぎりの力を使い、一個一個の者への憐《あわ》れみを心の弱りとして切り捨て、目前に立ちはだかる者をみな斬って捨て、一國を統べる強い王となろう。

馬たちが歩度を速めた。

兄の館《やかた》が見えてきた。

兄であるクロヒコ（黒日子）の館の前に立つ。

案内《あない》を乞《こ》うた。

門扉に設《しつら》えた窓が開き、下郎が顔を出した。

我と知ってすぐに中に入り、やがて門扉が開かれた。門の外に衛士《えじ》を立てないとは不用心なことだ。館の中の規律も緩んでいるのではないか。

客の間に通された。

「控えの間にいろ」とミカリに言って腰の剣を預けた。

床几《しょうぎ》に坐《すわ》って待つ。

ややあって兄が来た。

従者がついてきて脇に坐る。

向かいの床几に坐った兄の様子を見ると衣類が乱れている。慌ててまとったかのようだ。あるいはこの刻限まで寝ていたのかもしれない。

顔が細く、目も細く、顔の色がくすんでいる。ぜんたいに覇気がない。

大儀そうにこちらを見て、「何だ？」と問うた。

「大事です。大王が弑《しい》されました」

そう聞いてもぼんやりしている。

「アナホが、死んだか」

しばらくしてぽつんと言う。

「誰の仕業だ？」

「わかりません。あなたではありませんね？」

「そんな、滅相もない。私はそのような大それたことは考えもしない」

そうだろうと聞いていて思った。

ふと何か考えが兄の顔に浮かぶのが見えた。

「おまえではないな？」

「違います。違いますが、手を下した者を見つけなければこちらが疑われる。急がねばならぬが、人手が足りません。そちらの配下の者どもをお貸しいただけますまいか?」

「それは、できぬ」と言った。「おまえと徒党を組んだと思われるのはこちらの迷惑」

考えている。

「では何もなさらぬおつもりか?」

「様子を見よう」

「あなたはいつもそうやって様子を見てこられた。我らが父ワクゴ(若子)が亡くなられた時、王位を継ぐ資格があったのにあなたは逃げられた。その故に、病がちにもかかわらず、あなたより年若のアナホが大王になった」

「シロヒコ(白日子)も逃げた」と相手は言った。「だからアナホが大王になった」

「そしてわずか三年で殺された。我らの父は四十二年の長きに亘《わた》ってこの國《くに》を統べられたのに」

「その父の陵墓もまだできていない」

「そのとおりです。誰かがこの國をまとめなければならない。しかしあなたには今回もその気はなさそうだ」

「まあ、しばらくは様子を見て」とまた言う。

「そう言いながら、大王を弑した者を探すのにさえ手を貸そうとはなさらない」

「おまえがやればよい」

「あなたは優柔不断、大王の謀殺というこの危難の時に、まったく頼りにならない」

そう言ってもあらぬ方を向いて、こちらと目を合わせようとしない。

「そんなあなたでも豪族たちは次の大王《おほきみ》にと担ぐかもしれない」

「まさか」

「我らが兄アナホの時もそうだった。辞退するのを無理に王位に就けた。軽い王の方が彼らにとって扱いやすいからだ」

やはり目を合わせようとしない。

「何かの間違いで、あるいは豪族どもの陰謀で、あなたのような人が大王になってしまうと、この國は弱くなる」

ぼんやりとこちらを見る。

「だから、今、ここで、あなたを斬る。ミカリ、剣を」

控えの間にいたミカリが駆け込み、剣の柄《つか》をこちらに向けて差し出した。

クロヒコはあわてて立ち上がり、部屋の外へ逃げようとして、うろたえた従者とぶつかった。

後ろから衿《えり》のところを摑んで引き戻し、一度は突き放して間合いを取ったところで肩口から斬り下ろした。

そのまま倒れた身体から血が床に溢れた。

殺してしまった。

同母の兄を。

これまでも怒りにまかせて下人を斬ったことはあった。しかし、今、我は怒っていない。そんなことではない。殺すべきだから殺したのだ。行く手に立ちはだかる者だから。

血にまみれた剣をミカリに渡した。

「後で洗おう」

「御身も禊《みそ》ぎをなさいませ」

「ああ」

そう言ったものの、高ぶりが収まらない。我の中に荒れて暴れるモノがいる。荒魂《あらたま》がたぎっている。

従者が逃げて変事を伝えたのか、館の者たちは鳴りを潜めていた。主人を失って当惑しているのだろう。

「奥へ行こう」

女が欲しい。

廊下を進むと逃げ去る男たちの後ろ姿がちらりと見えた。

大きな部屋の横に小部屋があった。

覗《のぞ》くと、隅の方に女が三、四人いる。

ずかずかと入って、一人一人の前にしゃがみ、顎《あご》に手を掛けて顔を上げさせた。

「乱暴はおやめ下さい。私《わたくし》がお相手いたします」

静かな落ち着いた声だった。

見ると、外から差し込むわずかな光でも整った顔とみえた。では相手になってもらおうか。

人を払うまでもない。ミカリ、見ておれ。

「そこに横になれ」

「その前に、一つ伺います」と女は言った。うるさい、さっさと着ているものを脱げ、と言いかけたが、それを抑える何かがあった。

この女、何者？

「この後はどうなさいますか？」

「どうとは？」

「クロヒコ様はもうおられない。では次は？」

何を言うのだ、女の分際で。

「私は夢を見ます。ワカタケル様、あなたの過去も未来も夢を通じて存じています。本当のところ、お待ちしておりました」

「おまえ、名はなんと言う？」

「キトと」

「イトか？」

「いえ、キトでございます」

イト（伊都）は先日死んだ。これは違う女だ。

「字はわかるか?」

女はつと立って、部屋の隅にあった水瓶《みずがめ》に手を入れ、指先を濡《ぬ》らして、それで床に文字を書いた――

井斗

そうか。斗。泉から水を汲《く》む柄杓《ひしやく》か。この女、よく我がために甘露を汲むか。

「この先、いかがなされます?」とまた問う。「クロヒコ様はもうおられない。次は?」

「シロヒコを殺せと言うのか?」

「それでしばらくは安泰でしょう。しかし大王となられるまでにはまだまだ妨げが多くございます」

「我が王位まで見えているのか、おまえには?」

「おぼろにながら。夢はいつもおぼろ。見たいものが見えるわけでもありませぬし」

「大事なことを聞く。アナホを、先の大王を殺したのは誰だ?」

「まずは大后《おほきさき》さまにお聞きください。二度まで夫を亡くされたナガタノオホイラツメ(長田大郎女)さまに」

「あの人は知っているのか?」

「あるいは」

問答をしているうちに我の内なる高ぶりは鎮まってしまった。この女も、隅の方にいる他の女たちも、もう抱く気になれない。

しかしミカリの手前もある。キトの衣の裾《すそ》から脚の間に手を差し入れ、奥へ奥へと進めて、行き着くところへ着いた。

乾いている。井斗の井の字にそぐわない。

「あなた様も萎《な》えておられます」と耳元で囁《ささや》いた。「ことを終えて後、またおいでなさいませ。その時はこれも私の濡れそぼったホトに対して雄渾《ゆうこん》に立ちふるまわれましょう」

そう言って我が陽根を指先でつついた。たしかに今は役に立たない。

「ミカリ、行くぞ」

すぐ近くに川があったのでそこへ行き、着ているものを脱いで、冷たい水で身を清めた。

いにしえの話、黄泉《よみ》の国から帰ったイザナキが禊ぎをした時には持ち物や身体の汚れから多くの神々が生まれたと聞いている。左の目を洗ったところから生まれたのがアマテラスという女神で、これが我が王統の始祖であるという。

我の身体からは何も生まれない。我は生むではなく造る者、企《たくら》む者だ。

クロヒコの血で汚れた剣を洗い清めた。

手近な草で水気をきれいに拭《ぬぐ》う。鉄は銅とちがって手入れを怠るとすぐに錆《さ》びる。一振り二振りして、手になじむのを確かめる。

一同を引き連れて馬に乗り、飛鳥《あすか》のシロヒコの館《やかた》に向かった。

シロヒコの館は空っぽだった。下人も女も誰もいなかった。逃げた。

それは大王を弑《しい》したのがシロヒコだったからか、あるいは我がクロヒコを殺したと聞いて急遽《きゅうきょ》ここを引き払ったのか？

「つい先ほどです」と館の門前で馬から下りて地面を見たミカリ（御狩）が言った。「徒《かち》の者たちはあちらの道へ行き、数頭の馬がこちらへ向かいました」

昨夜が雨だったから足跡はくっきりしている。

どちらを追うか。

仮にも大王の弟、尊き家柄なのだから馬で行くだろう。しかし、シロヒコは生まれつき姑息《こそく》な男として知られている。下人や女どもに紛れ込んでいるかもしれない。

「徒の方を追う」とみなに言った。「この馬どもは目くらましだ」

低い丘の上まで行くと、逃げる者どもが見えた。

「ここは？」とミカリに聞く。

「小治田《をはりだ》です」

馬は速い。たちまち追いついた。

「停まれ！」と命じた。

十数名の男女が脅《おび》えて足を止め、おそるおそる振り返る。

道の脇に立った間に馬で割って入って、一人また一人と顔を上げさせた。

女の陰に隠れてあちらを向いたままの者がいた。

身体つきから男と知れた。

馬の上から鞭《むち》で肩を一撃。

倒れて脇の草むらに伏す。

まだ顔を隠している。

鞍《くら》から降りて、引き立てて顔を見た。

「シロヒコ殿！」

我が兄であった。

「なんという情けない姿。弑されたとはいえ大王《おほきみ》の弟にあたる人。それが馬にも乗らず、下人や女どもに混じって逃げるとは。しかも面を伏せて隠れようとは！」

こう言っている間にいよいよますます腹が立ってきた。怒りが抑えきれなくなった。

「先ほど、兄なれど敢《あ》えてクロヒコ殿を斬った。あのように弱気の者が大王の座に就いたら、國《くに》の命運は危うい。あなたも同じだ」

相手は下を向いたまま目を合わせようとしない。

ミカリがすっと横に寄って剣の柄《つか》をこちらの手のもとに差し出した。

「いや、斬るにも及ばない。者ども、穴を掘れ」

早速に数名の者が道の脇に穴を掘り始めた。

「杉の苗を植えれば杉が伸びる。檜《ひのき》の苗を植えれば檜が育つ。では人を植えれば人が大きく育つか、試してみよう」

シロヒコは脅えて縮こまって何も言わない。

穴ができたのでシロヒコをその中に据えて土を入れる。

「ここは小治田《をはりだ》。あなたの命運もここで終《を》わ《は》り《り》だ」

胸まで埋めて土を踏み固めると、両の目が飛び出してこと切れた。

アナホの葬《とむら》いの穴だ。


ひとまず初瀬に戻る。

ヤマセは穴穂宮に帰した。

この先のことを考えなければならない。

クロヒコとシロヒコ、二人の兄をこの手に掛けた。

竹林で我に「継げ」と言った怪異のモノ、カムヤマトイハレビコ（神倭伊波礼毘古）は本当に王統の初めに立つ尊いお方であった。本当のその方の霊であった。

更にあのキトという女がいる。

あれがシロヒコを殺せと言った。

（あの女、行って抱かなくては。）

今、我はどこにあるか。

先の王であったアナホには我を含めて四名の同母の兄弟がいた。父は十九代ワクゴ（若子）。母はオサカノオホナカツヒメ（忍坂大中津比売）。男子《なんし》はそれぞれ――

カルノミコ（軽王子）

クロヒコ（黒日子）

シロヒコ（白日子）

ワカタケル（若猛）、すなわち我

クロヒコとシロヒコはいなくともよい。いや、いない方がよい。どちらも軽すぎて大王の器ではない。だから始末した。

長兄カルノミコはすでに亡くなっている。

さしあたっては喪が明けるまで待とうか。すなわち来年の今ごろまで。

それよりも、なによりも、アナホを弑した者を探さなければならぬ。弑逆《しいぎゃく》は大罪である。

翌日、ヤマセがやってきた。

「穴穂宮でおかしなことがございます」

「何だ？」

「子供が消えました」

「あの子か？　大后《おほきさき》の連れ子？」

「名はマヨワ（目弱）です。姿が見えないというので探しているのですが。母親は狂乱の態《てい》で、鬼神に連れ去られたかと言っています」

「いくつだ？」

「七歳」

「本当に子供だな。大王を弑した者が連れていったのではないか」

「おそらく。しかしそれは誰か？」

大后ナガタノオホイラツメ（長田大郎女）は元はと言えばオホクサカ（大日下）の妻で、二人の間には子もあった。

ある時、大王はオホクサカの妹のワカクサカ（若日下）を他ならぬこのワカタケルの妻にと思い立った。日下部《くさかべ》一族との結束を考えてのことだ。

そこでネノオミ（根臣）なる者を遣わしてその旨を伝えた。

（これはすべて後にわかったことだが）オホクサカは使者ネノオミに恭しく四度の拝礼をして、「そのようなこともあるかと思いまして、妹は深窓に育て、他の方の求婚をすべて断ってきました。どうかお連れ下さい」と言った。

更に、「言葉ばかりでは礼を欠くやもしれません。私《わたくし》の気持ちのしるしにこれを添えましょう」と言って、押木《おしき》の玉蔓《たまかづら》なる宝物をネノオミに渡した。木の枝の形の飾りを持つ冠である。

ところが、それを見たネノオミはこれを自分のものにしたくなり、戻って嘘を伝えた。すなわち、「オホクサカは怒り狂って、自分の妹をワカタケルなどの下敷きにさせるわけにはいかない、と言いました」と報告したのだ。

これは謀反である。

大王は兵を送ってオホクサカを殺し、その妻であったナガタノオホイラツメを奪っておのが妻とした。これが大后で、その連れ子がマヨワ。

ネノオミのたばかりはすぐに露見し、この愚かで強欲な男は速やかに処刑された。

ワカクサカは河内《かはち》の日下《くさか》に籠《こ》もった。

ヤマセを同道して穴穂宮に向かった。

大王を失った館はひっそりとしていた。

案内《あない》を乞《こ》うて、大后の前に出る。もうこの名で呼んではいけないのかもしれない。

ひどくやつれておられる。

「マヨワがいないと聞きましたが」

「姿が見えません。至るところを探しましたが見つからない。何者が攫《さら》っていったのか」

「あるいは先王《さきのきみ》を弑《しい》したのと同じ者か。あの時のことをもう一度詳しくお話しください」

顔がまた一段と曇った。

「その話はもうしたくありません」

「だが、誰の仕業か突き止めないわけにはいかないでしょう。心当たりはないのですか？」

「何も」

「あなたは神床で大王とまぐわいをなされた」

「そんな、恥ずかしいことを」

「先日あなたが言われたのだ。こと果てて後、眠られた。起きたら大王は殺されていた」

下を向いたまま、顔を上げない。

しばらくしてこちらを見た。

「そう言えば、神床でことが終わって後、眠りに就く前、大王は奇妙なことを言われました」

「なんと？」

「『不安なのだ』と仰せられました。『マヨワが成人した時、自分の実の父はこの私ではなくオホクサカであり、それを殺したのが私だと知ったら、奪われたその妻が自分の母だと知ったら、叛逆《はんぎゃく》を企てるのではないだろうか』と」

それはあるかもしれないが、しかしまだまだ先の話だ。そんなことを苦にする心の弱さが大王《おほきみ》にはあった。

「七歳でしたね」

「七歳です。ほんの子供です。それに目の弱い子でした。近くはよく見えるのですが、遠いところとなるとぼんやりとしか見えないらしく、弓矢が下手でした。狩りに行けないと嘆いていました」

「もちろん神床にはいなかった」

「おりませんでした、もちろん」

キトは大后が大王を殺した者のことを何か知っているかもしれないと言っていたが、しかしこの様子では何も知りそうにない。

何者かが大王の胸に剣を突き立てた時、この方は傍らで深々と眠っておられた。それほど営みが激しかったのか。

マヨワという子供がやがて実の父の仇《かたき》を討つというのはアナホの杞憂《きゆう》であったろう。いずれにしても相手は七歳、そんな気になっても実行はずっと先のことだったはず。

クロヒコの館《やかた》へ戻ろう。

あのキト（井斗）という女に相談しよう。

あの謎めいた女のもとへ急ぐ。

井戸と柄杓《ひしゃく》という名の女のもとへ。

あれに呪《まじな》いを掛けられたのかもしれない、という疑念が湧いたが、その時はその時、
それでもよいではないか。

クロヒコの家来たちは大方が館に戻っていた。我に主《あるじ》を殺されて茫然自失《ぼうぜんじしつ》、逃げ出しはしてみたものの、行く先のあてもなく、踵《きびす》を返したらしい。

その者どもに初瀬の我の館に行くよう申し伝えた。一人残らず我が抱える。先の心配はいらぬ。

先ほど、シロヒコの館の者にも同じことを言った。みんな我のもとで働くがよい。

女は奥の同じ部屋で待っていた。

「シロヒコは殺した。それから、大后は大王を弑した者には心当たりがないと言っていたぞ。そして、子供がいなくなったと動顚《どうてん》していらした」

ヰトは我が言う前から知っていたような顔をして聞いた。

「それはともかく、まずはお約束を果たしましょう」

そう言って我の手を取り、更に奥の小さな部屋へ導く。

そこでそっと我を抱き寄せた。

床に横になり、着ているものの紐《ひも》をほどき、前を開き、我を迎え入れた。

ヰトのホトは水を湛《たた》えていた。正に井戸だ。いきり立った我が陽根は女の手に導かれ

てやすやすとそこに入った、井戸の水を汲《く》む柄杓のごとく。

静かな営みであった。

イト（伊都）のように組んずほぐれつ、上になり下になり、最後に地の果てにも届けとばかりによがり声を上げるような派手な仕様ではなく、穏やかに推移してそれでいて深く満足を与える。

不思議な女だ。

ことが終わって、キトはすっと立って衣装を手早く調えた。ついでに我の着るものもきちんと直してくれる。

「ご満足いただけましたか？」

「ああ」

「では、おそばに置いていただけますか？」

「ああ」と我はまた言った。魂《たま》を預けたような気分だった。

「このことだけでなく、政《まつりごと》についてもお力になれるものと思います」

このこととは、そうか、今の営みか。

猛《たけ》る欲を、器に水を注ぐがごとく、そっと満たして鎮めてくれる静かな営み。外で存分に暴れ回って、家に戻った時にこの女がいるのは好ましいことのように思われた。

「ずっとそばにいてくれ」

「では大王になられるまで」

陶然としてこの言葉を聞いた。

そしてはっとした。

「大王となったその後は？」

「わかりませぬ」

「それは？」

「それはまだまだ先ということ。今は先の大王を弑した者の詮議《せんぎ》が大事でございましょう」

時おり、己《おのれ》がいかにも若いと思うことがある。幼い、拙《つたな》い、未熟と思うことがある。キトの言うことを聞いてそう思った。この女を得た喜び、大王という言葉、それに目が眩《くら》んでいた。大事なのは今のことだ。

「そうだ。で、手がかりは？」

「マヨワという子がいなくなったのは、手を下した者と共にいるからでは？」

「大后《おほきさき》もそう言っておられた」

「ではマヨワを探しましょう」

「どうやって？」

「鳥を使います」

そういう術があること、それを行う者がいることは聞いていたが。

「使えるのか？」

「少しは。先立ってお願いがあります。まず、私《わたくし》を信じて下さい。この先、御身によくないことがあっても、私の仕業とは思わないで下さい」

「わかった」

「相互に全幅の信頼。よろしいですね？」

それはわかる。

役に立つ術を甲のために使う。甲は喜ぶ。しかしその後の日で甲に何かよくないことが起きた時、甲は敵である乙の仕業とは思わず、身近にいる術者に疑いの目を向ける。そうしないのがすなわち全幅の信頼なのだ。

「鳥はいろいろと役に立ちます。役に立たなかったこともありましたが」

「それはいつだ？」

「昔々の話です。高天原《たかまのはら》から地に遣わされたアメワカヒコ（天若日子）がいつになっても帰ってこない。そこで神々はナキメ（鳴き女）という名のキギシ（雉《きじ》）を下界に送りました。ナキメはアメワカヒコの家の前の木にとまって、『地上の世界を平定するためにおまえを送ったのに、八年たっても戻らないのはなぜか？』という神々の問いをそのまま伝えました。アメワカヒコの傍らにいたアメノサグメ（天佐具売）という女が、『嫌な声の鳥ですねえ。射殺《いころ》してしまいましょう』とそそのかしたので、アメワカヒコは弓と矢を持ち出してナキメを射た。だから今でも帰ってこない使者を『キギシのひた使い』と呼ぶのです」

「それは知っている。『梨の礫《つぶて》』と同じ意味だ」

「そう。投げても返答が無しだから。投げた石は戻りません」

「で、アメワカヒコはどうなった？」

「ナキメを射た矢はそのまま高天原まで飛びました。受け取った神々は、それがアメワカヒコに授けた矢であることを見てとって、『地上を平定するために射たのならばよいが、邪心をもって射たのであれば射た者に帰れ』と言って投げ返しました」

「そして？」

「そして、矢はアメワカヒコの胸板を貫きました。ですから、『還《かえ》り矢は当たる』とも申します」

「それも聞いたことがある。戦の場ではよく狙って、無駄な矢を射ないことが肝要。敵に拾われた矢は必ず戻ってきて必ず味方を殺す」

「それはともかく、今回は雉ではなくマナバシラを使いましょう」

「あの鳥か？　よく見かける小さな鳥」


「外へ」とキトは言った。

クロヒコの館を出て、近くの丘に登る。

頂上に人の丈の十倍ほどの物見櫓《ものみやぐら》があった。登ってみるとずいぶん遠くまで見えた。

風が心地よかった。

キトは四方を見渡してから、懐から一管の横笛を取り出した。口にあてて細い長い旋律を風に乗せて嫋嫋《じょうじょう》と送り出した。しばらく吹いて、しばらく待つ。

それを三回ほど繰り返した時、遠くから二羽、三羽と鳥が飛来し始めた。間もなくすると数十羽になって、頭上をぐるぐる巡る。黒と白の身体に黄色がちらちら混じる。

「マナバシラだ」

「そう」とキトが言った。

「海の向こうでは鶺鴒《せきれい》と呼ぶ。我が師が教えてくれた」

「そうですか」と言いながらキトは右手を挙げて大きく一旋させた。一瞬の後、鳥たちはあらゆる方向へ飛び去った。一羽もいなくなった。

「マナバシラの別の名をご存じですか？」

「いや、知らぬ」

「とつぎをしへどり。遠い昔、天から降りてきたイザナキとイザナミの二柱の神が國生《くに》みをしようとされました。ところがお二人とも初心にしてとつぐやりかたを知らなかった」

「とつぐ、とは？」

「男と女の営み。さきほど私たちがしたような」

「まぐわいか」

「そうあけすけに仰《おつしや》らないで。顔が赤くなります。ともかく、その時にあの鳥がお二人の前で尾を上下にぴくぴくと動かしてやりかたを教えた。それに倣って、お二人も首尾よくことを行うことができた。ですから、とつぎをしへどり」

「ぴくぴくとな。納得はしたが、しかし聞いているうちにまたやりたくなった。どうだ、ここで一番は？」

「いけません。私たちは今は鳥の報告を待っているところなのですよ」

物見櫓の上でどれくらい待っただろう。

退屈になって、ついキトの首筋に手を伸ばしてそっと撫《な》でた。

「おやめ下さい。今はそういう時ではありません」と真剣な顔で言われた。「神床でまぐわいをなされた先の大王《おほきみ》は命を落とされたではありませんか」

「それは誰かが剣を振るったからだ」

「神々がそう仕向けたのです。そうでなくてあのようなことはできません。大王はしてはいけない場でしてはいけないことをなさった。神はお怒りになり、誰かを動かした」

「そうか」

「今ならばマナバシラが戻ってこなくなります」

我は手を引いた。

そしてまたずいぶん待った。

二人で背中合わせになり、西と東の空を分けて見張る。

下を見るとミカリたち我が手勢が草の上に大の字になって眠りこけている。

今はまあ寝かしておいてやろう。

日が傾き始めた。

「あれ」とキトが言った。

見ると、西の遠い空に黒い一点が見えた。

それがぐんぐん近づいてくる。その後ろに胡麻《ごま》を撒《ま》いたように無数の黒点。

鳥たちだった。

マナバシラが帰ってきた。

四方八方に散ったのに、みな同じ方角から帰ってきた。西の方から。

鳥たちの背後に日の光を背に受けて葛城《かつらぎ》山が黒々とうずくまっていた。

あの山の方角か。

あそこにマヨワという子供と、それを攫《さら》った弑逆者《しいぎゃくしゃ》がいるのか。

マヨワはその弱い目で今は何を見ているか。

「すぐ行こう、あちらへ、鳥が教える方へ」と我は言った。

「いえ、もうすぐ日が暮れます。鳥は暗くなるとものが見えなくなります。鳥たちを寝かせて、一夜ここで待ちましょう」

キトはまた笛を出した。

夕刻の空に向けて、我らが頭上を旋回するマナバシラに向けて、ゆっくりとした旋律を吹いた。鳥たちは静かにあたりの木々の葉群れの中に入り、寝《しん》に就いた。

我とキト、それに配下の者たちはクロヒコの館《やかた》で一夜を明かした。その夜は誰もが共寝の相手を見出《みいだ》したようであった。

荒々しい一日が終わった。

夜更け、初回と同じように静かに身体を重ねて静かに果てた後、しばらくしてキトがふっと深く息を吐《つ》いた。

「どうした？」

「明日はまず軍勢を用意なさった方がよいかもしれません」

「マヨワ探索にか？」

「仮にも大王を弑《しい》したてまつるほどの大悪人です。それがマヨワを人質にしている。心して掛かられた方がよろしいかと」

「そうだな。こちらも気になっていることがある。鳥どもが帰ってきたあの方角だ」

「西。葛城山」

「そうだ。もしもあれが葛城一族の館からであったら、たしかに軍勢が要る」

「館ではなく居城でしょう」

「あやつらには力がある。祖先はタケノウチ（建内）の宿禰《すくね》。十二代から十六代までの大王に仕えた知恵者と聞いている。そのように長く生きられるならば」

「その子がソツヒコ（襲津彦）でした。三代下ってあなた様の従兄《いとこ》、イチノヘノオシハ（市辺押歯）がいらっしゃる」

「王位を狙える立場だ」

「人望もあります」

「我の前でそれを言うな。今、葛城一族の頭領は誰だ？」

「ツブラオホミ（円大臣）」

「そう、あの男だ。何度か会ったことがある。それはそれとして、さっき、居城と言ったな？」

「はい。ただの館ではありません。堀と土塁と板垣。その奥に館があります」

「大王の居所とまるで同じ構えだ」

夜が白みかける頃、我はキトの寝床をそっと抜け出して、ヤマセとミカリを起こした。

「急ぎ初瀬の宮に戻って軍を仕立てろ。クロヒコとシロヒコの配下の者どもも行っているはずだから、彼らも加えよ。勲功によっては引き立てると伝えろ」

二人は速やかに出立した。

待つ間、クロヒコの館でまた一日が過ぎた。

翌日の朝まだき、二人が兵たちを率いてひっそりと戻ってきた。その数はまず数百。武器と兵糧はまだまだ後から届くと言う。

キトが物見櫓《ものみやぐら》の上に登って笛で鶺鴒を呼び集めた。鳥たちは速やかに戻って我らの頭上に環《わ》を描いた。

飛ぶ鳥の後を追って軍を進める。

葛城山が目の前に迫ってくる。

森の中を抜ける道が林の中になり、やがて畑地になった。働いていた下郎たちがこちらの姿を見てあわてて走り去る。

葛城一族の居城に注進に急いだのだろう。

矢を射てそれを止めることはしないし、追いもしない。今はまだマヨワの探索であって戦ではない。

鳥たちがまとまって高く舞い上がり、まっすぐに舞い降りた。その下に居城があった。

キトが言ったとおり、堀を巡らし、土塁を築き、板垣に囲まれた奥にいくつかの建物が見える。立派な構えだ。

少しの隔たりを置いて進む勢いを止めた。

向こうからの矢を防ぐため、盾を構えた兵たちを先に立てた。その後から我が行く。

後続の者どもが我が旗印を高々と掲げて続く。

声の届くところまで行って、呼ばわった——

「我はワカタケルの王子《みこ》である。そちらに大王アナホの遺児マヨワ殿が拐《かどわ》かされているかと存ずる。速やかにこちらへお渡しいただきたい」

しばらくは応答がなかった。

右の隅にある物見櫓に旗印が上がった。

「ワカタケル殿、よくぞ来られました。私《わたくし》はここの主《あるじ》、ツブラオホミ（円大臣）でございます」

我は言った――

「マヨワを返せ。母なる大后《おほきさき》は、一人息子が拐かされたとて、身も世もあらず泣き暮らしておられるぞ」

「私はマヨワ様を拐かしてはおりません。若君は自らこの館に逃れてこられたのです」

「誰に追われて？」

「ご自身がなさったことに。先代の大王を弑し奉ったのはマヨワ様でした」

「嘘をつけ。七歳の子供にできることではない」

ツブラオホミの横に小さな人の姿が現れた。

「私《わたし》はマヨワである」と、右手を高く掲げて言った。幼いながらに澄んだよく通る声であった。

「私があの男を殺した。偽の大王アナホを」

「いかにして？」

「あの日、私は神床の下で遊んでいた」

たしかに神床は一段と高く造ってある。子供ならば立って歩けるほどだ。

「すると上であの男が母上にいやらしいことを始めた。あーとかうーとか言ううちに静かになった。それからあの男は私の本当の父を殺したと言った。そして、いずれ長じた私に殺されるのが恐いと言った。それを恐れて脅《おび》えて暮らすのを厭《いと》うとも言った」

「それを聞かれたのか？」

「この耳でしっかと聞いた。私は目は弱いが耳は鋭い」

「それで？」

「やがて二人は眠ってしまった風であった。私は神床に上がり、隅に置いてあったあの男の剣を抜いて、胸を刺した」

「おまえの力でそれができたか？」

「柄《つか》を握っただけではし損じると思ったので、右手で柄を持ち、左の手は厚い布を介して刃《やいば》を握った。切っ先を胸の上に導き、両手で柄を握り直して、身体の重みをすべて掛けて突き通した。あの男は声もたてずにこと切れた。血も多くは流れなかった」

「大后は？」

「母上は気付かずに眠っておられた」

「本当におまえ一人だったのか？」

「私一人だった。誰の手も借りなかった」

物見櫓の上で七歳の子供が昂然《こうぜん》とそう言い放つ。我の背後にいる兵たちがみなそれを聞いている。その感嘆の吐息が我の耳にさわさわと押し寄せる。

「あの男が、私が長じて仇《かたき》を討ちに来るのが恐いと言ったので、それを待つ間の憂いを払ってやろうと思ったのだ」

いよいよ意気軒昂《いきけんこう》ではないか。

「そして？」

「そして逃げた」

「なぜここへ？」

「私には乳母がいる。名はテルヒ（照日）。父上が亡くなった時、母上と共にあの男の館へ移っていた。私は真っ先にテルヒのところに行って、偽の父を殺したと言った。するとテルヒが逃げる先はこのツブラオホミの館しかないと言ったので、下人に馬を用意させせここまで来た」

「しかし」と我は言った、「オホクサカの殺害は、妹のワカクサカ（若日下）をこのワカタケルのもとへ差し出せという命を中継ぎしたネノオミ（根臣）なる男の讒言《ざんげん》の結果だ」

「それも聞いた。私の父が恭順の意を示し、その印として差し出した宝物が欲しいばかりに嘘をついた」

「こと露見して斬首《ざんしゅ》された」

「知っている。だが、そのような者の言をまともに受けて私の父を殺し、私の母を奪った者はやはり死罪に価する。だから私がアナホを成敗した」

「それは弑逆《しいぎゃく》の大罪だ」

「わかっている」

「ツブラオホミ、その子供をこちらへ引き渡せ」

我が背後には兵がいる。それは物見櫓の上から見えているはずだ。承知しないはずがない。

しかし、ツブラオホミは我を制するように右の手を挙げた。

「なぜだ？」

「それはできませぬ」

「お答えする前に申し上げることがございます。前々からお約束しましたとおり、吾《わ》が娘なるカラヒメ（韓媛）はあなた様に仕えるようおそばに送り届けます。またこの葛城の五箇所の屯宅《みやけ》も付けて差し上げましょう。いずれもよい菜が採れるよい畑であります」

「で、その子供は？」

「お渡しできませぬ」

「それはすでに聞いた。その理由を問うているのだ」

「遠い昔から今に至るまで、臣《おみ》や連《むらじ》が大王《おほきみ》の居城に逃げ込んだことは幾度となくありました。しかし、王子が臣の家に保護を求めた例は一つもございません。このツブラオホミ、マヨワ様を最後までお守り申し上げるのが、臣下として、人として、義であると考えまする」

「義とは何だ？」

「万民の取るべき道。天の定める道」

そういうことを李先生から伺ったことがあるが、我は敢《あ》えて聞き流した。

それは遠い海の彼方《かなた》の理屈、こちら側では通用しない。

力は力だ。

「どう考えても、このツブラオホミがここでいかに力を尽くして戦ったところで、あなた様の軍勢に勝つ見込みはありません。それでも、私を頼みにしてこの貧しい家に逃げ込まれた王子を見捨てることは、たとえ私が死ぬことになるとしても、できないのです」

わけのわからぬことを言う男だ。

「では攻めるぞ」

「お受けします」

そう言って幼いマヨワを伴って物見櫓から降りて中へ消えた。

しばらくの後、正面の門扉が開いた。

我が勢《ぜい》は弓に矢をつがえ、そこに狙いを定めた。

しかし、出てきたのは女たちだった。

「弓矢を収めよ」と我は兵どもに言った。

華麗な衣装を身につけた女が数十名、ゆっくりと登場し、堀に架けた橋をしずしずと渡った。その後に子供たちの列が続く。

女たちに囲まれるようにして、一段と美しいものをまとった美姫《びき》がいた。

我はその前に歩み寄った。

「カラヒメか?」

相手は静かに頭《こうべ》を垂れる。

「護衛を付けて我が館《やかた》まで送り届けよう。しかし、この女たち子供たちの中にツブラオホミの血に繋《つな》がる者はいないか?」

「おりませぬ」とカラヒメはこちらの目を見据えて答えた。

鈴を振るような声音だった。

「念のため聞くが、マヨワが紛れてはおらぬか?」

「あれは逃げ隠れする子ではありません」

凛《りん》とした口調だった。

この言葉、信じるしかあるまい。

我が前にあるのは館ではなく城である。

堀を巡らし、土塁で囲まれている。

建物はずっと奥にある。

入口は一箇所で、厚い板の門扉で閉ざされ、その横に物見櫓《ものみやぐら》がある。門扉に取り付こうとする兵は上から矢や石で攻められるだろう。

門扉には火矢が立たないよう厚く土が塗ってあった。

物見櫓もこちら側には同じ措置がしてある。

城内に攻め込むのがむずかしいとなると、囲んで糧食などが尽きるのを待つことになるが、これは我の流儀ではない。

一気に片を付けたいのだ。

ツブラオホミの城を落とすには、初瀬からなお援軍を呼んでも五日かかった。

堀と土塁に囲まれているので兵同士が白刃を交わらせることにはならない。

堀を跨《また》いで正面の門扉に至る橋は物見櫓から投げられた松明《たいまつ》で焼かれて落ちてしまった。

中の者は二度と外へ出ない覚悟でいるらしい。

戦術としてここは火矢を使うしかあるまい。

遠矢で奥の建物を狙うが、しかしいかにも遠い。

鏃《やじり》に布を巻いて油を浸した矢はそれだけ重くなり、なかなか遠くへ飛ばない。

届いたとしても矢の火はすぐに消されるだろうし、これだけの防備を重ねた城だから、おそらく建物の屋根には土が被《かぶ》せてあるだろう。

ひたすら矢の数の勝負だ。

そう思って多くの矢を射るのだが、建物の炎上には至らなかった。

逆に中からの火矢でこちらの幕屋が燃え上がったのには驚いた。もっと遠くに設営すべきであったと思い知る。

城内には糧食が充分にあり、井戸もある様子。

これでは埒《らち》が明かない。

事態を変えたのは四日目の夜から吹き始めた強い西の風だった。

その日の昼、物部《もののべ》一族が管理する石上の戦倉《いくさぐら》から多くの矢が届いていたことも幸いした。使いにやったミカリの説得が功を奏したのだ。

我らは風上から多くの火矢を射た。

やがて敵は到来する火を消しきれなくなったのか、多くの建物が燃えて炎が夜空を焦がし始めた。

明けた朝まだき、焼け残った物見櫓の上に二人の人影が現れた。

大人と子供。

我らが見ている前で大人が子供の首を斬り、自らは刃《やいば》を口にくわえて地面に身を投げた。

ことは決着した。

大王アナホを弑《しい》した者を見つけ出して成敗するという大業を我は成し遂げた。これは豪族どもに対して我の力を示したことになる。若いからといって侮るなかれと言い放つに等しい。この先は胸を張って進もう。

アナホの大后《おほきさき》ナガタノオホイラツメ（長田大郎女）には敢えて報告に行かなかった。顚末《てんまつ》は伝わっているであろうし、今の夫を殺したのが先の夫との仲に生まれた息子マヨワであったと知った嘆きは察するに余りある。

本当のところ、我にはそういう思いは湧かない。そう思うべきだと教えたのは我が乳母のヨサミ（依網）であった。

ヨサミは人の道として惻隠《そくいん》ということを言った。不幸な者には心を寄せるもの。その辛《つら》さを思ってそっといたわるもの。

キト（井斗）は違う理由から同じことを言った。形だけでも同情の姿勢を示すことで世間体がよくなると言う。

「あなたはふるまいが粗野に過ぎます」とキトはずけずけと言う。「この先、人心を収《しゆう》攬《らん》して大王の座に就くには、その直情を矯《た》めることが必須《ひつす》となりますでしょう。こう言って諫《いさ》めただけであなたは私《わたくし》をお断りになるかもしれない。それを承知で申し上げます。同情のそぶりを身につけるようになさいませ」

「気になっていることがある」と我は言った。

「ツブラオホミはマヨワを匿《かくま》うのを義であると言った。堀の外と物見櫓の上とで大声で話すのでは意味が伝わらない。そう言うと、石の礫《つぶて》に結んだ木片を投げて寄越した。そこに墨黒々と『義』と書いてあった」

「おわかりになりましたか？」

「そういう言葉があるのは知っていた。李先生がしばしば口にされる。いや、文字に書かれる。他にも仁とか徳とか、わからぬ言葉がある」

「人は思うままにふるまうだけでは済まぬということでございましょう」

「思うままふるまって何が悪い？」

「人の思いを導く天の道があるということ」

「わからぬ。この話はもうよい。それを脱いで、肌と肌、我を抱いてはくれぬか」

二　服喪の日々

初瀬《はっせ》の宮に戻った。

ここは要害である。

川が南北に流れ、西も東も山が迫る。西は纏向《まきむく》山を経て三輪《みわ》山に繋がり、東には天神《てんじん》山がそびえる。従って東西とも山の側から攻められることはまず考えなくともよい。山中《さんちゅう》からの水が豊富で、下ればすぐ西の国中《くんなか》の盆地に至るが、しかしこの初瀬のあたりでは水が溢《あふ》れるようなことはない。

その一方、舟の便には川が使える。下流には速やかに下ることができ、上りには舟は川沿いの道を馬で曳《ひ》ける。

難を言えば狭いこと。平地がないので宮を造るにも広く敷地が取れない。本殿を真ん中に据えて北と南に延ばすしかない。

南の館にカラヒメ（韓媛）を住まわせ、奴《やっこ》どもがいる北の建物との途中に造った一屋にキト（井斗）を容《い》れた。いささか狭いがこのあたりが最もよいと本人が言う。

「私の役目はこの宮で起こることすべてに目を配ること。この場所がよろしうございます」

「ではここにおれ。さて、あのカラヒメをどうしよう？」

以前の我であればこんなことを人に問いはしなかったのだが。

「すぐにお抱きになりたいのですか？」

「まあ、あれだけの美形であるからして」

「他意なく申し上げますが、お待ちになった方がよろしいかと」

「いつまで？」

「大王《おおきみ》になられる日」

「はるか先だ」

「さあ」とキトは謎めいた顔で言った。「あの方はいずれまちがいなくお世継ぎをお産みになられます」

「ワカクサカ（若日下）は？」

「よき大后になられましょう」

「ではそれまではおまえ一人を守ろう」

「嘘ばかり」

その夜はそのままキトと寝所に就いた。

クロヒコとシロヒコの所領が我がものになった。

それを求めたわけではないが、働く下人どもを野に放つわけにもいかない。それぞれが住むところ、耕す畑、兵ならば所属、馬の世話、牛の世話、木樵《きこり》、木匠、機織りの女たち、またそれと娶《めあわ》せる男たち、などを考える。

差配するヤマセ（山背）やミカリ（御狩）、その下で動く男ども、みなよく働いた。

この時期、表立った動きはない。

これから一年間は二十代アナホ（穴穂）の服喪の時であり、我も豪族たちも静かにしている。

先々代の陵墓もまだできていないし、アナホの墓は場所を定めることから始めなくてはならない。

それやこれやで我が初瀬の宮や、従兄《いとこ》であるイチノヘノオシハ（市辺押歯）の住処《すみか》、更には物部《もののべ》や大伴《おほとも》、蘇我《そが》、といった有力な豪族の館《やかた》の間を使者が頻繁に行き交った。その間には間諜《かんちょう》も混じっていることだろう。みな疑心暗鬼ながら今は動かない。

ある日の午後、昔のことに詳しい稗田《ひえだ》の嫗《おうな》と話をしていた。

「かつて大王が寿命でなく亡くなったことはあったか？　我が兄、二十代アナホのようなことは？」

「位に就かれてから弑されたという例はございません。しかし、神から死を賜った大王はおりました」

「それは?」

「十四代タラシナカツヒコ(帯中津日子)。ここからはずっと西の方の穴門《あなと》の豊浦《とようら》と筑《ちく》紫《し》の香椎《かしい》に宮を造って天下を治められた」

「遠いところだ」

「しかし百済《くだら》には近いのです。神はこの大王に言葉を授けようとなさいました。それを聞くべく大王は神床で琴を弾かれました。神は大后のオキナガタラシヒメ(息長帯比売)に降りられ、その口を借りて、金銀財宝に満ちた新羅《しらぎ》の國を攻めよと宣《の》られました。大王は、嘘を言う神だと言って聞き流しました。琴を弾く手もおろそかになった。やがて琴の音が途絶え、大后が見ると、大王はもうこときれておりました」

「神に殺された?」

「はい。ああ、もう一人おられました」と稗田の媼は言った。「天寿を全《まっと》うしなかった大王がもう一人。遠征の先で故郷を思いながら、そこに帰ることを果たさずに亡くなられた」

そう言って、ふっと宙を見る。

「実のところ大王ではなかったのですが、本来ならば他をさしおいてもその座に就かれるべきであった英傑。西に東に征旅を重ね、まつろわぬ者どもをあまた押し伏せられ、今あるこの國《くに》の礎を築かれたお方」

「その名は?」

「ヲウス（小碓）と申されました」

知らない。

「十二代の大王の三子。幼きよりその性《さが》は猛々《たけだけ》しく、人が自分より前に出るのを決して許しませんでした」

そう言って媼は我が顔を見てちょっと笑った。思う節がありはしませぬか、と言わぬばかり。

「ある時、父なる大王がヲウスの兄のオホウス（大碓）に、『三野《みの》（美濃）に美しい姉妹がいると聞く。行って連れてこい』と命じられました。オホウスは行って二人の姉妹に会い、都に連れ来たったのですが、この二人がまことに美しいので父に差し出すのは惜しいと思い、己《おの》がものにして偽の女二名を父のもとに送りました」

それはまた大胆な。

いや、女の容姿顔貌《がんぼう》によってはそのような思いに駆られぬとも限らない。

「父はオホウスの企《たくら》みを見抜いて、しかし何も言わず、偽の女たちを手元に置いた。しかし共寝をしようとはなさらなかった」

「二人は居心地の悪い思いをしたことであろう」

「まさに。ある朝、オホウスが朝餉《あさげ》の席に出てきませんでした。三野の美女たちを相手に夜を明かして起きられなかったのかもしれません。大王は弟のヲウスに、『朝餉に出てこない兄オホウスをねんごろに諭してこい』と命じた。数日の後、オホウスがまだ朝餉に出てこないので、父はヲウスに『兄を諭したか?』と問うた」

そこまで話したところで誰かが部屋に入ってきた。

見ると、キトと我が乳母のヨサミ(依網)、それにカラヒメだった。その背後には李《リ》先生もいる。

「私《わたくし》どもも稗田の媼さまのお話をお聞きしてよろしいですか?」

「聞きなさい」と我が言った。

四人は部屋の隅に坐《すわ》った。

「昔々のヲウスという英雄の話です。父がヲウスに『兄を諭したか?』と問うと、ヲウスは『ねんごろに諭しました』と答えた。『どう諭したのだ?』と父は重ねて問うた。諭されれば朝餉に出てくるはずと思ったのです。するとヲウスは答えて、『朝、明け方に、厠《かわや》に入るところを待ち伏せして、引っ摑《つか》んで手足をもぎとり、薦《こも》に包んで投げ捨てました』と言いました」

「まあ」と女たちが言う。

「父はこの乱暴な息子を身辺に置くことを恐れて、西の果ての国にいるクマソタケル(熊襲猛)という兄弟を成敗してこいと命じられました。大王の威光に従わぬ者どもを」

「今でもそういう輩《やから》はいる」と我は言った。「この大和《やまと》や河内《かはち》から遠いところだけでなく、このあたりにも大王の権勢をないがしろにする者たちがいる。豪族たちは何かと逆らい歯向かう」

「いずれはすべてを大王がしっかと束ねるようになりましょう」とキトが言った。

「我がか？」

「はい」

「さて」と稗田の媼が言った、「ヲウスはまず伊勢《いせ》に行って、斎宮《さいぐう》で叔母《おば》にあたるヤマトヒメ（倭媛）に会い、女の衣装一式を貰《もら》われました」

「それと共に伊勢の神の力も授かったはずです」とヨサミが言った。

「そうだ。霊威なくして大事は果たせない。伊勢の神は最も強い神である」

「ヲウスは伊勢から西に旅をしました」と媼が続けた。「途中のことは伝わっておりません。なにせ昔のことですから」

「どのくらいの昔でございますか？」とキトが聞いた。

「子から父へ数えてワカタケル様から五代前」と媼は言う。「さて、ヲウスはクマソタケルの館に着きました。ちょうど新築成ったところで祝いの宴《うたげ》が開かれようとしておりました。ヲウスは少女のように髪を垂らし、叔母ヤマトヒメに貰った女の衣装を身にまとい、手伝いの女たちに混じって館に入りました」

そこまで話して、稗田の媼はちょっと口を噤《つぐ》む。聞いている四人は少し身を乗り出した。

「クマソタケル兄弟はこの見知らぬ美しい娘が気にいって、二人の間に坐らせました」

「そんなに美しかったのですか？　兄の手足をもぎとるほど乱暴なのに」

「後に大人になっても美丈夫であったと伝えられます。さて、宴が酣《たけなわ》となった時、ヲウスは懐から剣を出してクマソ兄の胸を刺し貫いて殺しました。驚いて逃げ出したクマソ弟は階《きざはし》の下で追いつかれた。ヲウスは背中を摑んで尻《しり》から剣を刺し通しました」

「まあ恐ろしい」と乳母のヨサミが言った。「まるで獣を殺すような」

「するとクマソ弟は振り向いて、『その剣をそのまま、そのままに。まだあなたに言いたいことがあります。まず、あなたはどなたですか？』と問うたのです。『私は、纏向の日代宮《ひしろのみや》に住まわれて大八島國《おほやしまぐに》を治める大王《おほきみ》オホタラシヒコ（大帯日子）の子で、名はヲウスと言う。おまえらクマソの二人は我らに歯向かう無礼な奴らだから退治せよと父なる大王に命じられたので、そのためにやってきた』

聞いている四人がため息をついた。

「クマソ弟が言います、『なるほど。西の方には私どもより強い者はおりません。あなたに名前を差し上げましょう。これからはヲウスではなくヤマトタケルとお名乗り下さい』」

その名なら聞いたことがある、と我は思った。

「そこまで言わせたところで、熟れた瓜《うり》を裂くようにクマソ弟の身体を斬って殺した。かくしてヲウスはクマソタケル兄弟を退治してヤマトタケルを名乗るようになったのです」と媼は言った。

「我と同じ名だ」

「そのとおり、タケル。猛る者《タケ》」

「恐ろしいか？」と我はキトに聞いた。

「いいえ。遮る者どもを除かなければ前へは出られません」とキトは平然と言った。

「私《わたくし》は恐ろしい」とヨサミは言う。「女でございますから剣も血も恐ろしい。赤子を抱き上げ、乳をやり、温かく保ち、育ってゆくのをゆっくりと見守る。やがて成人してその方が大業を成される。それはわかります。でも血を見たくはありません。まして自分が育てた子が生きるか死ぬかという場に立ち会うのは」

「生きるか死ぬか、ではない。殺すか殺されるかだ。我はそういう座に生まれついた」

「存じております。強くたくましく育つよう乳母として心掛けてまいりました。ですからこそ、これからも強く強く、決してご自身の血を流すことのないよう、と願っております」

「我は天寿を全うして大往生を遂げてやるわ。それまで見ておれ。この先、戦と争いの多い歳月になるであろうが、我は生き延びてみせる」

「私はこの館《やかた》でご無事をお祈りしてお待ちしておりましょう」とヨサミは言った。

「私は力のかぎりお守りします。先にあるものを見通してお知らせします」と、これはキト。

「その後、ヤマトタケルはどうしました？」とカラヒメが聞いた。

「クマソタケルを殺したのは勇猛という資質でしたが、次は奸計《かんけい》が使われます。父のもとから来た使者は、次はイヅモタケルを討てと伝えました」

「出雲《いづも》か。かつては厄介なところだったと聞いている」

「そのとおり。初めにこの國《くに》をまとめたのは出雲のオホクニヌシ（大國主）という力のある神であった、と伝えられております。それを天つ神の子らが譲り受けて今こうして見るような國土《こくど》と成した。初めの大王はカムヤマトイハレビコ」

長い名前、あの方だ。

「その後も出雲は勢力を保って、その若い頭領がイヅモタケル。これを求めてヤマトタケルは出雲に行き、そこでしばらく暮らして、イヅモタケルと親しくなりました」

「どのようにして？」とキトが聞いた。

「詳しくは伝わっておりません。おそらくヤマトタケルは容姿が美しく、言葉遣いも雅《みやび》で巧み、みなに好かれたのでしょう」

一同がうなずく。英傑はそうあるべきだ。

「ある日、ヤマトはイヅモに向かって、『肥河《ひのかは》に水浴びに行かないか？』と言いました。ここは遠い昔にスサノヲ（須佐之男）という荒々しい神が天から落とされて住まいなされたところで、出雲はすべてこの神から始まっております」

「その神は？」とカラヒメが問うた。

「これはもう始めれば終わりがないほど話々《はなしはなし》に満ちた神ですから、それはまたということにいたしましょう。ヤマトとイヅモは肥河に行ったのですが、その前にヤマトは赤檮《いちい》の木で刀を作っておきました。葛《かづら》を巻いて美しい造りなれど、中の中まで木であって鉄《かね》の刀身がない」

「ただの木の棒ですね」とキトが言った。

「そのとおり。二人は肥河で水浴びをし、泳ぎまわり、水を掛け合い、あるいはお互い裸なのだから抱き合ったかもしれません」

「男と男で？」とカラヒメが問う。

「それを常とする者はいるし、そういう思いが湧くことは誰にもある」と我はつぶやいた。

「そうして川で遊んで過ごして、さて帰ろうという時、ヤマトは『刀を取り替えようよ』とイヅモに言いました。『あっ、それはおもしろいね』とイヅモは答え、二人は刀を替えた。ヤマトを本当の親友と思っていたのです」

聞く者たちの吐息が静かになった。

「衣類を身につけた時、ヤマトは『ちゃんばらごっこしないか？』と言いながら、もとはイヅモのものだった刀を抜きました。では、と相手も刀を抜こうとしても、なにしろ木で作った刀ですから抜けない。まごまごしているところをヤマトがあっさり斬り殺した」

みながため息。

「これが奸計というもの」

「稗田の媼さま、とてもお話が上手」とキトが言った。

「まるでその場におられたかのよう」

「強い男にはそういう知恵も必要なのですね？」とカラヒメがつぶやいた。「ほとんどずるいと言ってもいいような」

「まずは勝つこと、敵なのだから」と我は言った。「新しい友人をそこまで信じたイヅモタケルが愚かだった」

「そこでヤマトタケルは歌を詠みました――

やつめさす　出雲猛《いづもたける》が　佩《は》ける刀《たち》
黒葛多纏《つづらさはま》き　さ身《み》無《な》しにあはれ

（やつめさす）イヅモタケルが身に着けた刀ときたら
葛をたくさん巻いて見た目はいいが　刀身がないとはお気の毒」

「その『やつめさす』は『やくもたつ』と同じですか、枕詞《まくらことば》ですか？」とカラヒメが聞いた。

「よく知っているな。どちらも出雲にかかる」と我は答えた。

そこで思い出したことがあった。

「我も歌を詠んだぞ、先日」

「伺いましょう」とみなが言った。

「よく聞け——

媛女《をとめ》の　い隠《かく》る岡《をか》を
金鉏《かなすき》も　五百箇《いほち》もがも　鉏《す》き撥《は》ぬるもの

乙女が隠れた丘を鋤《す》き返すのに、
金鉏が五百基欲しい」

「それは春日《かすが》に行かれた時、ヲドヒメ（袁杼比売）に会われた時のことですね」とヨサミが言った。「姫は恥ずかしがって丘に逃げてしまった」

「そうだ。まだ出てこない」

「女は一度は逃げるものです」とキトが言った。

「その金鋤《かなすき》だが」と李先生が初めて口を挟まれた、「鉄《かね》の鋤を五百本も並べて、それを馬か牛に牽《ひ》かせて、それで丘ぜんたいを鋤き返しても乙女を探すというのか？」

「そのとおりです」と我は答えた。「細かい櫛《くし》で髪を梳《す》いてシラミを見つけるように」

「その鋤にする鉄はどこから来る？」

「それは、知りません」

「おまえはいずれは民草の上に立つ者だ。きちんと知っておきなさい」

黙ってうなずく。

「木の鋤を人の力で使っていたのでは仕事は捗《はかど》らない。土は固くて重いものだ。牛や馬は力があるから、これを働かせれば仕事は進むが、しかし木の鋤は牛馬の力には耐えられない。すぐに折れてしまう。だから、どうしても鉄でなくてはならぬのだ」

納得した。

「剣にしても同じことだ。銅《あかがね》の剣よりは鉄《くろがね》の剣の方がずっと強い」

「知っています。銅の剣では戦えません」

「鉄は任那《みまな》から来る」と李先生は言った。「この大八島國からは海を渡った先だ。任那はこの倭《やまと》の國の領するところ。その先にはなにかと角突き合う相手の新羅という国があり、また百済があり、更に北には強力な高句麗《こうくり》がある。大きな湾を隔てて西にはかぎりなく大地が広がり、今はその広大な地を宋《そう》と魏《ぎ》という王朝が治めている」

「遠くて広い」

「それを世界と言うのだ。敢《あ》えて言えば任那などは世界の隅。高句麗は北方の地に繫《つな》がっているが、その南の百済や新羅、任那は半島の一部だ。そして、大八島國は半島の海の先。隅の隅だ」

頭の中で何かが大きな渦を巻いているような気がした。

「で、鋤の鉄は？」と我に返って問うた。

「任那が百済などから手に入れる。そこから船で運ばれてこの國にくる」

一瞬、ひらめいたことがあった。

「買っているのですか？」

「そうだ。だがものを買うには対価が要る」

「それは？」

「米だ。百済は平地が少なく、米を多く産しない。だから鉄を出し、米を受け取る。世界はこういう仕掛けで動いている。覚えておくがよい」

「あの、ヤマトタケルはどうなりましたか？」とカラヒメが聞いた。

「話をもとに戻してよろしいですか？」と稗田の媼が問うた。みながうなずく。「ヤマトタケルは西のまつろわぬ者どもを退治して父なる大王《おほきみ》のもとに帰りました」

「さぞかし賑々《にぎにぎ》しく迎えられたでしょうね」とキトが言った。

「いいえ」と媼は言う。「帰って席も温まらぬうちに、父のオホタラシヒコは『東の方に十二の国々があって、荒々しい神や服従しない民がいる。これを説得して従うと言わせてこい』と命じられました。父は息子の武勲を聞いていよいよこの息子が恐くなったのです。しかしその心をヤマトタケルは知らない」

「なんと哀れな」とヨサミがつぶやいた。

「ヤマトタケルはまた伊勢の叔母《おば》ヤマトヒメのところに行って辛《つら》い心を訴えました。

『父は私が死ねばよいと思っているのでしょうか。西の方の悪人どもを退治しに送り出して戻って報告した後、さほどの時も経ていないというのに、なぜまた兵士も付けてくれないまま、東の方の十二国の悪人どもを平定せよと遣わすのか。これを考えてみれば、私が死ねばよいと思っているに違いありません』と言って泣きました」

「本当におかわいそう」と言うカラヒメの目には涙が浮かんでいる。

「ヤマトヒメは甥《おい》に一振りの剣と一つの袋を手渡しました。剣は草薙《くさなぎ》の剣《つるぎ》という名。袋の方は危難に際して開くようにと伝えたのです。そして伊勢の神によくよく祈ってから出立するようにとも言われました」

「それで伊勢から東へ旅立ったのですね？」とキトが言った。

「尾張《をはり》まで行ったところで、ミヤズヒメ（美夜受比売）という女のもとにお泊まりなされた。この人を妻にしようと思ったけれど、自分はまだまだ先に試練を迎える身、共寝をするのは帰路にしようとそのまま旅を続けられました」

「まあ、もったいない！」とキトとカラヒメが同時に言った。「ずいぶん楽しい一夜になったでしょうに」とまで言ったのはキトだけだった。未《いま》だ乙女のカラヒメはそこまでは言わない。

「ヤマトタケルは、いずれは必ず帰るとミヤズヒメと約束して、更に東に進まれました」と媼は話す。「先々には山や河の荒々しい神たちがおり、また大和の大王の威光を見ぬふりをしてその土地土地を勝手に治める者たちがおります。それを或《ある》いは退治し或いは説得して、平定の事業を着々と進められました」

「行く先々のみなは勝手なことをしてはいけないのですか？」とカラヒメが問うた。

「國《くに》というものは大きいほど強い」と我は言った。「強い國ほど民は安楽に暮らせる。李先生が言われたとおり海の向こうには新羅があり高句麗がある。もしも戦になって負ければ、ここの民は殺され、犯され、売られる。それを防ぐには強い國として統一が要る」

「そうなのですね」とカラヒメは小さな声で言った。あるいは死んだ父ツブラオホミ（円大臣）のことを考えていたのかもしれない。

その声を聞きながら我は別のことを思っていた。ヤマトタケルは敵を求めてこの大和から遠いところを巡った。その事業はひとまず終わった。つまり我はもうそれはしなくともよい。大王の座に就けばこの大和の地を動くことなく西から東までに号令することができる。

「ヤマトタケルは尚《なお》も東へ向かいました。途中でオトタチバナ（弟橘）という美しい女に会って、これを妻として先へ進まれました。相模《さがみ》というところまで行った時、そこの国造《くにのみやつこ》が叛意《はんい》を起こして、ヤマトタケルを謀《たばか》ったのです」と媼は続けた。

相模というのはここからどのくらい遠いのか。

「その者は、『この先の野の中に大きな沼があります。そこにはまこと猛々《たけだけ》しく乱暴な神がいます』と申しました。ヤマトタケルはその神に会って言葉を交わそうと野に分け入った。その後ろ姿を見て国造は野に火を放った」

「敵は乱暴な神ではなくその国造だったのですね？」とキトが言った。

「そのとおり。この危難に際してヤマトタケルが叔母ヤマトヒメから貰《もら》った袋を開くと、中には火打ち石がありました。まず剣であたりの草を薙《な》ぎ払い、火打ち石で向かい火を点《つ》けて野火の勢いを止めた。そして言うまでもなく戻って国造を殺し、館《やかた》を焼き滅ぼした。だからその地には今も焼津《やきつ》という名がついております」

「で、ヤマトタケルは？」とカラヒメが聞く。

「行く先々でなおも仇《あだ》なす者どもを平らげて進みました。そして……」

「そして？」

「走水《はしりみづ》まで来た時、海を渡る道を土地の神が阻んだのです」

「走水？」

「海です。相模と安房《あは》の間で、潮が速い。だから走る水。向こうにおぼろに山々は見えるが、潮を越えなければ渡れません。そこの神がそれを許さない。山、峠、大きな川、海、旅の道にはいずこにも神がおられます。時には手をさしのべ、時には立ちはだかる。走水の神は荒い波風を煽《あお》り立てました」

我はそれほど遠くへは行かない、と思った。我はこの地にあって天《あめ》の下を治める。

「オトタチバナが言われることには、『あなた様は大事な使命を帯びられた身。私《わたくし》が海に入りましょう』。そう言って、菅《すが》畳八重、皮畳八重、絁《きぬ》畳八重を波の上に敷いて、船を下りてその上に坐《すわ》られ、そのまま水底へ沈まれました。荒波はすぐに鎮まった」

カラヒメがため息をついた。

「オトタチバナは海に入る前に歌を詠みました――

さねさし　相武《さがむ》の小野《をの》に　燃《も》ゆる火《ひ》の
火中《ほなか》に立《た》ちて　問《と》ひし君《きみ》はも
（さねさし）相模の野で火に囲まれた時
火の中に立っておまえは大丈夫かと聞いてくれたあなた」

「自分の身を捧《ささ》げて海を鎮めるなんて、なんと尊いのでしょう」とカラヒメが言った。

「私《わたくし》も同じことになったら同じことをします」

「我がどこかの邪悪な神に道を遮られた時にか？」

「はい」

「未だ床を共にしたこともない我のためにか？」

カラヒメはぽっと顔を赤らめた。

「ワカタケル様は大王の座に就かれて初めてあなたを妻にすると考えておられるのです」とキトが言った。「正式の后《きさき》に」

「しかし我はおまえの父を死なせた男だ。その怨《うら》みは深いはず。いつの日か寝床を共にして、裸で手と足を絡めて心地よいことをして、終わってうたた寝する我の胸におまえが剣を突き立ててもおかしくはない」

「マヨワのように？」とキトが言った。

「そう。あの子供はそうやって父の仇《かたき》を討った。母と寝た後の偽の父を殺した。追い詰めて死なせるしかなかったが、しかしあっぱれな子であった」

「私は女ですから」とカラヒメは言う、「仇討ちなどいたしません。幼い時から、おまえはワカタケル様の妻になるのだと父に言われて育ちました。あの方だけを一途《いちず》に思え、と。お顔を見ることもないままに、私はあなたの妻でした。そして今はこうしておそばにいます。抱いていただく日を待っております」

カラヒメは初めから我の妻となるべく育てられたと言う。

父のツブラオホミ（円大臣）は何を考えていたのか、明々白々。我には掌《たなごころ》を指すごとくにわかる。

葛城《かつらぎ》一族の血を先の世に繋《つな》ぐことだ。

豪族どもは何かと我ら王統に歯向かう。大王の力を削《そ》ぎ、自分たちの勢力を増すことを画策する。

野心ある者は、叶《かな》うならば大王の座を簒奪《さんだつ》して自ら大王の座に就きたいとまで思うだろう。

そのためには他の豪族との結託も辞さない。あやつらの合従連衡、我らが知らないわけではない。陰謀渦巻くただ中に我らはいる。

豪族たち、王位まで考えなくとも策は多々ある。もしも娘が五人いればそれぞれを力ある五つの家柄に嫁がせようとする。生まれた子の血の半分は自分たちのもの。嫁がせるべき先の筆頭は、言うまでもなく、大王《おほきみ》であり、その子ら、すなわちやがて大王になるはずの王子《みこ》たちだ。

それが我。

いや、今はまだその一人が我と言うべきか。

「その後、ヤマトタケルは？」と隅にいたヨサミが小さな声で聞いた。

「ヤマトタケルは」と稗田の媼が言う、「行く先々の歯向かう者どもを、時には武力で、時には言葉で従わせ、やがてようようミヤズヒメのもとに戻られました」

「あの尾張の方。妻にすることを先送りした方ですね」とキトが言う。

「そのとおり。いざ今こそ共寝をしようとすると、ミヤズヒメが衣の上から羽織った襲《おすひ》の裾《すそ》に月のものの血がついておりました」

「あらいやだ」とカラヒメが言った。身に覚えがあるような口調だ。

「それを承知でヤマトタケルはヒメを寝床に誘い、ヒメは従ったのです」

「汚《けが》れではないのです」とヨサミが言う。「月のものの間は女は神のもの。それでもヤマトタケルを受け入れたのは、この方を神と見なしてのこと」

「ミヤズヒメが月のもののことまで出してヤマトタケルの長い留守を嘆いたので、ヤマトタケルは歌を詠まれました」と媼は言った――

ひさかたの　天《あめ》の香具山《かぐやま》
とかまに　さ渡《わた》る鵠《くび》
弱細《ひはぼそ》　手弱腕《たわやかひな》を
枕《ま》かむとは　我《あれ》はすれど
さ寝《ね》むとは　我《あれ》は思《おも》へど
汝《な》が著《け》せる　襲《おすひ》の裾《すそ》に　月立《つきた》ちにけり

(ひさかたの)天の香具山を鎌のように細い白鳥が渡ってゆく。その白鳥の首のようにしなやかでなよなよとした腕のきみと枕を共にしようとしたら、
　抱いて寝ようとしたら、きみが着ている服の裾に月が昇った。

「どうして人は歌を詠むのですか？」とカラヒメが問うた。
　稗田の媼がこちらを見る。その説明はお任せしますと言わんばかり。
「思いが余るからだ」と我は言った。「普段の言葉だけでは伝え切れない思いが湧く時がある。ここぞという時のその溢《あふ》れる思いを後々まで忘れないように歌にする。言葉を

選び、響きを磨き、枕詞《まくらことば》や序詞《じょことば》を使って、言いたいことを大きく立てる」

「守りの堅い館に似ていますよ」とキトが言う。「堀を巡らし、土塁を築き、なかなか中に入れないようにする。ヤマトタケルが言いたいのは『しなやかでなよなよとした腕のきみと枕を共にしようとしたら……』ということでしょう。でもその前に白鳥を出す。聞いている者が引き込まれたところでようやくミヤズヒメと寝たいという思いと、その障りのことを言う。それが歌なのです」

「ヤマトタケルの歌を聞いて」と媼は言った、「ミヤズヒメが答えて歌うには――

高光《たかひか》る　日《ひ》の御子《みこ》
やすみしし　我《わ》が大君《おほきみ》
あらたまの　年《とし》が来経《きふ》れば
あらたまの　月《つき》は来《き》経《へ》往《ゆ》く
諾《うべ》な諾《うべ》な　君《きみ》待《ま》ち難《がた》に
我《わ》が著《け》せる　襲《おすひ》の裾《すそ》に　月立《つきた》たなむよ

（たかひかる）太陽の御子、（やすみしし）私の高貴な方。
（あらたまの）年が来るように、（あらたまの）月は去ります。
仰《おつしや》るとおり、あなたを待ちきれなくて、私の服の裾に月が昇りもしましょうよ。

と歌いました」

「よいお歌」とキトが言う。「待ちかねた恨みがしみじみと出ておりますね」

「女を待たせると恨みを買いますよ」とヨサミが言う。

「でも、月のものの血のことなど歌にしてよいのですか？」とカラヒメが問うた。

「だんだんにそういうことを憚《はばか》る世に移ったのです」と稗田の媼が言った。「最も初めの大王、この王統の大后《おほきさき》の名をご存じですか？」

「いえ」とみなが言う。

「ホトタタライススキヒメ（富登多多良伊須須岐比売）」

「まあ、お名前にホトなんて」とカラヒメが言う。

「そうですよ。みなさまの脚の間にあるあそこのこと。男たちがこぞって求めるところ。私《わたくし》はもう老いておりますからどなたもお見えになりませんが」と言って笑う。「さて、この初代の大王カムヤマトイハレビコ様がまだ大和に上られる前、摂津《せつつ》で神の子といわれる乙女に出会われました。その子の母は名をセヤダタラヒメ（勢夜陀多良比売）と呼ばれておりました」

「矢が立った姫ですか？」とヨサミが問う。

「そうなのですが、その矢がどこに立ったか？」

「わかりません。普通ならば矢が立てば死にます」とカラヒメが言う。

「三輪のオホモノヌシ（大物主）という神がこの乙女を見初められました（ちなみにオホモノヌシは前に話したオホクニヌシ（大國主）の異名でございます）。神は自らを一本の丹塗《にぬ》りの矢に姿を変えて、乙女が使う厠《かわや》まで流れてゆき、乙女が来て脚を開いて水の流れる溝を跨《また》いだ時に、下からホトをお突つきあそばされました」

「恥ずかしい」とカラヒメが言い、「いやらしい」とキトが言った。

「乙女はびっくりしましたが、よく見ると丹を塗った立派な矢です。下からホトをつつんと突いて、私を連れていって下さいと言わんばかり。乙女はこれを手にして寝所に戻られた」

「それで？」と女たちが身を乗り出して問う。

「寝所に行くと丹塗りの矢は美しい男の姿になりました。いえ、男の姿に戻ったのですね。そして乙女とまぐわいをなさいました」

キトがこちらを見てにっと笑った。

「この寝床から生まれたのが、ホトタタライススキヒメ」

「ちょっとかわいそうですね、その名は」とヨサミが言った。「だいいち、あわてたのは姫ではなく母だったのに」

「後世はこの大后をヒメタタライスケヨリヒメ（比売多多良伊須気余理比売）と呼ぶことにいたしました。憚ってホトをヒメと呼び替えたわけで、初め大王の正妻の名は『ホトに矢を立てられてあわてた姫』だったのです」と媼は言った。「そのくらい世の中はおおらかだったわけでございまして。更に昔、そもそもすべての始まり、この國土《こくど》を産んで神々や民草の暮らしの基《もとい》を造った神の名をお知りの方は？」

「はーい」とカラヒメが手を挙げた。「イザナキ様とイザナミ様です」

「よく知っているな」

「父に教えられました」

「そのとおり、イザナキとイザナミの二柱の神がこの世で初めてまぐわいということをしたのですが、するためにはその気が起こらなければなりません。二人は互いに相手をまぐわいに誘《いざな》った。だからその名なのです」

　この話、前にキトに聞かなかったか。

「この國《くに》は男の神と女の神のまぐわいから始まり、しかもそのことを誰もが知っているし口にしておりました」

「そうだ」と李先生が口を挟んだ、「マグワイやら、ホトやら、この國では今もそういう言葉を思うまま使える」

「他では違うのですか？」

「私は父の代でこの國に来た。ここからは海を隔てた百済という國の者であった。その先にはとても大きな國があり、いくつもの王朝が連なってきた。そちらでは人々は孔子《こうし》という人の教えに沿って生きてきた」

「義とか仁とか徳とか」と我はつぶやいた。

「そのとおり。そして孔子はマグワイに関わることを口にするなと言った。そんなことは家の奥で秘《ひそ》かに行うもの。君子は女の身体のことなど知らぬ顔で済ます」

「だって楽しいのに」とキトは言った。

「するのと言うのは違う」と李先生は言う。「あちらではしても言わない。私はこの國の方が好きだが、父は初めは戸惑ったと言う」

「お話の続きは？」とカラヒメが問うた。

「ヤマトタケルはその夜、ミヤズヒメと共寝いたしました」と稗田の媼は言う。「翌日、悪しき山の神を討ち取ろうと伊吹《いぶき》山に登るに際して、大事な草薙の剣をミヤズヒメのところに置いて行かれた。そこでこの山の神など素手で済ませてやろうと思われた」

「強いのですものね」

「いえ、実は長い長い征旅ですっかり弱っておられたのです」と媼は静かな声で言った。

「すると途中で白い大きな猪に出会われた。この山の神の使いか、それならば帰途に退治すればよいのだ、と言いながら先を急いだ」

「大きな白い猪。ただものではありませんよ」とヨサミが言う。

「激しい氷雨《ひさめ》が降ってきました。雨に打たれてヤマトタケルは身体から力が抜け、頭は霧の中をさまようようになって、ようやくのことに山を下りられた。白い猪は神の使いでなく神そのものだったのです。軽んじたために怒りを買った」

「やはり神は神ですから」とキトが言う。

「そしてようよう伊勢の能煩野《のぼの》まで戻った時、故郷を思って歌を詠まれました――

倭《やまと》は　国《くに》のまほろば
たたなづく　青垣《あをかき》
山隠《やまごも》れる　倭《やまと》しうるはし

大和は囲まれた国、山々は青い垣のように居並び、
その山々に守られて大和はうるわしい国。

そして、そこで亡くなられた」

女たちがため息を吐く。

「その魂《たま》は八尋《やひろ》の白い千鳥となって空に昇り、浜の方へと飛び去りました。慕う女たちが草の茎で足を血まみれにし、海に踏み込んで難儀しながら後を追ったけれど、白い鳥はもうおりませんでした」

「やまとは　くにのまほろば。美しい言葉ですね」とキトが言う。「山々に囲まれて、守られて、心やすく暮らせるところ」

「出雲八重垣《いづもやへがき》と同じでしょう」とヨサミが言った。「守られてある」

「稗田の媼さま、あなたはどうしてそのように昔のことにお詳しいのですか?」とキト

が問うた。

「これが私の生涯を懸けての務めですから」と媼は言う。「若い時に私はある老いた女の方に出会いました。この方に見込まれて、この世の始まりから今までのことども万事を教えられました。すべて復唱させられ、間違いはその場で正されました」

「そういう方がおられたのですね、昔のことをみな覚えている」とヨサミが言った。

「その方がお一人でなさったことではありません。太古から代々それを継がれてこられたと言われた。ただ覚えて口移しに伝えるのではない。あちらの一族こちらの一族、それぞれが伝えてきたことを束ねて、編んで、間違いとおぼしいところを直して、大きな國の物語を紡ぎ出す」

「それがすべてあなたの頭の中に入っているのですか？」とキトが問うた。

「私が死ねば消える。誰か次を探さなければならない」

「それはまだ先のことです」とキトが言う。「それは私《わたくし》には見えております。私でよろしければ受け継いですべて伺って覚える役に就きましょう」

「媼さまに伝えたその老いた女の名は？」とカラヒメが聞いた。

「稗田阿《ひえだのあ》礼《れ》。代々継がれてきた名だと伺いました。ですから私も稗田の媼と呼ばれます」

　静かな秋の午後、女たちを遠ざけ、ミカリ（御狩）やヤマセ（山背）など部下たちも遠ざけて、一人でものを考えている。

館《やかた》の最も下の階《きざはし》に坐《すわ》っているから、目の前は初瀬川である。水はさわさわと流れ、その水面《みなも》に黄や赤の落ち葉が浮いて運ばれる。秋なのだ。背後の山のはるか上で百舌《モズ》が鋭く鳴いた。

今、我はどこにいるか？

兄であった二十代の大王《おほきみ》アナホは大后《おほきさき》の連れ子であるマヨワ（目弱）によって弑逆《しいぎゃく》された。今は服喪の時であり、なきがらは仮に殯宮《もがりのみや》に納めてある。御陵を造って正式に安置するのはまだまだ先だ。

次の大王が誰になるか、未《いま》だ答えはない。

我であればよい。

我でなくてはならぬ。

國は力を求める。

民草を統べ、経國と済民を図る。

そのためには力が要る。豪族たちの反発を抑え、思うところを成すための力が要る。

力なき者には國は預けられない。だから我は速やかにシロヒコとクロヒコを始末した。

あれらは國を支える柱になり得ない者たちであった。

しかし我には従兄《いとこ》にあたるイチノヘノオシハ（市辺押歯）という男がいる。これは豪《ごう》放磊落《ほうらいらく》、世間の聞こえもよく、まさに大王の器という声も聞こえる。

では我はこの男の後塵《こうじん》を拝することになるのか？

この先、ことを決めるのは豪族どもの意向だ。我が大王の一統は二十代に亘《わた》ってその座を受け継いで来たが、それが盤石ということではない。

あやつども、我らから見えないところで何を画策しているかわからない。

ここから、天は我に味方するか否か。

あるいは天に逆らってでも望むところへ走るべきか否か、それが問題だ。

豪族たち。

彼らが合意すれば我はすぐにでも大王になれる。

求められるのは力だ。義でも仁でも徳でもなく、みなみなを束ねて動かす力。國の中をまとめ、外に対しても堂々と立ち向かう力。海の向こうから人を呼び、ものを買い、國内《こくない》ではさまざまな生業《なりわい》を興して、國勢《こくせい》を育《はぐく》む力と知恵と覇気。

我にはそれがある。

では、いかにしてあやつらにそれを認めさせるか。

物部氏は昔から大連《おほむらじ》を名乗ることを許されてきた。あれは信頼できる（我に対してではなく我が一統に対してだが）。多くの社で神々を祀《まつ》ることを見守り、神の宝物を守ってきた。氏神は石上《いそのかみ》の宮であり、あそこは神宝と並べて武器・武具をあまた蓄えている。

ツブラオホミ（円大臣）の居城を攻めるに際して速やかに弓矢を送って寄越したのは物部の手柄であった。我は葛城を率いるツブラオホミを討つと決め、物部はそれを肯《うべな》い、我に加勢した。これは覚えておこう。

大伴氏。これも大連だ。

信頼がおける。我が大王の統治を助け、盛り立て、共に栄えてゆこうと思っている。この先々も頼ってよいと思わせる。

しかしこれも我にではない。未だ我一人ではない。従兄イチノヘノオシハと我、すなわちワカタケル。豪族たちの合議が二者のどれを推すか。今はまだわからない。

みなそれぞれの思惑があるはず。

我との仲で最もわからないのは葛城だ。この初瀬の宮からは大和の広い野を隔てて西の山の麓《ふもと》。そこに大きな所領を持つ、古《いにしえ》から連なる力ある一族。

時には逆らいもしたが、ほぼいつも我らに力を合わせてこの國《くに》を動かしてきた者ども。

それを率いるツブラオホミはなぜ我に逆らったのか？　大王を殺したマヨワ（目弱）という子供をなぜ自分の命まで添えて守ろうとしたのか。

義とか仁とか徳とか、何の意味がある？

しかも我がもとには、葛城の血をそのまま引くツブラオホミの娘カラヒメがいる。

葛城氏と並ぶのが和珥《わに》氏だ。

古い家柄で、多く大后や后を輩出してきた。我ら大王の一統に逆らうこともなく、あまたの領地で静かに生業を営んでいる。葛城氏のように大王に近づいたりまた逆らったりなど、怪しい動きはしない。

膳《かしはで》氏は大王はじめ多くの宮々に食べるものを供している。淡路《あはぢ》、志摩《しま》、若狭《わかさ》など御《み》食国《けつくに》から海の幸を取り寄せて送って寄越す。これもまた國の根幹に関わろうなどという野心なき者たちだ。

紀《き》はどうか。あれが味方につけばありがたいのだが。我を大王に推すと言われた長い名のお方、カムヤマトイハレビコ、神力をもってそのように計らってはいただけぬか。

「申し上げます」と下人が階のはるか上からおそるおそる声を掛けた。「お目に掛かりたいと申される方が来ております」

しばらく寄るなと言ってあったので気を遣っているのだろう。

「誰だ?」

「シヅカヒ（静貝）と名乗られます」

「通せ」

紀一族の下に潜ませてある者で、あちらでの身分は大舎人《おほとねり》。重用されていると聞く。ちょうど先のことなど考えていたところへ折よく来たものだ。

「シヅカヒか、久しぶりだな。息災か?」

「はあ、まずまず」

「女たちにも不足してはいないかな?」

「それもまずまず」

男二人、並んで川を見る。

「秋でございますな。落ち葉が水面《みなも》に散って」

「これはまた風流なことを言う。おまえも歌など詠むのか？」

小柄ながら実は機敏な男である。

「いえ。私《わたくし》は歌の器量には欠けますれば、人の歌を楽しむばかりで」

「それでよいではないか」

「さて、申し上げたいことがあって参りました。やはり殿は紀の一族と結ばれた方がよろしいかと思料いたしまして」

「そうか」

「あちらの頭領たちとはさりげなく話したばかりで、未だ真意は測りかねますが、内心ではあちらもワカタケル様を立ててゆきたいと考えている様子。よろしければ私が仲に立ちます」

しばらく黙考。

「この川は初瀬川。この水はどこへ流れますか？」とシヅカヒが静かに問うた。

「北に向かって大和川に合わさり、やがては西に下って河内の先で海に入る」

「では、ここから馬で一刻ほどの南を流れる吉野《よしの》川は？」

「あれは紀ノ川となってやはり海に入る。すべて川の水は海に入るものだ」

「その海の彼方《かなた》に任那も百済も宋もあります」

わかっている。國の要《かなめ》は海への道だ。

「大和川と紀ノ川、どちらが優れておりますか？」とシヅカヒが聞いた。

「なんだその問いは。川に優劣があるのか」

「北の大和川、この初瀬川が始まり、この先で佐保《さほ》川、曽我《そが》川、葛城川などを合わせて大和川となり河内の西の海に注ぐ。川辺にはあまたの豪族の拠点があります。一方の紀ノ川は上流では吉野川。名を変えて西に流れて、やがて紀の国で海に注ぐ」

我にすれば承知のことだ。

「何が違いますか？」

「わからぬ」と我はいささか苛立《いらだ》って返した。こういう話しかたはこの男の悪い癖だ。

「水の量」と言う。「それぞれ岸に立って見比べればわかるのですが、紀ノ川の方がずっと多い。倍はある。勢いが違うのです」

「だから紀一族に乗れと言うのか？」

「そうです。むしろ紀の力を借りるというか。あるいはこちらから力を貸すというか。お互いに利があります」

「だがあの川はしばしば溢《あふ》れて暴れるではないか。下流はどこまで行っても水浸しだ。見たことがあるぞ」

「それが力ではありませんか？　人でも川でも力あるものはその力が溢れて暴れるものでは？」

「誰のことを言っているのだ？」

「川の話です」

「こやつ」と言って我は思わず笑った。

「水が多いから時には暴れます。しかしその水で多くを運べる。それに紀の国に入ってからはずっと紀一族の治める地です。どんな時も間違いなく兵と武器を送れる。大和川の隘路《あいろ》を扼《やく》されても、海から難波津《なにはづ》へ兵を運んで反攻ができる」

それは一理ある。

「実を言いますと、今こそお力を借りたいと思って来たのです」と声を潜めて言う。あたりには誰もいないのに、いちいち大袈裟《おおげさ》な奴だ。

「なんだ？」

「宇陀《うだ》で朱が出ました」

それは、と思った。

宇陀はここのすぐ東、朱は金と同じ価値がある。

「たぶんまだ誰も知りません。力ある豪族は未《いま》だ知らない」

「紀は知っているのか？」

「秘《ひそ》かに察知しました。しかし紀の地から宇陀は遠い。それにこの初瀬の宮の前を通らなければ行けない。お目をかすめて朱を運び出すことはできません」

「それで声を掛けてきたのか？」

「互いの利です」

「それはさっきも聞いた。紀は本当に我を推すか？　従兄《いとこ》のイチノヘノオシハ（市辺押歯）を差し置いて我を大王《おほきみ》に立てるか？」

「彼らはそのつもりでおります」

朱は採れる分だけ海彼に売れる。その価は米などの比ではない。先の大王の陵墓などいくつでも造れる。

「その話、乗るか」

「見に行こう」

「お乗り下さい」

「今すぐ？」

「そうだ」

今すぐだ。ヤマセ（山背）とミカリ（御狩）を呼び、キト（井斗）も連れてゆくことにした。

二十名ほどの従者と共に進む。

朱は丹《に》であり、辰砂《しんしゃ》である。

赤い美しい色で、山から採れる。

木や石に塗って美しく、いつまでも褪《あ》せない。

川沿いの宇陀への道は雑草が茂り、木の枝が横に伸び、雨水が溝を穿《うが》ち、荒れていた。

馬も人も足を取られないよう気を付けて進む。

この道は調えねばならない。

そのためには鉄《くろがね》の鎌や鋤《すき》や鍬《くわ》がいる。その鉄をたくさん買うのに宇陀で採れる朱は役に立つだろう。世界はそのように繋《つな》がっている、と李先生は言われる。

朱が手に入り、更に紀が味方につけば、我は従兄イチノヘノオシハに対して優位に立てる。

「宇陀は歌があったな」

「ありました」と思いがけずミカリが言った。

「おまえは歌に詳しいのか？」

「いささか」と言って美しい声で朗唱を始めた——

宇陀《うだ》の　高城《たかき》に　鴫羂張《しぎわなは》る
我《わ》が待《ま》つや　鴫《しぎ》は障《さや》らず
いすくはし　鯨《くぢら》障《さや》る
前妻《こなみ》が　肴乞《なこ》はさば
立柧棱《たちそば》の　実《み》の無《な》けくを　扱《こ》きしひゑね
後妻《うはなり》が　肴乞《なこ》はさば
いちさかき　実《み》の多《おほ》けくを　許多《こきだ》ひゑね
ええ　しやごしや　こはいのごふそ
ああ　しやごしや　こは嘲咲《あざわら》ふぞ

鴫を捕ろうと宇陀の狩場で罠《わな》を仕掛けて待っていたら、なんと鯨がかかった。
古い妻がおかずが欲しいと言ったら肉の少ないところを削《そ》ぎ取ってやれ、
新しい妻がおかずが欲しいと言ったら肉たっぷりのところを削ぎ取ってやれ。
ええ　ざまをみろ（これは突っかかる口調で）
ああ　ざまをみろ（これは大声で笑う口調で）

「山の中で鯨が捕れたというおかしな歌ですね。古い妻と新しい妻。誰が誰やら」

「宇陀で鯨は捕れませんが朱は採れます」

「そういうことだな」

　峠を越えて少し平らな地に入った。

　初瀬川から離れ、宇陀へ入る峠を越えてゆるゆると坂を下る。右手にまた川が見えた。

「あれは？」

「宇陀川です」とシヅカヒが言う。「しかしこの先で名張《なばり》川と名前を変え、北に流れて大きな川となり、果ては難波津で海に注ぎます」

「よく知っているな」

「地の理《ことわり》は国の礎。知らずに政はできません。とりわけ紀のような大王の府から離れたところでは地の理がそのまま盛衰を左右します。紀はまずもって川の国ですから」

「なるほど」

「この川をしばらく東に下ってから支流を上ると、いくつもの滝があります。赤目《あかめ》の滝。その数四十八と申す者もおります。誰が数えたのか」

しばらく下ったところで左に折れ、また別の細い川に沿って上る。

「ここからは徒《かち》になります」と言ってシヅカヒは馬を下りた。みなも倣う。

草木を掴《つか》んで身を引き上げる。きつい上りが続いた。

息切れして、さすがのミカリも歌を口にする時ではない。

ようやく山と山の間の鞍《くら》のようなところに出た。

そこにごく粗末な小屋があって、若い男と女、それに子供たち数名がいた。

「見張りに立てておいた者どもです」とシヅカヒは言って、その者たちと何か言葉を交わした。

「あれを」と言うと、女の方が森の中に入り、やがて何か持って帰ってきた。

「人に見つからぬよう、隠してありました」

手の中に真っ赤な美しい石があった。

その赤を見てヰトがほーっとため息を吐いた。

「朱だな。宝だ」

「これが採れます。量はまだ不明ながら、少なからぬと察せられます」

「地の底から出てくるのか？」

「掘れば掘るだけ。しかしここに多くの下人を住まわせ、働かせ、採れたものを運び出す。その費《つい》えを担っていただけますか？」

「よいだろう。ここで得た朱は大和川ではなく紀ノ川から海へ出す。紀も利を得るわけだ」

「もう一つ、ご相談があります」とシヅカヒが言う。何かをねだる顔つきだ。

「何だ？」

「ここから掘り出される朱の量はなかなかのものになるはず。下人を数百人は使うことになるでしょう。宇陀に住まわせ、人の背と馬で運び出す。舟で川を下る。いずれにしても大がかりな営みです。それらすべてを統べる場所を初瀬のあたりに用意しては頂けませんか？」

「考えていないわけではない。もしも我が大王になった時は初瀬の宮が國《くに》の府になる。しかしあそこは防備には向いているがいかにも狭い。百官を束ねて働かせるには広い平地が要る。少し下流の朝倉《あさくら》のあたりを考えている。そこにもっぱら朱を扱う館《やかた》を用意しよう」

いずれにしても我が大王となった暁には今はまだ石上穴穂宮《いそのかみのあなほのみや》に接してある官衙《かんが》をすべてこちらの方に移さなければならない。

我が大王になった暁！

心躍る言葉ではないか！

朝倉の木を伐《き》り、土地を均《なら》し、そこに数かぎりなき甍《いらか》が並ぶ。都ができる。あまたの人と馬が来ては去り、ものを運び込み運び出し、屯倉《みやけ》にはこの國の東西南北の山河や田や畑ならびに海の彼方《かなた》からももたらされた富が溢《あふ》れる。市が立つ。そして、我はそこに臨む大王である。

まことに気持ちがよい。

そう思っているところに影が差した。

神々はそれを肯《うべな》われるのか？

我を大王として立てて、その先も力を貸して下さるのか？

神もいろいろおられる。

そのうちのどの方が我の後を押し、どの方が前に立ちはだかるか。

運と不運はまだら。心許《こころもと》ないものだ。

この一歩と思って踏み出した先が沼地ということもある。

ヰトは大王となった我の姿が未来にうっすらと見えていると言う。未来、すなわち未《いま》だ来たらぬ世。

夢を見るヰトの力を信じようか。

我一人の力を信じて、強く押し進むか。

初瀬に戻った。

兄である二十代大王《おほきみ》アナホの喪が明けるまでは大きな動きはない。

しかし、と考える。

十九代ワクゴ（若子）が七十八歳で薨去《こうきょ》した後、やはり服喪の時期があった。

ワクゴは我が父である。

男子《なんし》を数えれば、我と、アナホ、シロヒコ、クロヒコ、それにもう一人、カルノミコ（軽王子）がいた。母はすべてオサカノオホナカツヒメ（忍坂大中津比売）。我らはみな同母の兄弟であった。

次の大王は長子であるカルノミコと決まっていた。

ただ待てばよかったのにカルノミコはおかしなことをした。実の妹であるカルノオホイラツメ（軽大郎女）に恋をしたのだ。

妹とて母違いならば恋は許される。

叔母《おば》や姪《めい》を娶《めと》ることもできる。そのような例はいくらでもある。

しかし、同じ母の胎《はら》から生まれた妹では、それは人倫に反すると言われる。

相手は美しかった。別の名をソトホシノイラツメ（衣通郎女）といった。肌からの光が着ているものを透《とお》して外にまで輝くという意味だ。

二人は相思相愛となった。

互いに夢中で、禁忌のことなどまるで知らぬ顔。こっそりと機会を見つけては共寝を重ねた。

しかしこっそりの逢瀬《おうせ》もやがては露見する。

噂になって、豪族たちが騒ぎ出した。

大伴も物部も、葛城や和珥まで、このお方は大王の座にはふさわしくないと言い出した。

むしろアナホを擁立しようと動き始めた。

罪に問うて捕らえるべきだという声が上がる。

罪は汚れ《けが》であり、神々の怒りを買う。

己《おの》が母犯せる罪、己が子犯せる罪、などと同じく汚れとして、年に二度の大祓《おほはらへ》で浄《きよ》めねばならない。怠れば災厄を招く。嵐が襲来し、日照りが起こり、天地が裂け、山が火を噴く。海が地を侵掠《しんりゃく》する。疫病が広まる。

カルノミコは追われた。

追捕《ついぶ》をうけたカルノミコはオホマヘヲマヘ（大前小前）という男のところに逃げ込んだ。

そして、戦いに備えて矢を作ったが、これは銅《あかがね》の軽い矢だった。

アナホの方の軍勢は鉄《くろがね》の重い矢をたくさん作った。

王子《みこ》を匿《かくま》ったはずのオホマヘヲマヘは氷雨《ひさめ》の降る中におどけて踊りながら出てきて言った――

「今は亡き我が大王の御子よ、兄を相手に戦いをなさるのはおやめください。戦いになれば人が笑います。私が捕らえて連れて参ります」

そう言って館に戻り、カルノミコを縛って出てきた。

カルノミコは伊予《いよ》へ流された。


こういう話のどこまでが本当なのだろう、と我は思う。この兄の不始末を我は身辺の者たちから少しずつ聞いていた。それを束ねれば今言ったようなことになる。

本当とは何か？

ことが起こる場に常にいてすべてを見ていれば本当のことがわかる。しかしそれができるのはその地その地の神ばかりだ。

そして、神どもはだいたい意地が悪い。

（こんなことを思うて、いずれは我にも罰《ばち》が下ることだろう。）

そもそも、カルノミコを妹への恋などに追い込んだのは神ではなかったのか、どなたにせよ。

それなくしてあそこまでの執着《しゅうじゃく》はあり得ない。だいいち、大王の座を目前にした者のふるまいとは思えない。

人は時に狂うものだ。

神は人を狂わせる。

今の我、これは正気であるか？

ヰトに聞いてみようか。

カルノミコは歌を詠んでいた。

ミカリを呼び出そう。あれは歌って声がよいし、よく歌を知っているから。

ついでにヰトとカラヒメ、ヨサミも揃えた。

ミカリがよい声でカルノミコの作を歌った――

あしひきの　山田《やまだ》を作《つく》り
山高《やまだか》み　下樋《したび》を走《わし》せ
下娉《したど》ひに　我《わ》が娉《と》ふ妹《いも》を
下泣《したな》きに　我《わ》が泣《な》く妹《いも》を
今夜《こぞ》こそは　安《やす》く肌触《はだふ》れ

（あしひきの）山の田に水を引く樋《とい》は
山が高いので地中に引いて人の目には見えない、
同じように、人目に隠れて誘っていた妹と、
私が人目に隠れて泣いて恋した妹と
今夜こそは思うままに共寝をしよう。

「実の妹でなくても、会いたくて会えない恋はあります」とキトが言う。「世の恋の半分はそんなもの。だからこの歌は世に広まったのです。みんなの思いを乗せて」

「カルノオホイラツメを泣くなと諫《いさ》める歌もありました」とミカリが言う――

天飛《あまだ》む　軽《かる》の嬢子《をとめ》
いた泣《な》かば　人知《ひとし》りぬべし
波佐《はさ》の山《やま》の　鳩《はと》の　下泣《したな》きに泣《なう》く

（あまだむ）軽の里の乙女よ、
そんなに泣いたら人に知られるでしょう。
泣くのなら波佐の山の鳩のようにひっそりと泣きなさい。

その夜、キトと身体を重ねて、上になり下になり、ゆっくりとよいことをした後にうたた寝しているところへ、何者かが静かに現れた。

初めにキトが気付いた。

「どなた？」

「私だ、カルノミコだ」

我も目を覚まして起き上がった。

「兄上？」

「昼間、私たちの歌を久しぶりに聞いた。礼が言いたかった」

「よいお歌でございますから」とキトが言う。「伊予へ流されて、カルノオホイラツメ様も後を追われて、しばらくは共に暮らされた後に、二人で自死の道を選ばれましたね」

「別れて、また顔を見られて、同じ床に寝られて、それでもうこの世のことはよいと思ったのだ、二人共に。だから並んで寝て、同じ時に毒を仰いだ。妻が吾《われ》を思って詠んだ歌を知るか――

君《きみ》が往《ゆ》き　日長《けなが》くなりぬ
山《やま》たづの　迎《むか》へを行《ゆ》かむ　待《ま》つには待《ま》たじ

あなたの旅はあまりに長くなりました。
（やまたづの）迎えに行きます。とても待てません。

そう言って妻カルノオホイラツメは伊予まで来てしまったのだ」

「伺います」と我は言った。「恋はそこまで大事でしたか？　そのままで行けば間違いなく大王になられる身であられた。それを捨ててまで執着なされた。それほどの恋だったのですか？」

「弟よ」と死んだ兄は言った、「おまえは國《くに》を統べる大王《おほきみ》になることだけを目指して歩を進めている。それはそれでよい。だが、そうでない道も人にはあるのだ。私はあれと添うことだけで生まれて育って大人となった甲斐《かい》があったと思う」

そう言う兄の脇にふっと美しい女が現れた。

カルノオホイラツメ、共に亡くなった女だった。我には姉だ。

「お初にお目にかかります。ヰトと申します」

「日々、ワカタケルのお世話、ありがとう。これは常に手綱をつけておかなければ危ない暴れ馬ですから」

暴れ馬でなくては千里は走れない。そう思ったが黙っていた。

「先ほどの話」と兄カルノミコが言った、「恋だけで満ちて終わる者もある。吾らはそれで充分だった」

そう言って、隣を見る。

見られた相手はうなずく。

「吾らが向かった伊予には熱い湯が湧く池があった」と兄が言った。

「聞いております」とヰトが言う。よくものを知っている女だ。

「そこに身を浸す心地よさはまこと言葉にならないほど」

「このあたりの蒸す浴とは違うのですね」

「まるで違う。湯の中では身体が浮くのだ。そこでこれと共に入って身体を抱く。目方がないように軽い。右に左に上に下に、思うままに動かせる。そして思うところに手が届く」

「おやめ下さい、そのようなお話」と姉なる人が小さな声で言った。

夜の闇の中で、部屋の隅に置いた小さな燭《しょく》の明かりだけで、姿はおぼろにしか見えない。昼の光のもとならば、ソトホシノイラツメ（衣通郎女）というこの人の別の名のもととなる美貌《びぼう》が見えるのだろうか。肌からの光が着ているものを透《とお》して外にまで輝くという名のごとく。

「そうするうちに都の方から、あの二人やがては死なしめる他あるまい、という声が聞こえてきた。それはそうであろう。弟のアナホが大王を継げば、吾はまず目障りとしかならない。そんなつもりはなかったが、叛逆《はんぎゃく》を思えば気が気でないだろう。刺客が来るのは間もなくか。それならばここで二人で果てるもよいかと思った」

「伊予の熱い湯の池は道後《だうご》で、そこへの港は熟田津《にぎたつ》でございましたね？」とキトが問うた。二人の熱気に当てられて、話題を変えたかったのかもしれない。

「そうでした。熟《に》えた湯の津」と姉が言った。「長い船旅の果てにようよう着きました。お出迎えの嬉《うれ》しかったこと」と言う声も熱い。

「こちらも嬉しいかぎりであった」と兄が言う。

気付くと兄と姉は消えていた。

「ヤマセ（山背）、昨夜が満月だったな？」

「そうでしたな」と傍らに控えていたヤマセはのんびり答えた。

「昨夜が満月ならば、今日は朝倉に市が立っているはずだ」と我はミカリに言った。

「そうですな」

「行ってみるか」

「守りの兵は？」

「徒《かち》で十名もあれば充分だろう」

「では早速」


初瀬川に沿って、朝倉はすぐ近くだ。

日の光は温かく、通う風は涼しく、よい日和であった。

川岸の少し開けたところに多くの人が集まっている。それぞれに売る物を持ち寄って買い手を待っている。

馬を下りてその中に入った。

みなが口々に売りたい物の名を大声で呼ばわっているのがおもしろい。

稲藁《わら》でざっと編んだ俵に入れた籾《もみ》のままの米

小さな鉄《くろがね》の刃物
銅《あかがね》の刃物
首に縄を結わえた子犬
焼き物の器
木を彫った人形
生成《きなり》の麻布
何か壊れた木の道具の一部
栗の実
干した小魚
乾《ほ》した紫草《むらさき》の束
調理に使う石の器
……

みな物と物の取り替えで、その交渉が半ばまでは身振りで進み、それもまた賑《にぎ》やかなことだ。

いずれ我は海を越えて國と國の間に大きな市を立ててみせる。

ふと何か赤い鮮やかな物が目に入った。

寄ってみる。

わずかな量ながら、朱だ。

「どこから持ってきた？」と問う。

その下人はおろおろするばかりで答えない。

朱の出どころは宇陀だろう。この下人は隠れて持ち出した。今ここで秘密が漏れては困る。

これはすぐに成敗しなければならない。

そう思った途端に手が動いて剣を抜いていた。

大きく振り上げて、一刀両断とばかりに斬り捨てる。

肩から斜めに切り下げたその傷口から血が噴き上がった。

周りで物の売り買いをしていた下人どもが悲鳴をあげて逃げ出した。売り物をその場に放り出して、みなみな一散に逃げてしまった。

その先で異変が起こった。

あたり一面を赤く染めた男の血が、我が見ている前でゆっくりと朱に変わったのだ。

それに気付いて手に取ってみる。

指で摘《つま》んで見ても間違いなく朱である。

これはどういうことかと指の間のものを目を凝らして見るうちに、それはやがて消えていった。飛び散った血、いや、朱も消えてゆく。しばらくして気付くと男の死骸《しがい》そのものがない。

その夜、館《やかた》でキトと話した。

何が起こったかを告げた。

「恐ろしいことであった。あれはいったい何だったのだろう？」と言った。

キトは眉根《まゆね》を寄せてしばらく考えていた。

「朱の神でしょう」と言う。

「そうか、それを斬ってしまったか」

もう宇陀の朱は我の手の届かぬものになったかもしれぬ。

「いえ、朱を採るには山を切り開いて地面を掘らなければなりませぬ。そこから朱が出てくる。噴き出す。溢《あふ》れ出る。同じことをなさったのです」

「では、よい徴《しるし》か？」

「おそらくは吉兆。しかし、これを俗事として見ればその者を捕らえて朱の出どころを詮議《せんぎ》すべきところでした。いきなり斬ってしまうというのは思慮に欠けます」

「だが、あの時はその考えしか浮かばなかったのだ。それが我の思いをすべて領した」

「その短慮をお矯《た》め下さい、と言っても生まれついた性《さが》はなかなか矯めがたいもの。まだ何年かはそれでたくさんの血を流されることでしょう」

三　暗殺と求婚

使者が来た。

大伴《おほとも》のムロヤ（室屋）が、先の先の王十九代ワクゴ（若子）の陵墓建造の工事を見に行かないかと言ってきた。

ワクゴは我と二十代アナホ（穴穂）の父である。四十二年の長きに亘《わた》って大王《おほきみ》の座にあり、悠然とかむあがりなされた。ただ身罷《みまか》るのではなく、正に神となって天に昇られるというにふさわしい大往生であった。

若い時は病弱で、それゆえに即位をためらわれたが、新羅《しらぎ》から大使として来たコムハチムカムキム（金波鎮漢紀武）という人物が医薬に詳しく、そのおかげで病と縁を切ることができた。

御陵はいわゆる寿陵として生前から築造が始められたのだが、崩御には間に合わなかった。

後を継いだ我が兄アナホの治世はわずか三年で終わり、今はその喪の時期。こちらの陵墓はこの大和《やまと》の地に造ると決まったばかりで、まだ工事開始には至っていない。

我が父なるワクゴの御陵は遠い河内《かはち》である。

歴代の大王はこの大和の地に宮を定めて、そこから國《くに》の中をしろしめしなされた。つまり統治あそばされた。

しかし多くは河内に埋葬された――

十五代ホムタワケ　在位四十一年
十六代オホサザキ　在位八十七年
十七代イザホワケ　在位六年
十八代ミヅハワケ　在位五年

いずれも御陵は大和川に沿って生駒《いこま》山と葛城《かつらぎ》山の間を抜けた先の広い河内にある。

十九代ワクゴもまた河内に奥津城《おくつき》を築くとご自身で決められた。

しかし、その後の二十代アナホは在位わずか三年、しかも七歳の子供に弑《しい》されるという外聞の悪い最期であった。近くに小さめの陵《みささぎ》を造って済ませようという声が豪族たちから聞こえてくる。

喪が明けぬままのこの時期に力ある大伴の頭領たるムロヤが声を掛けてくるとはいかなることか。

知らぬ仲ではない。むしろ懇意と言ってもよい。河内まで数日の旅になるであろう。

その間にムロヤは何を話そうというのか。

ムロヤ一行とは大和川のほとりの駅《はゆま》で落ち合うことにした。

大伴氏はもともとは河内の住吉《すみよし》が本領である。難波津《なにはづ》の港を築いて、これを拠点に勢力を伸ばし、やがては大和にも進出、もっぱら大王の近衛《このえ》として働いてきた。

二十代アナホの弑逆《しいぎゃく》を許したのは近衛として手落ちであったが、しかし王宮の奥の神床で大后《おほきさき》の連れ子に殺されたのでは近衛としても防ぎようがなかった。これは責を問うわけにはいかない。

ムロヤは堅下《かたしも》の駅にいた。

街道に沿っては駅が設けてある。馬が用意され、公務の者はここで馬を替えることができる。緊急の時にはこれを介して駅使《はゆまづかひ》が走る。はゆま、とは早馬《はやうま》。

だが、今回は住吉まで、徒《かち》の兵ともども、のんびりと歩を進めて一日の行程、自分たちの馬で行って何の障りもない。我が乗る駿馬《しゅんめ》を駅の駄馬と替えるつもりはない。

ムロヤは大きな男だ。

我も小兵ではないが、ムロヤと並んで立つと見上げなければならない。これがいつも悔しい。

しかし馬の上では目の高さはほぼ同じになる。

「これはこれはワカタケル様、お元気なご様子でなにより」

りおきのほどを」

「このたびは長子を連れて参りました。カタリ（談）と申します。向後よろしくお見知りおきのほどを」

「まずまず」

ムロヤの背後の馬群から一頭が前に出た。

馬上のカタリは我よりは二つ三つ歳下か。見目のよいすがすがしい若者だった。

我の前で黙して頭を下げる。

長子同道というムロヤのふるまいは我への恭順の表明であるのか。

カタリは父親と異なって無口な男だった。

馬を並べてムロヤと行く我の後から静かについてくる。

日は温かく、木々の緑が目にしみた。

「ワクゴ様は立派な大王であらせられましたな」と言う。

「そう。父は評判がよかった」

「治世も長きに亘りましたし。世は安寧、海の向こうとは人も物も繁く往来し、この國は大いに栄えた」

「それを続けたいものだ」

そう言いながら、この我が大王となって、と心の中で思った。

「いずれそうなりましょう」とムロヤは、こちらの心を知ってか知らずか、さらりと言った。

「十九代の大王、何が最も大きな事績であったのかな？　ただ平穏に世を治めただけではあるまい」

「豪族たちの専横を抑えたこと。そのために氏《うじ》と姓《かばね》を定めて、いわば世に秩序をもたらした」

「なるほど。あれは父の代のことであったか」

「人はばらばらではいけません。束ねて名付けることが必要です。みなが勝手に名乗っていたのを聴き取って、それぞれの血統に従って名を定める。これを氏と呼びます。吾《われ》ら大伴、他に物部《もののべ》、葛城、和珥《わに》、膳《かしはで》、土師《はじ》、地方の紀《き》、吉備《きび》、出雲《いづも》、安曇《あづみ》、また渡来の民である秦《はた》、東漢《やまとのあや》、みなワクゴ様が定められた、あるいは認定なさった一統です」

「それらが今の世の柱か」

「ワクゴ様は嘘を言う者を排除するために盟神探湯《くかたち》まで催された。己《おのれ》が正統と言い張る二人を言八十禍津日《ことやそまがつひ》の神の前に呼んで、釜《かま》の中の煮え立つ湯に手を入れさせる。結果の火傷《やけど》の軽重で真と偽を決める」

「あれはいんちきができると聞いているぞ。予《あらかじ》め手を濡《ぬ》らしておくとさほど手が煮えないとか」

「それは知りませんでした」

「上に政策あれば下に対策あり」

「世情をよくご存じですな」

「では姓は？」と我は問うた。

「氏は家ごとに自《おの》ずから伝わるものですが、姓は大王が授けるもの。氏と姓の両方が揃《そろ》って初めて一族の面目が整う」

「それが臣《おみ》であり、連《むらじ》であり、造《みやつこ》、直《あたひ》、首《おびと》、史《ふひと》か」

「そのとおり。世襲ですが、血統によるものと職掌によるものがあります。朝廷に仕え、また名代《なしろ》や部《べ》の民を率いる官人たち、すなわち伴造《とものみやつこ》はもっぱら造、首、連ですな」

「しかし地方ごとの国造《くにのみやつこ》にも同じ姓はあるぞ」

「たしかに。大和や河内の国造は直姓、吉備や出雲では臣、もっと西では凡直《おほしのあたひ》、東の方には伴造がそのまま姓という者もおります。更に東の毛野《けぬ》まで行けば君《きみ》もある」

「ともかく、そのようにして人々を家ごと位階ごとに束ねた。烏合《うごう》の衆を整列させた。そういうことか？」

「よくおわかりで。野原を勝手《かって》気儘《きまま》に走りまわっていた幾百もの者どもがきちんと並んで顔を大王の方に向け、命令を待つようになりました」

「その下に民草がいる」

「その民草が稲を育て、獣を獲《と》り、魚を捕り、また布を織り、道具類を作らなければ國は立ちゆきません」

「下人ども、せいぜい働くがよい」

海が見えてきた。

風が西なのか、はや潮の匂いがする。

「淡路島《あはぢ》が見えぬが」

「今日は霞《かすみ》がかかっています故」

「いつかは行ってみたいものだ」

「国見においでなさいませ」

待て待て、国見は大王《おほきみ》のすることだ。高いところから国を見下ろして言祝《ことほ》ぐ。我には未《いま》だその資格はない。


河内に着いた時はもう遅く、父の陵墓を見に行くにも暗くなっていたので、大伴氏がこちらに持つ館《やかた》で一泊することになった。

豊明《とよのあかり》というほど大がかりではないが、ちょっとした宴《うたげ》が催された。酒が出され、料理が並び、美しい女たちが侍《はべ》り、歌と舞いが披露された。

当主の大伴のムロヤ（室屋）と長子のカタリ（談）、その他に腹心とおぼしい家臣が数名、こちら側は我、連れてきたミカリ（御狩）とヤマセ（山背）。

料理は大きな鯛《たい》の塩焼きと炙《あぶ》った山鳥。どちらにも細く細く刻んだ大根《すずしろ》が添えてあった。

「それと和《あ》えて召し上がれ。辛いがうまい」とムロヤが言った。

そのとおりで、まこと辛くてうまかった。

それ以上に貝汁が美味で、こちらには椒《はじかみ》が添えられていた。これも辛い。

「ここまでお越し頂いて、誉れに存じます」とムロヤが畏《かしこ》まって言った。

「招かれるままに来たのだ」

来たことがそのまま信頼である。この場で我を殺すのは容易なこと。それを承知で来たのだ。

我にすればこれは賭《か》けであり、ムロヤの方もそれを知っている。

「はっきり申し上げましょう。吾《われ》ら大伴一族はあなた様を次の大王にと考えております」

「イチノヘノオシハ(市辺押歯)を差し置いてか?」

「二人に一人、こちらにいたします」

たしかにはっきり言ったものだ。

「それは、まこと、嬉《うれ》しく思う。大王となった暁には共に手を携えてこの國《くに》を盛り立てようぞ」

「懸念を申せば、葛城はあちらを推すと決めた様子です」

「我がツブラオホミ(円大臣)を殺したからな」

「他には吉備と出雲はそもそも大王の権威に逆らいたいのが本音。しかし力はありません」

「物部は?」

「今のところは中立。昔からあの一族は政争の外に身を置くことで安泰を図ってきました。しかし座に就いた大王には尽くします」

翌朝、父の陵墓に行った。

まだ完成に至っていないが、その規模は大きく、いかな強弓を引く者でも端から端まではとても射通せないだろうと思われる。

そもそもこのあたりには陵墓が多い。遠くに見える十五代ホムタワケのものはワクゴのよりもずっと大きい、と大伴のムロヤは言った。その他にも大王を葬ったものが多々あり、臣下の陪塚《ばいちょう》も少なくない。

「この先、もっと海に近いあたりにも陵墓が連なるところがあります。十六代オホサザキのものはワクゴの倍を超える大きさです」

「我が祖父だな」

「そのとおり。葛城の出で、名君と謳《うた》われました」

「あの話だ。国見の時に民のかまどから煙が立っていないのを見て税を三年に亘《わた》り猶予したという」

「仁と徳のお方と慕われました」

「しかし、女たちの話もたくさん聞いているぞ。大后《おほきさき》イハノヒメ（石之日売）がとんでもない嫉妬《しっと》の方で、他の后たちをいじめまくったとか」

「そう伝えられておりますな」

「大王が女官と儀式の相談をしていても疑念に駆られて地団駄を踏んだ」

「ありうることで」

「吉備から来たクロヒメ（黒日売）はたまりかねて吉備に帰ってしまった」

「大王は追っていったけれど連れ返すことはできませんでした」

「ヤタ（八田）の后は自ら身を引いた。メドリ（女鳥）は大王が使者に立てた弟のハヤブサワケ（速総別）と恋仲になって、最後には二人とも殺された」

「女たちと言えば、昨夜は独り寝をなさいましたね。宴席で赤い領巾《ひれ》を掛けたあの子などお気に召すかと思いましたが」

「たまには独り寝もよい」

実のところ、キトが傍らにいないのが不安でならなかったのだ。他の女と共寝するとその分だけキトが遠のくような気がした。


父の陵墓はほぼできていた。

広い敷地で多くの下人が土を運び石を運ぶ。

周囲は幅のある堀割に囲まれ、決まったところからしか中には入れない。

敷地の隅の方に多くの窯があって青い煙が立っていた。

「あれは？」

「埴輪《はにわ》を焼いています。これだけ大きなものの周囲に並べ立てるのですからともかく数が要る」

「この人数を動かしているのは土師氏か？」

「そのとおり。こういうことはもっぱら彼らが行う。手順を知っていますし、何よりも経験がある。これまで何十基も築いてきましたから」

「来年くらいかな、完成は？」

「おそらく。十五年かかりましたな」

「しかし、みなぜ大和を離れて河内に陵墓を造るのだ？」

「かつては身罷《みまか》られた大王は大和に葬りました。それは王宮が大和にあったからで、故に近いところに奥津城《おくつき》を造った。その後、王宮を河内に置く大王が増え、陵墓もこちらに移った」

「なるほど」

「やがて王宮は大和に戻ったのですが、しかし陵墓はこちらが多い。ここは川を行き来する舟から見える。もっと港に近いあたりは海の向こうからやってくる船から見える」

「それが？」

「國力《こくりよく》の誇示です。これだけの大きな構築物が居並ぶ。財力と統率力の証明。こんな強い國を攻めるのは得策でないと新羅や百済《くだら》の使者に覚らせる。そのためにこの古市《ふるいち》と海よりの百舌鳥《もず》にあまたの陵墓を築く」

帰路でムロヤの長子カタリ（談）が馬を寄せてきた。

「ワカタケル様、どうか大王の座にお就きください。このカタリ、この世の果てまでご一緒します」

初瀬《はつせ》の館に戻った。

取るものも取りあえず、キトの腰を引き摑《つか》んで寝所に連れ込んだ。

「どうなされました？」

「おまえを抱きたい」

衣類の中に手を入れ、肌を撫《な》でさすり、前を開いて胸乳《むなぢ》に頰をすり寄せる。下紐《したひも》をほどいて腿《もも》の間に手を伸ばす。手を摑んで我が陽根に導いて握らせる。

「脚を開け」と耳元で囁《ささや》いた。「大きく開け」

キトとの営みはいつもは静かにゆっくり長くなのだが、この時はこちらの方が猛《たけ》っていて、上を下への乱闘のようになった。力のかぎり身体と身体をぶつけなければ収まらないものがある。身体よりも心の方にたぎっているものがある。

果てる時に珍しくキトは大きな声を上げた。

それを耳元で聞きながら、ほとばしるものを胎《はら》の奥へと注ぎ込んだ。何度となく腰を動かしてあるかぎりを入れた。

しばらくの後、荒い息が収まった後、静かにキトの髪を撫でた。片手では摑みきれないほどの豊かな、黒々と艶《つや》のある、見事な髪だ。

「河内の女はいかがでしたか？」

さりげなく聞くが、そこに妬《ねた》みの思いはかけらもない。公務について聞いているのと同じ口調。

「誰も抱かなかった。おまえのここのことばかり思うていた。帰路、馬上でいきり立つこれをもてあました」

そう言って、しばしおとなしくなっているものを摑ませる。

「大伴のムロヤ（室屋）と息子のカタリ（談）が我に味方すると言った」

「それは吉報ですね」

「物部は今は中立。葛城はイチノヘノオシハ（市辺押歯）の側らしい」

「豪族たちの談合は当てに出来ませぬ」

「殺すか」

「決意なさいませ」

その一言を聞いて、キトの手の中のものがむくむくと大きくなった。

キトが我が上に跨《またが》って身を沈めた。

この女には未来が見える。言うことを信じよう。

以前からしばしば兄アナホの宮に出入りしていたカラブクロ（韓帒）という男がふら

りとやってきた。

あちらこちらをうろついて、国造《くにのみやつこ》や郡造《こほりのみこともち》たちの動静を探ってはそれを伝えに来る。そのたびになにがしかの報奨を得て、また地方に出てゆく。

「何かおもしろいことはあったか？」

「豪族どもはみなみな次代の大王《おほきみ》がどちらになるか、どちらにするか、それを秘《ひそ》かに論議しております」

「どちらとは？」

「知れたこと、こなた様かイチノヘノオシハ殿か」

「して、みなの思いは？」

「まあ、五分と五分でございましょう」

「そうか。で、おまえはそれを告げにこちらに来たと」

「それはともかく」と言ってカラブクロはちょっと口を噤《つぐ》んだ。何が言いたいのだ？

「おもしろいものを見ました」と改めて言う。「淡海《あふみ》の東、犬上《いぬかみ》から山へ入った来田綿《くたわた》の更に先、蚊屋野《かやの》というあたりにおそろしくたくさんの鹿がおりました」

「我を狩りに誘うというのか？」

「まあお聞きください。足だけを見ればそれはまるで薄《すすき》の原のよう。角だけを見れば枯《から》松《まつ》の林のよう。そちらに弓を向ければ射る矢は一本残らず鹿の身体に吸い込まれるかのごとく思われます」

「それで？」

「お誘いですが、お一人で行かれるのはもったいない。どなたか同行の士を誘われては？」

「もって回ったことを言うな。今、我があの大きな湖のほとりまで行く理由はない」

「お従兄《いとこ》さまとご一緒とか」

「それは？」

「よい遠出になります」

これは誰の差し金だろう？

この男は誰に言われてここに来たのか？

狩りに出た先で誰かが事故で死ぬ。

あり得ることだ。

仕掛けて仕掛けられないことではない。

カラブクロの言葉に乗りかけた。

従兄を殺す機会があるやもしれぬ。

しかし、この男、本当に信用できるか？

早い話が、あちら側に行って「ワカタケルを狩りに誘い出しました。始末するよい機会です」と言ってはいないか。

そう思って考え込む。

その考えをカラブクロは読んだ。

「お疑いはごもっとも。こうしましょう。実は私《わたくし》の家はこの近くにあります。妻子をここへ連れてきましょう。ことが成就するまでの間、こちらに置いておいて下さい。つまりはまあ忠義を証する人質ということで」

それが本当にこの男の家族であるか否か、疑い始めればきりがない。疑念というのは勝手に育つものだから扱いがむずかしい。どこかで一気に決めるしかない。

顔をじっと見る。

そのまま見返してくる。

うまくいけば大きな報奨に与《あずか》れる。だからここに来てことを仕掛けようとしている。それ以上に他意はない。そういう思いが顔に表れているように見えた。

「よし、乗ろう」と我は言った。

翌日、カラブクロは女と子供三名を連れてきた。

「しばらく、この館《やかた》の隅に住まわせてやってください」と言う。

色の黒い地味な女と脅《おび》えた子供たちだ。

しかし子供の顔はカラブクロによく似ていた。我がそれに気づくことを見越して人質にと言ったのだろう。

「ワカタケル様からの狩りへのお誘い、イチノヘノオシハ様にお伝えします。次の満月から三日の後、淡海の犬上で」

夜、すぐ近くにキトの静かな寝息を聞きながら、なぜか目が冴《さ》えたままでいた。さまざまな思いと考えが湧いては消える。

カラブクロの言った、淡海の東、犬上の先、来田綿の更に先、蚊屋野にいるたくさんの鹿が頭の中に湧いては消える。

「弓を向ければ射る矢は一本残らず鹿の身体に吸い込まれるかのごとく思われます」とカラブクロは言った。

我の思いの中では矢はイチノヘノオシハ（市辺押歯）の身体に吸い込まれる。

いや、あちらから飛来する矢が我が身体に立つ。

そこに思い至って戦慄《せんりつ》し、しかしやがて眠りに落ちた。

目が覚めてキトにこの話をした、矢が身体に立ったと。

「それは黄金《こがね》の鏃《やじり》の矢ではありませんでしたか？」

「自分に向かって来る矢が見えるものか」

「黄金の矢。大王のしるしです」

「そうか。そうなのか」

「蚊屋野は茅野《かやの》、おそらく茅が生い茂っているでしょう。徒《かち》の兵には先が見通せないけれど馬上の者には互いが見える。互いを弓矢で狙うことができます」

「よく覚えておこう」

「そこは人里からあまり遠くないところでしょう。茅は屋根を葺《ふ》くのに使います。いつも人が入って手入れをしている野のはずです。そうでないと赤松などが生えて林になってしまう。つまりは人の目もありましょう。お気を付けください」

いつもながらキトの周到な助言だ。

カラブクロが戻ってきた。

「狩りへの誘い、お受けする、と言っておられました。蚊屋野に宿営するからそこで会おうと」

「来るか」

「もともと狩りがお好きですゆえ」

「乗るとわかって仕掛けたな？」

「まあそういうところで」と言ってカラブクロはにっと笑った。

淡海は遠い。

早馬《はゆま》ならばともかく、徒の兵を数十名ほども連れて行くとなると三日はかかる。着いた先で仮の宮を造るのにも半日。一部を先行させることも考えたが、こういう場合は一体となって動いた方がよい。

同行はヤマセ（山背）とミカリ（御狩）、それに大伴のカタリ（談）。そして、男たちと同じように馬に跨《また》がったキトも行くと言い、こちらも身近にいないと不安でしかたがないので連れてゆくことにした。女を連れて狩りなど軟弱のきわみなどと兵たちは言っているようだが、それは聞かぬことにする。そこで腹を立てて噂する者を斬ったりすれば統率に翳《かげ》りが生じる。些事《さじ》を受け流すことも覚えねばならない。

二日目の午後、瀬田《せた》川に沿って上ってゆくと、左手に淡海の水が見えた。

馬に水を飲ませようと汀《みぎわ》に寄った。

なにげなく沖を見ると、何か水の上をこちらに向かってくるものがある。強い光を放っている。

思わず下馬した。

あの時のあの御方、竹林で会った御方か。

光る御方はざばざばと波を蹴《け》立《た》てて目前までいらした。眩《まぶ》しくて顔が見えない。

「吾《われ》はこれカムヤマトイハレビコ（神倭伊波礼毘古）であるぞ」

「我が一統の初めなる大王」

片膝《かたひざ》をついてそう言った。

「そうだ。必ずおまえが大王の座を継げ。決してひるむな」

「承りました」と言う間もなく、光は消え、後は岸辺に波が寄せるばかり。

「今のを見たか？」

随伴してきたヤマセ、ミカリ、大伴のカタリ、みな戸惑っている。

「何やら眩しいものが水の向こうから来ました」とミカリが言った。「ざばざばと水の音がしました」

「下馬されましたね」とヤマセ。

「聞いたか、あの御方の言われたことを？」

「いえ、何も」とカタリが言う。「あの御方とは？」

この前の竹林の時と同じだ。我が一統の初めなる大王《おほきみ》は我にしか見えないし、その言葉は我にしか聞こえない。

少し離れたところにいたキトがこちらを見て小さくうなずいた。何か言いたいことがあるがこの場では言わない、と伝えた。


「尊い御方でしたね」とキトが言った。

その夜、狩りをする蚊屋野に設営した仮の宮で寝に就いた時のことだ。

「おまえには見えたのか？」

「はい。しかしお言葉は聞こえませんでした」

「必ずおまえが大王の座を継げ。決してひるむな、と言われた」

「連綿たる大王の一統がそれを望んでおられます」

「そうなのか」

それに先立つ夕べの宴《うたげ》で従兄《いとこ》のイチノヘノオシハ（市辺押歯）に会った。

「よく誘ってくれたな」とにこやかに言う。「あの使いの者の言葉に惹《ひ》かれたぞ」

「カラブクロ（韓帒）はもともとはこのあたりの者です。佐佐紀《ささき》の山の君。獣を狩って肉《しし》を膳氏に送るのが職掌。それが料理されて我らが糧になる」

「こう言ったのだ――この先の山には鹿が多くて、足だけを見ればそれはまるで薄《すすき》の原のよう。角だけを見れば枯松《からまつ》の林のよう。吐く息はまるで朝霧かと思われる、と。なんと美しい言葉ではないか」

「まこと」と軽く応じる。

「美しいという字は羊が大きいと書く。明日の獲物の鹿も大きくて美しいことだろう」

我が仮の宮の宴席で見る従兄はまことおっとりとしていた。

この地で暗殺されるかと疑うことなどまるで脳裡《のうり》にないのだろう。

踏み出さねば。

朝早く、狩りの身繕いをしていると、仮の宮の前を従兄の一行が通った。

「まだ起きていないのか。もう夜も明けた。狩り場に行く時間だ。早くしなさい」と従兄は言って、そのまま通り過ぎた。

「なぜわざわざあのようなことを」とヤマセが言う。「何か魂胆があるのかもしれません。身ごしらえして参りましょう」

魂胆があるのはこちらの方だ。

いつもの狩衣《かりぎぬ》の下に鎧《よろい》をまとって馬に乗った。

弓と矢は手の中にある。

広い茅の野はまだ朝霧に包まれていた。

先の方に数騎の影が見えた。

こちらの蹄《ひづめ》の音を聞いてか、先の一行は歩度を緩めた。

やがて追いつく。

「勢子《せこ》は?」と聞いた。

「あの男が言うほど鹿が多いのなら、勢子を使って囲い込むこともないだろう」と従兄が言う。「朝のうちは騎馬だけでやってみて、もしも獲物がなければ午後は勢子を出す」

「ではこのあたりから散りますか」

「そうしよう。いずれはここに戻るということで。獲物があれば大声で呼べ」

そこでみなみなそれぞれの方角に散った。

「あちらの従者を見たら殺せ」と部下たちに小声で言う。「従兄は任せろ」

別の方へ向かうと見せかけて、従兄の後を追った。

茅《かや》の野はやがて林になった。その中を行くことしばし、鹿は見えない。人の姿も見えない。

右手の方から人声が聞こえた。

一方はたしかに従兄の声。多勢でなければよいと思ったが、返答をするのも一人のようだ。

そんなに喋《しゃべ》っては鹿が逃げてしまうではないかと思いながら、馬の首をそちらに向ける。

下藪《したやぶ》を踏み分けるからがさごそと音がする。

「誰だ?」と従兄がまだ遠くで問うた。

「我、ワカタケルです」と大声で言う。

彼らの前に姿を現した。

「おまえか。危うく鹿と思って射るところだったぞ」

従兄の横にいるのは舎人《とねり》だ。たしか佐伯部《さへきべ》に属する者。

好機である。正面から近くに寄って、弓に矢をつがえ、まっすぐに従兄を射た。

我が左手《ゆんで》の鞆《とも》に弓弦《ゆづる》が当たってビンッと鳴り、従兄は驚愕《きょうがく》の顔のまま胸に立った矢と共に落馬した。

すぐに次の矢をつがえる。

しかし従者はこちらに向かわず、馬を下りて従兄に駆け寄った。悲嘆の叫び声を上げてころび回る。頭を抱え、脚に抱きつき、大声で嘆く。

これも射た。


林の奥から馬の近寄る音が聞こえた。

弓に矢をつがえて待つ。

「カタリです」と馬の主は遠くで言った。

寄ってきて死んだ二人を見る。

「仕留められましたな」

そう。仕留めたのだ。だがその言葉は鹿に向かって使われるべきで、人間にはそぐわない。

「従者どももおおかた片づいたようです」

「みな鹿を獲《と》るつもりで来たのだろう。自らが獲物とは思ってもいなかったのだろう」

「しかし、この時期にそれも迂闊《うかつ》なことではありませんか」

「まこと。ともかくこの男は死んだ」

「たしかに」

「死んだではなく、いなくなったにしなければならない。このなきがらを茅でくるんで運ばせろ」

「伴《とも》の者たちは？」

「放置してよい」

従兄のなきがらは犬上の駅《はゆま》まで運んで、そこで馬の飼い葉を入れる馬槽《うまぶね》に押し込み、近くに掘った穴に埋めた。埋め戻した後は平らに均《なら》し、決して塚とは見えぬようにした。このなきがらの周りに人々が集《つど》ってはいけない。徒党を組んで蹶起《けっき》するための象《しるし》とさせてはいけない。

十七代イザホワケ（伊邪本和気）の子のイチノヘノオシハ（市辺押歯）はもういない。いなくなった。消えた。神が隠した。

そういうことだ。

早々に帰途に就いた。

その夜の仮の宿りの寝所。

営みの後、汗にまみれたまま、キトとしみじみ話した。

「従兄を殺した」

「よくなさいました」

「これで王位に就き得る者は他にいなくなった。残るは我のみだ」

「どこか憂えておられますか？」

「いや。成すべきことを成しただけと思っている」

「何度か申しましたが、短慮でかっとなって目の前の者を斬るのはおやめ下さい」とキトは我が胸を撫《な》でながら言った。「しかし障害となる者を熟慮の末に除くのはこれからもあること。むしろこの先はずっとその連続でしょう」

「わかっている。それにこの先には身内はいない」

「やはり御従兄との血の絆《きずな》が気になりますか。終わったこととなさいませ」

「大王《おほきみ》にはそれなりの格が要る。あの温厚な男にはそれがあった。万人が認めていた。そこのところ、我は未《いま》だしと思う」

「格は容《い》れ物です。初めは空っぽでもともかく大きく構えることが肝要。その座にあって働けば、歳月を重ねれば、中は満たされてゆきます」

「そういうものか。しかしキト、おまえのその知恵はどこから出てくるのだ？」

「さあ。女は天地の理《ことわり》に通じています。私《わたくし》の後ろには知恵ある女たちが無数に控えています。神々とも結ばれております。國《くに》の根幹は民草。田を耕し、物を運び、木を伐《き》り、舟を操る。そういう者たちがその日その日、寝に就く時に、ああ今日もいい日であったとつぶやいて眠りに入れる。それがよい國というものの姿でありましょう」

「おまえは大王の心得を説いている」

「私がそれを言うべき時が来たのです。実際のところ、御従兄殺しであなたの格はぐんと大きくなりました。豪族たちを束ね、國を広げ、民草の願いに応じてやって下さい。

死んだイチノヘノオシハはあなたの中で生きるのです」

殺した従兄《いとこ》の魂《たま》を我の内に取り込む。

言われて腑《ふ》に落ちた気がした。


淡海から山城《やましろ》を経て大和に戻る。

佐保川に沿って下り、初瀬川との合流点から我が宮へ遡行《そこう》しようとしたあたりで異変が生じた。

狐が現れたのだ。

一頭や二頭ではなく、次から次へと湧いて出るように増えて我らを囲んだ。

いや、はっきり我の馬を囲んだ。

どこかへ導こうとしている。

これは神慮、従わずばなるまい。

そう心を決め、手を挙げてみなを制した。

この先は我のみで行く。守護は要らぬ。

ヰトだけは共にと思ったが、その思いも抑えた。

我を囲んだ狐たちはしばらく西へ向かった後、葛城川に沿ってひたひたと南へ進んだ。

右手に二上山《ふたかみ》が見えた。その先は葛城山だ。

我を呼ぶのは何者か？

葛城山が間近になったところで川を離れ、田や畑の間を抜け、林に入った。

しばらく登るとふっと林が開け、明るい草地に至った。

そこに男が一人、こちらを向いて床几《しょうぎ》に腰掛けていた。

馬が勝手に足を止めた。

下りるしかない。

男の前に立つ。

服装からして貴人の態《てい》だ。

脇から下人が駆け寄って我の後ろに床几を置いた。坐《すわ》れということだ。

これで対等。五分と五分。

周りを囲んでいた狐たちは男を囲んで一斉にこちらを見ている。

「よく来てくれた。まずは名乗らねばなるまいな」と男が言った。

白髪白鬚《はくしゅ》の老人である。

「吾《われ》はタケノウチ（建内）の宿禰《すくね》だ」

とりあえず頭《こうべ》を垂れながら、急ぎ考えた。タケノウチ？　誰だったか？

「今はこの世に亡き者だ。かつては多くの大王に仕えた」

思い出した。聞いている。知っている。何代もの大王を補佐した宰相。そして葛城一族の始祖。

その御方がなぜここに？　なぜ我を？

「呼び寄せて済まぬ。本来ならばこちらから赴くべきところなれど、なにせ死んでからずいぶんな歳月を閲《けみ》した身だ。そうそう身軽には動けない」

「はっ」と深く頭を下げる。この場はもう畏《かしこ》まるしかない。大王ではないけれど何代もの大王に仕えて、多くの豪族の家を興された方だ。

「従兄を殺したな。イチノヘノオシハを」

「除きました。大王になるはこの我」

「その前にツブラオホミ（円大臣）を殺した」

「あれは向こうが殺せと言ったようなものです。多勢に無勢を承知の上で、勝つ見込みのないまま、降伏を拒んだ。義に訴えて幼いマヨワ（目弱）を守ろうとした」

狐たちは身じろぎもしない。

狐は狼のように人を襲うだろうか、と思った。

しかし我が馬は見るからに寛《くつろ》いでいる。この場には殺気は微塵《みじん》もない。

「ツブラオホミは葛城の出だった」

「承知しております」

「吾は巨勢《こせ》、平群《へぐり》、紀、そして葛城の祖である」

「それもよく存じております」

「だが、中でも葛城はとりわけ近しく思う一族である。その頭領をおまえは殺した」

そう言う声音は決して厳しくはない。

頭を下げ、黙して次の言葉を待つ。

「吾は葛城の血が絶えるのを見たくない。なんとかこの世に残してやりたい。しかし、おまえに慈悲を求めるのは筋違いだろう。受け入れるおまえではあるまい。となると取引しかない。この後、おまえは大王になるであろう。もうそれを阻む者はいない」

「そうでしょうか」

「思えば長く大王たちに仕えて生きた」とタケノウチは言った。

悠然と語られる昔話を畏まって聞く。

狐たちも、我が馬までも、身じろぎもせず聞いている。発せられる一語ずつがきらきらと輝いて散るように思われた。

「生まれたのは十二代オホタラシヒコ（大帯日子）の御代《みよ》であった」

「ヤマトタケルの父に当たる方ですね」

「そうだ。あれは英傑であったが大王には数えない。十三代はワカタラシヒコ（若帯日子）、ヤマトタケルには異母の弟に当たる。この大王の御代に吾は大臣《おほおみ》に任じられた」

「臣より一つ上で、その上はない」

「名誉なことだと思った。位階で人は動く。次なる十四代タラシナカツヒコ（帯中津日子）の父はワカタラシヒコではなくヤマトタケルであった」

「そうやって次々に繋《つな》がって今に至って」と言いながら、男と女が裸で汗をかいてまぐわいを行い、陽根から玉門へ胤《たね》が受け渡され、それが胎内で子となって産み落とされ、育ってまた男は女を抱き女は男を抱き、同じことが繰り返される、そのありさまがありありと目の内に見えた。血統とはそういう仕組みだ。

「タラシナカツヒコは吾の目の前で不思議な死にかたをなされた」

そう言ってちょっと間を置く。

「宮は遠く西の果て、筑紫の香椎にあった。ある時、大后《おほきさき》のオキナガタラシヒメ（息長帯比売）に神が降りられた。吾はその時は沙庭《さにわ》にあって神の声を聞き取ろうとしていた」

「神のために特別に浄《きよ》めた庭で」

「そうだ。大王は熊襲《くまそ》の国を討とうとしていた。しかし神は西の國を討てと言われた。そこには金や銀など珍しい宝物がたくさんある、と。しかし大王は聞き入れなかった。西を見ても海ばかりと言って、神のために弾いていた琴を向こうへ押しやった。吾はどうか琴をお弾き下さいと言った。形ばかり弾かれたが、やがてその琴の音が止まった。見ると大王はもう亡くなっていた」

この話、稗田《ひえだ》の媼《おうな》にも聞いたことを思い出した。

「大王がいきなり亡くなったのだ。みな恐懼《きょうく》して、諸国から供物を集め、大祓《おほはらへ》を執り行った。神は更に大后の胎《はら》に子があると言った。それでも神の促しがあるから西の國を討つのを止めるわけにはいかない。大后は軍勢を率いて海を渡った。その船を大きな魚と小さな魚があまた集まって負って運んだ。追い風もまた手を貸した。その勢いのまま新羅に攻め入り、國土《こくど》の半分までを押さえた。相手の國王《こにきし》が恭順を誓ったので、ここを吾らが倭《わ》の國《くに》の御馬甘《みまかひ》と定めて朝貢を約束させ、途中の百済を渡りの屯家《みやけ》としてから、海を渡って帰國した」

タケノウチは興に乗って話すが、にわかには信じがたい。海の向こうの國がそんなに簡単に征服できるものだろうか。我が兄も我が父も大王《おほきみ》として海彼との行き来にはさんざ苦労したと聞いている。新羅が半分までにせよこちらのものになったのなら、その後は苦労などないはずではないか。

「大后は筑紫《ちくし》に戻って子を産んだ。これが十五代ホムタワケ（品陀和気）である。この間、吾はずっと大后の傍らにあってお守り申した」

頭を下げて聞き流す。

そんな大昔のこと、それもすでに死んでいるこの老人の自慢話、聞いて何になるものでもあるまい。

「大后が帰國するに際して怪しい動きがあった。タラシナカツヒコの異母兄弟二名が大王の座を狙っていた。吾らは生まれた赤子は死んだと言いふらして敵を油断させた。更には戦いの最中に大后が亡くなったと言って降伏、弓から弦を切ってみせた。しかしこれも謀《はかりごと》で、実は髪の中に設弦《おさゆづる》が隠してあった（予備の弦をそう呼ぶのだ）。これを弓に張って反撃・撃破、相手の首領どもを水に沈めた」

もっと感服の態《てい》で聞くべきだったかもしれない。

「老人の自慢と思って聞いているか？」とタケノウチがいきなり言った。「それも死んで久しい者の」

「いえ、そのようなことは」と返す。

「吾ら葛城氏はそのまま半島の伽耶《かや》の王族に繋がっている。だからこそ吾の子のソツヒコ（襲津彦）は何度となく海を越えて彼方《かなた》と此方《こなた》を行き来し、双方の友好を図ろうとした」

「その方の名は聞いたことがあります。新羅を討ちに行ったのに、新羅王が美しい女を二人も送ってきたので嬉《うれ》しくなって新羅側についたとか」

「そう聞いているのか」

「そしてこの國とは同盟の仲である伽耶を攻めたとも」

「やれやれ。それはまるで違う。葛城一統は伽耶の王族であった。その上でここ倭の大王とも親しい間柄だった。伽耶の王族の中で内紛があって、反攻を企てた者が百済に逃げてソツヒコのことを悪しく言った」

「それが二人の美しい女ですか」

「そうだ。その裏には倭を百済ではなく新羅に近づけようというソツヒコの意向があった」

「変節？」

「まさか。外交というのはその時々で組む相手を変えることもあるものだ。合従連衡とはそれを言う」

「國の方策を変えるほど美しい女がいるとしたら。それも二人も」

「そればかり言うな。葛城一族はかつては大王一統と並ぶだけの権勢があった。この國は地方豪族を統べる大王と海の向こうにも拠点を持つ葛城氏とを二本の足として経営されてきたのだ」

「なるほど」

「それが証拠に吾《われ》らは多くの大王に大后を供している。十六代オホサザキの大后イハノヒメ（石之日売）を見るがいい」

「あの、とても嫉《しっ》妬《と》深《ぶか》いとされたお方」

「他の氏族の女を排除しようとしただけだ。おまえが聞いてきたのは誰かがおもしろおかしく葛城氏を貶《おとし》めようとした作り話ばかりだ」

どうやら老人は憤慨している様子だった。

「おまえを相手に腹を立ててもしかたがないか」とタケノウチは言った。

ともかく昔々のとても偉い人らしいから、ずっと前に死んでいるとは言っても、あまり粗末に扱うと祟《たた》るかもしれない。

「言葉に気を付けます」と言った。

「葛城一族について由無しごとを聞かされて育ったのならしかたあるまい。それにこちらも身《み》罷《まか》って久しい身だ。あまり強く出るわけにはいかない」

「何か訳あってのお呼び出しですか、狐たちの導きは？」

その狐たちは今も床几《しょうぎ》に腰掛けた老人の周りを囲んでのんびりとこちらを見ている。中にはあくびをするものもいる。

「そうだ。おまえはイチノヘノオシハ（市辺押歯）を殺した」

「はい。確かに」

「その前にツブラオホミ（円大臣）を殺した」

「仰《おっしゃ》るとおりです」

「おまえは葛城の一統を根絶やしにする気か？」

「大王の座に就いてこの倭の國を統べ導きたいと思うばかり。民草の安寧を願うばかり」

「まあ綺麗《きれい》ごとはいい。乱暴な野心も認めよう。しかし、このまま吾の眷族《けんぞく》が滅びてゆくのは見るに忍びない。取引をしないか？」

「どのような？」

「おまえの館《やかた》にカラヒメ（韓媛）がいるな。ツブラオホミの娘だ」

「たしかに。しかし未《いま》だ我が后ではありません」

「それも知っている。おまえには珍しく手をつけていない。吾の願いはカラヒメを后としてずっと身近に置いてほしいということだ。韓の字でわかるとおり、あれは葛城氏を経て伽耶や百済につながっている。そして今や葛城氏の最後の一人に等しい。あれが子を生《な》さなければ血統は途絶える。それは吾にとって耐えがたいことだ。吾は今や多くの家の祖であるが、中で最も大事に思うのは葛城なのだ。どうかカラヒメをかわいがってやってくれ」

「もとよりカラヒメは手元に置き、我が大王になった暁には后とするつもりです。子が生まれればそれはすなわち葛城の血を引く者となります。が、先ほど取引と言われましたね。カラヒメにとりわけの心配りをするとして、その対価は？」

「吾の叡智《えいち》だ」

「はあ」

「吾は幾代もの大王に仕えてこの國をまとめることに力を注いだ。多くの豪族たちとの取引や対決、后を通じての血縁の創設と維持と強化、更に海の向こうに目をやれば拠点の確保や安定関係の保持、なによりも物産の移入と人の交流、それをみなおまえに供しよう」

「なにかにつけて相談に乗って下さるということで？」

「そうだ」

「狐が仲立ちをして？」

「あの中の一頭がいつもおまえの身辺にいる。声を掛ければここへ導く。名を付けておこうか、例えばクズハ（葛葉）とか。葛城にも縁のある字だ」

「あまりの大事ゆえ即答しかねます。一考の余地をお与えください」

「いいだろう。あれと共に初瀬の宮に帰れ」

帰路、我が馬の後ろをずっとその狐がついてきた。時おり振り向いて見ると忠実な犬のように見えるが、しかし狼のようでもある。

やがて部下たちと合流し、初瀬に戻った。

馬上のキトが狐をじっと見て、害はないとわかったのか、軽くうなずいた。

近くまで行くと狐は姿を消したが、しかしどこか近くにいる気配がある。

館に入って、まずキトと話す。起こったことを告げる。

「ではこの先、あのクズハという狐は身辺にいるのですね？　こちらを見張っているとか」

「そうらしい」

「しかしそれもよいでしょう。タケノウチ様の申し出、お受けになってよろしいかと存じます。カラヒメ様は多くの子を生すでしょう。衰えたとはいえ、葛城の一族にはまだまだ先があります」

庭先に立って手を打つと、すぐさま狐が現れた。

「クズハ、そこにいたか」

狐は頭を下げた。

「行きて汝《な》が主《あるじ》に伝えよ、お申し出いただいたことを我ワカタケルは承知いたしたと。カラヒメはあまたの后《きさき》の中でも格別ねんごろに扱うと」

狐はじっとこちらの目を見て、やがてすっと草むらに消えた。

それから月が満ちてまた欠けるまでの間に、多くの豪族から使者が来た。みな我が大《おほ》王《きみ》の座に就くことを認め、この先の忠誠を誓うという言葉を伝えた。

「もう他に候補がおりませんから」とキトは言う。「みな殺してしまわれた」

「一代の大王の死後は世が乱れる。長引けば國《くに》は力を削《そ》がれ、他國《たこく》の介入を許す。果敢に動かねばならぬ」

「そのとおり。この先は少なくとも競争者のことは考えなくてよろしくなりました」

「兄アナホ（穴穂）の喪が明けたところで即位しよう。もう邪魔は入らぬはず」

「それに際しては大后をお決めにならなくては。独り身の大王はあり得ませぬ」

「では誰がよいか？　おまえは？」

「私《わたくし》は論外。きちんと豪族の後ろ盾のある方でないと」

「物部、大伴、和珥、紀、あるいは渡来した者ども、東漢とか秦とか。どこだ？」

「どれも力がありすぎます。大王の座にある者は力の均衡を保たねばなりません。あまり強い者と結ぶと他がみな反抗して結束します」

「葛城は？」

「今やあまりに非力。タケノウチ様はカラヒメを后にと言われても、大后にとまでは言われませんでしたでしょう」

「たしかに」

「日下《くさか》氏はいかがですか？」

「あの姫か。ワカクサカ（若日下）」

「そう。兄を殺された後、そのまま静かに暮らしておられます」

「そもそもなぜ兄アナホはあの姫を我の后にと言い出したのだ？」

「もちろんアナホ様は御自分の治世が長く長く続くと信じておられました。ですから弟のあなたにはその地位にふさわしい后をと考えられた。力ある豪族の中から選ぶとあなたが力を持ちすぎる。ちょうどよいのが日下氏だったのです」

「我に対する警戒か。王位簒奪《さんだつ》の野心とか」

「それもありましたでしょう。そこであなたの地歩を小さくまとめておこうと日下氏を選んだ。そして姫の兄のオホクサカ（大日下）のもとへネノオミ（根臣）を遣わした。この愚者の強欲がもとでオホクサカは殺され、その妻は大王の妻になり、挙げ句の果てに連れ子であったマヨワに殺された。マヨワは葛城のツブラオホミと共に死にました」

「そして、オホクサカの妹のワカクサカは今も独り身でいるわけだ」

「河内の日下におられます」

「しかし、大后にふさわしい姫であるか？　美しいか？」

「美しいか否か、それだけを物差しに女を選んではいけません」

「では、美しくない？」

「そうは申しておりません。美しい方です。しかし、ホノニニギ（番能邇邇芸）の故事を思い出してください」

「それは知らぬ」

「日の神アマテラス（天照）から遣わされて地に降りられた方。后を求めて、オホヤマヅミ（大山祇）の娘のコノハナノサクヤビメ（木花之佐久夜毘売）に出会われた。美しい娘なので妻にと言うと、本人は承知したけれど、父のオホヤマヅミが姉も一緒にと言う」

「二人を共にとは喜ばしいではないか」

「しかし、姉のイハナガヒメ（石長比売）は醜かったのです。ホノニニギは妹を娶《めと》って姉を親元に返しました」

「けだし当然。我でもそうする」

「そこで父オホヤマヅミは言いました——『娘を二人そろえてお送りしたのは、イハナガヒメをおそばに置かれれば、この先、天つ神の御子の寿命は、雪が降ろうが風が吹こうが、ずっと岩のように確実な長いものになるからでございました。コノハナノサクヤビメを差し上げたのは、木に咲く花のように御代《みよ》が栄えることを願ってのことでございました。おそばにコノハナノサクヤビメだけを留《とど》められた以上、天つ神の御子の寿命は木の花のように儚《はかな》いものになるでしょう』と」

「なるほど」

「ですから大王の傍らには美しくて子を多く生す女だけでなく、夢が見られる女も必要なのです。美しくあろうとなかろうと、機会を与えられれば女を相手にまぐわいを行うのが位ある男の務め」

「で、ワカクサカは？」

「幸い美しい方です。そして夢の力を備えておられます。先のことを読める方です」

「しかしそれならばおまえがいる」

「いえ、ご即位と同時に私はおそばを離れます。稗田の媼の弟子として昔の話を覚えることに専念いたします」

「しかし、それは、寂しい」

「女に未練など、あなた様に似つかわしくありませんよ。それに、大后となられるワカクサカ様と私は背丈も顔つきも身体も声もほとんど同じ。実を言えば、私たちははるか昔から分身でした。何度も生まれ変わり、そのたびに互いを見つけ出し、互いに補いあって生きてきました」

「不思議な話だ」

「ですから、私なき後もご心配なきよう。どうかまっすぐに大王の道をお歩みください」

「わかった」

「乳母のヨサミ（依網）様が言われたとおり、男は剣と弓矢で戦われるがよろしい。しかしその後ろに女の霊力の支えがないかぎり、どんな戦いも勝てるものではありません」

「肝に銘じておこう」

「瞼《まぶた》の裏に針で書きとめておかれるとよろしいかと。目を閉じればいやでも読めるように」

「これで書き込まれました。いつになっても消えませぬ」

「大丈夫」と言ってキトは我が瞼に両の掌《てのひら》をそっと当てた。温かみが伝わる。

「痛そうだな」


数日の後、ワカクサカ姫に会うべく河内の日下に向かった。伴うはいつものとおりヤマセ（山背）とミカリ（御狩）、紀一族からこちらに身を移したシヅカヒ（静貝）、それに二十名ほどの徒《かち》の兵たち。

キトは来ない。自分が出る幕ではないと言う。

ワカクサカ（若日下）の館《やかた》は河内にある。

その場所がそのまま日下という名だ。

もともとは草が香ると書くと聞いた。「日の下の草香」であって、「飛ぶ鳥の明日香」と同じく、枕詞《まくらことば》が地名の文字になった。

「日の下の草香」は広く明るく、眩《まぶ》しく日光が注いで草がよく生い茂る、そういう好地の謂《い》いである。

人間は広いところにいると気宇壮大になる。この野をどこまでも駆けて行こう、地の果てまで進んで、目にする富をすべて手に入れ、会う女すべてを組み敷こうと勇み立つ。その一方、守る身になると広いところは恐ろしい。四方八方、どちらから敵が殺到するかと考え始めると、身の置きどころがない気がする。

人家に出入りする鼠は四角い部屋の床を決して斜めに走らない。どんな時も壁に沿って進む。それと同じで人間も囲まれたところに居ると心安らかに寛《くつろ》ぐことができる。だからこそ我が初瀬の宮には「こもりく」という枕詞がつく。「隠《こも》り国」であり、正に山に挟まれて隠れたところ。敵からは攻めがたいところだ。

そもそも大和がそうだ。ここは国中《くんなか》。四方を山に囲まれ、水が流れ出る先は大和川と紀ノ川しかない。ここにいると心が波立つことがない。だからこそヤマトタケルは――

倭《やまと》は　国《くに》のまほろば
たたなづく　青垣《あをかき》
山隠《やまごも》れる　倭《やまと》しうるはし

と詠んだのだ。「まほろば」は「まことの洞」である。

しかし、青く居並ぶ山々に囲まれて籠《こ》もっていてよいのか。打って出るべきではないのか。

そう考えると河内は開けている。西に海を臨んで、その先ははるか任那《みまな》や百済、更には魏《ぎ》や宋《そう》にまで繋《つな》がっている。

歴代の大王《おほきみ》はまず大和に興り、時に河内に居を構え、また大和に戻った。閉じたところと開けたところ、二つながらに要るのだ。ワカクサカの居所が河内であるのは好ましい。

河内のワカクサカの館まで、大和からは山を越えるのと川に沿うのと二つの道がある。斑鳩《いかるが》、龍田《たつた》、平群を経るか、あるいは日下山を越えるか。

山の道、直越《ただこえ》の道を選んだのは、高いところから河内を見下ろしたいという思いがあったからだ。

我はまだ大王ではないが、しかしここまで来れば即位は間近。

大王のなすべきことの一つに国見がある。領する版図を高所から見晴るかして、そのありさまを知る。國《くに》を統べるとはまずもって知ることである。大王のまたの名を「天《あめ》の下しろしめす君」という。「しろしめす」、すなわち「知る」。

山の上から志紀《しき》の里を見下ろすと、田と畑と木立の中にずいぶん立派な屋敷が見えた。屋根の棟に数本の鰹木《かつおぎ》が設《しつら》えてある。棟の向きに縦に置く鰹木は本来ならば大王の宮か神の社にしか許されぬ格式のはず。

「あれは誰のところだ？」

「志紀の大県主《おほあがたぬし》の居所かと存じます」と紀のシヅカヒが答えた。どこまでも地理と人に詳しい男だ。

「鰹木を担ぐとは身分不相応ではないか」

「仰せのとおり」

「焼いてしまおう」

こちらの兵が屋敷を囲み、薪を用意して火を熾《おこ》し始めた時、門扉をわずかに開いて男が一人、おそるおそる外を窺《うかが》いながら出てきた。煙の臭いで気付いたのかもしれない。

「これはどちら様で？」と恐懼《きょうく》しながら聞く。

「我はこれワカタケルの王子《みこ》である。汝《なんじ》、卑賤《ひせん》の身にして屋根に鰹木を載せるとは不届きの極み。焼き払う」

男は這《は》いつくばって地面に額をこすりつけた。

「申しわけございません。ものを知らぬまま非礼を働きました。あれはすぐに取り外しますゆえ、なにとぞお許しのほどを」

耳元でキトの声が聞こえた。

「焼くのはおやめなさい」

しかし、と思ってためらっていると、志紀の大県主は門の中に声を掛けた。

中から下人が出てきた。

手にした綱の先に白い犬が結ばれていた。

犬のくせに背には布を掛け、首には鈴が結んである。

「どうかこれをお詫《わ》びの品としてお受け取りください。これは世にも稀《まれ》な名犬であります。お手元に置かれれば役に立つこと必至」

「どう役に立つのだ？」

「出会う相手が主《あるじ》にとって敵か味方か見分けます。敵ならば身を引いてうなり、味方ならば尾を振ります」

見ると犬はこちらをじっと見て、わずかに尾を振っている。

「今これが尾を振る主は誰だ？」

「未《いま》だ私《わたくし》でございます。それが犬の忠義というもの」

「なるほど。おもしろい。これを献上して家に火を掛けられるのを避けようと言うのか？」

「まことそのとおりで。更に、この男もおつけいたします。生まれて以来この犬の世話をしてきた者で、名をコシハキ（腰佩）と申します」

犬を連れた下人は地面に坐《すわ》り込んで低く頭《こうべ》を垂れた。その手は犬の首に愛《いと》しげに掛かっている。

「これからも世話をするというのか？」

「この者の手からでなくてはこの犬はものを食べませぬ」

「わかった。この犬を受け取ろう。となるとこの下人も連れて行かねばなるまい。餌を食わぬ犬はやがて死ぬからな。コシハキとやら、来い」

下人は再び頭を下げた。

「これでこの犬は我がものになった」

そう言ったとたんに犬は我に向かって大きく尾を振った。これは敵味方の識別ではなく、新しい主に対する恭順の表明であろう。

馬上の我の前をコシハキに綱を引かれた犬がとっとと進む。むしろ犬の方がコシハキを前へ前へと引いている。それを追うにつれて馬も跑足《だくあし》になる。下り坂でもあるし。

振り向くとすぐ後はヤマセだった。

「兵たちに伝えよ、騎馬の我らを追わずにゆっくり来いと」

犬はワカクサカの館へ早く行きたがっている。よい兆候だ。

山越えを終えて河内の広い野に出たところで馬を止めた。

なおも勇む犬をコシハキが抑える。

「ここで兵たちを待とう」

馬を下りてあたりを歩き回る。ずっと馬だと腕も背も脚もこわばるから、それを緩める。

「お変わりになりましたな」とミカリがにやにやしながら言った。

「何がだ？」

「以前ならば兵のことなどまるで念頭になくそのまま突っ走られた。ひたと前だけを見られて、背後を顧みることはなかった。今はふるまいに余裕が感じられますぞ」

「そんな、キトの言うようなことを言うな」と返す我が口調にははにかみが混じったかもしれない。

「大王の座に手が掛かって、その分だけ心が大きくなりましたかな」

やがて兵たちが追いついた。

そこで即出立すれば兵は休む間を失う。

そう考えてしばらく待ってやった。

これもミカリの言う余裕かもしれない。


ワカクサカの館《やかた》は慎《つつ》ましいものだった。

若い姫がさほど多くない従者とひっそりと暮らしていることが外からもわかる。

もともとは兄のオホクサカ（大日下）のもので、そもそも日下氏はさほど勢力のある一族ではない。

先に使者を立てておいたから、訪《おとな》うとすぐに門が開かれた。

老いた賢げな女が出てきて深く頭を垂れた。

「お待ちしておりました」

外に兵を残し、ヤマセとミカリ、シヅカヒを連れて入る。犬とコシハキはまだ外で待たせることにした。

広い部屋に通され、しばし待つ。

やがて二名の侍女に付き添われて姫がしずしずと現れた。

菅畳《すがたたみ》の上に坐って、面《おもて》を伏せたまま畏《かしこ》まっている。

「我はこれ世継ぎの王子《みこ》、ワカタケルである」と言った。

そこで初めて姫は面を上げた。

目鼻立ちのくっきりとした整った顔であり、この先ずっと見続けるのがまこと喜ばしいような顔であった。

更に、キトに似ている。

比ぶればこちらの方が丸く穏やかで、キトの方がいささか鋭いが、しかし似ている。

あれの言葉を思い出した——「ワカクサカ様と私《わたくし》は背丈も顔つきも身体も声もほとんど同じ。実を言えば、私たちははるか昔から分身でした。何度も生まれ変わり、そのたびに互いを見つけ出し、互いに補いあって生きてきました」

こういうことであったか。

「ワカクサカでございます」

美しい声だった。高すぎず低すぎず、凜々《りんりん》と響いて心の奥に届く。今すぐに歌うのを聞いてみたいと思わせるような声。

それを聞いて、あなたを我が后《きさき》として請いたいという言葉を忘れた。

「ああ、よい声をしておられる。世に知られるあのカラノ（枯野）という琴の音はあなたの声のようではなかったか」と言ってしまった。

ワカクサカはからからと笑った。

「あの琴のことでございますか」

「そうだ。今の世に聞いた者はいないが、よき音《ね》であったと伝えられている」

「そう聞いております」

「知っておられるか。それは嬉《うれ》しい。十六代オホサザキ（大雀）の世のことだ」と我は興に乗って言った。「この大王《おほきみ》の御代《みよ》に、河内の免寸河《とのきがは》の西に一本の背の高い木があった。その木の影は朝日に当たれば淡路島に届き、夕日に照らされれば高安山《たかやす》を越えた。その木を伐《き》って舟を造ったところ、とても速く進む舟ができた。これにカラノ（枯野）という名をつけた。そしてこの舟で朝な夕な淡路島の清水を汲《く》み、大王の飲み水として届けた。歳月の後、舟は壊れたので、その材をもって塩を焼き、更に余ったところで琴を作った。その琴の音は七つの里に響いたので、歌を作って言うことには——」

そこまで言って口を噤《つぐ》む。

ここで、もしも知っているならばワカクサカに歌ってほしいところだが、初見の今それを言うのは礼を失する。

振り向いて、「ミカリ、歌え」と命じた。

ミカリが歌う——

枯野《からの》を　塩《しほ》に焼《や》き
其《し》が余《あま》り　琴《こと》に作《つく》り
かき弾《ひ》くや　由良《ゆら》の門《と》の
門中《となか》の海石《いくり》に　振《ふ》れ立《た》つ
なづの木《き》の　さやさや

枯野をもって塩を焼き、残ったところで琴を作った。
これを弾くと、由良の港に近い海の中、
そこの岩に水に浸《つ》かって立つ木が、さやさやと鳴るかのよう。

「さて、歌の話をしに来たのではない」と我は言った。

「はい」とワカクサカが答える。

「そう遠くないうちに我は大王の座に就く」

ワカクサカは畏まって頭《こうべ》を垂れた。

「大王とはこの國《くに》に住まうすべての民を統べる者。すべての豪族を束ねる者。海のあなたの國々との往来を促す者。そしてこの國を護《まも》る者。我は自らにその力ありと信ずるが、一つ欠けているものがある」

「それは？」

「神々の声を聞く力だ。あるいは夢に未来を占う力。霊異を感ずる力。すべて同じことだが、我が身に備わるのは俗の力ばかり。それを補うべく我が后となってくれまいか？」

ワカクサカはしばらく黙ったまま下を向いていた。

「畏《おそ》れ多いことでございます」とこちらの目をまっすぐに見て言った。「日の光を負う日継ぎの王子《みこ》様にわざわざここまでおいでいただいてのお言葉、とくと承りました。しかしながらかほどの大事、すぐにこの場でお返事申し上げるのは礼に背き、慣例に反します。また私《わたくし》の身を貶《おとし》めることにもなります。後日こちらから参上してお答えいたしたいと存じます」

「そう答えるであろうと思っていた。男からの申し込みを女は一度は受け流すもの」

「しばらくお待ちくださいませ」

「待とう。そういえば道すがらよいものを手に入れて持参した。お目に掛けよう」

すぐにヤマセが気を利かせて立ち、やがて犬とコシハキを連れて戻った。

「まあ、白い犬」とワカクサカが嬉しそうに言う。

犬はワカクサカをじっと見て、少し尾を振り、それから力強く振って、「ワン」と一声吠《ほ》えた。

コシハキがそばに寄ってきて言った――

「驚きました。この犬が吠えるのを初めて聞きました。うなれども吠えない犬だったのです」

犬はワカクサカのもとへ寄り、その手に首をすりつけた。

「この犬は何という名ですか？」

「未《いま》だ名はありません」とコシハキが答えた。

「では名を付けなくては」

「何とするかな。先ほど、よい声で吠えましたね。では、よい音《ね》の琴に合わせてカラノ（枯野）では？」

「犬には立派すぎる名かと思いますが、しかし今はその犬の主《あるじ》はそちら。そうお決めなされ」

犬がまた「ワン」と吠えた。

「以降この犬はこちらを主と仰ぐことになる」と言った。「身近に置いてやっていただきたい」

「はい。まこと嬉しく存じます」とワカクサカは犬を見ながら答えた。

「これは役に立つ犬だ。出会う相手が主にとって敵か味方かを見分ける。敵ならば身を引いてうなり、味方ならば尾を振る」

「それは心強いこと」とワカクサカは言った。「いつもそばに置きましょう」

帰路に就く。

なぜ何一つためらうことなくあれを大后と決めたのか。兄二十代大王アナホが決めたことをなぜ今になっても、すなわちアナホ亡くまたワカクサカの兄オホクサカ亡き後でも、そのまま進めるのか。

キトがそう言うからだ。

ではなぜキトが言うことをそこまで信じるか。

兄クロヒコの館《やかた》で会って以来ほぼ一年、ずっとあれの言うとおりに動いてきたが、それが外れたことがなかった。先に起こること、神々の意思、世のことの流れ、見えぬことが多いと言いながら、よく言い当てた。

そのキトがワカクサカを大后にと名指した。

しかも自分は身を引いてその代わりをワカクサカが務めると言った。あれは自分と同じように先を読むと言い、実は自分の分身であると言った。

キトがいないと不安でならない。

我は日継ぎの王子《みこ》である。間もなく天が下に号令して世を統べる英傑である。だが、しかし、キトなくしては何一つ決められない。

すべて男はそういうものなのか。英傑の傍らにはいつも霊力ある女がいるものなのか。アナホの傍らにはナガタノオホイラツメ（長田大郎女）がいたが、しかしあの女に霊の力はなかった。だからアナホは七歳の子に殺された。

我にはキトがいたし、それを継ぐべくワカクサカがいる。

峠の上まで行ったところで休むことにして馬を下りた。

歌を作ろうと思い立った。今の心のありようを歌に乗せる。后《きさき》にと定めて願いに行ったのだから、ここは儀礼としても歌を贈らねばならない。

しばしの間を沈思と推敲《すいこう》に費やす。

伴《とも》の者と馬たちはのんびりと待っている。

やがて歌は成った――

日下部《くさかべ》の　此方《こち》の山と
畳薦《たたみこも》　平群《へぐり》の山の
此方此方《こちごち》の　山の峡《かひ》に
立ち栄《ざか》ゆる　葉広熊白檮《はびろくまかし》
本《もと》には　いくみ竹生《お》ひ
末方《すゑへ》には　たしみ竹生ひ
いくみ竹　いくみは寝ず
たしみ竹　たしには率《ゐ》寝ず
後《のち》もくみ寝む　その思ひ妻　あはれ

日下のあちらの山、こちらの山、
（畳薦）平群の山
あちらこちらの山の間に
生えた葉の広い立派な檮《かし》の木、
その木の根かたにはいくみ竹、
その木の先の方にはたしみ竹。
いくみ竹のように手と手を組んでは寝ず
たしみ竹というように思うまま共寝もしないまま。
いずれは思うまま共に寝ようと思いつつ別れた妻がいとしい。

歌は思いを一気には言わない。日下という地名を出してワカクサカのことかと思わせながら、それを外して山々のこと、檮の木やら竹のこと、絡み合う竹を見せた先でようやく思い妻に至る。

歌を持たせた使者を送り出して後、改めて目の下の河内の地とその向こうの海を見晴るかし見た。

即位は未だなれどすでに大王《おほきみ》として国見をしている気分である。

目前の海にはまず阿波《あは》への道の島、すなわち淡路島があるが、海はずっとその先まで伸びており、讃岐《さぬき》と播磨《はりま》、安芸《あき》の間を抜けて、伊予《いよ》と周防《すはう》の間を抜けて、筑紫と長門《ながと》の狭間《はざま》からもっと広い海に出て、北に向かえば対馬《つしま》すなわち津（港＝みなと＝水の門《と》）のある島を経て、海彼の地に至る。

ここから西の海ではなく陸伝いに北に進めば、滋賀の淡海に沿って若狭《わかさ》に抜け、そこから船を出せば大きな北つ海《きたうみ》を越えてまっすぐに海彼の地に行くこともできると聞く。

我はこの國《くに》の経営のことを考えている。

あちらこちらに不満を燻《くすぶ》らせる豪族はいる。吉備は何を考えているか、遠い熊襲は本当におとなしくなったのか。

もしも彼ら同士が密《ひそ》かに結託して大王の威令に歯向かえば面倒なことになる。密偵を配置するなど手配を怠ってはならない。

だが、結局のところ、この島々を束ねて司《つかさど》る上で大事なのは海の向こうなのだ。

よき文物をもたらしたのはみなあちらに父祖の地を持つ家系の人々であった。

新羅由来の秦氏。

百済と伽耶から来た漢氏。

もっと北、高句麗《こうくり》からの高麗《こま》氏。

その先には宋や魏など更に大きな國がある。

我らこの島の民は渡来の人々に頼らずして國を盛り立てることができない。

だからこそ、紀のシヅカヒが告げた宇陀《うだ》の朱が大事なのだ。こちらから送り出すものがなければ向こうから来るものもない。百済に米は売れるが、それではこちらで食べるものが足りなくなる。壮丁を遣《や》ることもできるが、そうするとこちらで働く者が不足する。

労少なくして価値あるものを産出しなければならない。朱があればこの先しばらくは明るいと言うことができる。

そして我はまもなくこの國の大王となる。

四　即位と統治

初瀬《はつせ》から遠くない朝倉《あさくら》に新しい都城の造営が始まった。ここならば百庁百倉を建てて余るだけの平坦《へいたん》な地がある。みなみな先王《さきのきみ》の構えた石上穴穂宮《いそのかみのあなほのみや》から移って来られる。我を大王と仰ぐと決めた豪族たちが互いに競うように資材と労力を供した。

朝倉宮の絵図はもっぱら東漢《やまとのあや》氏が描いた。

東漢氏は、秦《はた》氏などと同じく、数世代前に海を越えてきてこの地に住み着いた一族である。さまざまの文物をもたらし、今も父祖の地との間には行き来がある。何よりも彼らは文字を扱うことができる。数万に及ぶと言われる文字を熟知し、これをもって文書を作り、國という機構を作って運営することができる。

当今、東漢氏を率いるのはサナギ（佐奈宜）という男だった。我が次代の大王と決まってからは頻繁にやってくるようになった。海彼のことに詳しく、百済《くだら》や新羅《しらぎ》ばかりでなく宋《そう》の事情もよく知っている。こちらで生まれて言葉も普通に話すのにまるで建康《けんこう》の都に育ったかのように語る。

都城、中心になるのは大王の坐《ざ》す正殿であるとサナギは言う。大王は北に背を向けて坐し、目の前の広がる南庭に集められた官吏どもに詔を伝える。政はそのようにして行われる。

李《リ》先生が学術に長《た》けているのに対して、サナギは実務に優れていた。國というものの経営のしかたに詳しかった。官僚の制度の作りかた、物産の扱いと産業の興しかた、賞罰の定めかた、税の徴収、聞いて知らぬことはないかのごとくで、言うことにはそれぞれ典拠があった。

しかし政治の本質である権力についてサナギは何も知らない。いかに豪族をまとめ、忠誠を誓わせ、逆らう者を押さえ込み、時には取りつぶすか。早い話が攻めて殺す。大王としての勢力の図を実現する。それは我が手の内にある。

「結局のところ、海の向こうからもたらされるものなくしてはこの國は立ちゆかないのか？」と我は聞いた。

「そのとおりです」とサナギは答える。「しかしそれはここ倭國《わこく》だけではありません。新羅も百済も高句麗《こうくり》さえ、宋や魏《ぎ》、更に太古から連綿と連なった中原《ちゅうげん》の大王朝が築いた帝國《ていこく》に國の形を負っているのです」

我が李先生と話す。

「そもそも政とは何か？」

「そう問われる姿勢は正しい。その問いを経ずして大王の座に就く者はやがて滅びます」

「兄アナホ（穴穂）のように？」

「その名は私《わたくし》の口からは申し上げられません。仮にそれは措《お》くとして、政は天の意思を地に行うことです」

「しからば天とは？」と重ねて問う。

「すべての理《ことわり》の源。天は人それぞれに為《な》すべきことを授けます。これを天命と申します。これを実現するのが人の定め」

「我は？」

「ここまで来れば明らかでしょう。この國を統べるのがあなた様の天命です」

「逆らえば？」

「天の罰が下ります。大王が天に歯向かえば天変地異を招きます。嵐が襲来し、地が裂け、日照りが続き、疫病、大水が世を覆う」

「よき施政には？」

「瑞兆《ずいちょう》が現れます。麒麟《きりん》や鳳凰《ほうおう》、朱雀《すざく》や白虎《びゃっこ》などなど、珍しい動物の出現、あるいは価値あるものの発見など」

「宇陀《うだ》の朱とか？」

「正に。天はあなた様を嘉《よみ》されております」

「ではそれと先生が以前に言った義や仁や徳とはどう重なるのですか？」

李先生はしばし言葉に詰まった。

「孔子《こうし》の教えはこの世のこと。人と人の間のこと。天の教えは時にそれを超えるものです。こちらは万民の安寧を冀《こいねが》うもの。大王《おほきみ》は義と仁と徳を踏み越えても進まれる」

「先生は我が耳に心地よいことを言われる。我が天命の件、よくよく考えよう」

「人倫を踏み越えよとは申しませぬ。王道と覇道。選べるものならば王道をお選びください。即位が決まった今、もう覇道を歩む必要はないでしょう」

「いや、それはわからぬ。我が大王の座に就くとて、逆らう者が消えるわけではない。徳治を唱えるだけで世が丸く治まるわけではあるまい。万事は戦いだ」

朝倉宮の造営はもっぱらサナギに率いられる東漢氏の面々が行ったが、即位の儀式については忌部氏《いむべ》が取り仕切った。

まず三つの建物を造る――

廻立殿《くわいりゆうでん》
悠紀殿《ゆきでん》
主基殿《すきでん》

どれも大きくはなく、それぞれ白木で簡素なものだが、棟には言うまでもなく鰹木《かつおぎ》、棟の突端には千木《ちぎ》がある。

当日の夜、我はまず廻立殿に赴いて、白い帷子《かたびら》のまま水に入り、身体を浄《きよ》めよと言われた。帷子は水の中で脱ぐ。女たちが手を貸す。普段ならばこちらからも手を伸ばしてきゃっきゃと楽しいことになるのだが、この日ばかりはただ為されるに任せる。水が冷たい。

そこから悠紀殿まで素足で進んだ。

先導の者が足元を脂燭《しそく》で照らす。

悠紀殿では他ならぬ我が次の大王になることを神に告げた。

その文言などはすべて忌部氏が準備してあった。それを朗々と唱えて礼を行う。

次にこの年の初穂の米を食する。これは神と共に頂くということであり、悠紀田《ゆきでん》と呼ばれる特別に設《しつら》えた田で育てたもの。

三拝してから、椀《わん》に盛られた強飯《こわいい》を小皿に盛った塩と共に口に運んだ。これを炊くについては種火から移すのではなく新たに熾《おこ》した火を用いると聞かされていた。

一口二口と噛《か》むうちに、これを食しているのが我一人ではないという思いが脳髄の奥から湧いてでた。ここ深夜の冷え切った悠紀殿には一年前に難死した兄アナホ（穴穂）がおり、先々代の父ワクゴ（若子）がおり、更にはその前に連なる代々の大王十八名が連なる。それればかりか我が手に掛けて殺したシロヒコ（白日子）とクロヒコ（黒日子）、イチノヘノオシハ（市辺押歯）などまでが米の味を求めて我の内に犇《ひし》めいている。しかのみならずこの國《くに》の民草が一人残らず米を願って我が背後に居並んでこの米を共にしている。大王になるとはこういうことであると思い至った。

神饌《しんせん》を頂いて後、室の奥に敷かれた二組の寝具の一方に横になった。もう一方は神が降臨して寝られると聞いていた。

これを真床追衾《まとこおふふすま》と呼ぶのも知っていた。

しかし目を閉じても眠りは来たらず、夢も訪れず、神も降りては来られない。拒まれたかと不安になった。

その心の迷いのまま、深更、起きて悠紀殿の外へ出た。

導きの者に従って廻立殿に戻り、再び水に入って身を浄める。

そこから主基殿に向かう。

ここでも悠紀殿と同じように、ただし主基田《すきでん》でとれた米の飯を神饌として頂く。こちらの方には酒も添えてあった。

主基殿の床に横になった。

今度は間を置くこともなく眠りが訪れた。むしろ襲ってきた。

霧の洞窟《どうくつ》のようなところをどこまでも歩く。あるいは運ばれる。やがて上の方が明るくなり、そこで前方に何か誰か眩《まぶ》しいものが現れた。

かつて会ったカムヤマトイハレビコ（神倭伊波礼昆古）よりも更に更に明るい。

そちらから声がした——

汝《なんじ》は大王！

その声と共にまた意識が薄れ、いよいよ深い眠りの中に落ちていった。

長く長く眠った。

昇る日の光で目が覚めた。

間違いなく我は大王であるという思いが湧いた。

すっくと背筋を伸ばして主基殿の外へ歩み出した。伴《とも》の者たちが駆け寄って真新しい衣を着せかけた。

数日後、ヤマセとミカリに兵十名ほどを付けて河内《かはち》に遣《や》った。

翌日、二人はワカクサカ（若日下）を警護して戻った。侍女たち数名が共に来た。

新しい朝倉宮ではなく初瀬の宮の方に迎えた。

「仰せの通り、参上いたしました」

「よく来てくれた。この先はずっと傍らに居てくれ」

「御心《みこころ》の変わらぬかぎり」

「変わることはない。我一人では國は治められない」

改めてしみじみと正面から顔を見る。

たしかにヰト（井斗）によく似ている。

その場にいた采女《うねめ》の一人に命じて当人を呼ばせた。

ヰトは静かに部屋に入ってきて、こちらを見ることもなくまっすぐワカクサカの前に行き、そこに坐《すわ》った。

互いに顔を見合う。

「お懐かしう」と小さな声で言った。

「お懐かしう」とワカクサカは返し、両の手を伸べた。

二人が手を取り合った時、そこから光が発して二人を眩しく包んだ。

しばらくは何も見えない。

息を呑《の》んでなりゆきを待つ。

気がつくと光は薄れ、二人はこちらに向かって並んで共に頭を下げていた。

「この先、ワカタケル様をお任せします」とヰトがわずかに首を横に向けて言った。

「お受けいたします」とワカクサカが応じた。

ヰトは「私《わたくし》とワカクサカ様ははるか昔から分身でした」と言っていた。

だからここで自分は身を引く。我がために夢を見る役、未来を見る役は大后《おほきさき》となるワカクサカに譲って、稗田《ひえだ》の媼《おうな》のもとに行き、ひたすら昔のことを覚え、更には旧家を巡って伝わる話を聞き、物語に整えて後世に伝える、と言う。何代も続く稗田という職掌の者たちの一人となると。

「二人とも居てくれぬか？」

二人が共にそっと首を横に振った。

その夜、我と大后となったワカクサカはそれぞれ沐浴《もくよく》して、同じ床に入った。大王と大后の間の行いはそのまま神事である。

「私《わたくし》には初めてのことゆえ、どうか穏やかにことを進めていただきたく存じます」と耳元で小さな声で言う。

「何を為《な》すか、それは知っているのか？」

「はい。キトから聞いています」

「しかしこの身体では初めてと？」

「私の『成りて成りて成り合はざるところ』は今まで男の『成りて成りて成り余れるところ』を受け入れたことがありません。兄オホクサカは男を私に近づけませんでした」

「それではゆっくりと時間をかけて行おう」

まずは座位で抱き締め、腰帯を解《ほど》き、着ているものの前紐《まえひも》を一つまた一つと解き、素肌に我が手を這《は》わせる。撫《な》でて、そっと摑《つか》んで、指先で摘《つま》む。

性急にのしかかって貫くばかりがこれではない。

そういうことを女たちから教えられた。ゆっくり長くしつこく、一夜かけて一度《ひとたび》と思い定めての営みもある。

大后は、ワカクサカは、我が手の動きに応じてあえかな声を漏らした。膝《ひざ》を開かせようとすると抗する。めったに開いてはいけないと教えられて育ったのだろう。

力尽《ず》くではなく、少しずつ腿《もも》の内側に与える愛撫《あいぶ》によって、ちょうどゆっくりと日が昇ってあたりが明るくなる時のように、身体ぜんたいを悦楽の色に染めてゆく。あえぎ声が高まり、身をもじる奥から潤いが溢《あふ》れるのを待って、今は大きく開かせた足の間に乗りかけた。

その先がまた手間がかかった。隘路《あいろ》が堅固でなかなか入れてもらえない。痛みが激しいのか突き上げると上へ逃げる。

首の両脇の床に手をついて肩を押さえた。

「行くぞ」と小さな声で言った。

相手がうなずいたのは心を決めたからか。

後はひたすら押して、ようやくのことに貫いた。

大声を上げて、しがみついて、身を揺すって泣いたのは苦痛の故か喜びか。

かくして聖婚は成った。夢の回路が開かれた。

翌朝、我は落成したばかりの朝倉宮の正殿で、階《きざはし》の下に広がる南庭を埋めた百官千吏と対面していた。

我が左右には大伴《おほとも》や物部《もののべ》をはじめ力ある豪族たちが居並んでいる。

そして傍らには大后ワカクサカ。

まずは日が高く昇るのを待つ。

ただ待つ。

待つとは神の眼がこちらに向かうのを待つのだ。それまでの空白の時にここに居る者すべてが耐える。

ようやく時至って、神官が立って朗々と寿詞《よごと》を唱え始めた。

「畏《かし》み畏《こ》み申《まお》さく……」

言葉はゆるゆると吐かれる。

寿詞・祝詞《のりと》が終わって、我が立った。

「今より後、この倭國《わこく》は我が統べる。みなみなよろしく従うように。國《くに》というもの、一つに束ねられればそれが力である。とりわけ今は海彼との行き来に意を注いで……」

そこまで言った時、急に強い風が吹いた。木々の葉がざわざわと騒ぐ。

晴れていた空にみるみる黒い雲が押し寄せ、やがて一粒また一粒と雨が落ち始めた。

知らぬ顔をして声をからして叫ぶうちにも雨はすさまじい勢いになって南庭を埋めた者どもをしとど濡《ぬ》らした。

そこに稲妻が貫き雷鳴が轟《とどろ》く。

これは神意であるか？

神は我を拒まれるか？

この天変地異は何を伝えるものか？

そこでふとひらめいた。

「これは禊《みそ》ぎである。神は我らを浄《きよ》められる。そのための雨だ。このことを口から耳へ、口から耳へと、ここにある者すべてに伝えよ」

それを身近にいた神官に言った。

人々は恐懼《きょうく》して冷たい雨に打たれた。


その夜、我はカラヒメ（韓媛）と床を共にした。

葛城《かつらぎ》の血を引くツブラオホミ（円大臣）の娘だ。

そしてこれも未《いま》だ男を知らぬ乙女であった。


「かくして我は大王《おほきみ》となった」と夜の寝所で大后に言った。

「まこと、大王の座に就かれました」と答えてうなずく。

笑みがこぼれるのがかわいい。

「今日の玉璽《ぎょくじ》奉納で即位にまつわる公務の類《たぐい》はほぼ終わった」

「めでたいことで」

「よき大后を得たことが何よりも嬉《うれ》しい。多く子を生《な》して子々孫々を増やしてくれ」

ワカクサカはふっと口を噤《つぐ》んだ。

しばらくしてから、「いえ。私《わたくし》は子は産みません」と言った。

「なぜだ？」

「思いがけずもこうしてワカタケル様と寝所を共にする身となりましたが、私が為すべきは夢を告げること、先を占うこと、時には鳥を飛ばして遠い地を探ること」

「マヨワの隠れた先を知ろうとキトがしたように？」

「同じ力は私にも備わっております。それらが私本来の務め。私のことはまずは巫女《みこ》とお考えください。私が産まなくともお子たちは続々と生まれます。あまたの女たちが子を産みます。高位の生まれの子はあるいは次代の大王となるかもしれぬと」

「なるのか？」

「その確言は今はむずかしいのですが、いずれにしてもこれからしばらく王位は安泰。統治にお励みください。私は常におそばに侍《はべ》って夢をお伝えします。私が他の后や采女たちに後妻嫉妬《うはなりねたみ》をすることはありません」

「十六代オホサザキの大后イハノヒメ（石之日売）とは違うというわけか？」

「たしかにあの方の妬《ねた》みのふるまいは広く知られております。あの方は俗の后に徹された。だからこそ生まれたお子の中から三名が大王位を継がれたのです。私は霊の后であって、その分に応じてお仕えするつもりでおります」

そういう顔は脂燭《しそく》に照らされて神々しく見えた。

それを崩してみたいと床に誘《いざな》った。

翌朝、まだ寝所の中で大后《おほきさき》と話す。

「今やこの國の女は一人残らずあなたのもの」と新妻は言った。「大王のお召しを断るものはおりません」

「それはそうだが」

「その情景を歌になさいませ。どこかで出会った麗しい乙女があなたの求めに応じるさまを。それはそのまま大王の威光を天《あめ》の下にあまねく知らしめる歌になるはず」

「なるほど」

「乙女は一度は断るでしょう、ちょうど私が河内の館《やかた》で后にというありがたいお申し出の答えを先延ばししたように」

「それを重ねて妻問いするのか」

「一度断るのは女のたしなみですが、大王と名乗れば形ばかりの断りはもう不要」

「鍵《かぎ》は名だな。名を教えるのは共寝を受け入れることだから」

その一日を費やして歌を作った。

籠《こ》もよ　み籠《こも》持ち　掘串《ふくし》もよ　み掘串《ふくし》もち

この丘《をか》に　菜《な》摘《つ》ます子
家《いへ》告《の》らせ　名《な》告《の》らさね
そらみつ　倭《やまと》の国《くに》は
おしなべて　我《われ》こそ居《を》れ
しきなべて　我《われ》こそ座《ま》せ
われこそは　告《の》らめ　家《いへ》をも名《な》をも

その籠、その篦《へら》を持って、春の丘で若菜を摘む子よ。
おまえだ。
おまえは美しい。
さあ家を教えろ、名を教えろ。
共寝しよう。
言わぬならこちらから名乗るぞ、
（そらみつ）この倭《やまと》の国は
隅から隅まで、この我が統べておるのだ。
端から端まで、この我が治めておるのだ。
我こそは大王。

この仕上がりに心から充《み》ち足りる思いだった。

「このお歌、春の豊明《とよのあかり》でご披露なさいませ」と大后が言った。

「群臣を集めての宴《うたげ》の場で？」

「はい。とてもよく出来ておりますし、何よりも言葉と節が所作に合います。聞く者、見る者を喜ばせます」

「そうかな」

「まず、『その籠、その箟を持って、春の丘で若菜を摘む子よ』というところで、丘にあまたある菜摘の子の一人に向かって語りかけることをその場の人々に伝えますね」

「そのつもりで書いた」

「そして『おまえだ』と改めて特定する。『おまえは美しい』と重ねて言って、『さあ家を教えろ、名を教えろ。共寝しよう』と畳みかける」

「そうだ」

「宴の席で聞いている人々はそこで不意に言い寄られてとまどう乙女の姿を想い浮かべます。乙女は物陰に隠れるでしょう」

「たいていはそうなる」

「その先で、家も名も教えないとわかったところで、『言わぬならこちらから名乗るぞ』と御自分の側に話を引き取られる。満座の人々はまず歌う大王を見て、次に乙女を見て、また大王に目を戻す。この見る目の行き来が興を誘うのです」

「そして我は名乗る、『倭《やまと》の國は、隅から隅まで、この我が統べておるのだ。端から端まで、この我が治めておるのだ』とな」

「乙女は恐れおののいて、また大王に魅せられて、物陰から出てくるでしょう。喜びに打ち震えて身を任せるでしょう」

「それが？」

「それが大王と臣下たち、群臣たち、すべての民草の仲のあるべき姿なのです。あなたは思わず知らずこの歌を詠まれた。それを私が絵解きしてみればこのようになります。歌を作る才とは理詰めでなくことを大きく摑《つか》んで言葉に仕立ててゆくこと。このお歌はその見事な証《あか》しです」


葛城山に行こうと思い立った。

タケノウチは衰退したと嘆くけれど、葛城氏は今も力を保っている。

その様を見たいと思ったのだが、大王として国見に行くとすると葛城一統に対して姿勢が居丈高になりすぎる。ここは狩りということにしよう。

我が朝倉宮から初瀬川に沿って下ると大伴氏の地になる。そこから南には蘇我《そが》、秦、巨勢《こせ》などの一族の地が並び、その西の山沿いははるか北まで葛城氏の支配のもとにある。

その背後には金剛《こんがう》山、葛城山、二上《ふたかみ》山が連なっている。

葛城の地はかくも広い。

彼らの地の北、初瀬川が大和川《やまと》となって河内へ向かう隘路《あいろ》の北には平群《へぐり》氏が控えている。

我はこの倭の大王《おほきみ》。すべての地は我がものであるが、しかし、それは建前であって実際には大王は豪族たちに担がれているわけで、支持を失えば地位は危うい。これを確固たるものにするのがこの先の我の使命。とりあえずは大伴と物部という武に長《た》けた二氏の忠誠が心強い。物部の本領は大伴氏から北に纏向《まきむく》山を越えた先で、更にその北には和《わ》珥《に》氏が居る。

鹿、猪、鳥の類《たぐい》を求めて葛城山に向かった。

一行はいつもの腹心以下数十名。騎馬十名の他に勢子《せこ》として働くべく多くの兵が連なる。大王の鹵簿《ろぼ》にふさわしい威容と言える。

隊列を組んで進む我らを常に遠くから見ている目があった。警戒しているのだろうが、徒《いたずら》に挑発するつもりはこちらにはない。それでも、この道をこうして進むことがそのまま威力の誇示であることは誰も否めない。

葛城山の中腹まで行った時、奇怪なことが起こった。谷を隔てた向かい側の尾根に数十名の人の列が現れたのだ。

こちらと同じくらいの人数で、騎馬の者の数も変わらない。しかもその者どもは青摺《あおず》りの衣に赤の腰紐《こしひも》という正装をしている。弓を携え、背には靫《ゆき》を負い、早い話が我らとまったく同じ恰好《かっこう》なのだ。

我はこの倭《やまと》にただ一人の大王である。それを真似て威儀を正すのは叛意《はんい》がある者のように見える。

腹が立った。

「そなたら、何者だ？」と大声で呼ばわった。

「そなたら、何者だ？」という声が返ってきた。

いよいよ無礼。

弓に矢をつがえて引き絞る。

配下の者たちも我に倣った。

すると向こうも同じように弓に矢をつがえる。

先頭にいる者を射殺そうかと思ったが、そこで辛うじて思いとどまった。

「まずは名を名乗れ。戦うのはそれからだ」

「問われたからには教えようか」と相手は言った。「吾《われ》は、吉兆も一言、凶兆も一言、すべてを一言で告げる神、葛城の一言主《ひとことぬし》である」

茫然自失《ぼうぜんじしつ》。

恐懼《きょうく》のかぎり。

すぐに馬から下りて平伏した。

「これはこれは、まさか神その方がここで自らお姿を現されるとは思ってもおりませんでした。弓矢を向けるなど非礼の段、平にお許しください」

神はからからとうち笑われた。

「新たな大王の顔、一度は見たいと思ったのだ。どこまでも思うとおりにことを推し進める雄飛の相と見た。おもしろい」

「畏《おそ》れ入ります」

着ていたものを脱ぎ、弓と矢を添えて献上した。配下の者たちもそれに倣う。

神は手を打って喜ばれ、捧《ささ》げられたものを受納なされた。

まずは安心。これで祟《たた》りはまずあるまい。

もう狩りどころではないので早々に山を下りることにした。

すると、神と供奉《ぐぶ》の者たちは山の麓《ふもと》まで送ってくださった。

まこと畏れ多いことであった。


見送ってくれた一言主の一行の姿がふっと消えた。我らだけの鹵簿に戻った。

その先でふと馬が足を止めた。

後続の者たちの馬も止まる。

また何事？　と思って見ると、前方に狐たちがいた。先頭にいるのは見覚えのある一頭、あのクズハ（葛葉）であった。

あれがいつも我が身辺にあってこちらを見ていることは知っていた。警護であり監視である。今日もずっとついてきて、我らが一言主に会ったのも見ていたのだろう。そして手下の狐たちを連れて姿を現した。

つまりはタケノウチ（建内）が呼んでいるということだ。

後ろの者たちを制して、我ひとり前へ出た。

クズハが導き、他の狐たちが前後左右を固める。これもまた鹵簿と言えるか。

果たして、前回と同じように林の中で床几《しょうぎ》に坐《すわ》るタケノウチが待っていた。

下馬して礼をする。

（今日は偉い人に会うことの多い日だ。）

「即位したか」

「はい」

「大王が足元定まらぬと國《くに》が傾く。揺らぐことなきよう心して励め。それ以上は言わぬ」

「承りました」

「先ほど一言主に会ったな」

「畏れ多いことでありました」

「あれは吉兆も一言、凶兆も一言、すべてを一言で告げる神だ」

「自らそう言われました」

「その一言を読み取るのは人の側だ。いかなる神にせよ、問えば託宣は下される。しかしその意味は必ずしも明らかではない。占いとは神に伺いを立てることだが、読み解くのは人である。何があっても神のせいにするな」
「しかと覚えておきましょう」
「どこの家にも盛衰は起こること。それでも葛城がこのまま消えてしまうのは始祖として見過ごすに忍びない。だから重ねて頼む、カラヒメを后《きさき》として大事にしてやってくれ」
「そのつもりでいます。あれは夜ごとの共寝の相手、やがて子を生《な》すでしょう。その子が英傑となるか否か、それは今はわからぬとしても」
この先の施政を固めるために、五人を朝倉宮に呼び集めた——
大伴のムロヤ（室屋）
物部のメ（目）
平群のマトリ（真鳥）
紀《き》のヲユミ（小弓）
蘇我のマチ（満智）
大伴はカタリ（談）を、
物部はアラヤマ（荒山）を、

平群はシビ（鮪）を、
紀はヲカヒ（小鹿火）を、
蘇我はカラコ（韓子）を、

とそれぞれ息子を連れてきた。

この者どもがこれから我を左《たす》けて大王位を、いや倭《わ》の國を盛り立ててゆく。

我は言う――

この國を統べる器量は我にしかない。そう信じたからこそ兄たちを成敗し、従兄《いとこ》を退け、大王の座に就いた。

神々は我を嘉《よみ》しておられる。先日は葛城山で一言主が自ら我の前に姿を現された。つまり葛城一族はこれ以上は大王に歯向かわないということだ。大王統の初めの方なるカムヤマトイハレビコ（神倭伊波礼毘古）にもお目にかかったし、歴代の大王に仕えたタケノウチの助言もしばしば得ている。

更に、我が大后は夢を見て先を知る力に長けたワカクサカである。

そこに俗世の支えとしておまえたちが加わる。共に國を作ってゆきたいと願う。

それに際して、義や天を持ち出すことを我はしない。仁も徳も言わない。言うはただ利だ。

しかしこの利はただに私利ではない。私利を束ねた公利というものがある。國の内が平らかであって、臣《おみ》・連《むらじ》・直《あたひ》などの高きから農夫・漁民・奴婢《ぬひ》まで、それぞれが己《おのれ》の営みに力を尽くすのが國の姿だ。

各地に特産のものづくりを盛り立て、海彼との行き来を盛んにして、かつ外患を退ければその時こそ民草みな潤う王道楽土がこの大八島《おほやしま》に現れる。

今のこの国々のありさまを見るに、さしあたって大和と河内は言うまでもなく、この大和に近い摂津《せっつ》、山城《やましろ》、和泉《いづみ》、紀伊《きい》、淡路《あはぢ》は安泰である。

その先に目を転じても、西は熊襲《くまそ》の日向《ひうが》から北は毛人《もうじん》の毛野《けぬ》まで、国造《くにのみやつこ》や県主《あがたぬし》あまたあれど、あからさまに大王《おほきみ》の権威に歯向かう者はいない。

美濃《みの》、尾張《をはり》、出雲《いづも》、筑紫《ちくし》、いずこもおとなしくしている。あるいはそういう姿勢を取っている。この國を隅から隅まで統べている、と我は誇ることができる。舎人《とねり》と采女《うねめ》は至るところからこの朝倉宮にやってくる。多すぎて捌《さば》くに困るほどだ。

しかし、だからと言って、王権の基盤は盤石ではない。我が祖父十六代オホサザキ(大雀)がようやくまとめた國だが、今もって逆らう勢力はあちこちにある。今は鳴りを潜めているのみ。隙を見せればつけあがる。油断ができない。

まずは武断。

わずかでも叛意《はんい》ありと見れば叩《たた》く。

あるいは有力な氏《うじ》、有力と見える氏の力を押さえる。すべての力をこの大王に集める。

絶対の安寧をこの國に敷く。

最も注意すべきは吉備《きび》氏だ。あそこは強い。地の利を得て物産豊かに、また海路の要衝にある。扼《やく》されれば西への航海に差し支えが出る。しかも低い山地を北へ越えればその先は出雲である。はるか昔からこの大和の地と覇を争い、ようやくのことに頭を下げさせた者ども。更に出雲はそのまま海彼の地に船で繋《つな》がる。物を売り物を買い、利を積むことができる。

吉備と出雲が結べば脅威となる。

オホサザキは吉備からクロヒメ（黒日売）を得た。しかしクロヒメは大后イハノヒメ（石之日売）の嫉妬《しっと》を理由に吉備に帰ってしまった。本当に嫉妬が理由だったのか？吉備氏は姻戚《いんせき》によって地位を高めようとし、その後ではむしろ自立を思って人質であるクロヒメを引き揚げたのではないか。だから大王がわざわざ追って行ってもクロヒメは戻らなかった。

吉備一族には常に留意する。今すぐ討つ必要はない。また、后を取って繋ぐことも今はしないが、その道をすっかり排除するわけではない。

氏と氏の間、常に女たちをやりとりし、あるいは女たちが行き来して、親近さまざまな仲が織りなされる。子が生まれ、その子が氏を継げば双方の仲は揺るがぬものになると信じていてそれが覆ることも少なくないがな。

（聞いていたみなが低く笑った。それぞれ家中に覚えがあるのだ。）

さて、海彼に目を転じよう。

筑紫から船を出してそのまま北に進めば対馬《つしま》すなわち津のある島を経て任那《みまな》に行き着く。ここは我が倭の拠点、しっかりと押さえてある。常に有能な者を置き、何かあればすぐにも兵を動かす構えがある。

任那から西へ舳先《へさき》を向けて岸沿いに行くと、やがて北への海路が開け、百済に至る。任那から東へ舳先を向けて岸沿いに行くと、やはり北への海路が開け、新羅に至る。更に上れば高句麗。

これらの國々は半島にひしめき合っており、陸路で繋がっている。そのずっと西に魏という大きな國があって、その南には同じく大きな宋がある。この両國《こく》の先は北も西も南も茫漠《ぼうばく》と広がって先も見えぬ無限の地。

この倭《わ》は一國では立たない。

倭のみならず、百済も高句麗も新羅も、文物、制度、文字、などなど文明の支えを西の大國に仰いできた。

聞くならく、中原の地はまず夏《か》なる王朝がまとめ、その後は殷《いん》、周《しゅう》、秦《しん》、漢《かん》、と交代を重ね、乱れて三國鼎立《ていりつ》、これを晋《しん》が束ねたが、更に五胡《こ》十六國を経た後、二つに分かれて今の宋と魏の並立となったという。

倭は数代前の大王の時から何度となく宋に使者を送ってきた。

倭は宋と魏を中心とする世界秩序の中にある。使者を送るのはこの秩序の中に己を位置づけ、新羅や百済、なかんずく高句麗に対して有利な地歩を得るためである。

大國の横に小さな國が並び立つ。この図の中に倭もまたある。

ざっとこう述べた後でつけ加えた――「以上が我が大王位をとりまく状況である。國《くぬ》内《ち》と海彼、それぞれに平らかな道ではない。みなみな力を惜しまず、よろしくこの二十一代の大王ワカタケルを支えてもらいたい」

五つの氏《うじ》の父子十名の者が一斉に頭を下げた。

「大伴」、と我はムロヤ（室屋）に呼びかけた、「汝《なんじ》が職掌はまずもって近衛《このえ》である。いかなる時も我を護《まも》れ。初瀬と朝倉宮だけでなく、行幸《みゆき》の行く先々で、狩りの場で、また出兵となればその戦場で、すべての脅威から我を護れ」

「畏《かしこ》まりました」

「そのために常に充分の兵を準備せよ」

「怠りなく努めます」

「今よりは汝らを連から大連《おほむらじ》とする」

「はっ」

「物部」、とメ（目）に言う、「職掌は武器の製造と保管・管理。更には必要に応じて軍勢をまとめて送り出せ。その際は大伴と共に動け」

「御意」とメが言った。

「更には石上の神への祭祀《さいし》を滞りなく行え。今より汝らを大連とする」

メと息子のアラヤマ（荒山）が低頭した。

「平群」、とマトリ（真鳥）とシビ（鮪）に言う、「汝らもまたもっぱら軍の育成と保持に努めよ。しかしてその矛先を我に向けるなど夢の中でさえ考えるな」

「滅相もないこと」

「汝らに大臣《おほおみ》の位を授ける」

位などでこれらの者の野心を縛れるものか疑いはあったが、それでも裸身を隠す衣の腰紐《こしひも》くらいの役は果たすだろう。その紐の色が赤とか青とか喜ぶ者もいる。

「紀」、とヲユミ（小弓）とその子ヲカヒ（小鹿火）に言った、「宇陀の朱は向後も紀ノ川から搬出せよ。あの水路の保持を怠るな。大和川の水運だけでは国中《くんなか》の防備は難い」

「承りました。また、常にシヅカヒ（静貝）をおそばにおきます」

「蘇我」、とマチ（満智）とカラコ（韓子）に言う、「ただに励め。我に尽くせ」

マチは我の顔をじっと見て、やがて頭を下げた。

「そもそもの初め、いつ誰が海彼から渡来して行き来が始まったのですか？」と我が李先生に聞く。

暖かい春の日の暮れ方、初瀬の宮の一角。

その場には李先生がおり、稗田の媼とその職を継ぐキトがおり、更に我に陪席を促された大后《おほきさき》ワカクサカがいた。

キトとワカクサカが並んで坐《すわ》っているのを見るのはおもしろい。互いの分身だと言うだけあってよく似ている。二人それぞれの抱き心地を思い出すと身体の奥がむずむずする。床では共におとなしくて、大暴れしたイト（伊都）とは違うし、はしゃぐばかりの幼いカラヒメとも違う。

「あなたはもう大王になられたのだから」と先生が言う、「私に向かって敬語で話すことはありません」

「先にそうしてみましたが、どうも落ち着きません。これまでと同じように話します」

「では御意のままに」と先生は言った。「たしかに多くの者が海を渡ってこの倭《やまと》の地に来た。かく言う私も東漢氏の一人、親の代で百済から来てこの國《くに》に住んでいる」

「一統のみなさまは海を越えて多くを持ち来たられ、またこちら倭の昔についても多くを学ばれました」とキトが言った。「文字の力です」

「そもそも、初めに来たのは誰か？」と言って先生はみなの顔を見渡す。「昔の果ては見えないが、時の霞《かすみ》の向こうに多くの渡来者の姿が見え隠れしている。アマテラスの孫であるホノニニギが天から降り下った時、この島々にはあまたの民草がいた。そうだな、稗田の媼どの？」

「そう伝えられております」

「そこですでにその中に渡来の者が混じっていたかもしれない。人は海を渡るものだ」

鳥は飛び、人は漕《こ》ぎ出す、と納得した。

「任那から対馬が見える。対馬からは壱岐《いき》が見え、壱岐からは筑紫の山々が見える。見えれば渡ることを考える。彼《か》の地にあって進取の気性に富んだ者、あるいは敵に追われて行き所を失った者が、小さな舟で海を渡る」

聞いて、その場に置かれた己《おのれ》の身を思った。海辺に立つ。潮と波が行く先を遮る。舟の舳先を沖に向け、勇を鼓して漕ぎ出す。帆を上げる。揺るぎない地面を踏んでいた足を揺れ動く舟に預ける。運に任せながら己の力を信じる。

「今の新羅の地にアメノヒボコ（天之日矛）という王子《みこ》がいた」と李先生が語る。「これが最初に海を渡って来た者と伝えられる」

「日矛は祭祀の道具ですね」とキトが言った。「それが天から降《くだ》った」

「そういう名の王子」とワカクサカが続けた。

「新羅にアグヌマという沼があった」と先生が言う。「この岸辺で一人の女が昼寝をしていると、そのホトに日の光が射し込んだ」

「お行儀の悪い。きっと膝《ひざ》を立てて脚を広げて寝ていたのですよ」とキトが言う。

「衣の裾《すそ》をからげて」とワカクサカが続ける。「太腿《ふともも》からホトまでさぞかし温かかったでしょう。吾《わ》が大王《おほきみ》が通りかかったらすぐにも乗りかかられたはず」

「余計なことを言わずに話の先を聞け」と諌《いさ》める。みな機嫌のよいことだ。

「女は虹《にじ》のように射した光に感じて孕《はら》んだ」と李先生が続けた。「そして間もなく一つの赤い玉を産んだ」と言ってちょっと口を噤《つぐ》む。

「その様子をずっと物陰から見ていた男がいた。男は女に乞《こ》うてその赤い玉を己のものにした。それからは布で包んでいつも腰に着けて歩いた」

興味津々、四人の目が先生の顔を見ている。

「この男は山の奥の谷間で仲間たちと田を作っていた。牛の背に食べ物・飲み物を載せてそこへ行く途中で、王子アメノヒボコ（天之日矛）に出会った」

荷を積んだ牛とそれを牽《ひ》く男。突然そこに現れた王子。光景が目に浮かぶ。

『怪しい奴。さてはその牛を盗んできたな。どこか谷間でそれを屠《ほふ》って食うのだな』と王子は言った。『そんなつもりはありません。これは仲間に届けるためのもの』と男は答えたが、王子は納得しない。『おまえを牢《ろう》に繋《つな》ぐ』と言う。そこでしかたなく男は腰に着けた布をほどいて赤い玉を出し、『これを差し上げますからお許し下さい』と言った」

「日の光で温められたホトから生まれた玉ね」とワカクサカが念を押した。

「新羅の王子アメノヒボコが赤い玉を得た」と李先生が言う。「これを持ち帰って寝床の近くに置くと、たちまち美しい乙女になった」

「そういう話は他でも聞いています」とキトが言った。「初代大王カムヤマトイハレビコの大后、ホトタタライススキヒメ」

「まだありますよ」と媼が言う。「イヅシオトメという美しい女がおりました。アキヤマとハルヤマという兄弟がこの女を争い、兄のアキヤマはすげなく袖《そで》にされました。弟のハルヤマは母に頼んで藤葛《ふじかづら》で衣装と弓矢を作ってもらい、その弓矢を乙女の厠《かわや》に掛けておきました。弓矢には藤の花が咲き、乙女はそれを寝所に持ってゆきました。矢は速やかに若い美しい男に変わりました」

「そして二人はまぐわいを行ったのね」とワカクサカが言った。

「話をアメノヒボコに戻そう」と李先生が咳払《せきばら》いをして言った。「赤い玉は乙女になり、二人は夫婦となって暮らした。妻はよく夫の世話をして、珍しい食べ物など用意して食卓に供した。しかし時がたつうちに夫は次第に威張って妻を罵《ののし》るようになった」

「とんでもない夫だわ」とワカクサカが言う。

「呪い殺されてもしかたがないわね」とキトが恐ろしいことを言う。

「罵られたアメノヒボコの妻は」と李先生が話す、『私はもともとあなたの妻になるような女ではありません。先祖の國に帰ります』と言って、舟に乗って倭《やまと》へ行ってしまった」

「倭の人だったのね。私たちの祖先かもしれません」とキトが言う。

「この女の名は伝わっていない」と李先生は言った。「しかし、難波《なには》の比売碁曾《ひめごそ》神社に祀《まつ》られるアカルヒメ（阿加流比売）と言う神がその人であると伝えられる。その他にもあちこちにこの神を祀る社がある」

「神様たくさん」とワカクサカが言った。

「それがこの國なのよ」とキトが応じる。「神様だらけ。ご利益いろいろ、祟《たた》りにご用心」

「さて、アメノヒボコは妻を追って倭に渡った。しかし難波の手前で渡《わたり》の神に遮られた。交通の要衝にはこの神が居て、時には行く手を阻む。しかたなくぐるりと回って但馬《たぢま》に至り、そこに住み着いた。土地の者の娘であるマヘツミ（前津見）という女を妻としてたくさんの子を生《な》した」

「こちらの人になったのですね」とキトが言った。

「そういう者は至るところにいる」と李先生は言う。「新羅から、百済から、任那から、多くが渡ってきて住み着いた。こちらの言葉を覚え、習俗を習い、それ以上にあちらの文物を伝えた」

「海があっても繋がっていますね」とワカクサカが言う。「私《わたくし》にも向こうの血が混じっているかもしれない」

「人の行き来があれば女と男が出会います」とキトは言う。「そうすれば子が生まれる。その子は両方の血を引いて、両方のよいところを引いて、よき家を作る。まぐわいは交わり、交わるは混じる。そうして家々氏々《うじうじ》は栄えます」

内膳司《ないぜんし》の長《おさ》が拝謁を請うてきた。

各国から宮中に運ばれる食物が贄《にえ》である。これを取り仕切って、管理保存し、その日その日に調理の上で大王の卓に供するのが内膳司。

しかし、これは我一人のものではない。
本来は神への捧《ささ》げ物である。
神と人の間にある我が神と共にこれを食す。
しばしば思うのだが、我は神ではない。神であれば万事すべて成らぬことはないはずだが、しかし我は神ではない。
それでも民草から見れば我は神の側にいる。あるいは我の背後に民草は神を見る。多くの神々を透かし見る。
内膳司は御食国《みけつくに》からの贄を説明するために参上したと言った。贄を納める国を御食国と呼ぶ。
贄を集めることは安曇《あづみ》と膳《かしはで》の二氏が取り仕切っている。それが内膳司へ届けられ、調えられ、我と神に供される——
山城国からは　鴙《きじ》　鳩　鶉《うずら》　鴨　鯉
大和国からは　鴙　鳩　鶉　鮎《あゆ》
河内国からは　鴙　鳩　鯉　鱸《すずき》
和泉国からは　鯛《たい》　鰺《あじ》　烏賊《いか》　蛤《はまぐり》
摂津国からは　烏賊　鯉　鱸　鰺　鰕《えび》
近江《あふみ》国からは　鹿宍《かのしし》　猪宍《いのしし》　鴙　鳩　鶉　鯉　鮒《ふな》
その他にもちろん春になれば若菜を摘むなど、おりおりのものが加わる。この六国以外からも多くの献上品が届けられる。鹿と猪は我も自ら狩る。

古来、米は倭《やまと》の國《くに》の基《もとい》。御料の別格の田で丁寧に育てられる。これを大王が神に供えて共に食するのが秋の新嘗祭《にひなめさい》。即位して最初の回は特に大嘗祭《おほなめさい》と呼ばれ、我は滞りなくこれを終えて大王となった。

水は山から湧くのを使っているが、昔はわざわざ淡路島から運んだこともあったと聞く。その時に使われたのがあのカラノ（枯野）という舟で、この名は今はワカクサカのもとに飼われている犬の名となっている。

「その安曇と膳はどう仕事を分けているのだ？」と我は内膳司の長に問うた。

「安曇氏はもっぱら海のものを、膳氏は山のものを調達します。安曇は海に詳しく漁《すなどり》に長《た》けております。膳は山に詳しく狩りに長けております」

「それは聞いている」

「御食国は他にもあります――

若狭《わかさ》国からは　鮭　若布《わかめ》　水雲《もずく》　山葵《わさび》　塩

志摩《しま》国からは　生のと蒸したのと両方の鰒《あわび》　栄螺《さざえ》　雑鮮味物

淡路国からは　雑魚

この三国は格別に小さく、田畑の作物を多く産しません。その分を贄に置き換えているのです」

「おまえはどの氏の出だ？」

「私は安曇の者です。内膳司職は膳と安曇で交代して預かってきました。膳はもっぱら志摩を本領とし、若狭にも支族がおります。安曇はもとは筑紫に発して、海に沿って津々浦々に広がり、今は至るところに拠点を持っております。そもそも『あずみ』は『海に住む者』の意と一族の間では伝えられております。地名の阿曇《あづみ》、安曇、厚見《あつみ》、厚《あつ》海《うみ》、渥美《あつみ》、阿積《あづみ》、泉《いづみ》、熱海《あつみ》、飽海《あくみ》などすべて我が安曇氏に由来するもので……」

「わかったわかった。そなたらの力はよく知っている。以後も大王《おほきみ》によく仕えよ」

それで引き下がらせた。

こうしてさまざまな者を呼び寄せてその職務を聞き取る。初心の大王としてこの國《くに》の形を学ぶ。

多くの氏《うじ》・族《うから》が犇《ひし》めいている。それぞれ有力であったり微力であったりするが、微力な者は有力な者に靡《なび》く。有力な者をしっかり束ねておけば大王位は安泰。しかしこれがなかなかむずかしい。時には武断を要する。

それとは別に司々《つかさつかさ》、百官百僚が倭という大きな國を動かす。彼らは裏切らない。

膳氏が山に詳しく狩りに長けていると聞いて、自分も狩りに行きたくなった。

大王の狩りはただの遊びではない。国見と同じで、民草に威光を示す行事であり、いわば公務だ。

伴《とも》の者を率い、兵を連れて、葛城山に赴く。

なかなか獲物がないと焦って行くうちに、見たことのない鳥が現れた。雀ほどの大きさで長い尾を引いている。これが「ゆめゆめ」と鳴いて飛んだ。

「ゆめゆめ気を許すな」の意かと思われた。

訝《いぶか》しんでいると、いきなり大きな猪が出て、こちらへ突進してきた。みなみな逃げ惑い、あるいは木の裏に隠れ、あるいは木に登りなどする。情けないことだと我は憤った。

猪がこちらを見た。

にらみ返す。

我はこれこの倭《やまと》の國の大王である、と思いを込めて射た矢が深々と刺さり、猪はどうと倒れた。

木の上に逃れた者たちが下りてきた。

口々に我が弓の伎倆《ぎりよう》を褒めそやす。

それに無性に腹が立った。

「おまえらの怯懦《きようだ》、許しがたい。たかが猪、何ほどのことやあらん。大丈夫《だいじようふ》が正面から向かえば獣はこれを避《よ》けるものだ」

言っている間にいよいよ立腹が抑えきれなくなった。

「殺しなさい。一人を選んで斬りなさい」という声が耳元でした。

見なくてもわかる。見たところで見えない。

あの青い男、何年かの昔、讃岐《さぬき》からの采女《うねめ》イト（伊都）と我とのまぐわいに割り込み、イトを死に至らしめた怪物。

　下人の姿をした朱の神を我が斬った時もこれが耳元で囁《ささや》いた。人を斬ろうとするとつもこの顔のない青い男が耳元で囁く。

　唆されて抑えが効かなくなった。

　一人を選び出し、目の前に立たせ、斬った。

　地に流れる猪の血に人の血が混じった。

　その男の死骸《しがい》は山中《さんちゅう》に埋めさせ、猪は持ち帰った。料して食べる気になれるかどうか。

　ここが葛城山であることを思い出した。一言主の神の怒りに触れるかもしれない。

「ゆめゆめ」と鳴いたあの鳥は何だったのだろう。

　初瀬の館《やかた》に帰った。

　大后《おほきさき》ワカクサカはもう狩りの一件を知っていた。

「また舎人《とねり》を殺しましたね」

「ああ、腹が立った」

「その気性、どうかお改め下さい。猪と人と、どちらに重きを置くか。そのままではあなたが狼になってしまいます」

「我は大王だ」

「だからこそ申し上げます」

　ここで大后にあの青い男、あの怪物のことを言うか否か迷った。我が怒りを発するとあれが来て耳元で囁く。迷ったが言わなかった。

数日後、奇妙な噂のことを聞いた。巷《ちまた》では、あの時に猪を恐れて木に登ったのは舎人どもではなく我だったと言われているというのだ。

この話を伝えたのは大后であった。

「大王として威光あまねく倭《やまと》の國に広まるのはよろしいのですが、その一方で大王の人となりは民草みなが知らんとするところ。よいこと悪いこと、何でも互いに伝えたがる。大王はすぐ人を斬るというのは恰好《かっこう》の話題です。それは遠くからの畏怖《いふ》を誘うだけだからよいかもしれません。大王というのは高くにあって遠望されるもの。しかし、この初瀬の館や朝倉宮で大王の身近に仕える者たちにとって今回の件は人ごとではありません。龍《りゅう》の身体には一枚だけ逆さに生えた鱗《うろこ》があって、これに触れると龍は怒る。逆鱗《げきりん》と呼ばれます。今、舎人たちは大王を恐れて萎縮《いしゅく》しております。この噂のことも私《わたくし》でなければお耳に入れられません。

世間にはあの斬られた舎人が歌った歌さえ流布しているのですよ――」

やすみしし　我《わ》が大君《おほきみ》の
遊《あそ》ばしし　猪《しし》の　病猪《やみしし》の

うたき畏《かしこ》み　我《わ》が逃《に》げ登《のぼ》りし
あり尾《を》の　榛《はり》の木《き》の枝《えだ》

（やすみしし）私の大王さまが狩りをしていたら
猪が手負いになってうなったのが恐くて、
私が逃げて登った、その高い丘の榛の木の枝。

その年の新嘗祭《にひなめさい》が巡り来たった。

夏の間、日はよく照り、雨も豊かに、穂もたわわに実って頭《こうべ》を垂れた。

新穀を神に捧《ささ》げ、我も共に頂き、祭祀《さいし》は滞りなく終わった。

その後には豊明《とよのあかり》が行われる。あまた氏《うじ》の主立った者や群臣を集めての盛大な宴《うたげ》。

飲む、食う、歌う、舞う。みなみな大いに楽しむがよい。

ここの庭に大きな槻《つき》の木があり、その枝は百に余る。この下に宴席を設《しつら》えさせた。

賑《にぎ》わいも酣《たけなわ》となった頃、采女の一人が大盃《おほさかづき》を持ち来たって我の前に至り、卓の上に置いた。たしか三重《みへ》から来た乙女だ。

見ると酒の上に槻の葉が浮いている。

汚《けが》れではないか。

大王に対して非礼。

そう思うと腹が立って、抑えられなくなった。

采女をその場に押し倒し、剣を抜いて首に押し当てた。

「粗忽者《そこつもの》、成敗してやる」

「お待ちください」と采女は言った。

耳元で青い男が「殺せ」と囁いた。

それと同時に「いけません」というワカクサカの声が聞こえた。

手が止まった。

「お待ちください。大盃を目より高く捧げて槻の木の下を参りました。上から舞い落ちた葉に気づきませんでした。不届きの段、お許しください」

「許さぬ」

「では、せめて歌を一つ、御成敗の前にお聞き下さい——

纏向《まきむく》の　日代《ひしろ》の宮《みや》は
朝日《あさひ》の　日照《ひで》る宮《みや》
夕日《ゆうひ》の　日《ひ》がける宮《みや》
竹《たけ》の根《ね》の　根足《ねだ》る宮《みや》
木《こ》の根《ね》の　根蔓《ねば》ふ宮《みや》
八百土《やほに》よし　い杵築《きづき》の宮《みや》

真木《まき》さく　檜《ひ》の御門《みかど》
新嘗屋《にひなへや》に　生《お》ひ立《だ》てる
百足《ももだ》る　槻《つき》が枝《え》は
上《ほ》つ枝《え》は　天《あめ》を覆《お》へり
中《なか》つ枝《え》は　東《あづま》を覆《お》へり
下枝《しづえ》は　鄙《ひな》を覆《お》へり
上《ほ》つ枝《え》の　枝《え》の末葉《うらば》は
中《なか》つ枝《え》に　落《お》ち触《ふ》らばへ
中《なか》つ枝《え》の　枝《え》の末葉《うらば》は
下《した》つ枝《え》に　落《お》ち触《ふ》らばへ
下枝《しづえ》の　枝《え》の末葉《うらば》は
あり衣《きぬ》の　三重《みへ》の子《こ》が
捧《ささ》がせる　瑞玉盞《みづたまうき》に
浮《う》きし脂《あぶら》　落ちなづさひ
水《みな》こをろこをろに　是《こ》しも　あやに畏《かしこ》し
高光《たかひか》る　日《ひ》の御子《みこ》
事《こと》の　語言《かたりごと》も　是《こ》をば

纏向《まきむく》の日代の宮は朝日に照り映える宮、夕日に輝く宮、
竹の根が縦横に走り、木の根が密集する宮、
（やほによし）土を杵《きね》で突き固めた立派な宮
（まきさく）檜《ひのき》の御門を設けた
新嘗《にひなめ》の祭りのための見事な宮
そこに立った槻の木には枝が百本
上の枝は天を覆い、中の枝は東国を覆い、下の枝は辺境を覆う。
上の枝先の葉は落ちて中の枝に触れ、
中の枝先の葉は落ちて下の枝に触れ、
下の枝先の葉が落ちかかって
（ありきぬの）三重の采女《うねめ》が捧げ持った
美しい大盃《おほさかづき》にはらりと入って、
脂が浮くように漂うさまは、
古《いにしえ》の『水こおろこおろ』の場面さながらのめでたさ。
光り輝く日の御子さま、
ことはこういう次第にございます」

と歌った。

ほとほと感服した。

咄嗟《とっさ》の折に、この宮を讃《たた》え、百本の枝を張る槻の木を讃え、葉が落ちた事情を伝え、それをイザナキとイザナミの天《あめ》の沼矛《ぬぼこ》に重ねる。

この采女を許して褒美を取らせよう。

ある日、わずかな伴《とも》を連れて近隣へ遊びに行った。国見というほど大仰ではなく、物見というくらいのところ。

美和《みわ》川の岸に沿って行くと、水辺に若い女がいて、衣類を洗っていた。

何気なく声を掛けると、すっと立ち上がって恥ずかしげにこちらを見た。

その顔がなんとも気品があって美しい。

「おまえはどういう素性の女だ？」

「引田部《ひけたべ》の赤猪子《あかゐこ》と申します。事情あって家名はありません」

「我はこの倭《やまと》の大王《おほきみ》である。このまま我が館《やかた》へ戻って共寝をしよう」

「もったいないお話でございますが、私《わたくし》は今は裳裾《もすそ》に月の立つ時。お心には添えません」

「月のものの間は女の身体は神のもの。我とて手が出せぬ。後日ここへ迎えを寄越すから必ず参上するように」

「お待ちしております」

その次の日、服部《はたおりべ》から急使が来た。「繭から糸が引けました」

それで赤猪子のことは忘れてしまった。

この糸を生む虫のことは予《かね》て聞いていた。そもそもは我が祖父十六代オホサザキの御《み》代《よ》のこと。海彼から不思議な虫が持ち来たられた。これは初めは這《は》う虫であるのに、やがては繭を作り、その後は繭を破って出て飛び去るという。

この繭というものから糸が引ける。

すなわち絹。

糸は光沢うつくしく、布に織っていよいよ美しい。

この國《くに》で産すれば高位の者たちの衣類をすべて賄えるのに、今までは対価を払って向こうから買ってきた。作れるとなれば立場を逆にして売ることも考えられる。

服部は長い年月この糸を得る試みを続けてきた。

それがいよいよ繭から引けるとなれば、この先の道が開ける。朱と並んで海彼に売るものができる。國が栄える。

糸は、麻であれ苧《からむし》であれ、草から取るもの。虫が糸を吐くとは面妖《めんよう》なことである。

糸は細くて長い。これを織って布とする。布をもって衣服を作る。

こういうことを我は乳母のヨサミ（依網）に教えられた。

ヨサミは物知りで、身辺にあるものの由来をよく知っていた。

「いずれはこの國の大王になられるお方。この國で人が行うことすべてに通じていなくてはなりません」と言って、ことあるごとにものを教え、問い返してきちんと覚えたことを確かめた。生えて育ってはびこるもの、野山を勝手に駆けまわるものよりも、人の手業に成るものの方に詳しかった。

だから布のもとが糸であることは知っている。


服部の家に絹を作るところを見に行った。

一統を率いる服部のトビヒ（飛梭）という者が案内《あない》する。

「まずはこれをご覧下さい」とトビヒは言った。

竹を割って細い籤《ひご》にして編んだ浅い広い籠《かご》の中に何か木の葉が敷かれ、その上にたくさんの虫がいる。虫どもは盛んに頭を振って木の葉を食べている。

「この葉は桑という木のもので、蚕《こ》はこの葉しか食べません。絹を作ることはまずこの木を植えて育てることから始まります」

なるほど。遠大なことだ。

「次はこちらを」とトビヒが案内する。

同じような籠の上に小さな白い丸いものがたくさんある。丸いが長い。

「これが繭でして、中には桑の葉を食べて育った蚕がおり、糸を吐いて内側からこの繭を作っております」

「自らを閉じ込めているのか？」

「さようで。しばらくするとこれを破って外に出、蛾の姿になって飛び去ります。しかしそれを待っていてはよい糸は取れません。繭ができたところで煮て殺します」

「哀れなことだ」

トビヒがひょいとこちらを見る。

さんざ人を殺している大王が哀れと言うのがおかしいと言わんばかり。

腹が立ったが抑えた。

「こんなきれいなものを作ったのに飛ばずに死ぬとは哀れではないか」

「さりながら、煮なければ糸が引き出せません。以前はそこがわからなかったのです。煮て湯の中に入れたままだと糸が引きやすい。この技が途絶えておりました」

と言われてそれを見に行く。

平たい大きな焼き物の皿が火の上に置かれ、湯気が立っている。その中に白い繭がいくつも入っていて、その前に坐《すわ》った女が指先で糸を引き出している。沸いた水面《みなも》のすぐ上で女の指が躍る。脇には水を入れた器があり、時おり指を冷やす。

糸は女の横に立てた木の枝に導かれ、後ろにいる別の女が綛《かせ》に巻き取っている。

一つの繭の糸が尽きると中から茶色いものが出てきた。それを摘《つま》んで横の器に入れる。

「あれが虫か？」

「さようでございます」

「どうするのだ？」

「煎《い》って塩を振って下人どもが食べます」

その夜、李先生に昼間見た蚕《こ》の工房のことを話した。

「蚕から絹糸を取る技は新羅のアメノヒボコ（天之日矛）に従って来た者が伝えた、と言われている」

「赤い玉から生まれた女を追って倭《やまと》に渡ったあの男ですね」

「さよう。しかし人が初めて絹を知ったのは新羅などではなく、今の宋や魏のはるか前、漢と呼ばれる王朝の頃であったと伝えられる。絹は美しい。どこの地でも富貴の者が千金を払って買い求める。それゆえに遠くへも運ばれる。西へ西へと年を経る旅をして、羅馬《ローマ》と呼ばれる國にまで至ったとか。この交易の経路には絲綢之路《しじゅうのみち》という名がついている。絲綢とはすなわち絹」

繭から糸を引くのを見ているうちに、別のものを作るところも見たくなった。

物部のメ（目）のところに使いを出して案内《あない》を乞《こ》うた。

すぐに息子のアラヤマ（荒山）がやってきた。

「鉄器づくりをご覧になりたいとか」

「ああ、見せてもらいたい」

アラヤマと共に石上の社に近い工房に赴いた。

「工《たくみ》の業は、農や漁や猟と同じく國の礎です。しかしこれまでこのような下人の営みに目を向ける大王はおりませんでした」

「おもしろいではないか」

「ありがたいことで」

屋根だけで壁のない大きな建物の真ん中に大きな炉がある。中では火が燃えているのだが、その横で四人の男が向かい合って長い板の上に乗り、上から下げた綱につかまって板を交互に踏んでいた。そのたびに風の音がして炉の中の火が燃えさかる。

「あれは？」

「鞴《ふいご》です。踏む板をたたらと申します。炉の中には炭、風を送ると熱く燃えます。あそこで鉄を熱して軟らかくして、それを加工します」

なるほど、炉の周囲にはたくさんの工人がいて、それぞれに赤く輝く鉄の棒を叩《たた》いたり伸ばしたり、賑《にぎ》やかな槌音《つちおと》をたてている。冷めるとまた炉に入れて熱する。薄い板にした鉄から鏨《たがね》と槌で何か小さなものを切り出している者がいる。

「何を作っている？」

「鏃《やじり》です。あれを研いで矢の先に付けます」

「なるほど」

「あの小さいのは狩りのための矢に使いますが、人間を相手の戦いにはもっと重い大きな鏃を用います」

「なぜだ？」

「戦の場に立つ人間は鹿や猪と違って、鎧《よろい》を着ておりますから。重い矢でないと貫けない」

これも納得したことだった。

「父がいずれお目通りを願いたいと申しておりました」とアラヤマが言った。

「いつでも。いや、このままそちらの館《やかた》に赴こうか」

「行幸《みゆき》とは畏《おそ》れ多いことで」

というわけで物部の館に行った。

いきなり顔を出したのでアラヤマの父のメは恐縮した。

「鉄《くろがね》の工たちはいかがでございました？」

「いや、おもしろかった。とりわけあの鞴とたたらの仕掛けがな」

「たたらという言葉、どうやら踏むことと関わるようで。昔の姫に、厠《かわや》に流れてきた矢でホトを突かれてあわてたという方がおられましたな」

「セヤダタラヒメ。その矢は神であって、二人の仲に生まれた娘がホトタタライススキヒメ。初代大王《おほきみ》カムヤマトイハレビコの大后《おほきさき》となった方だ」

「あれもあわててたたらを踏んだところからの命名かと思われます」

卑賤《ひせん》の手業への興味がいよいよ増した。

父十九代ワクゴ（若子）の陵墓が気になる。場所は大和川のほとり。大王いきなりの行幸にあわてふためいて応対する。

土師《はじ》氏に属するキヅキ（築）という者が数千名の下人を率いていた。大きな仕事だ。

「みなみなよく働いていると見たが、進み具合はいかが？」

「あと月の巡りの二回りほどでできあがるかと」

「埴輪《はにわ》の仕事が見たい」

広大な敷地の一角に埴輪を作る工房があって、形ができたものをすぐ外で乾かし、それから薪《まき》の火で焼いていた。

「埴輪はどうやって作る？」とキヅキに聞いた。

「まずは土を捏《こ》ねます。それを細く長く紐《ひも》のように延ばし、これを下からぐるぐると巻き上げ押しつけ、筒の形にしてゆきます。これがすべての基本です。表面を滑らかにして、いろいろ飾りを加えれば円筒埴輪になります。数から言えばこれがいちばん多い。この陵墓だけで四千基は作りました。その他に、人の形、馬の形、あるいは家、舟、犬、猪、などを作ります」

「人を作る者に会いたい」

「ではこの者を。名をコトリ（小鳥）と申します」

見れば腕の太い、目の黒々とした大男だ。

れない。

「名にそぐわぬな。作ったものを見せてくれ」

コトリは低頭して、そのまま無言で我を丘の上へと案内《あない》した。口がきけないのかもし

完成間近の陵墓の上に延々と埴輪が並んでいた。この数、この丘の大きさ、ここで働く下人の数、費やされた歳月、その間にこの者どもが食した米や魚や肉の量、それを用意した農民・漁民、すべてが大王の力、この倭《やまと》の國《くに》の力を示している。

それは父十九代ワクゴの威光であり、そのまま兄二十代アナホを経て継いだ我が威光でもある。

コトリは黙ったまま一つの埴輪を示した。

正装した男子《なんし》。

その顔がなんとも悲しそうに見える。

埴輪は中空だから目も丸く開かれた口も穴でしかない。

この目は何も見ていないし、口は何も語っていない。

見ているうちに何かを思いだした。この顔、この虚《うつ》ろな顔、どこかで見たことがある。

ただ見たという以上の親《ちか》しい思いがある。

まさか。

あの男?

イト(伊都)とまぐわいをまさに為《な》さんとした我を押しのけてイトを犯し、我をして

イトを殺さしめたあの青い男。その後もたびたび現れ、我が気短に剣を抜こうとするたびに耳元で「斬れ」と唆すあの男。

あれは目と口はおろか顔ぜんたいがそのまま虚ろだった。

「斬れ」と言うのは我が怒りではなく、あの男の悲しみの言葉なのか。

「なぜこのように悲しそうなのだ？」とコトリに問う。

「大王の死を悼んでおりますから」と脇に控えたキヅキが答えた。

「そもそも埴輪はこのような土の人形ではなく生きた人間でした。大王が亡くなれば、その周囲で仕えた者どもは死後の供奉《ぐぶ》としてご遺体と共に生きたまま墓に埋められました。これを殉死と申します。吾《わ》が土師氏の祖たるノミ（野見）の宿禰《すくね》が、十一代イクメイリヒコ（伊玖米入日子）の后であったヒバスメ（日葉酢媛）の葬儀に際して、『人の殉死はあまりに辛《つら》い』と申しあげて、土の像をもってこれに代えたと伝えます」

「大王の死に伴《とも》の者が付き従うのは当然ではないか？」

「本当にそう思われますか？」とコトリが低い声で言った。こいつ、ここまで一言も発しなかったが、口がきけるのか。

「ヒバスメは若い身で亡くなりました。侍女たちもみな若かった。生きてあればさまざまな花を咲かせたでしょう。埴輪に代えてよかったと思います。その思いのまま、悲しげな虚ろな顔のものたちを作って参りました」

ではノミの進言は正しかったのか？

そうかもしれない。

大王の崩御と共に優れた者たちが後を追って亡くなり、その才が失われるのはいかにも惜しい、今こうして王位にある我は側近たちを見てそう思う。

しかし、死んだ大王にすれば一人で旅立つことになるわけで、その寂しさもまた心の内にざわざわと立ち上る。

そもそも死後とは何か？

身体を離れた魂《たま》はどこに行くのか？

いろいろなことを聞いている。

火の神であるヒノカグツチ（火之迦具土）を産んでホトを焼かれて身罷《みまか》ったイザナミは黄泉《よみ》の国に去った。夫のイザナキは迎えに行ったが、爛《ただ》れ腐った妻を見て黄泉比良坂《よもつひらさか》を駆け登って現世に逃げ帰った。

死者は常世《とこよ》の国に渡るのだと言う者もいる。

常世ではなく常夜の国だと唱える者もいる。常に闇に包まれた恐ろしい国。

しかし大王である我には神々の特段の贔屓《ひいき》がありはしないか？　高天原《たかまのはら》に引き揚げられ、神々と共にその後の世の動きをずっと見ている。自分が築いた王國《おうこく》の繁栄を見続ける。時には介入する。

いや、それでは生前も死後も変わらないことになる。

死というのはそういうものではないだろう。

だが、カムヤマトイハレビコやタケノウチは時おり現れて我に助言を与える。たしかに死んで久しい二人なのに、そんなことができるとは、あれは別格の死者なのか。それならば我もまた同じような別格の死せる大王として後世の子々孫々に声を掛け、あるいは死後も現世に君臨すればよい。

わからない。

この若さで、この地位にあって、己《おのれ》の死など考えようがない。それははるか先の話。兄二十代アナホのように三年などという短い治世ではなく。父十九代ワクゴの四十二年をも超える統治を我はこの倭《やまと》の國に敷く。

死後のことはもっとずっと後で心配すればよい。

埴輪の顔に浮かぶ悲しさのことは忘れておこう。

「コトリ（小鳥）、汝《なんじ》、名を改めよ。その大きな身体にその名は似合わない。今より後はオホトリ（大鳥）と名乗れ」

死のことを考えている。

父や兄の死ではなく、我の死でもなく、これまで我が手に掛かって死んでいった者たち。我が剣に刺し貫かれ、あるいは斬られ、血を噴いて地面に倒れ伏した者たち。我の命によって放たれた火で焼かれて黒く焦げた遺体。我が馬に蹴散《けち》らされ、頭を砕かれて路傍に横たわった者ども。

更には我が兵どもの手に掛かって死んでいった敵の側の、おびただしい数の兵士たち。戦場で追い詰められて自決した奴《やっこ》ら。崖《がけ》から飛び降りた者、傷を負ったまま山中《さんちゅう》に放置されてゆっくりと死んでいった将と兵。鎧《よろい》のまま川にはまって流されていった強者《つわもの》。

また、女たち。我が剣にかかって死んだイト（伊都）、我が兵に押しひしがれ、何人もの男に次から次へと犯されたあげく自ら命を絶った女ども。

敵《てき》である、敵《かたき》である。我をして立腹せしめた。

だから殺した。

あの者たちの魂《たま》はどこに行くのか？

我が手に掛からずとも、戦の場に身を曝《さら》さずとも、人は死ぬ。老いて歳満ちて死ぬ幸運もあり、若くして死ぬ不運もある。世の中には飢えもあれば病もある。國の経営が下手ならば、餓死する者の数は増える。

この者たちの恨みはどこに向かう？

すべてが大王《おほきみ》たる我に押し寄せるとしたら、我はそれを支えきれるか。支えるとはどういうことなのだ？

なぜか気弱になっている。

コトリ改めオホトリという埴輪作りの男から殉死の廃止の話を聞いて以来、難を排して強く進む力が失われた。

今宵《こよい》は夜伽《よとぎ》の相手を大后《おほきさき》ワカクサカにしよう。あれは我一人の巫女《みこ》、我が未来の示し手、我が力の源。

あれに抱かれて静かな長いまぐわいをすれば、腰に力が湧き、勇む思いが心に湧く。

ワカクサカ、我を助けよ。

五　王國の構築

カラヒメ（韓媛）が子を産んだ。

男子《なんし》である。

すなわち世継ぎである。

カラヒメは閨《ねや》でははしゃぐばかりで未熟だが、立派に子を生《な》した。

この子が育てば我が王統はまずは安泰。

これほどめでたいことはない。

大后であるワカクサカ（若日下）は自分は子を産むことはないと初めから言っている。先のことを透かし見る霊能の者だから、その言葉に誤りはあるまい。

他にも采女《うねめ》たちの間に我の子を産んだという者がいるが、世継ぎにとって氏《うじ》と姓《かばね》は大事だ。王家を取り巻く諸侯が認めなければ王位は継げない。

更には王たる我の胤《たね》であるという確信。

目を離せば女どもは他の男と通じる。

王統を正しく保つためにはその機会を排さなければならない。我が女たちを囲い込み、女だけで暮らさせ、老女たちに見張らせる。そのような一角を宮の内に造る。

それでも男には疑念が尽きない。男というのは常にこの疑念に苛《さいな》まれるものだ。

先日、二歳ほどの女子を見かけた。

かわいいので見ていると、傍らにいた物部《もののべ》のメ（目）が、「母親似と言われておりましたが、だんだん父親に似てきましたな」と言った。

「母は誰だ？」

「和珥《わに》のフカメ（深目）の娘」

「父は？」

「あなた様ではありませんか」

「思い出した。だがあの女とは一夜しか寝ていない。本当に我が子かどうか、疑わしい」

「その一夜に、敢《あ》えて伺いますが、何度なさりましたか？」

「七度《ななたび》」といささか恥じ入って答える。「終わりの頃は気ばかり先を行って身体がついてこなかった。ぬるぬるとひりひりが混じるばかり」

「七度も営みを重ねれば子が生りもするでしょう。孕《はら》みやすい女は男の下着に手を触れるだけで孕むと申します。むやみに女を疑ってはいけません」

返す言葉がない。

この子は王女とし、母は正式に后としよう。

庭先に立ってあたりを見回す。

「クズハ（葛葉）！」と呼んだ。

狐はすぐに現れた。

「カラヒメが男子を生した。喜べ、とタケノウチに伝えよ」

狐は速やかに去った。


ミカリやヤマセと並んで我の身辺に侍《はべ》る小者にスガル（栖軽）という者がいた。なかなか気がきいて、我が思うところの先を読んでよく立ち働くのだが、時に読み誤ってあらぬ方へ突っ走る。

ある時、服部《はたおりべ》の絹作りを更に進めようとて、スガルを呼び出した。

「コを集めよ」と命じる。

我は蚕《こ》のつもりであった。

しかしスガルは子《こ》と思って、幼い子供たちをたくさん連れて戻った。

五歳、八歳、十歳などなどの男の子・女の子が庭先に何十名も群れ騒ぐ。まるで庭鳥《にわとり》の群れのようだ。

その中にスガルが一人、得意げに立っている。

まさに群鶏の一鶴《いっかく》。

勘違いを諭すとスガルは落胆のあまり、その場に坐《すわ》り込んで泣き出した。

「しかたがない。その子たちはおまえが育てよ。何かと宮の内外で使ってやろう。これを機に少子部《ちひさこべ》という部《べ》を立てておまえに任せよう」

大王は國《くに》の民を束ねねばならぬ。この束を部《べ》と呼ぶ。

由緒ある家柄はそれぞれ氏《うじ》を名乗る。大王はこれに姓《かばね》を与えて支配のもとに置く。氏は各自で多くの民草すなわち部民《べみん》を抱える。

それとは別に王府に直属する部がある――

海部《あまべ》、服部、麻績部《をみべ》、土師部《はじべ》、須恵部《すゑべ》、弓を作る弓削部《ゆげべ》、川を渡す渡部《わたりべ》、犬飼部《いぬかひべ》、馬飼部《うまかひべ》、鳥飼部《とりかひべ》、訴訟を扱う解部《ときべ》などなど。これらの下にあまたの部民がいる。

少子部もそれらの一つとなった。スガルには連《むらじ》の姓を与えた。

出産から半年ほど後、我が戯れに宮の正殿の奥でカラヒメを抱こうとしたことがあった。あれは手を触れただけできゃーきゃーと賑《にぎ》やかに騒ぐ。ついついそそられて口を吸い、胸乳《むなぢ》を摑《つか》み、脚の間に手を差し入れ、着ているものをまくり上げて乗りかかった。

そこへスガルが迂闊《うかつ》にもずかずかと入ってきた。

「あーっ、失礼しました」と恐縮する。

こちらも何か返さなければならない。

その時、空に稲妻が走った。

「スガル、雷を捕まえてこい」

「はあ？」

「先日から考えていたことだ。大王《おほきみ》の威光はいかほどのものであるか。群臣は服して仕える。民草は平伏する。それはわかっている。逆らう者はいない。では雨は、風はいかが？　日輪は命ずれば西から昇るか？　王命であると言って雷を連れてこい」

「畏《かしこ》まりました！」と言ってスガルは一散に走り出す。

さて、と思ったがカラヒメ相手の輿はすでに失《う》せていた。恨めしそうな顔をするのを宥《なだ》めて送り出す。

スガルは緋色《ひいろ》の葛《かづら》を額に巻き、赤い旗を結んだ矛をかかげ、馬に乗って走り去った。

(この先、雷を捕まえるまでは後にスガルから聞いた話)

阿部《あべ》の山田《やまだ》の道を行く。

大軽《おほかる》の諸越《もろこし》の辻《つじ》まで行く。

そこまで行って、大音声で叫んだ。

「雷、空の鳴る神、大王のお召しである。吾《われ》と共に来るべし。大王の命、逆らえるものではないぞ」

そこで雷は諸越から遠くない飯岡《いのをか》にがらがらぴしゃんと落ちた。

スガルは近くの社の神司《かむづかさ》を呼び、竹をもって輿《こし》を設《しつら》えてこれに雷を押し込んだ。

下人を集めて担がせ、「えいほっ、よいほっ」と朝倉宮《あさくらのみや》に運んだ。

雷は我の前に引き据えられた。

ぎらぎらと輝いている。

おそろしく眩《まぶ》しい。

従って、見るからに恐ろしい。

(竹の輿だから感電しないのであろうか?)

多くの供物を捧《ささ》げて、もとのところへお帰り頂いた。

大王の威光、かくのごとし。

なれど、大王といえども恐いものは恐い。


このスガルが若い身にもかかわらず病を得て亡くなったのは後々までも惜しいことであった。

七日《なぬか》七夜《ななよ》の弔いの後、雷の落ちたところに墓を造って葬り、「雷を捕らえたスガルの墓」と記した柱を立てた。

雷はしかし捕らえられたことを遺恨に思っていたらしい。

スガルの墓の柱を目がけてもう一度、がらがらぴしゃんと落ちた。足蹴《あしげ》にし、踏みつけ、蹴倒《けたお》すつもりだった。ところがそこで柱が裂け、足が挟まってしまった。いくら力を込めて引いても足は抜けない。七日七夜もがき続けたところで、我が送った者らの手で解き放たれた。

先の柱の横にもう一本の柱を立てた。

「生きて一度、死んでまた、二度までも雷を捕らえたスガルの墓」と書かせた。

乳母のヨサミと大后《おほきさき》とのんびりと話をしていた。

「手業へのご興味はまだ続いておりますか？」とヨサミが聞く。

「ああ。絹と鉄《くろがね》と埴輪《はにわ》、どれもおもしろかった。民草は働く。稲を育て、ものを作る。朱を掘り出し、海彼とやりとりする。すべて國の力の元だ」

「斧《おの》で木を削って誤らぬという者がおります。石を台にしながら、斧の刃を石に当ててこぼつことがないとか」

「おもしろい。見に行こう」

その者は猪名部《ゐなべ》のマネ（真根）と言った。

石の上に材を置いて、斧で、鑿《のみ》で、また小刀でこれから形を作り出す。斧を大きく振りかぶって材を打ち割っても台の石には当てない。

「手元が狂うことはないのか？」

「決して」と答えた。

その声音が不遜《ふそん》に思われた。

采女《うねめ》を二人呼び出し、裸にして褌《たふさぎ》ばかりの姿にさせる。胸乳も腿《もも》も露《あら》わ。

マネの目前で相撲を取らせようというのだ。

いざ見物に行こうとすると大后が声を掛けた。

「これをお連れ下さい」と言って、カラノを寄越した。

まあ、犬も女相撲が見たいかもしれない。

裸の女同士の取り組みを前にマネに仕事をさせる。大きな材を斧で割ろうとしながら、マネはついつい女たちの方に目をやった。

裸であるだけでなく、それが女であるだけでなく、勝つか負けるかの試合でもある。気を引かれるのも無理はない。

で、手元が狂った。斧は材を外れて石に当たり、火花が散った。刃が欠けた。

「そなた、口ほどにもない奴。先ほどの豪語はどうしたのだ。その思い上がり、許し難い。成敗してくれる」

我が剣を抜こうとした時、カラノがひょいと前に出てマネとの間に入った。その脚に身体を寄せ、こちらを見て尾を振る。この者を斬ってはならぬと伝える。

犬のくせにと思ったが、これは出会う相手が主《あるじ》にとって敵か味方かを見分ける霊能の犬である。

この男を斬ることは我のためにならぬと言いたいのだろう。

そこでしぶしぶ剣を収めた。

宮に戻って大后にことの次第を話した。

「よいことをなさいました」と言いながら犬を撫《な》でる。

よいことをしたのは大王である我か、あるいはこの犬か。

「今になって気付いたが、あの青い男が現れなかった」

「それは？」

「腹を立てて剣の柄《つか》に手を掛けると、どこからともなく来て耳元で『斬れ』と囁《ささや》く。けしかける。それが今回は来なかった」

「カラノがそれを防いだのでしょう。大王たる者、人を斬る、人を刑に処す、敵を殺す、そういう時があるのはわかります。しかしなるべくそれを慎まれますよう。近くに仕える者は脅《おび》えて働きが鈍くなります。大胆にふるまえない」

「まあ、そうかもしれない」

「こういう歌がもう広まっておりますよ」と言って歌う——

あたらしき　韋那部《ゐなべ》の工匠《たくみ》　懸《か》けし墨縄《すみなは》
其《し》が無《な》けば　誰《たれ》か懸《か》けむよ　あたら墨縄《すみなは》

危ういところだった　あの猪名部の匠《たくみ》の墨縄の技
あの男がいなくなれば誰があの技を継げたか　あの墨縄の技を

「墨縄とは？」

「墨壺《すみつぼ》を潜らせて墨を染ませた縄をもって、板の上にまっすぐな線を引くことです」とヨサミが言った。「大工の基本の技。失われれば宮も社も建ちません」

「斬らなくてよかった」


大工の話がもう一つあった。

闘鶏《つげ》の地にミタ（御田）という工《たくみ》がいた。

この者に楼閣を造らせた。

配下の下人たちを指図して柱を立て、梁《はり》を渡し、その梁の上をあたかも地上を走るがごとく右へ左へと走りまわって立ち働いた。

たまたま供物を捧げ持った采女が下を通り、そのさまを見上げて、あまりの俊敏な動きに驚きあきれ、迂闊《うかつ》にも足元に置かれた材に気付かず後じさりして、仰向《あおむ》けに転んだ。供物が地面に散った。

ミタはそのさまを見て速やかに梁から地上に降り立ち、手を貸して立たせようとした。

采女は転んだ拍子に衣の裾《すそ》を乱していた。

そこへ我が通りかかった。

「その女を犯すのか！」

いきなりの大王の叱責《しっせき》の声に大工は言葉を失い、采女もまたしどろもどろのまま事態を説明せんとしたが、我が耳には入らない。

供物を持った采女は神聖であって、しかもこれは他ならぬ伊勢《いせ》から来た采女だ。

「刑吏、この男を引き立てよ。明日を待って処刑せよ」

宮へ戻る途中で琴の音《ね》が聞こえた。誰か歌う者がいる――

神風《かむかぜ》の　伊勢《いせ》の　伊勢《いせ》の野《の》の　栄枝《さかえ》を
五百《いほ》経《ふ》る析《か》きて　其《し》が尽《つ》くるまでに
大君《おほきみ》に　堅《かた》く　仕《つか》へ奉《まつ》らむと
吾《わ》が命《いのち》も　長《なが》くもがと　言《い》ひし工匠《たくみ》はや　あたら工匠《たくみ》はや

（神風の）伊勢の野に、生え茂った木の枝、その無数の枝を切って、
それが尽きるまでも切って、世の末まで大王《おほきみ》にお仕えしようと、
そのための己《おの》が命と思っていた工《たくみ》の、その命を奪うとは、
なんとも惜しいことではないか。

歌っているのは秦氏《はた》のサケノキミ（酒公）だった。我を諫《いさ》めんとする歌。聞き入れずばなるまい。
伊勢から来た采女は闘鶏のミタに妻として与えた。

伊勢は王統にとって別格の地である。

大王として我は二十一代、遡《さかのぼ》れば初代カムヤマトイハレビコ（神倭伊波礼毘古）。

その父がウガヤフキアヘズ（鵜葺草葺不合）。

その父がホヲリ（火遠理）。

その父がホノニニギ（番能邇邇芸）、すなわち高天原《たかまのはら》から地に降りられた方。

その父がオシホミミ（忍穂耳）。

その母が日の神たるアマテラス（天照）。

その日の神をお祀《まつ》りするのが伊勢の社だ。

大王の家に生まれた娘の中には高貴な血の故に縁づくことがむずかしい者がいる。そのような娘は伊勢の斎宮になって清い身のまま祈りの日々を送る。その霊威はあらたかなもので、だからこそヤマトタケルは熊襲《くまそ》征伐に行く前に伊勢に行って叔母《おば》であるヤマトヒメ（倭媛）に女の衣装を借りると同時に霊力を授かった。伊勢には社とは別に斎宮寮があり、百人を超える者どもがこれに仕えた。

斎宮は男を近づけてはいけない。密通のことがあると退下しなければならない。

ある時、阿閉《あへ》のクニミ（国見）なる者が、伊勢の斎宮であるタクハタヒメ（栲幡媛）が湯人《ゆゑ》の武彦《たけひこ》と寝ていると訴えてきた。ヒメは子を孕《はら》んでいるという。湯人は王子・王女の沐浴《もくよく》が職務である。裸の身に接することも少なくない。

いざ調べんとした時、武彦の父キコユ（枳莒喩）が自分に咎《とが》が及ぶことを恐れてこの子を亡き者にした。川に鵜飼《うかい》に誘って、鵜の真似をさせて水に潜らせ、これを棒で叩《たた》き殺した。

タクハタヒメは「身に覚えがありません」と言い、その夜のうちに神器である鏡を持って五十鈴《いすず》川へさまよい出た。そこに鏡を埋め、傍らの木の枝に縄を掛けて首を括《くく》った。我が自ら捜しに行くと、川の辺《ほとり》に虹《にじ》が掛かっており、その下を掘ると鏡が出てきた。すぐ横にヒメの遺体があった。胎内には水と石しかない。身は清かった。

キコュは息子の潔白を喜びながらも、殺したことを悔やんだ。クニミの讒言《ざんげん》を恨んで仇《かたき》を討とうとしたが、相手は石上《いそのかみ》の社に逃げ込んで出てこなかった。

その伊勢にも大王に逆らう者がいる。

朝日《あさけ》のイラツコ（郎）という者で、伊勢の伊賀《いが》に館《やかた》を構え、自分はこの地の王、大王の言うことは聞かないと公言していた。

これは懲罰せねばならない。

しかし我が親しく兵を率いて出るほどの相手ではあるまい。大王が動くのはよくよくのことである。軽々に都城を離れてはならない。

そこで物部のウシロ（菟代）と同じく物部のメ（目）を遣わすことにした。

朝日のイラツコは伊賀の青墓《あをはか》で物部勢と対峙《たいじ》した。

もともとこの男の思い上がりは弓の腕にあった。強弓を引いて、二重の鎧《よろい》をも射通すと日頃から高言していた。

人間には知恵と企《たくら》み、それに技がある。鹿や猪は毛皮をまとったままで走りまわるが、兵となった人は鎧を着る。矢が通らず、剣で斬れない。だから強い弓、重い剣、すなわち力の勝負になる。

「吾《われ》の弓に向かえる者がいるか！」と朝日のイラツコは大声で呼ばわった。

物部のウシロは恐れて身を引いてしまった。

二日一夜の間、対峙のまま陣から出なかった。

物部のメはこれに苛立《いらだ》った。

自ら剣を取る。

部下である物部のオホヲノテ（大斧手）に盾を持たせて先に立たせ、吶喊《とつかん》した。

朝日のイラツコは物部のオホヲノテを射た。

矢は盾を貫き、二重の鎧を貫き、物部のオホヲノテの身体に一寸まで刺さった。

しかしそこまでだった。

物部のメが駆け寄って朝日のイラツコを斬った。

戻った物部のメから報告を受ける。

だが共に行った物部のウシロの姿がない。

七日待っても復命しない。

讃岐《さぬき》のタムシワケ（田虫別）という者が、物部のウシロの怯懦《きょうだ》のことを告げた。

物部のウシロの所有になる猪使部《ゐつかひべ》を取り上げ、物部のメに与えることにした。

大王の威光をもってしても、遠き国や県《あがた》で仇《あだ》を為《な》す者は絶えない。報《しら》せや訴えがあるたびに将を選び、兵を送る。

播磨《はりま》に文石《あやし》のヲマロ（小麻呂）という非道の者がいた。沖を行く船を小舟で囲んで乗り込み、水主《かこ》を殺傷して自分のところの港に引き込んで荷を奪う。街道を塞《ふさ》いで勝手に関所を作り、法外な通行料を徴収する。餝磨《しかま》と佐岡《さをか》の屯倉《みやけ》に収めるべき租を私《わたくし》する。

これは捨て置けない。

ただにこの者が怪《け》しからぬばかりではなく、播磨という地が吉備《きび》と境を接していることも見逃せない。何かと大王に楯突《たてつ》くことの多いこの有力な一族と文石のヲマロが結ぶと始末の悪いことになる。いずれは戦わねばならぬ吉備の前にこの小悪党は始末しておいた方がよい。

春日《かすが》のオホキ（大樹）に忠勇無双の兵百名を率いて行かせた。

「必ず討ち取って来い」と言っているところへ、大后《おほきさき》ワカクサカが現れた。

「これをお連れなさい。きっと役に立ちます」とカラノを示す。

（以下は後日、春日のオホキの報告）

文石のヲマロの住むところまでは難なく進んだ。

しかし相手は掘割と土塀で囲んだ堅固な館に立てこもって出てこない。

周囲でいくつか焚《た》き火を熾《おこ》した。鏃《やじり》に布を巻いて油を染ませた火矢をたくさん用意して、四方八方から射込んだ。向こうも防戦とて消しにかかるが、こちらは矢の数で勝った。やがて館に火が回った。

門が開き、中から馬ほどもある大きな白い犬が走り出した。兵たちは驚き戸惑った。

するとカラノがその犬の前へ出て、一声「ワン！」と吠《ほ》えた。

大きな犬は脅《おび》え、人間の姿に戻った。文石のヲマロであった。

すぐに春日のオホキが斬り殺した。


春日のオホキの報告を聞いた夜、大后ワカクサカとしみじみ話をした。

「なぜカラノを連れてゆけば役に立つとわかったのだ？」

「さあ。むしろあの犬が行きたがったのです」

「たしかに文石のヲマロはなかば獣のような男であったらしい。普段から仮面をかぶり毛皮を身にまとい、酔うと大きな声で吠えたとか聞いている、女を犯す時も後ろから乗りかかったと」

「人は人が思うほど人ではありません」

「そうかもしれぬ」

「この世にはあまたの神々がおり、また魑魅魍魎《ちみもうりよう》が跳梁跋扈《ちようりようばつこ》しております」

「むずかしい言葉を使うな」

「李《り》先生に教えられました。キトと共に学びました。大王《おほきみ》の力はあまねく世に行き渡りますが、それでも逆らう者は少なくありません。それがすべて人とは限らないでしょう」

「亡くなった者もまだこの世にいる。初代たるカムヤマトイハレビコはしばしば我の前に現れて助言をしてくれる」

「その一方で、神がいつも人を助けるとはかぎりません。走水《はしりみづ》で渡りの神はヤマトタケルの行く手を遮りましたし、最期には白い猪の神が命を奪いました」

「しかし、一言主《ひとことぬし》の神は我に味方すると言ってくれた」

「それはご人徳。あの神は和やかな神。舎人《とねり》や采女《うねめ》の殺害を慎んで神に見放されないようになさいませ」

「わかっている。わかっているが時には怒気を抑えられぬことがある。大王たる者、怒気を抑えてはいけないとも考える」

「倭《やまと》という大きな國《くに》を建てる大業を負うておられるのですから、どうか小者を相手に剣を抜かぬよう」

「それが言えるのはおまえだけだ」

「他の者が言ったらお斬りになりかねませんから。いずれにせよ、この世界は不思議に満ちております。お力の及ばぬこともあるとお知り下さい」

ある時、国見とて河内《かはち》まで出た帰り、伴《とも》の者とはぐれてしまった。よい馬に乗っていたので先を急ぎすぎ、山中《さんちゅう》で我は左を選んだのに、その辻《つじ》に遅れて着いた者どもは右へ行ったらしい。

どうせ道はわかっているとそのまま進んだ。

やがて日が暮れて夜になった。

望月《もちづき》が皓々《こうこう》と照っている。

気付けば古市《ふるいち》の大きな丘、すなわち十五代ホムタワケ（品陀和気）の陵墓の下に出ていた。我には曾祖父《そうそふ》である。

急ぐこともあるまいと歩を緩めて行くと、後ろから来た者がいる。

伴の者かと思えば、見たこともない赤い馬に乗っており、我を追い越してすっと先へ出る。

あわてて追ったが、すばらしく速い。

その走るさまは蛇行する道に沿って龍《りゅう》のように滑らかに進み、時には鴻《おほとり》のように宙を飛ぶがごとく見えた。

たちまち見えなくなってしまった。

しばらく行って、追いつくのを諦《あきら》めかけた頃、前の方に立っている人馬が見えた。

馬も赤いが乗る人もどことなく赤い。

神仙かもしれぬと思ったので丁寧に声を掛けた。

「見事な馬ですな」

「大王であらせられるか。追い抜くなど失礼なことを致しました」

「いやいや、その馬の俊足、ほとほと感心しました」

「お望みならば取り替えましょうか？」

「よろしいのか？」

「お乗り下さい」

と言うのでその馬に乗って、飛ぶように走り、月も沈まぬうちに初瀬《はつせ》の宮に戻った。

厩《うまや》に入れて、飼い葉をやって、よくよく世話をするよう下人に命じて、その夜は寝た。

翌朝、心いそいそと見に行くと、赤い馬は厩にはおらず、そこには赤い埴輪《はにわ》の馬があるばかり。

これを持って曾祖父の陵墓に戻ると、そこに我が乗っていた馬が所在なげに草を食《は》んでいた。埴輪の馬を陵墓に返した。

まことこの天と地の間には人知ではわかり得ぬ不思議なことがあるものだ。

大王となって数年、大伴《おほとも》、物部、紀《き》などなど力ある諸氏はみな我に従い、百官千吏ことごとく威令に服し、働きよき舎人は遠い地から続々と来たり、美しき采女もあまた送られて夜ごと選ぶに戸惑うほど。

国も郡《こほり》も県《あがた》も栄えて物産は続々と運ばれる。

そこを統べる大王、これが今の我である。

更には海を越えた任那《みまな》の領も安泰、そこと境を接する百済《くだら》とも、また新羅《しらぎ》とも、落ち着いた行き来を営んでいる。

この威光、大王として思うままにふるまうに何のためらいが要るか。

とりわけ不埒《ふらち》の者を殺すこと。殺せ、殺せ。

そう思うのだが、我の周りにはなにかと諫《いさ》める者が多い。大后ワカクサカはむやみに人を斬るなと言い、李先生は仁や徳や義を持ち出し、ヤマセとミカリも不届き者と我の間に入って宥《なだ》めようとし、乳母のヨサミは手業の者を殺《あや》めるなと言う。

我に怒気が湧いた時に「ためらうな、殺せ」と促すのはあの青い男のみ。しかし大后はあの男を霊の力で押し伏せようとする。

たぶん我を諫める者たちが正しいのだろう。

だが、刑死を命ずるのは大王の権能である。

罪ある者を処刑し、逆らう氏族を討って滅ぼす。

処罰の一方で働きのある者は引き立てる。

この二つによって倭《やまと》というこの國の経営を図る。

國の勢いは大王の勢いから来る。

我の躊躇《ちゅうちょ》はそのまま國の衰えとなる。

大王は専横でなくてはならぬ。

悪評などに足を取られてはなるまいぞ。

即位して間もない頃、海を越えて百済からイケツヒメ（池津媛）という采女が送られた。高貴の出だという百済王の書簡を携えてきた。顔はよいのだが、寝所ではおそろしく冷ややか。問い詰めると、自分は下賤《げせん》の身なので大王の相手にはそぐわないと答えた。床から遠ざけておいたところ、石川《いしかは》のタテ（盾）という者と通じた。この男との寝床は熱かったのかと腹を立て、二人を火刑に処した。

百済の蓋鹵王《こうろおう》はその後は女を送ってこなくなった。

その代わりにというつもりか、自分の弟の昆支君《こにきし》という者を遣わしたので、これを大《おほ》舎人《とねり》として召し抱えた。

昆支君が不思議なことを言った。兄である王は自分を送り出す時に子を孕《はら》んだ女を預けた、というのだ。その女が筑紫《ちくし》の加唐島《かからしま》で子を産んだので、その子は護衛を付けて百済に送り返した。

なぜそのようなことをしたのか。

「この倭の國で生まれたということが大事なのです」と大后《おほきさき》ワカクサカは言う。「倭は海を隔てた任那を領地として治めております。そこは百済とも新羅とも境を接していて、どちらにとっても倭との仲は大事。その絆《きずな》をより強固にするのが人と人との仲。イケツヒメとの間に子が生まれれば、その子は両國《こく》の間によい関係を作ったでしょうが、しかし密通の故に火刑にしてしまわれた」
「大王の女に他の男は許されない」
「それはごもっともとして、百済の王は倭とは友好を保ちたいし、将来に向けて布石を打っておきたい。だから孕んだ女を弟に預けて倭の地で生まれたという事実を作ろうとしたのです。私《わたくし》の見るところ、その子はいずれは百済の王になります」
そういうことか。

大王の座にあると、いろいろなことが聞こえてくる。その一つに吉備のタサ（田狭）の妻自慢というのがあった。天下に二人となき美しい女で、大王の宮にもこれほどの美女はいないだろう、とことあるごとに吹聴《ふいちょう》しているという。

口の軽い奴だ。

そのワカヒメ（稚媛）という女の顔を見たわけではないし、格別に見たいとも思わない。

しかし、倭に二人といない美女ならばそれは大王のものでなければならない。吉備のタサがそれを知らぬままの言葉なら愚かであるし、知っての放言ならばこれは叛逆《はんぎゃく》である。大王の権威に挑むもの。

そこでまず吉備のタサを任那の国司《くにのみこともち》に任命し、海の彼方《かなた》に追い払った。

その上で吉備にミカリ（御狩）を遣《や》って、ワカヒメを連れて来させた。ミカリならば信用できる。途中で女を横取りするようなことはすまい。

そのようなことがかつてあったのだ。

十六代オホサザキ（大雀）はメドリ（女鳥）という美しい女を呼び寄せようとて、弟のハヤブサワケ（速総別）を遣わした。メドリはこれを断って、むしろあなたの妻になりたいとハヤブサワケに言った。二人は手に手を取って逃げたが、オホサザキが送った兵が速やかに二人を殺した。

メドリがお召しを断ったのはオホサザキの大后であるイハノヒメ（石之日売）がとても嫉妬深《しっとぶか》いという噂を聞いていたからだが、それはともかくミカリならば安心。


ワカヒメがやってきた。

顔を見るとたしかに美しい。

夫が自慢するのもわからないではない。

これはずっと手元に置くことにしよう。

しかし、すぐに閨《ねや》へ連れ込もうとして邪魔が入った。

「しばらくお待ちください」と大后ワカクサカが言ったのだ。「今、あの方とまぐわいをなされては、子が生まれた時にどちらの子かわかりません。しばらく待って胎《はら》に子がないと確かめてから存分にお抱きなされませ」

「なるほどそれも道理だ」

月が満ち欠けを三度まで繰り返す間、待った。

ワカヒメは顔の美しさ同様、閨でのふるまいも群を抜いていた。

任那の夫はさぞかし悔しかろうが、我は大王《おほきみ》である。

タサは任那で大王が自分の妻を召したことを聞いて、本気で叛逆を思うようになった。自分一人の力では何もできないことは歴然、そこで新羅に走って援助を求めた。倭《わ》に渡って大王を討てば、あの広大にして富裕な土地がすべて新羅のものになる、と國王であるジヒマリツカン（慈悲麻立干）を説いた。

これまでにも倭の軍勢は任那からしばしば新羅に攻め入っており、仲は良好とは言えない。これは好機であるし、自分が手引きする。

しかし、新羅は動かなかった。

それでも、敵の側についたタサをそのまま放置はできない。タサとワカヒメの間には二人の男子《なんし》があった。そのオトキミ（弟君）の方に吉備のアカヲ（赤尾）を付けて、父を討てと新羅征伐に送り出した。

我に近い者が、「あの二人では力不足です」と言ったので、西漢《かはちのあや》才伎《てひと》であるカンインチリ（歓因知利）を同行させた。

（以下は後の報告）

オトキミは兵を率いて新羅へと進んだ。

しかし道は遠い。

疲れ果てたところへ老婆が現れた。

「新羅まではいかばかり」と尋ねたところ、「まだまだ一日はかかるでしょう」と答えた。

糧食も尽きようとしているので、そこで新羅征伐を諦《あきら》めて引き返すことにした。

（老婆は新羅の国つ神が化けた姿であったという）

オトキミは王命を果たすことなくおめおめと帰國するもならず、百済に留《とど》まった。

ここでカンインチリの進言を容《い》れて手業に長《た》けた者たちを集めたのは、少しは手柄を持ち帰ろうとしたのであろう。

オトキミはこの者たちと共に大島《おほしま》というところでしばらく渡海の風を待つことにした。

そこへ新羅にいる父のタサから密使が来た。

「倭《わ》の大王はおまえの母を閨に引き入れ、今では子もあると聞く。倭に帰ると身が危うい。吾《われ》はここに留まるからおまえもその地に留まれ」

オトキミは風待ちにことよせて大島を動かないことにした。

そういう報《しら》せを聞いてしばらくの後、オトキミの妻であるクスヒメ（樟媛）が吉備のアカヲ（赤尾）と共に戻ってきた。

夫はいない。

「オトキミはどうした」と問う。

「あれは王命に逆らって新羅に征《ゆ》かず、また國《くに》にも戻らぬ謀反の者でした」
「それはそうだが」
「私《わたくし》が誅《ちゅう》しました」
「殺したのか」
「はい」と悪びれずに言う。「夫が集めた手業の者たちを連れて参りました」
これはこれで忠義なのだろうと考え、この女を閨に入れたが、いやはや乱暴で始末に負えない。裸のまま部屋中を転がり回り、まぐわいよりは相撲のようであった。早速にアカヲに下げ渡した。
手業の者たちは河内の阿都《あと》に住ませたが、みなばたばたと病に倒れる。風土が合わないのかもしれない。
これではならじというので、大伴のムロヤ（室屋）と話して東漢《やまとのあや》の管轄下に収め、今《いま》来《き》の漢《あや》としてあちこちに住まわせた。すなわち――
陶部《すゑつくりべ》のカウクヰ（高貴）
鞍部《くらつくりべ》のケンクヰ（堅貴）
画部《ゑかきべ》のインシラガ（因斯羅我）
錦部《にしごりべ》のヂャウアンナコム（定安那錦）
訳語《をさ》のミャウアンナ（卯安那）

みなみなこの國の礎としてその日から役に立つ者たちである。東漢も秦も海を渡って来た者たちである。よきもの、役に立つものはすべて海彼からもたらされる。これなくしてこの國は立たない。それを知らない我ではないし、また任那という倭《わ》の拠点があることの意義も知らないわけではない。

一國《こく》の経営、なみなみならぬ知恵と知識が要るものだ。

吉備から来たオホゾラ（虚空）という舎人《とねり》がいた。

口下手で郷里の訛《なま》りが残っており、相手をしていてまだるいこともあるが、働きのよい男であった。読み書きはあまり得意でないけれど、よくものを覚えている。三年前のあの時のあれはと言うとすぐに答えが返ってくる。その答えに誤りがない。ずいぶん重宝した。

何年かの後、里心がついたのか、吉備に帰ると言い出した。

舎人や采女《うねめ》は遠くから来る。

初めは垢抜《あかぬ》けないが都の水に染まっていくうちに次第にものを覚え、ふるまいも口のききようも雅《みやび》になってくる。気が利く舎人は要職に就け、采女の中には我の閨に入る者もいる。

しばらくの勤めの後に彼らはそれぞれ出身の地に帰ってゆく。都にいる間に國の中で最も進んだ風俗習慣を身につけ、それを郷里に持ち帰る。そうやって僻遠《へきえん》の地も教化され、國の統一が進み、王土のすみずみまで民の暮らしは豊かになる。だからオホゾラが帰ると言った時もそのまま許した。惜しいと思ったが致し方ない。一年の後、そのオホゾラから書簡が来た。相変わらず文章は拙《つたな》いが、都に帰りたいという真意は読み取れた。帰りたいのだが、ここの主《あるじ》である吉備のサキツヤ（前津屋）がそれを許さないという。

サキツヤは有力な吉備の一統を率いる者で、その勢力は侮れない。

なぜオホゾラはこちらに帰りたいのだろう。

朝廷の辞令で呼び返すのは無理とみて、美濃《みの》出身の身毛《むげ》のマスラヲ（太夫）を遣わすことにした。

この一件の背景にはサキツヤの邪心があるやもしれぬ。

「大王の命でオホゾラを再び都に連れ帰ることにした」と告げよと言った。場合によってはその場でオホゾラもろとも斬られるかもしれないことも教えた。

マスラヲは無事にオホゾラを連れ帰った。

さすがに大王の使者は殺せなかったらしい。

「よく帰ってきたな」

「大王の言われたとおり、あの場で斬られるかと思いました」とマスラヲが言う。「サキツヤ（前津屋）は逡巡《しゅんじゅん》のあげく、ようやく吾らを返すと決めたようでした」

「それほどオホゾラが惜しかったのか」

「いえ。自分の叛意《はんい》を知られるのを恐れたのでございます」とオホゾラが言った。

「叛意？」

「サキツヤは女たちを裸にして相撲を取らせます。大きな女を自分になぞらえ、小さな女を大王に見立てて取り組ませます。たいていは大きい女が勝ちますからサキツヤは喜んでその女を抱いて寝ます。しかし稀《まれ》に小さい女が勝つことがありますが、そうすると自ら剣を抜いてその女を殺します」

「怪《け》しからぬことだ」

「また庭鳥《にわとり》を闘わせます。これも大きな鳥を己《おのれ》と見なして鈴や鉄《まがね》の蹴爪《けづめ》を着け、小さな鳥の方は毛を抜き翼を切って大王に見立てます。これもたいていは大きな鳥が勝ちますけれど、小さい方が勝った時にはこれを斬って殺します」

「児戯に等しいが、しかしたしかに叛意の表明であるな」

「この遊びに興じて大騒ぎをいたします。この様を見た私《わたくし》をこちらへ返すかどうか、迷ったのは当然でしょう」

「その場でおまえたちを殺したところで疑念を招く。むしろ公然と叛意を伝えて対決するつもりであるか」

「吉備は領地も広く、物産豊かにして、また海路には良港を持ちます。東西の船の行き来を制約できる地歩を占めている。北に向かえば山を越えて出雲《いづも》に至り、この山中《さんちゅう》は砂鉄を産出して近ごろではたたらで鉄を産するとも伝えられる。国力に自信があって、あるいは大王《おほきみ》に取って代わってこの國を統べるも可と、かなわぬ夢を見ているのかもしれません」

「では討つしかないか」

「今ごろは合戦の準備をしているかと思われます」

しかし本当に歯向かう気持ちがあるのか。

こちらが正面切って戦って勝てる相手だとは思っておるまい。

この大和《やまと》まで攻め寄せる力もないだろう。

それでもなにかと逆らって、海を行く船から勝手に通行料を徴収したり、私貿易で利を上げたり、そういうことで力を付ければ、いずれは厄介なことになる。

何よりも公然と大王に逆らう氏族がいるのは認めがたい。他にも同じような不埒《ふらち》な者が増えれば國としての統一に乱れが生じる。地方がそれぞれ勝手にふるまっては國力は衰え、海彼の三國からも軽く見られて外患を招きかねない。

ここはやはり吉備のサキツヤを討つ。

こちらから討って出る。

まず、

大伴のムロヤ（室屋）と子のカタリ（談）

物部のメ（目）と子のアラヤマ（荒山）
紀のヲユミ（小弓）と子のヲカヒ（小鹿火）

を呼び寄せた。

みなで作戦を練った。

物部から兵三百、大伴から兵二百、この本隊は我が親しく率い、カタリとアラヤマが従って、馬と徒《かち》で陸路を行く。

それとは別に海からの別働隊を用意し、こちらは兵百に馬が十頭ほど。紀の港から出て吉備のどこかの海岸に密《ひそ》かに上陸し、国境《くにざかい》を守る吉備勢を背後から襲う。それと同時に本隊が進入する。

「時を同じくするのがむずかしいですな」とメが言った。「それぞれ出発してから十日ほど掛けたとしても、同じ日に着けるとはかぎらない」

我は大后《おほきさき》ワカクサカを呼び出した。

「鳥を飛ばせるか」

「鳩にしましょう」とワカクサカはこともなげに言った。「船に鳩を乗せていって、上陸した時に放つ。鳩の便りを受け取って本隊も進撃するというのはいかが？」

「それができるか？」

「それだけではありません。女は戦の魁《さきがけ》と申します」とワカクサカは言う。「戦端を開く前にまず霊力の戦いを仕掛けるのです。この場合で言えば大王の兵たちと吉備のサキツヤ（前津屋）の間で矢が飛び剣が交わる前に、私《わたくし》とおそらくは向こうの霊能の者の間で呪《まじな》いの応酬になります。これに勝てば敵方は戦意を削《そ》がれます」

「勝てるか」

「まず間違いなく。あちらはたぶん老婆でしょう」

「それで」

「相手は吉備の国を負っていますが、私は大王の権威、國《くに》の権威を背にしています。よほどの不運がないかぎり、大王とサキツヤの力の違いがそのまま彼我の霊力の差になるでしょう」

大伴のムロヤと物部のメを呼んで作戦計画を整えた。

傍らにヤマセとミカリが控えて決まったことを筆記してゆく。

兵の数、部隊の編成、それぞれの指揮官、移動の経路、通る土地の豪族への事前の連絡。

「何よりも兵站《へいたん》が大事です」とムロヤが言った。「武器と糧食。これがなくては戦えません」

「糧食は行った先で手に入るのではないのかな」とメが言う。「三日分も兵に持たせれば済むのでは」

「四日目から先は現地調達になりますな。しかしそれではそこに兵を割かなければならない。充分な量を兵とは別の下人に運ばせて兵の力を保持した方がよろしいかと。すべてを戦いに向ける」

「なるほど」とメが言った。

「戦の場に向けて物を運ぶ下人を輜重輸卒《しちょうゆそつ》と申します。これもまた戦力の要《かなめ》の一つ。吉備まではゆっくり行軍して四日の距離。早馬《はゆま》ならば一日です。戦が長引いた時にはこちらに連絡して追加の糧食を届けさせる。相手は囲まれて籠城《ろうじょう》、食べる物は減ってゆく。こちらはいくらでも供給がある。そういう体制を作るべきです。こういうことができるのがすなわち大王の軍勢の威力、と万民に知らしめる」

「こちらからも提案があります」とメが言った。「兵が携える矢の数には限りがある。未熟な兵ほど脅《おび》えて早くに見えない敵に矢を射たがる。貴重な矢が浪費される。矢は向こうからも飛来する。鎧《よろい》と冑《かぶと》が必ず敵の矢を防ぐとは言えない。そこで人一人を隠す板の盾を考えました。これを持って敵陣に肉迫し、そこで初めて矢を射る」

「その板の盾、自立するように支柱を付ける」と我が言った。「運んで、立てて、脇から射る。あるいは真ん中に窓を作っておいて、そこから射る」

「すぐにも兵の数だけ作らせましょう」とメが言った。「行軍の間は背に負えるよう」

「いや、それも輜重輸卒に運ばせるのがよろしい。いざという時に兵に渡す」

「兵には弓弦《ゆづる》の予備を持たせよ」と我は言った。

戦の場が目の前に広がるように思われた。

紀のヲユミとその息子のヲカヒを呼び寄せた。

「汝《なんじ》らは海から行け。船二艘《そう》に兵百、馬十頭。紀の港から出て、淡路島《あはぢ》の南を抜けて吉備へと向かえ。吉備の国境《くにざかい》を背後から討つ。出立の時はこちらから早馬で知らせる。用意を調えて待て」

「心得ました」

「オホゾラ（虚空）という者を伴わせる。もともと吉備の出身で、彼《か》の地の地理に詳しい。上陸の地点、その後の間道づたいの移動、潜んで待つ場所。なにかにつけてこの男は役に立つ。ただし口べたゆえ、辛抱強く話を聞いてやるように」

「わかりました」

「更に、鳩を二羽、授ける。待機の位置に着いたらこれを放て。我の率いる本隊に飛んで戻る。その時が戦の始まる時だ」

二人はオホゾラと鳩を連れて帰っていった。

日を定めて、河内の大和川の岸辺に騎馬の将と徒の兵、物資とそれを運ぶ輜重輸卒を集めた。そこは父十九代ワクゴ（若子）の陵墓から遠くないところで、その霊に見下ろされている思いがした。

二十代アナホ（穴穂）は我が兄ながら凡君だった。だから在位三年にして后の連れ子のマヨワ（目弱）に殺された。しかし十九代ワクゴは名君で、その在位は四十二年に及んだ。

我はそれを超えたいと思っている。

同道した大后ワカクサカにそう告げると、「なるやならずや」と曖昧《あいまい》なことを言った。

忘れておこう。

武器や糧食を運ぶ下人の一隊の中に異なものを見た。綱を付けた豚を率いて進む。

「あれは」

「猪飼部《ゐかひべ》の者たちでございます。普段ならば豚など兵たちの口には決して入らぬ美味。戦に勝てばあれが食えると思えば戦意も高揚しようというもの」

「誰の知恵だ」

「大伴のムロヤ様」

食えない男だ。

兵馬を進める。

急ぐ理由はない。

こちらが戦の準備をしているのはおそらく間者を通じて吉備に伝わっているだろう。

奇襲は無理であり、また奇襲を必要とする相手でもない。

むしろゆっくりと、粛々と進んだ方が相手の恐怖心を煽《あお》ることになる。

まずは摂津《せっつ》で住吉《すみのえ》大社に詣《もう》でた。

ここは決して蔑《ないがし》ろにできない社である。

要港である難波津《なにはづ》に近く、西に向かって海に出る者はまずここに参拝する。

祀《まつ》られるのは、まずは筒男《つつのを》三神、すなわち底筒之男《そこつつのを》、中筒之男《なかつつのを》、上筒之男《うはつつのを》。黄泉《よみ》の国から戻ったイザナキが川で禊《みそ》ぎをした時に生まれた神々である。國生みの神に直結するというのだから、いかなる神にあらせられるかは知らねども、霊威が高いことは間違いない。

更にここは十四代タラシナカツヒコ（帯中津日子）の大后オキナガタラシヒメ（息長帯比売）を祀る。これは夫亡き後、女ながら兵を率いて海を渡り、新羅、百済、高句麗《こうくり》の三國《ごく》を成敗したという武勲の女性《にょしょう》であるという。出征に際して武運を祈るに最もふさわしい方だ。

「この方の働きについてどう思う」と同行する大后ワカクサカに聞いてみた。

「立派な方であると」

「同じことができるか？」

「私が？」

しばらく考える。

「あれは出陣の直前に夫であるタラシナカツヒコが亡くなったので、しかたなく兵どもを率いたのです。そして勲《いさお》を立てられた。私にその気概はありません。また大王《おほきみ》の治世はまだまだ何十年も続きます。そもそも弓馬のことは女には向きません」

「では平時ならば？　國の経営をする気はないか？」

「祈りと霊力でならお手伝いができますが、実務となるとむずかしいかと。なによりも男どもが言うことを聞かないでしょう」


吉備との国境《くにざかい》に至った。

名は何というか、細い浅い川であり、これは徒渉可能と見た。

その前で兵を留《とど》め、仮に陣を敷く。

向こう岸にちらほら人の姿が見える。

サキツヤのもとへ急使が走ったことだろう。

紀のヲユミと息子のヲカヒが率いる船の軍勢が間もなく敵の背後に上陸するはず。彼らからの鳩の便りをしばらくは待とう。

同行した大后《おほきさき》ワカクサカが我の前に進み出た。

「私《わたくし》がまず霊力の戦いを仕掛けます。そのために櫓《やぐら》をお造りください。高さは、そう、三丈あまり」

むずかしいことではない。

下人に命じて近くの林の木を伐《き》り、枝を落とし、これを組んで櫓とした。

それを見てか、川の向こうでも同じようなことを始めた。

双方の櫓が成るのをワカクサカは待った。

そして、白い装束に身を包み、櫓に登る。

前夜、幕屋の仮の寝床でまぐわいをしようと乗りかかったところ、「今夜は潔斎せねば」と拒まれた。

櫓の上のワカクサカは敵陣の方を向いて立つ。

見ると相手の櫓の上にも女の姿がある。

老いているのか影が薄い。

次のワカクサカのふるまいには驚いた。

白装束の前を捲《まく》って、ホトを剝《む》き出しにしたのだ。何か呪《まじな》いの言葉とおぼしいことを呟《つぶや》きながらホトを相手に見せつける。

向こうの老婆も同じことをしている。

あれは吉備の国つ神の化身か。

双方の呪文《じゅもん》の声がだんだん高くなり、やがては共に叫ぶような大声になった。

ワカクサカの声に突き飛ばされるかのように、相手の老婆は櫓から転がり落ちた。

我が勢からどっと歓声が上がる。

見事な力だと我は思った。

その一方でワカクサカは恐ろしいとも思った。

女同士の霊力の戦いに勝って我が方は勢いづいた。

櫓の上に立つワカクサカの手元に二羽の鳥が飛んできた。

鳩である。

紀のヲユミとその息子のヲカヒが敵の背後で位置に付いた合図。

戦を始める時だ。

川を渡らなければ敵地に入れないのだが、向こう岸には弓矢を持った敵兵が集結している。

徒渉に向いた浅瀬は一箇所しかないので、どうしても一気に大勢で渡るということができない。少人数で無理に渡れば敵に囲まれる。

とりあえずは矢をもって敵の数を減らすべく板の盾を携えた弓兵を川岸に並べてどんどん射させた。向こうからも矢は飛来するが、大半は当たらない。たまに盾に突き立つくらい。

小ぶりの盾を手にした下人に地面に落ちた矢を拾い集めさせた。

ワカクサカは鳩の足に小さな木片を結わえつけて放った。鳩は敵の上を越えてその先の森の中に入っていった。ヲユミとヲカヒへ、今こそ背後から敵を討てという報《しら》せだ。

まもなく、鬨《とき》の声と共に騎馬の将と徒《かち》の兵が森から襲来して弓を持つ兵たちの間に斬り込んだ。不意を突かれて吉備の兵は算を乱して逃げ始めた。

背後の軍勢がどれほどの規模かわからないのがまた恐ろしいのだろう。実際にはさほどの数ではないのだが、浮足だった者の目には大軍と映ったかもしれない。

この機を逃さず、こちらも次々に渡河する。向こう側に拠点を作り、敵を追い立て、殺せるだけ殺す。逃げる者を深追いはしない。戦は勢いである。

しばらくすると歯向かう者はいなくなった。

地面には多くの死骸《しがい》が転がり、その大半は敵のものだった。負傷した者は剣で突いて殺す。

下人どもを呼び寄せた。

「落ちた矢を拾え。死骸に立った矢も引き抜け。まだ使える」

かくして緒戦には勝った。

あとは児嶋郡《こじまのこほり》は賀茂郷《かものさと》にあるという吉備のサキツヤの本拠まで進むばかり。

いざ兵を進めようとしたところで、ワカクサカが我を留めた。

「前に進むのを一日だけ延ばしましょう」

「なぜだ？　この勢いに乗って一気に行った方がよいではないか」

「亡くなった兵を弔わねばなりません。正式の葬礼はともかく、せめて穴を掘って埋めてやるくらいのことはしてやりましょう」

「我が兵たちか」

「はい。臣民を思いやる大王として評判が高まります。これから何十年もこの國《くに》を統べるのですから民草の敬愛の念は大事です。少しの心遣いでものごとがずっとやりやすくなる」

「そんなものか」

「そして傷ついた兵は付き添いをつけて河内と大和へ返してやりましょう」

「吉備の側の死者は？」

「わざわざ埋めるには及びませんが、川へ流すくらいはした方がよいかと。放置すれば狼など野の獣を招きます。流せば帰路にここを通る時に嫌なものを見ずに済みます」

　そのために一日を費やした。

　翌日、川辺を出て西に向かった。

　このあたりは山が海に迫り、海岸沿いには道がない。山の中の細い道を一列になって歩むことになる。先頭は三名ほどで盾を手にしてゆっくりと歩かせ、後に続く者は左右の山の上にも目を配り、殿《しんがり》は盾を負って背後に気を配りながら進む。荷を積んだ馬と輜《し》重輪卒《ちょうゆそつ》は列の中程に配置した。

　山を下りて少し開けたところへ出た時、我の前を行くヤマセがいきなり馬から左手《ゆんで》の側に転がり落ちた。徒の兵が駆け寄って助け起こすと、肩から背へ矢が刺さっている。みな即座に下馬して、矢の来た右手《めて》の側へ盾を並べた。

「あのあたりだ」

兵たちが用心しながらそちらへ向かった。

「矢の軸を切って、一気に抜いてやれ」と命じた。鏃《やじり》が付いたまま抜いては傷を大きくする。

「さしたることはありません。急所は外れている」とヤマセは気丈に言った。

「こんなところに伏兵を置いていたのか」

人に当てたのだからそう遠くからではあるまいと考え、すぐにそちらの林の中に盾を持った兵を十名ほど送り出して捜索させた。木々の間、高い枝の上、脅《おび》えながらも兵はよく探したが、誰も見つからない。速やかに逃げたと見える。

それはそれでよいことにして、再び隊を一列にまとめ、先へ進む。

また矢が飛んできた。

今度はなんとこの我の頭をかすめるほど近くを抜けて後ろの木の幹に突き立った。鋭い音が耳に残った。

これは容易ならぬと見て、前の時よりも多くを繰り出して射手を探させたが見つからない。

後方にいたワカクサカを呼び寄せる。

「鳥を使って矢を射る者を見つけられないか？」

「いたしましょう。ただ、鳥を集めるには私自身が高いところに立たねばなりません。それがまた私に矢を招く危険もご承知おき下さい」

「済まぬ」

開けた丘の頂上に立ってワカクサカは何か唱え言を口にした。一羽また一羽と鳥がやってきて、大后《おほきさき》の周りを巡って飛んだ。そのさまはまるでいつまた来るやもしれぬ矢から己《おの》が身をもって大后を護《まも》っているかのようだった。

やがて鳥は空を暗く覆うほどの数になり、大后の頭上で大きな輪を描いたかと思うと一団となって一つの方角へ飛んでいった。

「あの後を追え」

兵たちがそちらへ向かい、騎馬の我らもそれに続く。

山を越え谷を渡り、ずいぶん行ったところで、空の一つ所に留《とど》まって輪を描く鳥たちに再会した。その下に何者かがいる。

盾を構えておそるおそる近づく。

相手は強弓の射手だ。油断はならない。

林間の開けたところに大男が立っていた。手にした弓もまた大きい。

その周りを鳥の群れが飛び交って男の動きを止めている。

さて、これをどう退治したものか。

我らの兵はこの相手を遠巻きに取り囲んだ。

恐ろしく大きな男だ。

立派な鎧《よろい》を身にまとい、恐れる風もなく仁王立ちになっている。

こちら側の兵はそれぞれ前に盾を置いてその脇から次々に矢を射かけるが、これだけの距離なのになぜか矢はみな逸《そ》れる。

男が矢をつがえ、弓を引き、射た。

その矢は飛んだ先で一人の兵の盾を貫き、その男の身体に深々と刺さった。兵は悲鳴を上げて倒れる。

そして男は恐ろしいうなり声を上げた。

兵たちに動揺が走った。

これは魔性のモノではないか。

男はまた弓に矢をつがえ、次の獲物を探すようにゆっくりと視線を回す。

我をひたと見て、弓を引き絞った。

兵たちが二人三人と盾を構えて我の前に立ち塞《ふさ》がった。

しかしこの男の矢、途中に何があっても我の身体を射貫《いぬ》くのではないか。そう思って身が強《こわ》ばった。

その時、男の矢が弓を離れる寸前、我の横を走り抜けて男に迫ったものがある。

白い犬。

カラノ（枯野）だった。

大后ワカクサカと共に後方に置いておいたのだが、それが一目散に男のもとへ走り寄り、男の周りをぐるぐる回って吠《ほ》え立てた。

男はひるんで弓を下げ、犬に脅え、うろたえておろおろと身をかがめた。
犬は踏み込んで男の足に嚙《か》みついた。
男はへたへたとその場に坐《すわ》り込み、みるみる小さくなって、鎧の中に見えなくなった。
犬は飛び退《しさ》ってなおも吠える。
兵たちがおそるおそる近づいた。
鎧の中から小さな猪のような猫のような猿のようなものが這《は》い出した。
縮こまっている。
我が寄って剣で突き殺した。
またうなり声がしてそれは消えた。
後には髑髏《どくろ》が一つ残った。
「何者だったのか？」と我はつぶやいた。
「わかりませぬ」と傍らに立ったワカクサカが言った。
「畏《おそ》れながら」と言った者がいる。
見るとオホゾラ（虚空）だった。
「なんだ？」
「これはウラ（温羅）かと存じます」
「それは誰だ？」

「かつてこのあたりに勢力を張った者。遠国で鉄《まがね》の作りかたを知って来たり、ここで得た富で栄えました。十代大王《おほきみ》ミマキイリヒコ（御間城入彦）の御代《みよ》、専横が過ぎるというので討伐に遣わされたのがキビツヒコ（吉備津彦）でした」

「遠い昔のことだな」

「しかし昔はなべて今に続いております」とワカクサカが言う。そうかもしれない。

「キビツヒコはウラが立てこもった鬼《き》ノ城《じやう》を攻め、さかんに矢を射かけましたが、矢はみな岩に吸い込まれる。伎倆《ぎりよう》ある者と示し合わせて同時に二本の矢を射たところ、これがウラの左の目に当たった。ウラは手負いのまま雉《きじ》に姿を変えて飛んで逃げました。キビツヒコは鷹《たか》となって追った」

「変身する者なのですね」と大后が言う。

「追われたウラは今度は鯉に化けて水に入りましたがキビツヒコは鵜《う》となってこれを追い、捕らえました。人間の姿に戻ったところを討ち、首を晒《さら》しものにしました」

「落着か」

「いえ、その首は生気を残しており、しばしば目を見開いてうなり声を発します。恐れる民に乞《こ》われてキビツヒコは首を犬に食わせましたが、骨になってもうなり声は静まらない。土中に埋めましたが、それでも響き続ける」

「そして？」

「十三年の後、ウラがキビツヒコの夢枕に立ちました。妻のアソヒメ（阿曽媛）に命じ、竈《かまど》に釜《かま》を据えて湯を沸かすように。吾《われ》の声はその湯のたぎりの音となり、万《よろず》のことの吉凶を告げるであろう」

「それで怨霊《おんりょう》は鎮まったか」

「そのはずでしたが、今回こうして出てきたところを見ると、吉備のサキツヤが骨を掘り起こしてこちらへ送ったのかもしれません。鬼神を遣うとなると、サキツヤは油断のならぬ相手です」

それでもウラは退治することができた。先の播磨の文石のヲマロ（小麻呂）といい今回といい、カラノの働きは目覚ましいものであった。これはそのまま大后ワカクサカの力だ。

この先は前へ進むのみ。

やがて平地に出て、伏兵もおらず、矢が飛来することもなく、サキツヤの館《やかた》に着いた。

広い敷地の中央に建物を置き、周囲に土塁と堀を巡らせている。堀には跳ね橋が架かり、土塁の要所ごとに櫓《やぐら》があって攻め寄せる勢を上から狙えるようになっている。

この館、不落ではないが難攻と見た。

あたりは無人。打って出て戦うつもりはないようだ。

「どう攻めるかな」

「火矢は建物に届きませんし、届いても土を敷いた屋根に阻まれて火は広がらないでしょう」と物部のメが言った。

「では正面から入ろう」と我は言った。「障害は二つ、あの跳ね橋とその先の門扉だ。どちらも突破の方法はある。しかしここまで来たのだから急ぐことはないだろう。敵を囲んで少し休養しよう。糧食の補給は届いたか？」

「はっ。来ております」とミカリが言った。

「では兵どもにふるまえ。酒も少しは出してやれ。中に籠《こ》もったサキツヤの兵が出てきて戦うことはまずあるまい。脅《おび》えて縮こまっているはずだ。その前でこちらの自信を見せつけてやろう」

「戦いの前に勝利の宴《うたげ》ですか？」とヤマセが問うた。

「そうだ。もう勝ったも同然と思ってよい。それで士気が上がる。その一方、油断なく敵情を見張る兵を残せ」

下人を十名ほど割いて近くの林へ遣《や》り、木を伐《き》らせた。

両の腕でようやく抱えられるくらい太い幹を一本。両手で握れるほどの太さの材を数十本。藤蔓《ふじづる》をこれも数十本。

木を倒し、枝葉を落とし、まっすぐ長い一本にして藤蔓を結ぶ。両腕を広げたほどの長さに切った材をコロにして幹を引く。鉄《まがね》の斧《おの》がまこと役に立つ。

平地とはいえ起伏もあるのでここでは応援の勢を送って手伝わせた。間を置いて並べたコロの上に幹を載せ、引いて進めては後ろに残ったコロを前に移す。

上りでは力を合わせて引き、下りでは逸走しないように制動に力を用いる。

宴の最中《さなか》に幹が到着した。

まずは運んできた者どもを労《ねぎら》い、酒食を与える。まだこの先でこの者どもの働きを待つことになるのだから。

「この重い幹をもってあの館の正面の門扉を破る」と我は言う。

「しかし、その前の跳ね橋は上がっております」と大伴のカタリが言った。

「橋を下ろす方策は二つある」と我は言った。「一つは橋を吊《つ》った藤蔓を火矢で焼き切ること。もう一つは人が堀を泳ぎ渡り、登っていって蔓を刃物で切ること」

「火矢はよいのですが、橋そのものを焼いてしまう恐れがあります」と物部のメが言った。「細い蔓に当てるには一本二本ではなく相当な数を射なければならない。多くは橋に突き立ちましょう」

「そうなのだ。しかし、泳いで渡れる者がいるか？　上からは矢の雨が降るぞ」

「向こう側に着けば櫓からは死角になります」と大伴のカタリが言った。「私《わたくし》が参りましょう」

「泳ぐ間は？」

「盾を浮かべてその下を行ってはいかが？」とカタリの父、大伴のムロヤが提言する。

「いえ、潜れば上からは見えません」

「鎧《よろい》は？」

「泳ぐ邪魔になります。身軽な方がよい」

翌日の早朝、ことは実行に移された。

こちらの意図を明かさないために、橋の左側に兵を集めて盛んに火矢を射かけて陽動する。矢が建物に届かないのはわかっているが派手に見えればそれでよい。櫓もこちら側は厚く土を塗ってあるから燃やせない。

その間にずっと右に離れたところに盾を構えた数名の兵に紛れてカタリが行った。目立たないよう兵と同じ軽い鎧を着ている。

水際《みぎわ》で盾に隠れてその鎧を脱ぎ、たふさぎ姿でそっと水に入った。

そこで敵も気付いたか矢が飛んでくるようになったが、水の中は見えない。

カタリは一度も息継ぎすることなく堀を潜って対岸に頭を上げた。

そこはもう敵の櫓からは死角である。

そのままそっと泳いで橋の真下に着いた。

急な岸を登ってゆく。

そこはごつごつして草も生えているから登りやすい。

跳ね橋のところまで辿《たど》りついた。

引き上げられた橋を吊る藤蔓は橋の上端に結ばれている。カタリは橋の端を両手両足で抱くようにして登り始めた。

若い裸の身体が力強く登る。朝日に眩《まぶ》しく照り映えるのに見とれた。

その一方、そこまで行くと櫓から見えるのが気がかりとなる。櫓の上にはちらほら人影が動く。

カタリは橋の上端に達した。

腰に結んだ鞘《さや》から小刀を抜き、藤蔓を切る。

刃を何度か往復させてようやく切れた。橋がぐらりと傾く。

さすがに敵も異変に気付いた。

櫓の上からカタリに矢を射かけようとするが、カタリは橋の裏側に回って、両腕でぶら下がったまま左へ左へと移動する。敵の矢は橋が遮ってくれる。

左端に達したカタリは巧みに身を隠したままもう一本の藤蔓を切った。落ちる橋を蹴《け》って水に跳び込む。

水の下を潜ってこちらの岸に着いたところを我が兵たちが盾で守って引き上げた。

今や橋は堀を跨《また》いでいる。

その正面に分厚い門扉がある。

用意しておいた太い幹と数十本のコロを運ばせた。

橋の手前にそれを置き、降り来る矢を鎧冑《よろいかぶと》と盾で防ぎながら、十名ほどの兵に幹に結んだ蔓を引かせて橋の上を突進する。

一度では無理だった。

引き戻して二度三度。矢は飛び交うが当たるのはごくわずか。

重い幹は大きな音と共に門扉を貫いた。

その穴から我が兵が中へ入り、敵兵と戦いながら閂《かんぬき》を外して門扉を大きく開いた。

控えていた兵たちが剣を手にどっと乱入する。

戦いは勢いである。

ここまで迫られると敵はもう戦意を喪失している。反撃する意志はまこと薄い。

太陽が中天に懸かる前にすべて終わった。


サキツヤの館に攻め入る兵にあらかじめ言っておいた——

「手に弓や矢、剣を持つ者、鎧をまとった者は殺せ。その他は下人であるから残せ。女子供も残せ」

平定が終わって、ゆっくりと敷地の中を見て回る。

死屍累々《ししるいるい》。建物はみな焼け落ちてまだ煙が漂っている。いろいろな臭いが渦巻く。

下人と女たちが一隅にまとめられている。

女がみな着衣が乱れて放心のさまでいるのは引き立てられる前に一人残らず我が兵に犯されたからか。掠奪《りゃくだつ》と暴行は戦勝に伴うもの。上に立つ将とて禁止はできない。

下人と女子供を殺すなと号令した時、我の横で「一人残らず殺せ、殲滅《せんめつ》せよ」と囁《ささや》いた者がいた。

あいつだ。我をしてイト（伊都）を殺さしめた青い男。その後もたびたび現れて殺害を唆した。

「それはならぬ。殺すばかりが能ではない。下人はみな働く。手に業を持つ者もいる。女も働く。それに女にはホトがあって楽しめる。いずれは子を生《な》して民草を増やす」

青い男は不服げに消えていった。

「あれは間違いでしたなあ」と物部のメが言った。

「何が？」

「跳ね橋を工夫したのはよいが、その正面に門を造った。十歩でも横へずらしていればこの攻略は成らなかったはずです」

「そのとおりだ。向後のために覚えておこう。時にカタリは？」

「ここにおります」と声がした。

裸で堀を泳いで戻った後、着衣の上、鎧も身につけている。顔が輝いて見えるのは戦勝に高揚した思いの故か。

「功《いさおし》、明らかであった」

「大王《おほきみ》のために働きました。橋を落とせてまこと嬉《うれ》しく存じます」

ふと、この若者を抱きたいという思いが湧いた。男と男、それを好む者がいるのを知らないではないが、我にはそれはない。大后《おほきさき》を交えて三者で組んずほぐれつとか。

妄想は捨てよう。

死骸《しがい》はここでは川には流せないし、堀に放り込むと後が臭う。穴を掘って埋めることにした。味方の死者はわずかだったが手厚く葬った。傷を負った者はここでしばらく養生させてから帰す。

後片付けが終わったところで宴《うたげ》を開いた。館《やかた》に備蓄してあった糧食を広げ、猪飼部《ゐかひべ》にわざわざここまで連れてこさせた豚を屠《ほふ》って供した。

しかし兵たちは塩をして焼いた豚になかなか手を出さない。

「どうしたのだ？」

「戦いの折に血と肉を見過ぎました。焼き討ちもあって、焼けた肉の臭いが今も鼻についております」

「意気地のない者どもだ。しかたがない。残った豚は更に塩をして干して持ち帰れ」

帰路、河内で兵を解散させた。

大和へ戻ったところで大后ワカクサカとカラノを先に初瀬に帰した。

近習のわずかの者と葛城《かつらぎ》に向かう。

クズハ（葛葉）に案内《あない》させる。

狐は嬉々《きき》として我らを導いた。途中から狐たちの数が増える。心強い近衛《このえ》だ。

前と同じようにタケノウチは林の中にいた。

伴《とも》の者を控えさせ、我とタケノウチと二人で語る。

「吉備のサキツヤを退治してきました」と報告する。

「ここから見ていた。よい戦法であったが、相手が弱すぎたとも言えるな。自分の妄想に酔っていただけの小者だ」

「それでも殺せば血は流れます」

「これで國《くに》の中に公然と歯向かう者はいなくなっただろう」

「気を抜くわけにはいきません。大王の座、常に弓矢と剣と盾で守らねばならぬ。その他、國の栄えのためには、もの作りやその産物を運び広げる工夫、才に合わせた人の配置、民草の声の聴取、更には神々への配慮、なかなか忙しいことです」

「それでもまずは安泰ではないか」

「気になるのは海彼のこと。今、任那の拠点は確保しています。百済とは行き来も多いが新羅と高句麗とはなにかとぶつかります。そういう小競り合いを西の大國《たいこく》が見ております」

「もののやりとりは？」

「百済へはこちらからは麦と米、更には武器、武具、馬、軍船、麻布と絹布などを送ります。隣國と緊張の折には援軍を出すこともある。向こうから来るのはもっぱら鉄《まがね》です。滞りなく往来しております」

「あちらは國土《こくど》が狭くて畑や田が作れない。だから穀類が不足する。しかし鉄はできる」

「國の内でもいくらか作れるようになりました。吉備と出雲の山中《さんちゅう》で砂鉄をもとにたたらで鉄を吹く者がおります」

「そうやって國は形を整える。しかし、文物全般、文字も制度も理念も西の大國に仰がぬものはない。魏《ぎ》と宋《そう》の後ろには千年二千年の時がある」

「この前の時に伺ったオキナガタラシヒメ（息長帯比売）の三韓《かん》征伐の話ですが、あれはどこまで本当ですか？」

「疑うのか？」とタケノウチは不機嫌な口調で問い返す。

「海を渡ったのは本当でしょう。しかしその船を大きな魚と小さな魚がみなで背に負って運んだというのはまことですか？　追い風を受けてするすると進み、船のまま新羅の地に上がり、更には國の半ばまで押し入ったというのは？　それで新羅の國王《こにきし》が平伏して朝貢を約したというのは？　それならばなぜ今は朝貢をしないばかりか何かと倭《やまと》に楯《たて》突《つ》くのです？」

タケノウチはしばらく無言だった。

「遠い昔の話だ」

「いえ、オキナガタラシヒメの夫であったタラシナカツヒコ（帯中津日子）は我からわずか七代前の大王。その間ずっと新羅を従えておくことはできなかったのですか？」

「まことの話を聞きたいか？　オキナガタラシヒメは海を渡った。吾《われ》も同道したのでこれは間違いない。そもそも海彼の豊かな國を取れという神の言葉を受けたのはヒメであり、沙庭《さにわ》として十四代の大王に伝えたのは吾であった。大王は聞き入れず、神の怒りに触れてその場で身罷《みまか》られた。だからヒメを大王の位に就け、その指揮のもと、船を仕立てて海を渡った」

「そして？」

「新羅を征服した、とは言うまい。しかし敗北してすごすごと戻ったのでもなかった。一國を統べるには物語が要る」

そう言ってタケノウチは目を逸《そ》らした。

「なるほど」

「渡海しての戦いは慎重を旨とせよ。相手は吉備の小者とは違うし、武器や糧食を後から届けるのもむずかしい。戦として格が違うのだ。苦戦になると後ろがない」

「もう一つ伺います。オキナガタラシヒメは女でした。それでありながら兵を率い、船を駆して海を渡り、新羅の軍勢を蹴散《けち》らした。少なくとも対等以上の戦いをして何らかの成果と共に帰った」

「そのとおり。吾はこの征旅に同道し、共に戦い、共に戻った」

「女にしてそのような功《いさおし》が立てられるものでしょうか？」

「それをまた疑うのか。なるほどあの方は女であった。膂力《りょりょく》においては男に劣る。おまえのように剣を振り回して敵の兵を突いたり斬ったりはなさらなかった。大王の身でありながらおまえのあれは稚気のきわみだ」

「しかし士気を鼓舞できました」

「若気の至りだ。さて、ヒメは戦線には立たれなかった。後方で指揮を執られた。それで充分なのだ。大王にせよ、また氏族一統の長《おさ》にせよ、率いる叡智《えいち》は男にも女にもある。それは身辺を見ればわかるだろう。賢い女もいれば愚かな男もいる」

「たしかに」

「膂力で劣る分を女は霊力で補う。政の場において求められる普遍の叡智の量は男も女も変わらない」

「しかし……」

「しかし女の大王は少ない。要は周りが認めて盛り立てるか否かだ。女というので侮られたのでは上に立っての働きはむずかしい。あたら叡智を無駄にすることになる。まぐわいの時に上から乗るが故に己《おのれ》を上位と思うな」

「上になりたがる女もいます」

「男と女は五分と五分。膂力で兵を一人斬ることはできる。しかし霊力ならば兵百人の戦意を阻喪させられる。本当は上に立つべきは女ではないかとしばしば思うのだが」

「分担はあると」

「ある。吾らは子を産めない」

六　隣國と大國

ここからは私《わたくし》ヰト（井斗）がお話しします。

ワカタケル様が大王《おほきみ》の座に就いてから八年目、國の中はまずまず安泰でした。大伴《おほとも》、物部《もののべ》、平群《へぐり》、紀《き》、蘇我《そが》などの有力な豪族が大王を盛り立てておりました。公然と大王の権威に逆らった吉備《きび》などは退治され、昔からなにかと王統と張り合ってきた葛城《かつらぎ》も力衰え、その他の小さな叛逆《はんぎゃく》もすべて速やかに鎮圧されました。大王の威令は國の隅々まで行き渡っていたと言えます。

もちろん豪族たちはそれぞれの本領で民草を養い、さまざまの業を営み、時には隣国と諍《いさか》いましたが、彼らの間で大軍が動くことはありませんでした。そもそも大軍は大王のもとにしかなかったのです。

國が乱れるのは先の大王が薨去《こうきょ》して次代が決まらない時期ですが、それはもうはるか昔。ワカタケル様は兄たちや従兄《いとこ》など競合する候補をみな殺し、豪族たちの支持を集めて王位に就きました。向後は何十年もこの地位を脅かす者は現れないように思われました。

大王の傍らには常に大后《おほきさき》ワカクサカ（若日下）様がおられました。この方は私の分身であり、霊力に長《た》け、大王の政を正しく導くべく力を尽くしております。吉備氏を討つ時など進んで征旅に随《したが》い、呪力《じゅりょく》を振るい、更には鳥を操って勝利を導きました。ワカタケル様の若い時からの腹心の部下としてヤマセ（山背）とミカリ（御狩）がおります。

海彼の昔のことについては李《り》先生がお詳しい。

この國の昔は稗田《ひえだ》の媼《おうな》が熟知していて、その多くを私は学びました。かつて幼い時に大王の乳母であったヨサミ（依網）も近くに控えていて后たちの扱いなどには知恵を貸します。

后たち。

大后は先に申し上げたとおりワカクサカ。この方には御子がありません。カラヒメ（韓媛）は葛城のツブラオホミ（円大臣）の娘。ツブラオホミはワカタケル様の兄である二十代の大王アナホ（穴穂）を弑《しい》したマヨワ（目弱）少年を庇《かば》ってワカタケル様に殺されました。

しかしカラヒメは男子《なんし》を産みましたから王統は次代に繋《つな》がり、葛城の血も絶えることを免れました。

その他に地方から来たあまたの采女《うねめ》が大王の身近におります。その夜その夜、床の相手に不足することはありません。

大伴や物部などの有力な豪族の他に大王の統治を支える太い柱が三本ありました。秦《はた》氏と東漢《やまとのあや》氏、そして西漢《かはちのあや》氏。

みな海を渡って来た人たちで、この國《くに》にない手業をもたらし、文字をもたらし、何よりも國というもののあるべき姿を教えてくれました。今の今もこの方たちの力なくしては國は一日も動きません。

遠い遠い昔に稲の育てかたを持って来たのもこの人たちの祖先だと言いますし、そもそも大王の一統さえ海の向こうから来たと唱える人々もおります。高天原《たかまのはら》から降りてこられたのではないと。

大王ワカタケルの統治八年。

前々から大王は新羅《しらぎ》が朝貢の使いを寄越さないことに腹を立てておりました。新羅は倭《わ》よりは格下の國であり、服属するのが当然と考えていたのです。

私キトが思うところ、新羅はそれほど自國《じこく》を小さいと見なしてはいなかった。なるほど倭は大きいかもしれないが、所詮《しょせん》は海の彼方《かなた》。こちら側でさほど力を振るうことはできまい。

それに新羅にとって喫緊の課題は國境を接する高句麗《こうくり》や百済《くだら》との勢力争いです。この問題でも倭はどちらかと言えば百済と親しく、新羅には冷たい。朝貢して利があるとも思えない。

倭で先代の大王が弑され、次代が立つまでに兄弟殺しがあり、やがてワカタケルという梟雄《きょうゆう》が王位に就いたと噂が伝わった。

やがて正式の使者が来た。丁寧に迎えて、祝いの言葉にいくつかの宝物を添えて送り返した。そしてそのまま放置しておいた。倭からは何度か朝貢を促す使者が来たが無視した。使者を斬るまではせずに帰した。そういうやりとりがワカタケル即位からの八年の間に数回に及んだ。

それでも新羅は応じません。

ワカタケル大王は兵を動かす前に形の上で決着をつけようとしました。宋《そう》に使節を送って、新羅が倭《わ》の属國であることを認めてもらおうとしたのです。昔、どの大王の御代《みよ》であったか、新羅は高句麗の属民であったが、倭が百済・加羅《から》・新羅を臣民となしたということが伝えられております。

使節として宋に送られたのは身狭《むさ》のアヲ（青）と檜隈《ひのくま》のハカトコ（博徳）の二人でした。どちらも東漢氏の者で、史部《ふひとべ》に属しておりました。渡来からあまり間もないのにこの二人への大王の信頼は篤《あつ》いものでした。何かというとアヲとハカトコを呼べと言われました。

一度《ひとたび》おそばを離れて見ますと、やはりワカタケルは大王として人を疑う心が強いように私には思えました。大伴や物部のような親しい氏《うじ》でも心からは信頼しておりません。

倭の大王ワカタケルが宋に二人の使者を送ったということはやがて新羅にも伝わりました。

それでもアヲとハカトコを疑うことは決してありませんでした。

いつか裏切るのではないかと警戒している。

一般に使者の目的は國としての格を求めること。

格は称号という形で表されます。

ワカタケルが即位する数年前、十九代ワクゴ（若子）すなわちワカタケルの父に当たる方は宋の文帝《ぶんてい》に使者を送って、「使持節、都督 倭・新羅・任那・加羅・秦韓・慕韓六国諸軍事、安東大将軍」に任命するという文書を授かりました。

はるか昔のこと、多くの國が争って広大な地の統一を試みました（この事態を中原に鹿を逐《お》うと言います）。そして秦《しん》の始皇帝《しこうてい》がこれを実現しました。

帝國の誕生です。

それ以来、ここに立った王朝が世界の指導者であり、すべての秩序はここから生まれるという考えが、およそ文字を持つ地域ぜんたいに広まりました。

皇帝が統べる。その威勢は文字によって伝えられる。周辺には小さな國がいくつもあり、帝國の秩序の中に組み込まれてそれぞれの地位を保つ。

しかし秩序は乱れるのです。小國は互いに覇を争い、兵を動かす。その一方で世界の統治者である皇帝に裁量を求める。干戈《かんか》を交えることなく秩序が保たれればそれが最も好ましい。それは誰もわかっています。わかっていても争いは起こる。

皇帝が授ける称号はそれを未然に防ぐ方策の一つです。皇帝の力は絶大であり、これを敵に回すのは得策ではない。とは言うものの皇帝ははるか遠くにあって、その軍は容易に動かない。小國は自分の兵力と遠い皇帝が授けてくれる称号の両方によって隣國に対して優位に立とうとする。

称号は形です。

使持節

都督

倭・新羅・任那・加羅・秦韓・慕韓　六国諸軍事

安東大将軍

一項目ごとに意味があります。

十九代の大王ワクゴが授かった称号の意味——

使持節　皇帝の使者　その徴《しるし》を携える

都督　軍政・民政に跨《また》がる地方長官
六国諸軍事　六つの國（倭《やまと》・新羅・任那・加羅・秦韓《しんかん》・慕韓《ぼかん》）の軍事的な統括者
安東大将軍　倭の國の支配権を公認された者

実際にはこれらの称号は半ばまで名誉的で、必ずしも実体を伴ったものではありませんでした。六国諸軍事と呼ばれても他の五國が倭に従ったわけではないし、この中に高句麗は入っていません。それでも外交文書のやりとりの際に称号があると言葉に重みが付きましたし、兵を出しての小競り合いでも少しは戦意高揚に役だったというくらいのものです。

隣の國に似たような称号が授けられることも珍しくありませんでした。

倭《わ》の使者が宋に向かったと聞いて新羅は少し焦りました。

倭の國は新羅よりも格が上なのに二十一代大王《おほきみ》ワカタケルの即位以来八年に亘《わた》って朝貢をしてこない。非礼であるから宋から諭していただきたい。

そう訴えるのが倭の使者の目的と考えたのです。これで勅許を得た倭が勢いに乗って海を越えて攻めてきては困る。何世代か前、倭が兵を送ってきて暴れ回ったことは伝えられておりました。その時の指揮官は女王《をんなぎみ》だったとも言われました。

今回はこちら側で諸國が連衡して倭に対峙《たいじ》するのが得策ではないのか。

そこで新羅は北の高句麗に救いを求めました。

早速に高句麗は百名の精鋭を新羅に送って駐留させ、守りの主力としたのです。新羅は心強いことだと思いました。

しばらくしても倭は攻めてきません。

高句麗の将の一人がたまたま短期に國へ帰ることになり、馬の世話をする者として新羅の兵を伴いました。旅の途中で二人は互いに気を許す仲になりました。

そして高句麗の領土に入った時、将はつい気の緩みから新羅の兵に「駐留の目的は新羅の保護ではなく併合である」と漏らしたのです。

驚いたこの兵はその翌朝、出立の前にわざと腹痛のふりをして後に残りました。そして密《ひそ》かに来た道を戻り、新羅の王のもとに罷《まか》り出て、「高句麗はこの國を狙っておりす。駐留の将兵は折を見て吾《わ》が國を併合するつもりです」と訴えました。

新羅の王は「小さい國が一人で立つことは難い」と嘆きながら、対策を考えました。

國の至るところに秘密の使者を送る。

期日を決め、その日が来たら「すべての雄鶏《おんどり》を殺せ」。

雄鶏とは高句麗の将兵のことでした。

命令は果敢に実行され、高句麗兵は一掃されました。

が、一人だけ新羅の刃《やいば》を逃れて高句麗に逃げ帰った兵がおりました。

この兵の報告を聞いた高句麗王は築足流城《つくそくろのさし》に将兵を集め、新羅を脅すとて楽器を音高く鳴らし、声も轟《とどろ》けと歌わせ、同時に勇壮な踊りを踊らせた。

その大音声は新羅に届き、臣民はまるで四囲いたるところに高句麗の兵がいるように思って恐れ戦《おのの》きました。

それはまるで『史記』の「項羽本紀」で敵に囲まれた項羽《こうう》が郷里楚《そ》の歌があちらこちらから聞こえるのを聴いて、楚はすでに敵の制するところとなったかと嘆いたという、「四面楚歌《しめんそか》」の故事のようでありました。私はこの話を李先生に教えていただいたのです。

新羅の王は任那《みまな》の王のところへ使者を立て、援軍を送っていただきたいと伝えました。

任那はこの倭《わ》の國《くに》の領するところで、常に将兵が駐屯していました。

「高句麗の王が吾《われ》らの國を攻めようとしております。今や吾らは竿《さお》に結ばれた旗のごとく敵の國にいいように振り回されています。正に累卵、積み上げた卵のようなもので、少しの力でも崩れ落ちて割れるでしょう。自分たちの命の長い短いもわかりません、どうか速やかに援軍を送っていただきたい」

任那では三名の将が選ばれました――

膳《かしはで》のイカルガ（斑鳩）
吉備のヲナシ（小梨）
難波《なには》のアカメコ（赤目子）

この三名が兵を率いて出陣しました。

敵と対峙するところまで行って、野営の態勢を整える。

それを聞き知った高句麗の将兵はその時点ですでに脅《おび》えていたと申します。

対峙すること十日あまり、戦線は硬直したままでした。

イカルガは一計を案じ、夜のうちに地道《したつみち》を掘って、兵ならびに輜重《しちょう》に負わせた軍備を敵の後ろに送り込みました。

明け方を待って敢《あ》えて兵を引く。

敵は今こそ好機と思って攻めにかかる。

それを迎え撃って攻め返す一方、背後に伏せておいた兵も襲いかかる。

浮足立った高句麗の兵は算を乱して逃れ、帰趨《きすう》は倭の側の勝利となりました。


さて、新羅ではなく倭《わ》と百済の仲。

ずっと以前、大王にして何代も前のこと、百済の王セシ（世子）が刀を献呈してきたことがありました。一本の刀身から七本の枝が出るという不思議な形で、それでわかるとおり実戦に用いるものではなく祭具でした。石上《いそのかみ》の宮に納められたその刀をこの目で見たのですが、そこには表と裏に――


泰始四年五月十六日丙午正陽　造百練鋼七支刀　𠮧辟百兵　宜供供侯王永年大吉祥

先世以來未有此刀百濟王世□奇生聖音故爲倭王旨造傳示後世

と彫ってありました。
百回も鍛えて造ったこの刀を百済の王が倭の王に贈るということです。
つまりそれほどの仲だった。
十六代の大王オホサザキ（大雀）を歌った歌はこの刀のことだと伝えられます——

品陀《ほむた》の　日《ひ》の御子《みこ》
大雀《おほさざき》　大雀《おほさざき》　佩《は》かせる太刀《たち》
本《もと》つるぎ　末《すゑ》ふゆ
冬木《ふゆき》の　すからが下木《したき》の　さやさや

ホムタさまの王子《みこ》さま
オホサザキさま　オホサザキさま　そのお腰に帯びられた太刀
鞘《さや》の元を吊《つ》られ、鞘の先はゆらゆら。
冬の木の幹に下枝が触れるように、さやさやと鳴る。

さて、倭と新羅の仲の話を続けましょう。

高句麗の勢いに負けそうな新羅を倭は任那の府から兵を出して救った。それにもかかわらず、新羅は結局は高句麗の方に身を寄せてゆきました。倭への朝貢は行われませんでした。

この事態に苛立《いらだ》った大王ワカタケルは自ら将兵を率いて海を渡って新羅を成敗すると言い出しました。

しかしそれを止める者がいた。

いえ、者ではなくむしろ神。

大王によれば――

海を渡るべく準備を進めさせている時、たまたま馬を駆って山に行った。国見というほどでもなく、気晴らしの騎行だ。

竹林を抜ける道を行くと、奥から我を呼ぶ声がする。耳にではなくそのまま心に届くような声だ。それも聞いたことのある声。

やがて無数の竹がそれぞれしなって前方を塞《ふさ》いだ。馬が足を止める。後続のミカリたちを手で制した。

この先は我一人で行く。

即位するずっと前、まだ兄たちや従兄《いとこ》を殺す前、これと同じことがあった。

我らが大王の一統の最初の方、カムヤマトイハレビコという長い名前の御方に会った。

今回もおそらくこの尊い御方の召喚である。

前の時には「王統を継げ」と言われた。その言葉に応じて我は退けるべき者たちを退け、大王《おほきみ》の位に就いた。

今度は何か？

平伏する。

「ワカタケル」と声がした。

「海を渡るな。大王たる者、滅多に動いてはならぬ。ことを将たちに任せよ」

大王は海を渡って親しく陣頭指揮を執ることを断念して、代わりに――

紀のヲユミ（小弓）とヲカヒ（小鹿火）

蘇我のカラコ（韓子）

大伴のカタリ（談）

の四名を遣わすことにしました。

「新羅は以前は倭《やまと》に朝貢していたのに、我が代になってからそれを怠るようになった。更には対馬《つしま》に手を掛け、草羅《さわら》の地では高句麗から我が國への貢物を押さえ、百済の城を取るなど、そのふるまいは目に余る。しかも時にこちらに縋《すが》るかと思えば離れる。その様はまるで狼の仔《こ》のようだ。おまえたち、行ってよろしく懲罰してこい」

四名は恭しく命を承《う》けて出立の準備をしました。

その一方で紀のヲユミが大伴のムロヤ（室屋）を通じて大王に願って言うことには――

「力のかぎり戦う所存でありますが、私《わたくし》は妻を亡くして間もなく、身辺の世話をする者がおりません。どうかお取りはからいのほどをよろしくお願い申し上げます」

大王は事情を察して吉備のオホシアマ（大海）という采女《うねめ》を授け、ヲユミはオホシアマを伴って海を渡りました。

大伴のカタリ、紀のヲユミとヲカヒ、蘇我のカラコ、これらの将に率いられた兵たちは速やかに新羅を攻めました。

新羅の王は夜、四方八方から倭《わ》の兵の鼓の音や歌の声が聞こえるのに驚き、夜明けを待って数百の騎兵と共に遁走《とんそう》しました。

ヲユミはこれを追って、敵の将を倒したのですが、それでも残兵は降伏しませんでした。戦いは苛烈《かれつ》を極め、双方の死者の数は増えてゆきました（と、私《わたくし》の鳥たちは報告しました）。

倭の勢が苦戦した理由の一つは新羅側が持っていた弩《いしゅみ》という武器です。一種の弓なのですが、矢を載せる台があり、引いた弦を止める鉤《かぎ》があり、その鉤を外す引き金があります。

用いる時はまず弦を引き絞って鉤に引っ掛けます。両足で押さえて両手で引けるので普通の弓の倍以上の力を溜《た》めることができる。その分だけ遠矢を射ることができる。次に腕に力を掛けないまま、安定して狙うことができる。発射も引き金をそっと引くだけなので狙いがぶれない。未熟な者でも命中率が高い。

欠点は、速射に不向きなこと。一回ごとの矢の装着に時間がかかるのです。

倭の國《くに》にも伝わってはいたのですが、取り扱いが煩瑣《はんさ》だというので広くは用いられませんでした。普通の弓矢で充分と思われていたのです。

なぜか新羅はこの弩を数多く用意して戦場に臨みました。倭の兵は悩まされました。敵に肉迫するずっと前に矢が飛んでくる。

狙いも正確。

この追撃戦で大伴のカタリと紀のヲカザキ（岡前）という将が敵兵の手に掛かって果てました。

カタリは大王ワカタケルが寵愛《ちょうあい》する若者であり、大伴氏の世継ぎでした。これをあたら失ってしまった。

カタリの従者であるツマロ（津麻呂）は「吾《わ》が主《あるじ》、大伴公は何処《いずこ》においでになるか」と問うたのに、誰かが「あそこに」と言って屍《しかばね》を指さした。

ツマロは「もはや生きている甲斐《かい》がない」と言って敵陣に斬り込んで死にました。

新羅の残兵はやがて力を失っていずこかへ退却してゆきました。

かくして新羅の地はほぼ倭が支配するところになったのですが、折も折、紀のヲユミが病を得て亡くなりました。

その日まではまことに元気活発で、勝ち取った新羅をどう経営するか部下たちと衆議を重ねていたのに、夕方になって急に発熱し、一夜、水を湯に変えるほどの高熱に苦しんだ果てに朝には身罷《みまか》ったのです。

ヲユミを失ったのもまことと手痛いことでした。この方は紀一族の総帥であり、大王ワカタケルにとっては大伴のムロヤや物部のメと並ぶ大事な支えだったのです。

ヲユミに随行していた紀のシヅカヒ（静貝）から事情を聞いて大王は大いに嘆きました。

それと同時に、自分が海を渡らなくてよかったとも思いました。初代大王カムヤマトイハレビコの言葉を容《い》れて自重してよかった。ワカクサカが朝倉宮《あさくらのみや》に残ったとしたら自分は霊力の保護なきままに異人の地に身をさらさなければならなかった。危ないところであった。

ヲユミの病死に先だって、紀のヲカザキが新羅の兵の手に掛かって亡くなっておりました。

父の仇《かたき》を討つつもりであったか否か、ヲユミの子であるオホイワ（大磐）という者が海を渡って新羅に赴きました。
そこで紀のヲカヒの麾下《きか》にあった兵馬や船官・小官をおのがものとし、専横にふるま
いました。
ヲカヒはこれを激しく憎んだ。
ヲカヒがこの件を共に派遣されてきた仲間である蘇我のカラコ（韓子）に告げて言う
には、「オホイワは、いずれ自分はカラコの官位も取るつもりだ、と言っている。気を
つけろ」と。
かくして倭《やまと》の将たちの間に不和が生まれました。互いに争ってばかりで國の利を図る
どころではない。私はそれを鳥たちから聞いておりましたが、しかし大王ワカタケルに
伝えはしませんでした。私の立場はあくまでも成り行きを後世に残すことであって、た
った今の治世を助けることではなかったからです。問われないことは言わない。
兵の中に百済の王に通じる者がいて、この不和のことを告げました。
王はカラコとオホイワのもとに使者を送って、「國の境の川に遊びに行きましょう」
と誘いました。
この真意はわかりません。
本当に遊びのつもりだったのか、あるいは何かが起こることを期待していたのか。
百済は倭と親しく行き来していましたが、その軛《くびき》を逃れたいという思いがあったのか
もしれません。

カラコとオホイワは馬を並べて川に行きました。道が細いので前になり後になりして進むうち、川辺に出たのでオホイワは馬に水を飲ませた。自然、馬の脚が止まります。その時、カラコが後ろから矢を射かけたのです。矢はオホイワの鞍《くら》の後ろに立ちました。

驚いたオホイワは素早く振り返ってカラコを射た。矢は命中し、カラコは馬から落ちて川にはまって溺《おぼ》れて死んだ。

こんなことでは兵を統率して百済を治め新羅を押さえることはできない。

オホイワとヲカヒはすごすごと倭へ戻りました。

ヲカヒは朝倉宮に上って大王に見《まみ》えることをよしとせず、周防《すはう》の都農《つの》の地に留《とど》まりました。

先に申し上げたとおり、紀のヲユミ（小弓）は彼《か》の地で熱病に罹《かか》って亡くなりました。

夫と共に海を渡った吉備のオホシアマ（大海）は寡婦になりました。

もともと気立てのよい、女ざかりの、気遣いも細やかなよき妻でした。夫のなきがらをきちんと柩《ひつぎ》に納め、また海を渡って倭國《わこく》に持ち帰ったのです。

ヲユミが新しい妻をと求めた時、大王にそれを伝えたのは大伴のムロヤでした。そこでもの言わぬ夫と共に帰國《きこく》したオホシアマがムロヤに訴えて言うには――

「私《わたくし》はこの骸《むくろ》を納める墓所を知りません。どうかそれを教えてください」

ムロヤはこの件を大王《おほきみ》に伝えました。

大王が言うには——

「紀小弓宿禰《きのをゆみのすくね》は龍《りゅう》のように昇り、虎のように睨《にら》み、天下を鎮めた。叛《そむ》く者は討ち、四海を平らかにした。身を万里に労《いたづ》きて、遂《つい》に三韓《かん》の地において身罷った。哀れみ悼んで、視葬者《はぶりのつかさ》を任命し葬儀を万端怠らぬよう進めさせよ」

もともと大伴氏は紀氏と国が隣接していて親しかったので、ムロヤは吾が身内のことのようにヲユミの葬儀を進めました。

墓所を河内《かはち》の南の淡輪《たわ》と定め、土師《はじ》のオホトリ（大鳥）に命じて大きな墳墓を造らせました。この工《たくみ》はもとはコトリ（小鳥）と名乗っていたのに、大王の命で名を変えた者でした。

墳墓は立派にできあがり、オホシアマは心安らかに夫を慕い続けました。

大王ワカタケルの統治の二十年目、高句麗が攻勢に出て百済をほぼ制圧しました。押しまくられた百済の将兵は倉下《へすおと》という地に籠《こ》もってなんとか敵襲に耐えておりました（「へすおと」というのは百済の言葉による地名です）。糧食も少なくなり、兵たちは自分たちの死と國の滅亡を思って涙にむせびました。

一方、勢いに乗った高句麗の将たちは「ここで一気に百済を取りましょう」と言ったのですが、高句麗王はそれを抑えた。

「百済は人も知るとおり倭國《わこく》との縁《えにし》が篤《あつ》い。そしてここで倭を怒らせるのは得策でない。ワカタケルという大王は気性が荒く、敵として向かうと始末が悪い。百済勢を倉下に押し込めたことで今回はよしとしよう」

月の満ち欠けにして数度の後、ワカタケルは百済が滅びかけていることを知って、急ぎ救援の策を考えました。

國というものはまずもって領土です。百済の再興を図るとすればその足場が要る。

ワカタケルは任那の久麻那利《こむなり》という地を百済の汶州王《もんすおう》に与え、ここから失地回復を試みるようにと伝えました（「こむなり」は熊津という地名の百済の言葉による読みです）。

任那に駐屯していた倭の将兵も後押しをして、百済の王家は本領の地を取り戻しました。

後、汶州王が解仇《かいきゅう》という悪辣《あくらつ》な臣下に弑《しい》された時、蓋鹵王《こうろおう》の弟の昆支君《こにきし》の次男であるマタ（末多）は倭の國におりました。互いに王子《みこ》たちを預けるのは親交の表れであると同時に人質でもありましたから。

このマタが若いながらに聡明《そうめい》であるのを見てとったワカタケルは朝倉宮に呼び寄せて、親しく頭を撫《な》で、祖國の王になるようにと言いました。武器と五百の兵を与えるから百済に戻って王位を取り戻せ。

この言葉のとおり、マタは帰國して後に東城王《とうじょうおう》と呼ばれる王となりました。恩に感じてあまたの貢物を倭に送って寄越しました。

この後はマタを死後に贈られた名である諡《おくりな》によって東城王と呼びましょう。

東城王はなかなかの名君となりました。

まずは祖父である汶州王を弑した解仇という者の叛乱《はんらん》の鎮圧に力あった真老という人物を引き立て、統治の多くを任せました。そして、首都である熊津の有力な豪族である燕《えん》氏と沙《さ》氏を重用して國《くに》の体制の安定を図りました。

外交では高句麗の長寿王《ちょうじゅおう》が北の魏《ぎ》だけでなく南の宋にも使者を送って称号を得たのに対抗して同じように使者を送って朝貢、称号を求めたのですが、与えられたのは高句麗より格の落ちるものでした。

それもあってか東城王はむしろ新羅と結ぶことを思い立ち、友好を求める使者を派遣、後には新羅から后《きさき》を得るまでの仲になりました。この関係はまこと堅固なもので、新羅が高句麗に攻められた時は援軍を送り、逆に百済が攻められた時には新羅から兵が来ました。

実はこれらのことは大王ワカタケルがこの世を去ってからずっと後の話です。王とは何か、それを比較で語るために、歴史を知るために、あえて後のことをお話ししたのです。

百済の東城王の話を続けましょう。

北の高句麗に対抗するために王は東の新羅と結びました。これで二國の間は安定したかに見えたのですが、どこか新羅は信用できないと考えたのか、國境の炭峴《たんけん》という地に城柵《じょうさく》を築きました。

我が倭《わ》との関係ですが、幼い時期を倭の大王ワカタケルのもとで過ごし、その援助を受けて帰國、即位したにもかかわらず、どちらかと言えば冷ややかなものに終始しました。高句麗との戦いの時に倭が、あるいは任那の倭の府が、援軍を寄越さなかったというのが理由のようでした。

かくして東城王は英邁《えいまい》とされ、百官の信頼も篤《あつ》かったのでしたが、晩年に至って暗愚に傾きました（これもすべてワカタケルが身罷《みまか》った後のことです）。

ある年、ひどい干魃《かんばつ》が起こって民は苦しみましたが、王は國の蔵を開いて穀物を配ろうとはしなかった。その許可を出さなかった。北の方の漢山《かんざん》というところでは二千人が國を捨てて高句麗に逃亡したと言われます。

その翌年には王宮の横に臨流閣《イムリュカク》という豪壮な建物を造り、池を掘り、珍鳥を飼うなど放恣《ほうし》なふるまいが目立ちました。諫《いさ》めようとする臣下の言葉を容《い》れなかった。翌年の更なる干魃の間も臨流閣に籠もって民の惨状を見ようとしなかった。

そして暗殺された。

國の王とはどうあるべきか、私《わたくし》キト（井斗）は考えます。

我がワカタケルは決して暗愚ではありませんでした。

しかし気が短くて、即断で部下や下人を斬ることが少なくなかった。

斬らないまでも信賞必罰の罰の方になにかと力が入る。

ある時、大王が愛《め》でる鳥の世話をする係の者がうっかりしている間に、宇陀《うだ》の人が飼っている犬がこの鳥を嚙《か》み殺してしまいました。それに怒った大王はこの係の者の顔に文身《いれずみ》をして、鳥飼部《とりかひべ》の部民《べみん》という身分に落としました。

これは処罰として厳しすぎるのではないか、という声が宮廷の内外にひそかに流れました。

この声がなぜか大王の耳にまで届いたのです。

信濃《しなの》の国の仕丁《じちやう》と武蔵《むさし》の国の仕丁がたまたま宿直《とのゐ》の時に言葉を交わしていて、一方が言いました――

「あれはおかしな話だ。私《わたし》の国では鳥などいくらでも獲《と》れる。そのつもりで野に出て鳥を狙えば、獲物を積み上げて小さな塚になるくらいたくさん獲れる」

他方が――

「私のところでも同じことだ。鳥などかぎりなくいる。空を埋めるほどいる。鳥とはそういうものだ。それなのにわずか鳥二羽を失ったとて係の者の顔に文身をするとは罰が厳しすぎる。吾《われ》らが戴《いただ》いているあの方は実は悪しき大王なのではないのかな」

この話を聞いていた別の仕丁が上に密告して、大王の知るところとなりました。

(いつの世にも密告する者はいるのです。)

二人を呼び寄せた大王はまことそう言ったのかと問いただし、二人がしかたなく肯《うべな》うと、「ではこの場で鳥の塚を築いてみよ」と命じられた。

ここは信濃でも武蔵でもありません。大和《やまと》にはそれほどの鳥はいない。塚を築けなかった二人はこれまた顔に文身を施された後、鳥飼部の部民に落とされました。

大王は峻厳《しゅんげん》であるべきです。そうでないと國の中が乱れる。勝手放題にふるまう者が増える。その一方で上に立つ者の慈しみもまた民が求めるところです。晩年の東城王のような専横は我が大王ワカタケルにはなかった。厳格ではあっても公正を保っておられた。

それに若い時に比べると自重することも多くなりました。鳥を犬に殺された者、それを噂して悪しき大王と言った二人、以前であればその場で斬られていたはず。文身で済んだのは幸いだったと言えましょう。

大王ワカタケルの治世が安泰であったことはすでに申し上げました。米をはじめ多くの物産が国々から都に集まり、また散ってゆきます。市は賑《にぎ》わい、人々は機嫌よく毎日を送っているように見えました。子は生まれ、子は育ち、伴侶《はんりょ》を得てまた子を生《な》し、めでたく老いを迎える者も少なくありません。

海の彼方《かなた》からはものと人が多く到来しました。

渡来した人たちは東漢氏や、西漢氏、秦氏などに属して、文字を用いて國の形を作り、経営に力を貸しておりました。百官の制度を定め、舎人《とねり》や仕丁を集めてそれぞれの場に配置し、税を仕切り、官位を定める。どれも文字なくしてはできないことです。日々たくさんの木簡が行き交いました。

男どもは身体の力、頭の力を用いてよく働きました。

その一方で女たちの力もよく國を支えました。

まずは子を産む。子を育てる。

その一方で霊の力で働く。

古来、神々の言葉を聞くのはもっぱら女に任されたことでした。

国ごとの神たちの思うところを霊力によって聞き取り、それを國のために役立てるべく采女《うねめ》たちが大王《おほきみ》のもとに集められました。大王は采女と床を共にし、神々の言葉を受け取り、統治の支えにしました。夜ごとに新しい女と共寝する楽しみとは別に、大王のまぐわいは國のための責務でもあったのです。

ですから顔かたちや歳で相手を選んではいけない。いささか見劣りがしても、若くなくても、抱かなくてはならない。

しかし、赤猪子《あかゐこ》の場合は時機を失してしまいました。大王が美和《みわ》川の辺《ほとり》でこの女に会ったのは何十年も前のこと。

その時、大王はすぐに連れていって共寝をしようと言ったのに、引田部《ひけたべ》の赤猪子と名乗った乙女はたまたま月の障りの時でした。

いずれ迎えを寄越すと言って帰ったのですが、大王はこの乙女のことを忘れてしまった。

何十年も待ったあげく、意を決して赤猪子は自ら参内したのですが、その姿はすでに老女となっておりました。

あるいはこの乙女は親のない身であったのかもしれません。名を問われた時、普通ならば親の名を言うのに引田部の赤猪子と住む土地を言いましたから。

また、男に誘われても一度は断るのが決まりなのにすぐに承知したのも躾《しつ》けの不足かと思われます。私キト（井斗）は意地悪を言っているのではなく、まこと哀れと思っているのですが。

大王は「夫を持たずに待て」と言ったまま忘れてしまった。

歳月は人の姿を変えます。

待つうちに乙女は老女になりました。

大王は自分の失態を悔やみましたが、しかしこの老いた女を妻にするわけにはいかない。

赤猪子の方も今さら入内《じゅだい》が叶《かな》うとは思っておりませんでしたが、このまま消えてしまうのも口惜《くちお》しいと思ってあえて参上したのです。

大王は歌を贈ることにしました。

その歌に言うには——

御諸《みもろ》の　厳白檮《いつかし》がもと
白檮《かし》がもと　ゆゆしきかも　白檮原童女《かしはらをとめ》

御諸の神聖な檮《かし》の木は人が触れない。
その檮と同じように神聖になって人に触れなかった乙女はおまえか。

御諸は三輪《みわ》の社の領域でめったに踏み入ってはいけないところです。

また大王が歌って言うには——

引田《ひけた》の　若栗栖原《わかくるすばら》
若《わか》くへに　率寝《ゐね》てましもの　老《お》いにけるかも

引田の、若い栗の木の多い原、
栗のように若い時なら寝たものを老いてしまったなあ。

大王ワカタケルに歌を贈られて赤猪子は泣きました。丹摺《にず》りの衣の袖《そで》がすっかり濡《ぬ》れるまで泣きました。
そこで答えて歌うには――

御諸《みもろ》に　つくや玉垣《たまかき》
つき余《あま》し　誰《た》にかも依《よ》らむ　神の宮人《みやひと》

御諸に玉垣を築いたが、築いた甲斐《かい》はなかった。
神の宮人は誰に頼ればよいのでしょう。

これは、三輪の社の中に住んで男を寄せ付けないように玉垣を造ったのに、それは無駄になった、と嘆く歌です。
また歌って言うには――

日下江《くさかえ》の　入江の蓮《はちす》
花蓮《はなばちす》　身《み》の盛《さか》り人《びと》　羨《とも》しきろかも

日下の沼には蓮が多い。
花と咲く蓮のように今が盛りの人がうらやましい。

若くて美しい日々を空しく過ごしてしまった赤猪子に大王はたくさんの賜物《たまもの》を渡して帰らせました。

これもまたワカタケルのあまたある顔の一つです。

多くの氏《うじ》を束ねて國《くに》をまとめ、威光に逆らう者を成敗し、時に応じて海彼にも将と兵を送る。あるいは大國《たいこく》に使者を出す。

その一方で日々の暮らしもあったのです。

接見や行幸《みゆき》があり、昇進した官吏や新参の舎人の挨拶《あいさつ》を受ける行事があり、神々への儀礼があり、夜はまた采女を床へ迎えることがありました。

そして、ここに見るように大王はよく歌を詠みました。

その歌は民の間にも広まり、しばしば歌われてとかく権高に傾きがちな大王の評判を和らげることにもなったのです。

一國の王であるとは、こういうことなのでしょう。

七　文字の力

朝、ヤマセ（山背）がいくつかの案件を持って参内してきた。

「まずは武蔵《むさし》の笠原《かさはら》氏の大舎人《おほとねり》のこと」

「いたな、そういう者が。あれは杖刀人《じょうとうにん》の首《おびと》であったか」

「さすがよく掌握していらっしゃる。あのヲワケが国に帰ります」

「待て待て、ヲワケとはどういう字であったか」

ヤマセは表面を削って前の文字を消した木切れに字を書いて見せた——

乎獲居

「そうか、この字か」

「それで褒賞の物を与えて故国へ帰そうということになりました。あの一族は昔から武蔵にあって毛人《もうじん》を相手に戦うこと一度ならず、勇猛果敢にして……」

「そのあたりは省け。あの男はずいぶん長くここにいたな。二十年だったか」

「それで杖刀人の首の座に就きました。まずは出世のきわみ。警護を任せて間違いなく安心という評判を得ております」

「それで褒賞の物とは？」

「鉄剣。銘を刻んで祖先代々の武勲を讃《たた》えるとか、まあそんなことです」

「遠くから来た舎人にいつもやっていることだ。舎人も采女もそうやっていつか国に帰り、都の風を伝える。せいぜい豪儀に帰れるよう、その剣もよき物を用意してやれ」

「そこに文字の問題が生じました。それで李《リ》先生のお力を借りるべく、お口添えを頂けないかと。これが今朝のいちばんの案件です」

「いかなる知恵だ？」

「先祖たちの名を鉄剣に刻んでやりたいのですが、文字がわからないとか」とヤマセが言う。

「なるほど。そうもあろう。知恵を借りよう」

というわけで李先生に来てもらった。

我が幼少のみぎりより多くを教えて貰《もら》った師、従ってお互いずいぶん歳を取ったわけだが、しかしこの種のことは他に頼る者がいない。同じ史部《ふひとべ》でもアヲ（青）やハカトコ（博徳）は和語に暗い。

数日後、李先生を招き、ヤマセがまた参内し、当の笠原のヲワケを呼び出して話を聞くことになった。

ヲワケは平伏している。

「長きに亘《わた》る働き、ご苦労であった」とまずは労《ねぎら》う。「名前の文字とは何だ？」

「申し上げます。吾《われ》らが一統ははるか昔から大王《おほきみ》にお仕えして参りました。ご先祖たちが自ら東の辺境に赴き、まつろわぬ者どもを平らげるべく征旅を重ねられましたのに常に付き添って参りました」

「それはわかっておる。毛人を押し伏せるに力あったことは充分に承知している」

「その吾《わ》が一統の祖《おや》たちの名、口では言えますが、文字にできません」

「唱えてみなさい」と李先生が言った。

「申し上げます――

初めの者がオホヒコ

その後に、タカリ

そしてテヨカリ

タカヒシ

タサキ

ハテヒ

カサヒヨ、と続いて、

その子が私《わたくし》ヲワケ

でございます」

「わかった」と李先生は言った。「七代前までよく覚えていたな。ではそれぞれに文字を当ててやろう。字のことは以降もずっと付いてまわる。この國で話される言葉を統治で使っている吾々渡来の民の文字で表すのは容易ではない。話した先から消えてしまう言葉を文字に留《とど》めたいと願うのは自然だが、両者の間の溝は深い」

笠原のヲワケの先祖たちの名に李先生が文字を当てていった――

オホヒコ　　意富比垝
タカリ　　多加利
テヨカリ　　弖已加利
タカヒシ　　多加披次
タサキ　　多沙鬼
ハテヒ　　半弖比
カサヒヨ　　加差披余
ヲワケ　　乎獲居

薄い木の板に記されたこれらの文字を見せられてヲワケは改めて平伏し、その板を両の手に押し頂き、額を床に打ち付けて喜んだ。北の蛮夷《ばんい》めいた荒々しい顔が涙に濡《ぬ》れた。

そうまで嬉《うれ》しいものか。

「これでよいかな？」と李先生が問うた。

「それはもう、立派な文字を頂いて、これに勝る喜びはありません」とヲワケが言う。

「口に発して耳に届く言葉は魂《たま》だ」と李先生は言った。「魂は人を離れてどこまでも行く。動くことで力となる。すなわち言霊。それに対して、紙に書かれ、木に書かれ、鉄の剣に刻まれた文字はその場を動かない。何百年も何千年も後まで残る。これもまた言葉の力」

ヲワケがふっと顔を上げる。

「その剣には大王の名も書かれますか？」

「もちろん。汝《なんじ》にこれを下賜した者としてその名も刻まれるだろう」

「どのような文字で？」

「大王の名はこうだ」と言って文字を示す——

獲加多支鹵
「これがワカタケルと読まれるのですか。文字というのはつくづく不思議なものでございますね。このように見える形から音が生まれる。形と音が繋《つな》がっている」

「文字は見える形から音が生まれるばかりではない。文字の一つ一つに意味がある」と李先生が言う。「むしろヲワケという音を乎獲居と記すのは意味のところを捨ててしまう惜しい使いかただ、今ここで詳しく説明はしないが、乎にも獲にも居にも意味がある」

「獲の字は畏《おそ》れ多くも大王の名にも使われています」

「よく気付いたな。ここではワという音を表しているが、文字としては狩りで動物を仕留めるという意味がある。めでたい文字なのだ」

ヲワケはまた感動して涙を流した。

「残る『加多支鹵』にしてもみな吉字。加える、多い、支える。そして鹵は大きな盾、また鹵簿《ろぼ》、すなわち大王の行幸《みゆき》の列の意にも用いる」

我にしても己《おのれ》の名を表す文字の意味を改めて解かれて悪い気持ちはしなかった。

後に李先生はヲワケに下賜する鉄剣の銘の撰文《せんぶん》までして下さった——

辛亥年七月中記乎獲居臣上祖名意富比垝其児多加利足尼其児名弖已加利獲居其児名多加披次獲居其児名多沙鬼獲居其児名半弖比

其児名加差披余其児名乎獲居臣世々為杖刀人首奉事来至今獲加多支鹵大王寺在斯鬼宮時吾左治天下令作此百練利刀記吾奉事根原也

辛亥《しんがい》の年の七月にこれを記す。ヲワケという下臣。最も遠い先祖の名はオホヒコ。その子の名はタカリのスクネ、その子の名はテヨカリワケ、その子の名はタカヒシワケ、その子の名はタサキワケ、その子の名はハテヒ、その子の名はカサヒヨ、その子の名がヲワケ。代々大王に仕えて、ヲワケは杖刀人《じょうとうにん》の首《おびと》となり、忠勤の末、今に至る。ワカタケル大王、すなわち斯鬼《しき》の宮にあって天下を治める我が、この百たび鍛えた名刀を作らせ、めでたさの由来をここに記す。

ヲワケは喜び勇んで埼玉《さきたま》の本領へ帰っていった。

あの男もいずれは亡くなるだろう。陵墓が築かれ、金で文字を象嵌《ぞうがん》した剣はそこに納められるだろう。あるいは本当にあの文字は何千年かの歳月を渡るのかもしれない。

ある朝、李先生に来ていただいて、また公文書の文字遣いについて教えを受けた。

傍らにはミカリ（御狩）が控えている。

責務がほぼ終わったところへ珍しく大后《おほきさき》ワカクサカが顔を出した。

「よろしい？」と聞く。

「どうぞどうぞ」とミカリが言った。

「おもしろい歌を聞いたのです」とワカクサカがにこにこ笑いながら言う。

「吾が君ワカタケル様が市井の女のところへ忍んで行かれるというお歌」

「我は女を漁《あさ》って巷《ちまた》には行かない。女の方が国々からやってくる」

「でもこの歌では違うのです。とても評判で、市井のみなが口ずさんでいるとか」

「ゆゆしきことだ」

「いえ、愉快なことです。お聞きになりますか？」

「そうまで言われると聞かぬとは言えないだろう」

「なんだ？」

こもりくの
はつせのくにに
さよばひに
われがくれば
たなくもり
ゆきはふりく
さくもり
あめはふりく
のつとり
きぎしはとよむ

いへつとり
かけもなく
さよはあけ
このよはあけぬ
いりてかつねむ
このとひらかせ

大王《おほきみ》が女を求めて泊瀬《はつせ》の国に来た。来たというのに、空は曇り雪は降る。空は曇り雨は降る。野の鳥である雉《きじ》は騒ぐし、家の鳥である鶏《かけ》は鳴く。夜が明けるが、これでは我の夜は明けようがない。中に入って共寝がしたい。この戸を開いてくれ。

「ミカリ、歌ってみろ」

ミカリは声がよい。朗々と歌ってみな感心したことだった。

「男が女を訪ねて戸を叩《たた》くのに開けてくれない、という嘆きの歌」と歌い終わったミカリが言った。

「女は一度は断るもの」とワカクサカが言う。

「おまえもそうだったな」と我が言う。

「宴会の歌です。所作が入るから満座の者が笑って興じる」とミカリが言った。
「それを文字にしたらどうかな」と李先生が言った。「千年先まで残る」

「歌が文字になりますか？」

「この前のヲワケ（乎獲居）とその祖先の名を記したのと同じように、またはワカタケルを『獲加多支鹵』と書いたように、音だけで、更には音と意味の両方で、文字に置き換えてゆけばよいのだ——」
こもりくの　　隠口乃
はつせのくにに　　泊瀬乃國爾
さよばいに　　左結婚丹
われがくれば　　吾来者
たなくもり　　棚雲利
ゆきはふりく　　雪者零来
さくもり　　左雲理
あめはふりく　　雨者落来
のつとり　　野鳥
きぎしはとよむ　　雉動
いへつとり　　家鳥

かけもなく　　可鶏毛鳴
さよはあけ　　左夜者明
このよはあけぬ　此夜者昶奴
いりてかつねむ　入而且将眠
このとひらかせ　此戸開為

「なるほど」とミカリが感心して言った。「それならばたしかに千年の後までも残りますなあ。千年も後の人がこれを歌って楽しむとは愉快愉快」

「その時まで我は乙女の家の戸口に立って雪にまみれ雨に濡《ぬ》れて夜明けを待つのか」

「好き者に下る罰というわけで」

「でも」とワカクサカがおずおずと言った、「果たして残ってよいのでしょうか？」

「なぜだ？」

「私《わたくし》は文字というものが人と人を隔てるような気がするのです。歌はまずもって声であり響きであり、その場にいる者すべての思いです。文字になった歌はもう歌ではないような」

「そんなことはない。第一、文字なくしてこの國《くに》はなりたたない。倭《やまと》の國もそういうところまで来たのだ」

「百官百職と一口に申しますが、それぞれは文字で表されます」とミカリが言った。

「ここに敢《あ》えて羅列するならば（と言って、文字を書いて読み上げながらワカクサカに示す）――」

県犬養連《あがたのいぬかひのむらじ》　狩りに用いる犬を飼育します。
阿閉間人臣《あべのはしひとのおみ》　ハシは階《きざはし》、大王と臣下を繋《つな》ぎます。
猪甘首《ゐかひのおびと》　猪を飼育します。
的臣《いくはのおみ》　武具の製造や使用に長《た》けております。
猪使連《ゐのつかひのむらじ》　これも猪に関わります。
猪名部造《ゐなべのみやつこ》　猪とは無縁で、木工に秀でた一統です。
忌部首《いむべのおびと》　祭祀《さいし》をもっぱらとします。
采女臣《うねめのおみ》　諸国から来る采女を束ねます。
馬工連《うまみくひのむらじ》　馬を飼います。
凡海連《おほあまのむらじ》　海に出て魚などを捕るすべての海部《あまべ》の束ねです。
神服部《かむはとりべ》　神のための衣装を縫います。
語造《かたりのみやつこ》　古伝を憶《おぼ》えて儀式の場で朗誦《ろうしょう》します。
門部直《かどのべのあたひ》　宮廷の十二門を守ります。
掃守連《かにもりのむらじ》　宮殿の掃除をします。
神麻績連《かむあさつむぎのむらじ》　神に捧《ささ》げる麻を紡ぎます。

巫部連《かむなぎべのむらじ》　儀式の場で楽を奏し舞いを舞って神意を問います。
神宮部造《かむみやのべのみやつこ》　三輪の社の神職です。
神奴連《かむやつこのむらじ》　社に仕える神奴を束ねます。
馬飼造《うまかひのみやつこ》　馬を飼う。あちこちの国におります。
酒人直《さかひとのあたひ》　酒を醸す。あちこちにおります。
内蔵直《くらのあたひ》　宮廷の倉庫の管理をしています。
椋連《くらのむらじ》　これも宮廷の財物の管理。
車持《くるまもち》　貴人の乗物を扱います。
呉服造《くれはとりのみやつこ》　海を渡ってきて、衣服を作るのに巧みな者です。

「それくらいでよいだろう」と我は言った。「聞くごとくこれらの諸部は臣、連、造、直、などの姓《かばね》に分かれている。國の制度とはいわばたくさんの箱だ。それぞれの箱に人を収める。その箱には文字をもって名を付ける。すなわち文字なくして國はない」

「國というものが文字で造られていることはわかります」とワカクサカが言った。「文字は柱であり、梁《はり》であり、床であり、屋根でしょう」

「そのとおり」

「しかし私はむしろその建物の中を吹き抜ける風を待ち望みたいのです。あるいは打ち付ける雨、風景を白一色で覆う雪、壁を毀《こぼ》つ嵐を待ちたい。またそこに注ぐ暖かい日射しを」

「女だからか？」

「さあ。神に近いから、とは言えるかもしれません。四角い文字があんなにも居並ぶと、神は寄りがたいと思われるようです」

「文字に宿る神もおりますぞ」と李先生が言った。

「そう。しかしそれは異國《いこく》の神でしょう」

しばしみながロを噤《つぐ》んだ。

「もうしわけありません。身に過ぎたことを申しました。先ほどの大王が女の家の戸口に立つ歌には対になる歌があります」

「それは是非にも聞きたい」

大后《おほきさき》が歌う――

こもりくの
はつせをぐにに
よばひせす
わがすめろきよ
おくとこに
ははいねたり

とどこに
ちちはいねたり
おきたたば
ははしりぬべし
いでてゆかば
ちちしりぬべし
（ぬばたまの）
よはあけゆきぬ
ここだくも
おもふごとならぬ
こもりづまかも

（こもりくの）この初瀬《はつせ》の国まで私《わたくし》と寝ようと来て下さった大王《おほきみ》さま。でも奥の床には母が寝ております。戸口の床には父が寝ております。私が起きて立てば母は気付くでしょう。出てゆけば父は気付くでしょう。（ぬばたまの）夜は明けてゆきます。こんなにも思うままにならない、隠れ妻である私です。

「それもよい歌ですね」とミカリが言った。

「せっかく大王が忍んできたのに迎え入れられないかわいそうな子」と大后が言った。

「それでもけなげに妻と名乗っている。隠れ妻、籠《こ》もり妻。切ないことです」

「だがな、この子の父と母はなぜ同じ床で寝ていないのだ？」と我が問う。

「それは、夫婦で喧嘩《けんか》をしたとか」

「父は戸の近くに寝て、夜中にそっと出て女のもとへ行くつもりとか」

「母は月の障りとか」

「盗人《ぬすびと》が入らぬよう警護しているとか」

「娘を盗みにくる大王がいますからね」

「大王は娘のもとに通わない。大王は娘を呼び寄せるのだ」

なかば戯《ざ》れ言、愉快に言葉が行き交った。

「もっと賢い娘の歌があります」とミカリが言った――

たまだれの　をすのすけきに　いりかよひこね
たらちねのははがとはさば　かぜとまうさむ

玉を連ねた御簾《みす》の隙間から、どうぞ入ってきて下さい。もしもお母さんが何の音と聞いたら、風と答えましょう。

「なるほど賢い娘だ。しかしそうして首尾よく共寝することになった二人がたてる音やら声やらは、とても風くらいではごまかせないぞ」

「そうやって娘は母から離れて一人の女になってゆくのです」とワカクサカが言った。

「たらちねの母のもとから巣立って。なかなか苦しいことです」

「それもよい歌があります」とミカリが言った――

たらちねの　ははがてはなれ　かくばかり　すべなきことは　いまだせなくに

(たらちねの) お母さんのもとを離れて、一人であなたと向き合っている。こんなに不安な思いをすることはこれまでなかった。恋というのはこういうもの?

「しみじみ思い出します」と大后が言う。

「さては我の前に男ありき?」

「あなたとのことですよ」

「さて、そのあたりでこの話は収めましょう」と李先生が言った。

「ワカクサカ、今宵《こよい》は伽《とぎ》だぞ」

そう言って大后と思うまま共寝する夜を過ごした後、ふと吉野《よしの》の女のことを思い出した。

吉野に離宮がある。

そこに行った時、川のほとりに見目の優れた乙女がいた。これを初瀬に連れて帰って后とした。

再び吉野に行く時に同道して、かつて出会った川辺に櫓《やぐら》を組んで舞台を造らせ、我が琴を弾くとて舞いを所望したところ、美々しく舞ってくれた。そこで我が歌って言うには――

あぐらゐの　かみのみてもち　ひくことに　まひするをみな　とこよにもがも

櫓《しつら》を設えて、神が乗り移ったかのような思いで我が琴を弾く時、合わせて舞う女の、この姿こそとこしえに。


思う心の中で、女たちはみな懐かしく、愛《いと》しく、美しい。

國《くに》のことはもうよい。食べて、飲んで、歌って、舞って、まぐわう。大王である我、それだけで生きてはいけぬものか。

「笠原のヲワケ（乎獲居）に与える鉄剣はどうなった？　作るところが見たい」とヤマ

セに言った。

「また大王の手仕事好きが始まりましたな」

「おもしろいではないか。人の使う利器は木や草に実るわけではない。獣の体内に見つかるわけでもない。みな人が多くの素材を集め、それにさまざまに手を加えて作るのだ。工《たくみ》の技は弓矢の腕や、楽奏の響き、舞いの妙技などと同じく、見ていて飽きない。人はかくも賢いかと思う」

「人は時として愚かでもありますが」

「わかっている。だから賢い側をなるべく見ようと言うのだ。あまりの愚かを見ると斬りたくなる」

「それはまた剣呑《けんのん》なことで」

「それよ」

「思い出します。かつて父上ワクゴ（若子）の陵墓を造るのを見にいらしたり、鉄器や埴輪《はにわ》作りの仕事場に足を運ばれたり、また朱を掘る山にも行きましたな」

「そういうこともあった」

「ヲワケに下賜する剣ですが、形がほぼ整い、今は字を刻んでいるかと存じます」

「行ってみよう」

工房は遠くはなかった。朝倉《あさくら》はいよいよ栄え、もう土地が少なくなっている。人の賑《にぎ》わい、馬の行き来、物の往来、盛んなものだ。

案内《あない》してくれるのは物部《もののべ》のメ（目）の息子のアラヤマ（荒山）。武具を作る仕事は物部氏が最も得意とするところで、前にもこの男の導きで鏃《やじり》を作るのを見せてもらった。この男ももう若くはない。

明るい窓辺に机を置いて、一人の職人が剣を磨いていた。刃の長さは人の肘《ひじ》から指先までの倍くらい、幅は指二本ほど。すでに形は整ってきらきらと輝いている。

窓からは気持ちのよい風が静かに吹き込んでいる。

「ここまで進んだのか」

「剣は成りました。この先は文字を刻むので、そのために磨いております」

「その先は？」

「頂いてある文字を墨で書き込みます。それから、字の形に沿って溝を彫ります」

「道具は？」

「この鏨《たがね》です。先端が尖《とが》っていて、とても硬い」

「鉄より硬いのか？」

「どちらも鉄ですが、作り方が異なります。鏨は格別に硬い鉄。剣の方は最後の焼き入れを省いて少し軟らかく作りました。実戦用ではないのでそれで充分です」

「おまえが彫るのか？」

「はい」

「腕はよろしいのです」と脇にいた物部のアラヤマが言った。

「細かいところを見る目が大事で、人は老いると急に目の力を失いますから」

これは我も身に覚えがある。

「熟練から目の衰えまで、この仕事は盛期が短いのです」

「彫ったあとは？」

「小さな穴から引き出して細く伸ばした金線を、字の溝に沿って木片や鹿の角などを当てて叩《たた》いて埋め込みます。ぜんぶ埋め終わったら鑢《やすり》と砥石《といし》で表面が平滑になるように磨きます」

「で、そもそもこの剣はどうやって作った？」

「それもご覧になりますか？」

「見たい」

「以前に行った鏃を作るところ、あれと同じところ、あそこです」

遠くはなかった。

吹きさらしの建物の真ん中に大きな炉があって、炭が熾《おこ》っている。そこに風を送る仕掛けはたしかたたらと言った。四名の下人がその上に乗って、上から下げた綱につかまりながら体重を掛けて板を踏んでいる。そのたびに風が起こる。

炉の中に黒い鉄の塊を入れる者、赤く熱した鉄を取り出す者、少し離れたところで鉄塊を大槌《おおつち》で叩く者、そしてたたらを踏む者、みな忙しく立ち働いている。

「こちらへ」と物部のアラヤマに言われて、叩く作業の場に行った。

「鉄は熱すると軟らかくなります。それをこうして叩いて伸ばします」

「剣とは形が違う」

「まず鍛えるのです。平たく伸ばしたものを二つに折る。それをまた熱して、叩いて伸ばして、また二つに折る。また伸ばす。これを四回繰り返して何層もの鉄が一体となるようにします。それをまた熱しながら細長い剣の形に整えてゆきます」

「手間のかかることだ」

「そうなのです。こうして鍛えない鉄は剣の形にしてもただの棒でしかない。曲がる、折れる。研いで刃をつけてもなまくら」

「そうなのか」

「この製法による鉄剣はまこと優れておりまして、海を越えて百済《くだら》や新羅《しらぎ》にも売られ、中には魏《ぎ》や宋《そう》にまで行く品もあります。もちろん使者が運ぶ献上品にも加えられます」

「試しに罪人を呼び出して斬ってみようか」

アラヤマの顔色が変わった。

「いや、冗談だ。昔はよく人を斬ったが、さすがに今はな」

ほっと安堵《あんど》の顔になる。

「この鉄はどこから来た？」

して」

「以前ならば海の向こうから。塊で、あるいは壊れて使えなくなった鋤《すき》や鎌や刀の屑《くず》として」

「今は？」

「出雲《いづも》」

　さすがに出雲まで行く気はない。

「見たことがあるか？」

「参りました」とアラヤマは言った。「武器を用意する物部氏にとって鉄は必須《ひっす》ですから。半年ほどあちらにいてつぶさに見てまいりました」

「どうやるのだ？」

「まずは砂鉄集め。出雲の山中《さんちゅう》の川の砂には鉄の粒が混じっております。大きな器に砂を入れ、水を流し込んで混ぜながら砂を流し出すと、底に鉄だけが沈んでたまります。それを集めます。この作業に従う者だけで何百人もおります」

「山から採れるのか。朱と同じだな」

「ご賢察のとおりで。朱は初瀬川の上流でしたからご覧になりましたね」

「ああ、見た。で、砂鉄をどうする？」

「山中に大きな炉を築きます。先ほど見たのよりずっと大きなものを。そこに炭をたくさん入れ、また砂鉄を入れ、火を点じて炭を熾し、何日もたたらで風を送った末に、炉の下に穴を穿《うが》つと、赤く熱せられた鉄が流れ出します。これを土器《かわらけ》の器に受けて冷やすと鉄塊になります」

「みなみなよく働くことだ。たくさん食わせてやれ」

「かたじけなく存じます」

「成果に比べれば安いものだ」

「しかし、まるで使い物にならない鉄になることも少なくない」

「なぜだ？」

「神々の力が働いたとしか考えられないと下人たちは言い訳をします。身を清めて、祈りをしてから始めるのですが、それでも失敗がある。ですから祈りに際しては巫女《みこ》に来ていただいて、心を込めての祈願をお願いします」

「出雲の巫女ならば霊能があらたかか」

「それでも不出来になると、人は巫女の身持ちを疑います」

「巫女はみないい女だからな。男も寄るだろう」

「実際にはまだまだ腕が未熟なのです」

「いずれは上達するだろう」

「そう、うまくできた鉄は海彼から買うものよりずっと質がいい。上等の刀になります」

「砂鉄も出るわけだしな。先が楽しみだ」

「話は変わりますが」とアラヤマが言った、「笠原のヲワケ（乎獲居）の一族は同じ笠原の小杵《をき》という者が率いる同族と争っております」

「その者の本領はどこだ？」

「ヲワケの地より南、海に近いところです。武蔵の国造《くにのみやつこ》の地位を巡っての諍《いさか》いとか」

「では、今回の鉄剣はヲワケにとって格別ありがたいはずだ」

「あの剣はただの宝物ではありません。大王《おおきみ》から授かった威信の印です。宝物ならば盗むことができるが、あの剣の値打ちは銘にあります。盗んだところで何の意味もない」

「そのとおりだ。話は変わるが（とアラヤマを真似て）、去年だったか西の方に下賜した剣があったな」

「ムリテ（无利弖）という者。火《ひ》の国《くに》から来て典曹人になり、長らく務めました」

「火の国は、熊襲《くまそ》の地だったかな？」

「それよりは少し北。西に不知火《しらぬひ》の海を望みます」

「剣には何と書いた？」

「ヲワケより格が落ちるので金ではなく銀の文字でした――」


治天下獲□□□鹵大王世奉事典曹人名无利弖八月中用大鐵釜幷四尺廷刀八十練九十振三寸上好刊刀服此刀者長寿子孫洋々得□恩也不失其所統作刀者名伊太和書者張安也

大王ワカタケルの御代《みよ》に典曹として仕えた者、名はムリテ。八月、大鉄釜《てつがま》を用いて太刀を作る。八十回練り、九十回打つ。三寸上好の名刀。この刀を佩《は》く者は、長寿を得、子孫は繁栄、君寵篤《くんちょうあつ》く、領土は安泰。作刀者伊太和《いたわ》、銘文張安《ちょうあん》。

「さっき、不知火の海と言ったな？」

「はい。火の国、ムリテが本領とするところの西にあります。波おだやかにして美しい湾です」

「何か、話がなかったか？　なぜ火を知らないという文字を当てるのか」

「私《わたくし》は存じません」

「ヰト（井斗）を呼べ」

ヰトが来た。

「ヰト、不知火のことを知らぬか？」

「知られないのが不知火ですから」と言ってにっと笑う。この女もだいぶ老けた。

「茶化すな。何か我が父祖のどなたかに関わる話だったと思うが」

「十二代オホタラシヒコ（大帯日子）の御代のことでした。西の国々を成敗に出られて、火の国は球磨《くま》の里のクマツヒコ（熊津彦）兄弟を討った後、舟で北へ戻ろうとするうちに日が暮れてしまいました。闇の中で舟の進む先も定かならず困っていると、前の方に火が見えました。それに向かって行くと岸辺について、やがて夜も明けたので無事に帰還することができました。それ以来しばしばあのあたりでは人もいない海の先に火が見えると申します。何者が掲げるかわからぬ火ゆえに不知火と呼ばれます」

「この天と地の間には人知の及ばぬことが多々あるものだ」

「それはそれとして、大王のご威光、二振りの剣に見るごとく、西に東にあまねく及んで喜ばしいかぎりですね」

「おまえに言われると皮肉にしか聞こえない」


「なぜヲワケ（乎獲居）に与えたのもムリテ（无利弖）に下賜したのも、剣だったのかな。刀でもよかったのではないか」とアラヤマに問うた。

「剣はまっすぐですから文字が彫りやすいし、より祭具らしく見えます。剣は両刃、本来は突く武器です。刀は片刃で、反りがあって、切る武器です」

「なるほど」

「あの剣は薄いので両面に文字を彫るのに苦労したと工人が申しておりました。一方の側から仕事をしておりますと、何百回となく鏨《たがね》で叩《たた》くうちに本体が次第に反ってしまう。裏と表、交互に進めたとのことで」

「剣とか刀とか、男のみなさまは危ないものを身につけておられますね」とキトが言った。

「男は殺す。女は産む。役割が違う」

「女には先を読む力もあります」

「そのとおり。おまえにはずいぶん助けてもらった。この先も我の治世は安泰かな？」

「軽々には答えられません。それはそれとして」とヰトは話題を逸《そ》らした、「剣や刀、その他どれほどのものを持って男は戦いの場に臨まれるのですか？」

「アラヤマ、どうだ？」

「兵装、まずは弓ですな。剣や刀もありますが、最も大事なのは弓。それに附随して弓弦《ゆづる》を入れる袋、予備の弓弦が二本、矢がまずは五十本、それを入れる靫《ゆき》、大刀と小刀、砥石《といし》、袋に入れた乾飯《かれいひ》などの糧秣《りようまつ》、水筒、塩、などなど」

「その上に鎧《よろい》と冑《かぶと》を着けられる。盾も携行される」

「そのとおり」

「男のみなさまは武具の類《たぐい》を身につけることで強くなられる。そう思っていらっしゃる」

「女は？」

「脱ぐほどに力を得ます。いえ、夜の床のことではなく、神の前で。邪念を脱ぎ捨てることが大事なのです」

「そういうものか」

「西から東まで、この國《くに》はすべて大王の治める民に満たされておりますね」とヰトが言った。

「そのとおり」

「では、いかほど民はいるのですか？」

「民の数など考えたこともない。星の数ほどいるわ」

「いえ」とアラヤマが言った、「官はそれも考えております。それなくして國は経営できません」

「そういうものか」

「まずは大きな数を想い浮かべてください」

「算法は我が不得手とするところ」

「そう言わずにお聞き下さい。兵が十名おります。これはわかりますな」

「それくらいわかる」

「十名が一列に並んで、それが十列あったら？」

「百名だ。小さな砦《とりで》ならそれで囲める。その他に輜重《しちょう》など下人が要るが」

「では、一列が百名でそれが百列あったら？　広いところにそれだけ居並んでいたとしたら？」

「万か」

「さよう。それだけの軍勢を揃えるのはこの倭國《わこく》でも、また新羅や百済、高句麗《こうくり》でも容易ではありません。しかし宋と魏ならばできる。中原《ちゅうげん》はそれほど広く、民草はそれほど多いのです。そこで彼らは覇を争っている」

「今は南北に分かれているが、かつては中原を一つに束ねる王朝もあったと聞くぞ」

「まとまってはまた割れて争う」

「倭《わ》は我がまとめた」

「そのとおり。まさに偉業です。で、算法に話を戻しますが、目の届くかぎりの広いところに千人の列が千本あったら？」

「わからぬ。多すぎる」

「百万。そして、その数倍の民を大王は統べておられる。数百万。この数字をもとに官はこの國を動かしております」

会議を開いた。
出席したのは――
　ヤマセ（山背）
　ミカリ（御狩）
李先生
大伴《おほとも》のムロヤ（室屋）
物部のアラヤマ（荒山）の父であるメ（目）
平群《へぐり》のマトリ（真鳥）
蘇我《そが》のマチ（満智）

史部《ふひとべ》のアヲ（青）とハカトコ（博徳）

議題は高句麗との対決。

「高句麗の横暴は目に余る」とまず我が言った。「あの國は北の彼方《かなた》にあるから何かと南下したがる。実際、数年前、高句麗はほとんど百済を滅ぼしかけた。我らは兵を出して百済を助け、手元で養っておいた百済王子マタ（末多）に五百の兵と武器を与えてその祖國《そこく》に送り返し、王統の復帰を促し、それはまずまずうまく行っている。しかし高句麗の脅威は消えない」

「兵を送って押し返すのもなかなかむずかしいのです」とムロヤが言う。「倭《やまと》からは間に海があるわけで、軍船の数も充分ではない。任那《みまな》に置いた兵力も数が知れております」

「形の上から押さえ込むのは？」とメが言う。「大國である宋によって高句麗を牽制《けんせい》する。宋は世界を秩序だてようとしております。兵の力ではなく天の権威を仰いで世をまとめようとしている。中原の王朝が代々やってきたこと。冊封と朝貢の制度によって安定を図る」

「その中で倭《わ》は位階において高句麗の上と定められれば、あるいは高句麗のふるまいも少しは改まるかもしれない」とマチが言う。

「官爵ですな、求めるべきは」と李先生。「書状を携えた使者を宋に派遣する。まずはその書状を書かなくては」

「アヲとハカトコ、おまえたちの出番だ」と我が言った。

二人が恭しく低頭する。

「で、その書状はどういう文面にするか？」と我は問うた。

みなが二人の方を見る。それはまずもって彼らの扱うところであるだろう。

「まず、この種の書状は上表文と呼ばれます」とアヲがたどたどしく言った。「上なる皇帝に送る文《ふみ》」

アヲはどうにかここの言葉を話すが、ハカトコは日常のことが通じるくらいで、理屈めいたこととなると口を噤《つぐ》む。この二人とのやりとりにはしばしば李先生が手を貸した。

「上表文には形式があります。それに沿って書かないと先方に軽んじられます」

「おまえはその形式を知っているのか？」

「それも仕事ですから。最初に来るのはこの國のことです。位置と由来。いわば名乗り」

「倭《わ》は倭である」

「ですからそれをまず言うのです。そして祖先から皇帝に忠義を尽くし、中華の辺土を広めてきたことを述べます」

「辺土ではなく、世の始まりからここはここであったぞ。草木が茂って、生き物が湧いて出て、民草が暮らし、すべてを神々が見行《みそな》わした」

「そうではないのだよ、ワカタケル」と李先生が言う。「中華では皇帝が世界の中心に居て、すべてはそこを軸として動く。この秩序の内に組み込まれることで周囲の國々はそれと認められる。今はこの秩序の中の序列を論じ、高句麗よりも高い地位を求めて書状を書いているのだから、まずはアヲの言うことを聞きなさい」

聞いて我は黙った。

「我らは中華の一角を担うべく代々力を尽くしてきた」

アヲが居並ぶ面々を見た。

李先生の説明があったのでみな納得したという顔をしている。

「先祖に続いては大王《おほきみ》ご自身の事績です」と史部のアヲが言った。「言葉を尽くして文飾に励み、美々しく作文いたしましょう」

「このアヲとハカトコはそういうことに長《た》けているのだ」と李先生が言った。「古い典籍が山のように頭に入っている」

聞いていた二人がちょっと会釈した。

「続いては高句麗の横暴を難じる。周辺の國々を併呑《へいどん》しようと武力に走り、占領したところに居坐《いすわ》ってそこの良俗を毀《こぼ》つ、とか」

「なるほど」

「その先ですが、父君や兄君も高句麗征伐を企てておられたのでしたね？」

「そのつもりはあっただろう」

「ではそれも書きましょう。壮挙の途上にありながらその時を得なかったと」

「そういうことだったな」と言いながら、父であった十九代ワクゴ（若子）と兄であった二十代アナホ（穴穂）のことを思った。父は長命で、実際に海彼に兵を出し、宋に使者を送ったこともあると聞いている。兄は治世短く、その種のことをする暇はないままに終わった。

「そして、今、我は（大王、あなたのことです）父と兄の遺志を継いで高句麗を討つべく兵を挙げる所存であります。ここまではよいですね？」

一同がうなずいた。

「次が大事です。この正義の戦いのために皇帝から官爵を賜りたい、と」

「それはよろしいが」と大伴のムロヤが言った、「その官爵に吾《われ》ら、すなわち倭《やまと》の有力な氏族も与《あずか》ることはなりませぬか？」

「臣下たちに仮の爵位を用意しておいて、大王と並べて認めてもらうとか」と平群のマトリが言葉を添える。「この國《くに》の中が更に安定します」

官爵などただの言葉、だがその言葉が十万の兵よりも強い力になることがある。

「とりわけ百済を我が倭《やまと》の支配下に置くことを認めてもらうのが必須《ひっす》です」と大伴のムロヤが言った。「先王が送った使者も同じことを求めて、却下されました」

「これは再度の訴えです」と蘇我のマチが言う。

「なぜか？」と我。「宋は、文帝《ぶんてい》は、なぜ却下したのだ？」

「そこは文帝の側に立って考えてみなさい」と李先生が言う。「宋は北の魏と争っている。漢の時代には中原は一つにまとまっていたが、その後、多くの民族が勝手に王朝を興して、河北《かほく》など五胡十六國と呼ばれるほど天下が乱れた。それをようやく取りまとめて、今の二國にまでなったのだ。いずれはどちらかが統一の大業を成すかもしれないが、それまでは力比べが続く。しかも今はどちらかと言えば宋は魏に押されている。この倭や百済、高句麗など辺土の國々を手元に引き付けておきたい。そのために小國同士の均衡を第一と考える。百済を倭のものとすれば高句麗に対して力を持ちすぎると思っているのではないかな」

「つまりは倭《わ》を一つの脅威と見なしているのかな」と我は問うた。悪い気持ちはしない。

「もちろん宋を脅かすものとは思っていない。ただ百済と一緒になると高句麗に対して強くなりすぎる。安定のためには均衡が大事とは考えているだろう」

「それでもこの上表文を送ることには意味がありますな」

「言うまでもない。この倭にとっての安定と均衡とは充分な力をもって高句麗に対峙《たいじ》することだ。それは海彼への姿勢であるだけでなく、國の中を取りまとめるためにも必要なのだ。先ほど、臣下の爵位も添えて認めるよう書くとしたのもそのため。大王の政に揺らぎはないが、それでも燻《くすぶ》る小さな火種があちこちにないではないだろう？」

それは認めざるを得ない。地方の諸氏の動静に常に気を配って、何か兆しがあれば速やかに兵を送る。爵位で懐柔できればその方がたやすい。

上表文の草案が成った――

封國偏遠、作藩于外、自昔祖禰、躬擐甲冑、跋渉山川、不遑寧處。東征毛人五十五國、西服衆夷六十六國、渡平海北九十五國、王道融泰、廓土遐畿、累葉朝宗、不愆于歳。

臣雖下愚、忝胤先緒、驅率所統、歸崇天極、道遙百濟、裝治船舫、而句驪無道、圖欲見呑、掠抄邊隷、虔劉府已、毎致稽滯、以失良風。

雖曰進路、或通或不。

臣亡考濟、實忿寇仇、壅塞天路、控弦百萬、義聲感激、方欲大擧、奄喪父兄、使垂成之功、不獲一簣。

居在諒暗、不動兵甲、是以偃息未捷。

至今欲練甲治兵、申父兄之志、義士虎賁、文武效功、白刃交前、亦所不顧。

若以帝德覆載、摧此彊敵、克靖方難、無替前功。

竊自假開府儀同三司、其餘咸假授、以勸忠節。

皇帝の冊封をうけたわが國は、中國からは遠く偏って、外臣としてその藩屛《はんぺい》となっている國であります。昔からわが祖先は、みずから甲冑《かっちゅう》をまとい、山川を跋《ばっ》渉《しょう》し、安んずる日もなく、東は毛人を征すること五十五国、西は衆夷《しゅうい》を服すること六十六国、北のかた海を渡って平らげること九十五国に及び、強大な一國家をつくり上げました。王道はのびのびとゆきわたり、領土は広くひろがり、中國の威ははるか遠くにも及ぶようになりました。

わが國は代々中國に仕えて、朝貢の歳をあやまつことがなかったのであります。自分は愚かなものではありますが、かたじけなくも先代の志をつぎ、統率する國民を駆りひきい、天下の中心である中國に帰一し、道を百済にとって朝貢すべく船をととのえました。ところが、高句麗は無道にも百済の征服をはかり、辺境をかすめおかし、殺戮《さつりく》をやめません。そのために朝貢はとどこおって良風に船を進めることも出来ず、使者は道を進めても、かならずしも目的を達しないのであります。

わが亡父の済王《せいおう》は、かたきの高句麗が倭の中國に通じる道を閉じふさぐのを憤り、百万の兵士はこの正義に感激して、まさに大挙して海を渡ろうとしたのでありますす。しかるにちょうどその時、にわかに父兄を失い、せっかくの好機をむだにしてしまいました。そして、喪のために軍を動かすことができず、けっきょく、しばらくのあいだ休息して、高句麗の勢いをくじかないままであります。いまとなっては、武備をととのえ、父兄の遺志を果たそうと思います。正義の勇士としていさおをたてるべく、眼前に白刃をうけるとも、ひるむところではありません。もし皇帝のめぐみをもって、この強敵高句麗の勢いをくじき、よく困難をのりきることができましたならば、父祖の功労への報いをお替えになることはないでしょう。みずから開府儀同三司の官を名のり、わが諸将にもそれぞれ称号をたまわって、忠節をはげみたいとおもいます。

「四文字ずつなのか」

「それが韻律がいちばんよく響くのです」

そう言ってハカトコが朗々と読み上げた。意味はよくわからないが音は美しいと言える。

「詩ではないので平仄《ひょうそく》までは合わせてありません」とアヲが言った。「それに――

東征毛人五十五國、
西服衆夷六十六國、
渡平海北九十五國、

というあたりは四字を重ねて八字になっています。これは駢儷体《べんれいたい》という文体で、しばらく前から流行しています。古文からの引用が多く、装飾も多く、読みあげても華麗に響きます」

「どうりで知らない文字ばかりだ」

「実を言えばどの國も似たような上表文を送ります。官僚の作文であって突出した名文ではない。しかしこの種の文章が書ける者を擁していることが國の威信の証しなのです」

「そもそも宋や魏や百済の言葉とこの倭《やまと》の言葉はなぜ異なるのだ？　人間ならば目の数や手足の数は変わらない。言葉も同じでよいではないか」

「それは神々が異なるからだ」と李先生が言った。「目は生来だが、言葉は生まれた後に神から授かる。神は國によって異なり、国によっても異なる。倭でも外れの方に行けば熊襲や蝦夷《えみし》は違う言葉を話すし、そうでなくとも僻遠《へきえん》の地の言葉は訛《なま》りが多い。まして海を隔てた國ではまるで違う響きになり、ものの名前も別になる」

「ですから、李先生や私《わたくし》どものように、二つの言葉の間を繋《つな》ぐ者が要ることになるのです」とアヲが言った。

「一國《こく》の中でも言葉の違いは過ちのもとになります」とミカリがいう。「大王の命令が正しく伝わらなければ國は治まりません。そのために文書が用いられる。百官は決まった形の文書を書くことで國を束ねております」

「わかった。しかし言葉には魂《たま》があるな。二つの言葉の間をアヲのような役目の者が橋渡ししたとして、それで意味は通じるだろうが、魂はどうなるのだ？」

「詩なら伝わる」と李先生が言う。「伝わるはずだ。詩は理ではなく情から生まれるから。私《わたし》はいつか『詩経』の詩を倭の言葉にしてみたいと思っている」

八　天と空

私《わたくし》井《い》ト（井斗）がお話しします。

即位から二十年ほどを経て、二十一代大王《おほきみ》ワカタケルの治世は順調であったか。

大王自身はすべてうまく行っているとしばしば口にしました。ヤマセ（山背）やミカリ（御狩）をはじめ大王を取り巻く面々はそれを聞いて褒めそやしました。

たしかに國《くに》の形は整いました。百官はよく働き、渡来の人々は多くの業をもたらしました。文字の使用は増え、民は田や畑を増やして、より多くの実りを得るようになりました。飢饉《ききん》も少なく、鍬《くわ》や鋤《すき》など鉄《まがね》の道具が少しずつ広がってゆきました。機を織ること、土を捏《こ》ねて焼いて丈夫な器を作ること、山から運んだ材で大きな宮を美々しく造ること。それぞれ目覚ましいと言うこともできます。

しかし大王の地位の安定ということになると、危ういものもありました。その兆候があちらこちらに散見するようになったのです。

大伴《おほとも》や物部《もののべ》などの有力な豪族はワカタケルを支持しておりましたけれど、平群《へぐり》は果たしてどうでしょう。
かつてあれだけ偉大な神々を輩出した出雲《いづも》は今ではさほどの力を持ちません。山中《さんちゅう》の砂鉄をたたらで鉄にしてそれを富に換えておりますが、豪族としての勢いはありません。むしろすぐ南に位置する吉備《きび》がそれを利用して力を増していることが問題と見えます。

こう申しながら私は自分の身をどこにおいて話しているのでしょうか。大王にぴったりと身を寄せていたのははるか昔の話。その役を大后《おほきさき》ワカクサカ（若日下）に譲って、昔のことどもを覚えて次代に伝える職に就いて、その時々の流れから離れて世を広く見るようになりました。

若い時には大王と共に國つくりに参画することが喜びでしたが、今になって振り返ると、苦いものが混じります。

大后ワカクサカ様から呼び出しが来ました。最近では珍しいこと。

「何か御用で？」

「いえ、少しゆっくり話がしたいと思って。あなたとは互いに分身、遠く離れても気持ちは通じています。それはわかっている。とは言うものの、たまには顔を合わせて話すのもよいでしょう」

「それはもちろん、嬉《うれ》しいかぎりで。つつがなくお過ごしと拝察いたしますが」

「それがそうでもないのよ」といきなり語調を崩されます。「いろいろとおぼつかないことが多くて」

「大王との仲のことですかしら」

「いえ、あの方はそれなりにやっておられる。ここ十年ほどはとんとこちらの寝所にもいらっしゃいません。気楽なことです。私《わたくし》ももう月の障りもありませんし」

「こちらも同様」

「男は？」

「昔からのことを聞いて覚えて次代に伝えるというこの職に就いて、男たちを遠ざけました。これは巫女《みこ》か斎宮のような仕事ですから」

「それはまた健気《けなげ》なこと。まあ、むさい者どもが身辺をうろうろしないのはよいことよね」

「まことに」

「おぼつかないと言うのは、大王の治世のこと。あれでうまく行っているのでしょうか」

こう問われてしばし考えました。

「まず目前の難題はないかと思われます」と答えましたが、これで大后が納得するとは思えません。「しかし、ワカタケル大王の座が未来永劫《みらいえいごう》安泰かと言えば、それはまた別の話です」

「そう。私もそう思うの」

「大往生なさるか難死に遭われるか、そこまでは私には読み取れません」

「私たち女の身に直《じか》に関わることではありませんが、しかし気にはなるのです。この先はどうなるのでしょう」

「ことを決めるのはやはり葛城《かつらぎ》一族かと」

「やはりね」

その時、部屋の隅からわずかばかり顔を覗《のぞ》かせたものがいました。

白い鼻面。

犬です。カラノ（枯野）です。

大后が振り向いて招くと、ゆっくりとこちらに歩いてきました。

大后の横に長々と寝そべって身を寄せます。

「この子もずいぶん歳を取りました」

「大王の求婚の贈り物でしたものねえ」

「私の身近にいて、敵味方をよく嗅《か》ぎ分けてくれました」

犬はいかにも気楽そうに悠々とあくびをしました。

「葛城の話でしたね」と私は申しました。「長い目で見れば、歴代の大王の一統と葛城はずっと覇権を争ってきたのです」

「それは承知しています」

「昔々のことはともかく、この國の形が今見るように固まったのは十五代とされるホムタワケ（品陀和気）の御代《みよ》からと言われております。それ以前は神代《かみよ》に属すること。おぼろげで模糊《もこ》とした言い伝えの話ばかりです」

「でもそこは大事なのよ。私の祖先は初代の大王カムヤマトイハレビコ（神倭伊波礼毘古）の後を追って日向《ひうが》からこの大和《やまと》に来たのだと聞かされてきました。日下《くさか》は草香る地の謂《い》い。しかし日の字は日向に由来すると」

「仰《おつしや》るとおり、日下の一族の淵源《えんげん》がまことに遠いのはたしかでしょう。が、今はそれは措《お》くとして、十五代ホムタワケは同族のホムタマワカ（品陀真若）の娘たちを后として子を生《な》しました。そしてそのうちの一人、オホサザキ（大雀）が十六代の大王に就いた。そしてオホサザキは葛城から大后を迎えました」と私はワカクサカに申します。「イハノヒメ（石之日売）は美しいから選ばれたのではありません。その時に最も有力だった一族の出自であったから、その力を借りて國を経営するために大后としたのです」

「いつの御代もそういうもの」とワカクサカは言われました。「私こそが例外。日下のような非力な一統から選ばれるのが例外」

「話をイハノヒメに戻せば」と私は申しました、「あの方は嫉妬深《しっとぶか》いことで知られています。大王オホサザキと他の女たちの仲を力のかぎり壊してまわったと。でも、何かあると地団駄を踏んで怒《いか》ったというイハノヒメの嫉妬は一人の女の意地ではなく、葛城一族の興亡を賭《か》けてのこと。そうしてこの人の胎《はら》からは十七代イザホワケ、十八代ミヅハワケ、十九代ワクゴと三人の大王が生まれたのです」

「私は子を産まなかった」

「それは初めからわかっていたことでしたよね。私ども二人は子を産まない。別の形で國を支える」

「そう。わかっていました。私とあなたには先が見えてしまう。生きづらいことですね」

そう言って大后はため息を吐きました。


月の満ち欠けにして三巡ほどを経た秋の日、今度は大王から呼び出しがありました。赴くと、大きな広間に大王はじめ、大后、いつも傍らに控えるヤマセ（山背）とミカリ（御狩）、そして大伴や物部、紀《き》、和珥《わに》など有力な氏族の面々が居並んでおりました。その他に東漢《やまとのあや》に属する渡来の人たちも。

驚いたのは葛城の名を負って来たのがイヒトヨ（飯豊）という女人だったことです。この方は十七代イザホワケの娘で、つまりはワカタケルに殺された従兄《いとこ》イチノヘノオシハの妹に当たります。この二人の母は葛城のソツヒコ（襲津彦）の孫のクロヒメ（黒比売）ですから、たしかに葛城の血を濃く引いています。

「今日はみなみなに諮《はか》りたいことがあって呼び寄せた」と大王が言いました。何事もみな自分でお決めになるのに珍しいことだと思いました。しかも百官からは遠い私までお呼びになるとは。

「我が治世も二十年を超えて久しい。この先も三十年、四十年、五十年と続くと信ずるが、その一方で命とは風に吹かれる一輪の花。明日は何が起こるかわからない。それがこれを聞いて私は正直おやおやと思いました。この方にしてはずいぶんと気の弱いことを仰せになる。

「そこで、我は陵《みささぎ》を造ろうと思い立った。世に言うところの寿陵。生前に造って心置きなく残る日々を過ごす。場所を定め、規模を定め、時にはその場に赴いて進捗《しんちょく》を見る。我が治世の威光がそのまま顕示される」

「まことに麗しいお考えかと存じまする」と物部のアラヤマ（荒山）が言いました。

「私ども、力を合わせてめでたき完成の日を迎えたいと。更には、その陵がいつまでも空のままでありますようにと念じます」

「場所はいずくに？」と問うたのは和珥の若者でした（あれは何という名だったか）。

ここは忠節の見せどころと心得ている。その裏で何を考えているかはわからないけれど。

「我が父祖たちの傍らしかないだろう。河内《かはち》。大和川の南岸」

後ろにヤマセとミカリが無言で控えているのは、すべて決まったことだからか。

そしてここで私の役割は何？

河内のあのあたりには多くの御陵が立ち並びます。海の彼方《かなた》から来る異國《いこく》の使者たちの目に威容が突きつけられます。ここが力ある國《くに》であることが伝わる。

「して、大きさは？」と物部のアラヤマがおそるおそる尋ねました。みなが聞きたくて聞き得なかったことを敢《あ》えて聞いた。その勇気に私は感心しました。

「我が祖父十六代オホサザキ（大雀）の御陵は長さが壮丁の歩幅にして七百五十歩ある。前方にして後円。周囲に掘った水濠《すいごう》の土を盛り上げて、高さは男子《なんし》の背で二十五人分」

「それをお望みで？」

「それを超えたい」

その場に上から沈黙が垂れ込めました。

みな何も言えない。

みな押し黙っている。

重苦しい空気が立ちこめる。

そこで口を開いたのは葛城のイヒトヨでした。

「お怒りを覚悟の上で申し上げますが、それは叶《かな》わぬことと思います。今のこの國にはそれだけの力はありません」

大王《おほきみ》ワカタケルはきっとなりましたが、さすが昔の気性ではなく、その場に控えるミカリが傍らに置いた剣を取って抜くことはありませんでした。女人とはいえ葛城一統を背に負うた者を無視はできない。

「なぜだ？」

「この國にその力はないと申し上げました。無理をすれば民は恨み、國は乱れます」とイヒトヨははっきり言いました。「十六代オホサザキの御陵は格別の大きさです。日々下人二千人を働かせて完成までに十五年を要しました。毎日二千人の壮丁が土を運んで十五年。ちなみに申し上げれば、仕上げに並べ立てた埴輪《はにわ》の数は一万五千個。これを用意するのに昼夜焼き続けて三年かかりました」

よどみなくそう言う。

今日の主題を承知の上で来たのだ。つまりそれを事前に葛城に漏らした者がいる。そのおかげでオホサザキの陵の建設についても人の数など調べ上げてからこの場に臨むことができた。

大王は黙っておりました。怒りを抑えているのかもしれません。抑えきること、あの邪悪な青い男が現れないことを私は願いました。若き日のワカタケルはあの分身に唆されてどれだけ人を斬ったことか。

今はもうそういう乱暴な時代ではないのです。

他の面々は誰も口を開かない。

また長い沈黙の時が過ぎました。

「形を変えてはいかがですか？」

そう言ったのは渡来の一族、東漢のサナギ（佐奈宜）という男でした。たしか朝倉宮《あさくらのみや》造営の絵図を描いたのはこの人だった。

「形を変えるとは？」と大王は身を乗り出して聞きました。

「この國ではみながみな前方後円の形に陵墓を築きます。丸い丘に四角い丘を繋《つな》ぐ。しかし宋《そう》にはそんな墳墓はありません。四方八方から万民の慕う気持ちを受け取るべく丸いのが陵の正しい形とされております。この美風を倭《やまと》にも入れられては」

その場の気の流れが変わりました。

居並ぶ者たちが口々に、しかし小さな声で「それはよい」と言ったのです。それが波紋となって広がる。

「更に、柩《ひつぎ》を納める石室は上からではなく横から入れるように設《しつら》えます」とサナギは追い打ちを掛けました。「すべてにおいて新しい形です。位置を定め、形を定め、大きさの方は追々ということにしてはいかがですか？　丸い陵は造り始めた後からいくらでも大きくすることができます。周囲から土を積み続ければよいのですから」

そうサナギは言葉巧みに申しました。この場に集《つど》った氏族たちは安堵《あんど》しました。大王の大寿陵計画を認めてはいけない。しかしこの場は収めなければならない。大王の機嫌を損なってはいけない。

その後はいつものように豊明《とよのあかり》になり、その宴《うたげ》には采女《うねめ》たちによって酒と料理が供されました。歌と舞いもいつものことです。大王はことのほか楽しげに見えました。他に例のない円形の寿陵という案に満足したものと見えました。

珍しく大后《おほきさき》が立って歌いました――

倭《やまと》の　この高市《たけち》に
小高《こだか》る　市《いち》のつかさ

新嘗屋《にひなへや》に　生《お》ひ立《だ》てる
葉広《はびろ》　ゆつ真椿《まつばき》
其《そ》が葉《は》の　広《ひろ》り坐《いま》し
その花《はな》の　照《て》り坐《いま》す
高光《たかひか》る　日《ひ》の御子《みこ》に
豊御酒《とよみき》　献《たてまつ》らせ
事《こと》の　語言《かたりごと》も　是《こ》をば

市が開かれる大和のこの丘に、
小高いこの丘に、
新嘗の儀式のために建てた宮、
その横に繁る神聖な椿、
その葉が広いように、
その花が照り映えるように、
輝く日の御子にこそ、
御酒を差し上げなさい。
と、こういうことでございます。

宴が酣《たけなわ》となったのを見て大后が下がられました。酔った男どもが采女に戯れ掛かるあたりで私も退席しました。この先の落花《らっか》狼藉《ろうぜき》は見るに耐えないし、酔漢は始末の悪いものですから。

広間を出たところで後ろから声を掛けられました。

振り返ると顔見知りの大后づきの侍女。たしかアダ（阿陀）という名。

「お話があるとの仰せです」と言って先に立ちます。

渡り廊下を通って正殿裏の大后殿に行き、奥まった居間に案内《あない》されました。

「先ほどのお歌は見事でした。大王もいたくお喜びで」と申し上げます。

「あの場はいい気持ちにしてあげなくては」と大后は言われます。「よくあの陵の新しい案を受け入れましたね。あのまま上機嫌でいて頂かないとみなが困ります。十六代オホサザキの陵より大きなものなど造れるはずがありません。しかも寿陵ですよ。ご本人がご存命で見ているのだから予定縮小というわけにはいかない。民の疲弊が見えるようです」

「葛城のイヒトヨ様が諫《いさ》められました。その後を東漢のサナギという男がうまく収めましたね。大きさと形をすり替えた」

「サナギは朝倉宮の造営を指図した男ですから信認が篤《あつ》いのです。たぶん今回はすべてイヒトヨが事前に仕掛けておいたこと。知恵の回る方です、あれは」

「油断のならない？」

「いえ、あの方の名を私《わたくし》が口にしてもこの子はおとなしくしている」と言って、大后は脇に寝そべるカラノに手を伸ばしました。「あれは敵ではありません」

「なるほど」

「先ほど私は歌の中で大王を『日の御子』と呼びました。でも、本当に大王は太陽の子なのですか？　もともと日輪は女神だったのでは？」

「大王は日の御子です。日輪そのものではありません。大王の身体はもちろん母なる女《にょ》性《しょう》の胎《はら》に由来しますが、大王の霊は日の神から降《くだ》るもの。つまりはアマテラス（天照）から」

大后はしばらく黙って脇に寝そべるカラノの背を撫《な》でておりました。犬は気持ちよさそうに目を閉じています。

「では、なぜ」と大后は続けました、「大王はみな男なのですか？　世を統べる神が日輪であり、それがアマテラスならば、國《くに》を統べる者はアマテラスの娘であるはず」

私はしばらく考えました。答えはわかっております。わかっているけれど、それを言っていいものか。それを聞いて大后の思いはどちらへ流れるか。

「なぜならば、女は剣を手にしないから。弓矢を持たないから。月の障りで自らの血を流しても他人の血は流さないから」

「そうしないと國を統べることはできないのですか、人を斬り、突き、殺さないと」

「女は人を殺すのではなく、人を産むのです」

「女が産み、男が殺す。それならば、女が國の上に立てば血が流れることもなくなるでしょう。世は平らかに、安らかになる」

ここでも私《わたくし》は迷いました。告げてよいものか否か。

心を決めました。

「そういう御代《みよ》がかつてありました。女王《をんなぎみ》が統べる世が。今のワカタケルは二十一代とされています。初代はカムヤマトイハレビコですが、その先、十代ミマキイリヒコ（御真木入日子）までの間の八代の大王《おほきみ》については治世も武勲も何も伝わっておりません。ただの数合わせ。そしてその間に女の大王がいたのです。后ではなく王として國を束ねたお方がいらしたのです。その方は霊力に優れ、生涯ずっと男を近づけず、大きな館《やかた》に籠《こ》もって國を動かした、と伝えられております。弟が一人いて、この人だけが姉に会うことを許されていた。そして姉の言葉を外に伝えて國を動かした。この時期、倭《わ》は海彼まで兵を送って新羅《しらぎ》と戦をするほどの勢いがあった。そう私は聞きました」

「今と同じね。ワカタケルが率いる今と。海を越えて戦をするのがいいとは思わないけれど」

「それ以前は男の大王が治めていたのですが、ある時から國が乱れて、氏族が互いに争うことが何十年も続いた。そこでその女人を王として立てたところ、威徳あらたかにして國は鎮まり、また栄えた。そういうことだったようです」

「その方は霊の力に優れていたの？」

「はい。世のずっと先を読むことができたのでしょう。たぶん私たち以上に」

「私たちの力は、二人合わせても限られていますからね」

「しかしその方もやがて身罷《みまか》られました」

「かむあがりなされた」

「すると國の中はまた大いに乱れ、男では治めようのない事態になりました。國の中の争いで亡くなった者が千人を超えたとか。そこに至ってようやくみなみな話し合って、その方の姪《めい》に当たる若い女人を改めて大王として立てた。それでまた世は平穏になったと伝えられております」

「昔は女の大王がいたのね。海を越えて戦った女人のことは聞いています」

「オキナガタラシヒメ（息長帯比売）。あちらも武力と見えて実は霊力の方でした。神の言葉をそのまま聞き取られた」

「その最初の女王《をんなぎみ》の名は？」

「ヒミコ。日《ひ》の御子《みこ》です」


大后ワカクサカと私キトは分身の仲です。

はるか昔から二人それぞれに生きながら、心の間に行き来がありました。会わなくてもいつも考えが通じ合っておりました。若い時には大きな男に抱かれる喜び、若い男を組み敷く楽しみまで伝わってきました。いきなりのことに一人でいながら身体が火照って顔が赤らむこともありました。今、あちらは楽しんでいるとわかりました。その故にこそ、大王ワカタケルから最も近いところにいる女という地位を妬《ねた》みの思いなく取り換えることができたのです。ワカクサカは大后《おほきさき》になり、私は身を引いて昔からのことどもを覚えて伝える語り部《べ》の役に就きました。

普段から互いに、したこと、言ったこと、思ったことは伝わってきておりました。見えない鳥が二人の間を行き来しているかのようでした。

ワカクサカはこの倭《やまと》の國の神々の思いを感じ取って、ここは島なのだから今ある版図の中だけでやってゆけばよいと考えるようになってゆきました。

海彼の百済《くだら》や新羅へ兵を送る必要はない。ものの売買、人の往来だけで充分。まして、更に遠く西にある宋や魏《ぎ》に朝貢など不要なこと。大國《たいこく》の封建の秩序に組み込まれて果たして何のよいことがあるのでしょう。

宋や魏では世界は天の支配するところと考えます。あらゆることを天が司《つかさど》る。人はそれに従って自分の行いを律する。天が皇帝を定め、皇帝が國を治める。その周囲にある小さな國々は朝貢を通じて皇帝に忠誠を表明する。小國にいるのは王であり、せいぜい大王であって、決して帝《みかど》ではない。

帝の龍《りゅう》は爪が五本、王の龍は四本、民が身近に龍を飾るとしたらその爪は三本までしか許されません。

かつて李《リ》先生から聞いた話をもとに大后は考えます。たしかにあちらでは天が広い。

黄色い大地が西へ西へとどこまでも続き、大河ははるか遠くから水を運んでくる。

それに対して、この倭《わ》の島々の上にあるのは天ではなくて空なのです。みずみずしい青い空。月の一巡の間にも何度となく柔らかい雨の潤いをもたらす慈愛の空。ここでは川はすぐ近くの山に発し、すぐ近くの海に流れ込みます。その水を用いれば田が作れ、稲が育つ。

雨と一緒になって稲を育てるのは強い日の光です。

稲だけでなく、無数の木や草が土の中から芽を出して育ち、山や野を緑で覆います。木から木へと鳥が行き交う。春になれば美しい花が咲き、秋には木の葉は赤や黄色に変わる。その根元には茸《きのこ》がむくむくと生えてくる。

そうして生まれるものすべてに神が宿っているのです。

細い草の葉の一枚ごとに、雨の粒の一つごとに、神がおられる。草に向かって伸びよと囁《ささや》き、雨滴に向かってきらきら光れと促す。鳥には囀《さえず》れと命じ、虫には鳴けと言う。すべて今のままでよし。すべて今のままで麗しい。森羅において万象において、一つずつのものが互いに繋《つな》がることでぜんたいとして秩序を成している。この地の秩序がある以上、敢《あ》えてその上に天の秩序の網など被《かぶ》せる必要はありません。それがこの國。

人もまた神々に身を預けて生きればよいのです。五穀は自《おの》ずと実り、海と川には魚が跳ね、森からは獣が走り出して矢の先に倒れて糧となります。この豊饒《ほうじょう》で充分ではないのか。それ以上の何を望むことがあるのでしょう。

死もまた神々の恩恵。

神々は与え神々は奪います。

異國《いこく》の秩序は要らない。異國の権威は要らない。ここはここだけで充《み》ち足りているのですから。


我すなわち二十一代大王ワカタケルが語る。

上表文を携えて宋に行ったアヲ（青）とハカトコ（博徳）が戻った、という報《しら》せが上がってきた。

國をあげて送り出した正使の帰還である。

威儀も美々しく迎えなければならない。

我と大后、大伴、物部、葛城、和珥、その他の氏族たち、百官の主立った者を正殿に集めて、二人の報告を聞くことにした。

この二人は我が長く目を掛けた者である。文字の扱いに長《た》け、海彼の事情に詳しく、東漢氏の中でも格別に有能。國の運営に関わらせて迷うことがなかった。

無事に戻ったことを我が喜ばぬはずがない。

しかし、我が前に現れた二人は低頭したままなかなか顔を上げなかった。

難波津《なにはづ》を出てから二年、苦労と苦難の旅路であり、宋の都において朝廷を相手にさまざまに駆け引きをして、よき結果を得て帰ったはずなのだが、口を開かない。

「どうした？　我が上表文に対して宋の皇帝はなんと答えた？」

ようようアヲが顔を上げた。

「申し上げます。宋の順帝《じゅんてい》はワカタケル様を――

使持節、都督、倭・新羅・任那《みまな》・加羅《から》・秦韓《しんかん》・慕韓《ぼかん》、以上六國の諸軍事とし、更に安東大将軍、倭王、に任ず
と定められました」

しばらく誰も何も言わない。

そのうち、ざわざわと囁く声が上がった。

「百済が入っていない」

「百済が抜けている」

「何のための遣使であったのか」

「以前と変わらないではないか」

「吾《われ》ら氏族一同の郡太守号はどうなったのか」

「百済はいかが？」と我はアヲに問うた。

「では、順帝の言葉をそのまま申し上げます――

宋が王道に立つ國《くに》であることは天の理《ことわり》に合わせて明らかであるが、今は中原《ちゅうげん》をすべて治めているわけではなく、魏という覇道の國と相争っている。その争いにおいて百済の地は戦略の要衝。また北の高句麗《こうくり》との関係を考えても百済を倭《わ》の管理のもとに置くことはできない

これが私どもが何度となく折衝を重ねたあげくの帝の結論でした」

再びその場が静かになった。

やがて我の中に怒りが込み上げてきた。

「そのような答えを持ち帰って、何のための遣使であったのだ！　以前の答えとなにも異ならない。おまえらはいったい何をしてきたのだ？」

みなみなが賛同のつぶやきを口にした。

「許せない」

「宋の側に身を置く不忠者」

「無能な腰抜け」

このままでは大王《おほきみ》の面目が立たない。この場が収まらない。

我が怒りを見透かしたように、耳元で囁く者がいる。

「斬りなさい」

青い男の声だった。あいつがまた来ている。

「その二人を斬りなさい」と奴は言う。

我が剣を携えたヤマセはいつものように傍らに控えている。剣は手の届くところにある。

我が立ってヤマセの方に手を伸ばした時、大后ワカクサカの声が響いた——

「お待ち下さい」

驚いた。このような場で大后が公然と口を開くことはこれまでなかった。

「その二人を斬ってはなりません」

公務の場に大后を伴うのは珍しいことではなかった。大王と大后、二人並べばその分だけ威儀正しく、また豪奢《ごうしゃ》に見える。

それでも大后が口を開いたためしはなかった。我が大后の判断を仰ぐことは少なくなかったが、それは奥でのこと。表でそういうことはまずしない。

しかし今、大后は立って、こちらを正面から見据え、手でアヲとハカトコを示して「斬るな」と言う。

その足元にはあの白い犬、カラノが四本の足をすっくと伸ばして立っている。その目は我を見るのではなく我が背後にいる何者かを、おそらくは我に殺害を促す青い男を、にらみ据えている。

「悪しき報《しら》せをもたらす使者は時には斬られます。それを承知でアヲとハカトコは戻ってきたのです。きちんと報告すべく意を決して帰ったのです。使者として武人として見あげたふるまい。それをお断りになったのでは倭《やまと》の大王の評判は地に落ちます。ましてこの両名は海彼に繫がる東漢氏の者。大王の行いはすぐに他の國々にも伝わるでしょう。人倫を知らぬ國であったかと、この倭が笑い物になるでしょう」

満座の中でこうまで理を尽くして迫られたのでは肯《うべな》わないわけにはいかない。

「わかった。この二名、斬らぬことにしよう」

背後の青い男が悔しげに呻《うめ》いた。

しかし大后《おほきさき》はまだすっくと立ったままこちらを見ている。

「そもそもなぜそうまでして遠い宋に官位爵位を仰がねばならないのですか？」と正面から問う。

「言うまでもない。新羅、百済、高句麗などに対して優位に立つためだ。倭《わ》は偉大な國であると一天四海に広く知らしめるためだ」と答えた。

大王と大后が遣使の報告という公の場で言葉を交える。しかも國の運営に異を唱える。ことの成り行きに居並ぶ有力氏族の代表や百官の長たちが息を潜めて聞いていることが伝わってくる。

「ここは海で隔てられた島の國です。大八島《おほやしま》が身を寄せ合って、ここだけでまとまった國。こちらから海を越えて兵を送ったことはあっても、攻め込まれたことはかつてありません」

「それはすなわち倭が強い國であったからだ」

「この國の山や川や森や野におられる神々が守って下さるからではありませんか？　外から攻める敵には守りの力を奮われる。しかし神々は海を渡って他の國を侵せとは言われません」

それは違う。そんな考えは初めて聞いた。

反論のためこれまでに聞き知った中から実例を探した。

「十四代の大王タラシナカツヒコ（帯中津日子）の后オキナガタラシヒメ（息長帯比売）は海を渡って三韓《かん》すなわち新羅、百済、高句麗を成敗した。これは神の促しによる壮挙だった。十四代は神の言葉を疑ってその場で死を賜った。その後を襲った大后が兵を率いて渡海したのだ」

「その話は誰が伝えましたか？」

「出征に同行したタケノウチ（建内）」

「そのきっかけは、海を越えて宝物を取りに行けと言った神の言葉を疑ったためにタラシナカツヒコが死を賜ったことでしたね。私《わたくし》はその神の素性を疑います。すべてはタケノウチの策謀でなかったのかと」

その場にいた者たちの間から驚きの声が上がった。

タケノウチは多くの氏族の、なかでも有力な葛城一統の、始祖である。五代の大王に仕えたという名臣。それを疑うのか。

「タケノウチはたしかに夫を失った大后と海を渡った。やがて戻って筑紫《ちくし》で大后は子を産んだ。それが十五代ホムタワケ（品陀和気）。もしも、この大王の父がタケノウチだったとしたら？」

「ありえない」と言いながら、我の中に疑念が生じた。我に向かってタケノウチは海彼の偉業についてなんと言っていたか。

「タケノウチは大后と通じた。子ができたと知らされる。自らの子を王統に繋《つな》ぐためにはその夫タラシナカツヒコを亡き者としなければならない。そこに、当事者の三人しかいなかった場に、神が登場する。大王は身罷《みまか》り、神の威令のもと、海を越えた大后の征旅が企てられる。ちょうど月満ちる頃に帰國して、筑紫で子が生まれる」

我が前に現れて昔話をしたタケノウチの妙に歯切れの悪い口調が思い出された。そのために、目の前に立つ我が大后の言うことに強く反論ができない。

「あるいは、その胎《はら》の子は海彼の地で流れて、とっさに聡明《そうめい》な子を探して連れ帰ったのかもしれません。タケノウチは百済の血を濃く引いていましたからそれくらいは容易なこと」

「待て！　その話、この場ではここまでにしよう。賢者識者の話を聞いた上で改めて話すとしよう」

集まった面々は無言のうちに去っていった。

宋から戻ったアヲとハカトコの報告を祝うべく豊明《とよのあかり》の用意をさせておいたが、こうな

って は酒宴どころではない。

大后も退席した。

その後アヲとハカトコも消えたが、あれはどこへ行ったのか。このあたりにいては身が危ういと考えて東漢の本領へ逃げたか、あるいは和珥、葛城あたりが匿《かくま》うことになるか。文字に長《た》けて役に立つ者どもだからそれも考えられる。

一時は腹立ち紛れに斬ろうかと考えたが、大后の言ったことに驚いてそれどころではなくなった。

二十年以上もの間、霊力をもって我が統治に力を貸してきて、なぜここでいきなり我に逆らうのか？ 國として宋の官位爵位を求めるのがなぜいけないのか？

その場に残ったのはヤマセとミカリのみ。

「どうしたことだ、あれは？」

「なんともはかりかねます」と二人は頭を下げるばかり。

ミカリがふと顔を上げた。

「ひょっとして、どなたか神が憑《つ》かれたのでは？」

考える。

そうかもしれない。

「キト（井斗）を呼べ」

間もなくキトが来た。

ことの次第を話す。

「あれはいずれかの神に憑かれているのではないか？　そうだとしたら、その神はどなたか？」

「ご存じのとおり私《わたくし》とワカクサカは一心同体。私の口からは申せません」

頑《かたく》なにそう言う。

キトはその神の名を明かさない。

では誰に問うか？

この騒動の始まりはワカクサカがタケノウチの言に疑いを挟んだことだ。それをワカクサカに言わせているのが神だとすれば、それはいかなる神だ？

思えば以前、渡海の件をタケノウチにじかに問うた時、答えは曖昧《あいまい》だった。「新羅を征服した、とは言うまい。しかし敗北してすごすごと戻ったのでもなかった。一國《こく》を統べるには物語が要る」と答えたのだ。

物語が要るのはわかる。ではどこまでが物語なのか？

庭先に出て手を打った。

狐はすぐに現れた。

待っていたかのようだが、本当に待っていたのだろう。

大后の飼うカラノが老いたように、このクズハ（葛葉）という狐も老いて見えた。

「タケノウチのもとへ導け」

伴《とも》の者は要らぬ。

狐はひた走る。

我が馬はその後を追う。

狐の導きで葛城山の麓《ふもと》に至った。

初めはクズハ一頭であったが、途中でどんどん増え、着いた時には数十頭の狐に囲まれていた。

林の中に開けた草地があって、その真ん中に床几《しょうぎ》に掛けたタケノウチがいた。前と同じだ。

そして前と同じように下人がこちらの分の床几を持ってきて我の後ろに置いた。この細面の下人も狐が化けたものか。

それに坐《すわ》って老人と対峙《たいじ》する。

「お久しぶりで」

「てこずっているな、大后に」といきなり言われた。

「お見通しですか」

こちらの動静は一々あのクズハが報告しているのだろう。

「宋の官位爵位など不要だと申します。倭《やまと》は大八島だけで閉じて治め得る。天の秩序などとは無縁な地の秩序がここにはある。日は照り、雨はそそぎ、草木は自らの力で生い茂り、獣は勝手に走りまわる。この地の神々がそれを嘉《よみ》しておられる。と」

「そう言っているか」

「しかし海彼からの人材と文物がなくてはこの國《くに》は成り立ちません。今回の遣宋使は失敗でしたが、次は必ず」

「大后《おほきさき》ワカクサカを動かしている神がいる」

「やはり」

「あれは日下氏の出。淵源《えんげん》を辿《たど》れば日向《ひうが》だ。今はそう呼ぶがもとは『ひむか』。東に昇る日輪を迎える地だ」

「それが？」

「そもそも東《ひがし》という言葉が『ひむかし』ということだ。文字で言えば東は木に日を重ねたもの。木の向こうから日が昇るのだ。日輪、すなわち大いなる陽、万物の生命の元」

「で？」

「日向は高天原《たかまのはら》からホノニニギ（番能邇邇芸）が降り立った地である」

「それは聞いています」

「ホノニニギの子のホヲリ（火遠理）の子のウガヤフキアヘズ（鵜葺草葺不合）の子が、この國の王統の始祖カムヤマトイハレビコ（神倭伊波礼毘古）である」

「竹林でお目に掛かったことがあります。眩《まぶ》しくてお顔はよく見えませんでしたが、『この王統を継げ』と言われました」

「そうだったな。あの時、あの方はイチノヘノオシハ（市辺押歯）ではなくおまえを選んで王位奪取を促したのだった」

「その言葉に従いました」

「おかげで葛城は割を食ったが、まあそれはよい。いずれ流れは変わる」

聞き捨てならない言葉かと思ったが、ここは聞き流そう。今、喫緊の課題は大后に憑いた神のことだ。

「日向にホノニニギを降ろしたのは誰か？　ホノニニギの父はオシホミミ（忍穂耳）、オシホミミの母はアマテラス（天照）。胎《はら》を痛めたわけではなくスサノヲ（須佐之男）との誓《うけ》いの勝負から生まれたのだが、それでも母には違いない」

「ではアマテラスがホノニニギを？」

「そうなのだ。ホノニニギの曾孫《ひまご》にあたるカムヤマトイハレビコは日向を発《た》って東に進み、最後にはこの大和の地に着いてここで倭《やまと》という國を肇《ひら》いた。この初代の大王《おほきみ》の後を追って来たのが日下氏の始祖だ。あの一族は日向から高天原へと繋がっている」

「葛城などよりはずっと高天原に近いわけですね」と言ったのはもちろん嫌みだ。

タケノウチは苦笑いした。

「今、大后の背後にいるのはアマテラスその人だが、実はもう一人、ワカクサカを応援している祖霊がいる」

「それはどなたで？」

「王統の始祖がカムヤマトイハレビコ、十代がミマキイリヒコ。その間、二代から九代までの大王も名は伝わっているが、名ばかりで事績がない。なぜそういうことになったかはわからぬ」

「実在しなかった大王を作った？」

「そうまでは言うまい。何か事情があったのだろう。代々の数は多い方が立派に見えるしな」

「他の國から見てとか？」

「まあそういうことだ。で、この名ばかりの大王の裏に実は隠された大王がいた。大王ではなく女王《をんなぎみ》。霊力に優れ、男を近づけず、宮殿に籠《こ》もって政をした。ただ一人、弟だけが親しく顔を見てその言葉を外の者たちに知らしめた。それで國は穏やかに治まったのだ」

「その女王の名は？」

「ヒミコ。日の御子だ」

「その一族の連なりの一人が女王となったのですか」

「おそらく。ともかく海彼の史書にも名を残された女王がいたことは間違いない」

「それが？」

「アマテラスとヒミコとワカクサカは日輪で繋《つな》がっている。地を照らし、草木を育て、民草を養う太陽を大后は背に負っている。正面から見ようと思っても眩しくて見えない。

今はともかくいずれはそうなる」

「大后が我に抗する？」

「その意図ありと見えるな。女はみな閨《ねや》で足を開いて男を待っているばかりとは思うな」

帰路、急ぐでもなく馬が勝手に歩むに任せながら、言われたことをつらつら考えた。

我が大后ワカクサカに憑《つ》いているのはアマテラスと、更にヒミコという隠された女王であるとタケノウチは言う。

それは容易ならぬことだと思う一方、歴代の大王に仕えたというあの忠臣への疑念は消えない。ワカクサカはオキナガタラシヒメ（息長帯比売）の征旅そのものがタケノウチの陰謀の結果ではないかと言った。

真実は那辺《なへん》にありや？

ワカクサカにもタケノウチにもそれぞれの立場がありそれぞれの欲がある。

ここは我を中心に据えて絵図を描いてみよう。

我はこの倭《やまと》の國の大王である。

その大后がワカクサカ。

しかし我とあの女の間には子がない。自分は子は産まず、胎の力ではなく霊の力で國を支えると言っている。國をであって、二十一代の大王である我をではない。

我の后の一人にカラヒメ（韓媛）がいて、これは王子シラカ（白髪）の母。我なき後、大王の位を襲うのはこの子、と大伴や物部など有力氏族は考えているらしい。我もまたこの子をかわいいと思わないでもない。

そしてカラヒメは我が殺したツブラオホミ（円大臣）の娘であって、葛城一統の血を濃く引いている。この一族の始祖であるタケノウチがこちらに加勢して、日下の出であるワカクサカを排するというのは考えられないことではない。アマテラスとヒミコが大后に憑いているというのはまことか？

更に我には吉備のワカヒメ（稚媛）という后がいる。こちらには王子ホシカワ（星川）という一子がある。

そもそも我は何を欲するか？

長く長く大王の座にあって、國を盛り立て、権勢を楽しみ、女たちと戯れ、さてその先は？

私《わたくし》ヰト（井斗）がお話しいたします。

ある日、大后は大王の前に進み出て申し上げたいことがあると言いました。

その場にいたのは私と昔ながらのヤマセとミカリ、それに幼い大王を育てた乳母のヨサミというごく内輪な場でした。

「大王、お願いいたします。任那の兵を減らして下さい」

「國の経営に口を挟むな」と大王は不興げに答えました。「おまえたち女はただ我の統治を霊力で支えればよいのだ」

「今、國は疲れております。この國の神々がそれを憂いておられる。私《わたくし》にはその声が聞こえます。宋が下賜する官位爵位などに頼るのは誤りです。ここはあちらとは海を隔てた島の國。これ以上あちら側に版図を広げる必要はありません。文物と渡来の人々の往来だけで充分ではないですか。海彼に兵を送って戦をするなど愚なること。任那の府はもっぱら防備を旨とすれば縮小できます。人と物の行き来の拠点で充分。打って出ることはもう考えない方がよろしいのです」

「そうはいかぬ」と大王は答えました。「高句麗や新羅などに負けるわけにはいかないし、百済とはなるべく力を合わせなければならない。その上で百済に対しては優位に立つ。宋の官位は大事なのだ」

「まだそう仰《おつしや》いますか。それならば女たちは手を引きます。霊の力、祖先の力、神々の力によって國を支えることを止めます」

「そんなものは必要ない」

「アマテラスは日輪そのもの。ヒミコは日の御子、私は日下の出、日に向かう日向《ひうが》の地から来た者の子孫。私どもがその気になれば日が陰りますよ」

「そんなことがあるものか。日は毎朝まちがいなく日向《ひむ》かし、すなわち東から昇るわ」

「ではいつまでもそう信じておいでなさいませ。国々からこの都に上ってきた采女《うねめ》たちの霊力も國の運営には使えなくなります。また大王が夜の床に誘っても、お手を触れただけで女たちは眠ってしまいます。お楽しみは得られません」

「勝手にしろ」

それから月の巡りにして二回ほどが過ぎたある日の午後、暑いほどの夏の日差しだったのに、急に風が吹いて木々の葉が騒ぎました。風は晴天を吹き抜け、何か怪しい気があたりに満ちました。

誰か下人が「おお、あれをご覧あれ」と言って空を指しました。

眩《まぶ》しくて見えない日輪のどこかに影がありました。それが次第に大きくなって、日輪は光を失い、地上は暗くなり、更には日輪は三日の月のように細くなって、やがてすっかり黒く見えなくなりました。

あたりは暗くなったのですが、夜ほどの暗さではない。それでもいくつかの星がじっと光っておりました。

人々は驚き、騒ぎ、怯《おび》え、それぞれの場に坐《すわ》り込みました。

私はかつてもこういう天変があったことを聞いておりましたが、普通の人々は知りません。このまま、暗いままでは、この世はなくなってしまう。人間をはじめ万物は滅びてしまう。そう考え、みなは恐れ戦《おのの》きました。

さて、大王ワカタケルはこの天象のことを知っていたかどうか。知っていたとしても百官百僚や有力氏族から民草までの動揺を抑えることはできないでしょう。

しばらく待てば日の明るさは返ってきます。私は静かにことの推移を見守りました。人々は茫然自失《ぼうぜんじしつ》、泣き騒ぐ力さえ失ってその場に坐り込んでおりました。

やがて日輪は戻る。その時、人々は安心するでしょう。しかし天地の異変は國《くに》を治める者の不徳の故と言われます。ワカタケルの威信には傷がつくことでしょう。氏族の支持も揺らぐでしょう。

「キト、私は大王《おほきみ》に位を譲っていただくようお願いするつもりです」

日輪が隠れてまた現れた日の翌日、大后《おほきさき》が言われました。

「では女王《をんなぎみ》に就かれる？」

「そう。男たちに任せておいてはこの國は力を失う一方。女が上に立った方がよいのです、かつてのヒミコの御代《みよ》のように」

私は考えました。大王が素直に譲位するとは思えない。必ず争いになる。それを承知で大后ワカクサカは一歩踏み出すつもりでいる。これは今までにないこと。私と大后は互いに分身ですから、私が加勢しないということはありえない。もちろん私は大后の決意を聞いてすぐ共に闘うつもりになりました。しかしことが最後にどう定まるか、それは私にも大后にも見えません。自分に関わることは私たちの霊力をもってしても見えないのです。

「まず、青い男を除きましょう」と私は言いました。「あれの唆しで大王は多くの人を斬ってきました。あれがいては危ない。私が始末します」

しかし、どうやって？

そもそも人であるのか否かもわからない相手をいかにして呼び出すか？

あれは陰の者です。

対決するなら陽の場がよい。陽の気を利用することができる。

私は満月の翌朝、朝倉に行きました。

この日はここに市が立ちます。多くの民が集まってものの売り買いに励む。

かつて、宇陀《うだ》から朱が出るとわかった時、ここで大王に即位する前のワカタケルは朱を売る下人を見つけて、その場でその男を斬った。男の身体から流れた血は見ているうちに朱に変わり、やがて男の死骸《しがい》も消えてしまいました。

ワカタケルは悔やみましたが、それは大地を掘って朱を得ることをなぞっただけ、と私は言って若き王子《みこ》の憂いを払いました。

その朝倉の市の中に立って、私は青い男を呼び出そうと念じました。

いざ、出てくるがよい。

私の背後には大后ワカクサカがおり、その後ろにはかつての女王《をんなぎみ》ヒミコがいらして、更にはアマテラスがおられる。今、私の霊力はかぎりなく強い。

暑い日の中に立って、市に集う民の喧噪《けんそう》を聞きながら念じるうちに、小半時の後、瘦《や》せた、青ざめた、貧相な男がふらふらと私の前に現れました。

そのあたりの人々が何か異変を感じて身を引きます。

賑《にぎ》わいの中にできた空っぽの輪の中で私と青い男の二人が対峙《たいじ》しました。

日射しは強い。

風はない。

「出てきましたね」と私は言いました。

「偉そうに何を言うか。妙な力を使いやがって」と男は悔しそうに、不安そうに、つぶやきました。「たまにはおまえの顔を見てやろうかと思っただけだ」

「私もおまえの顔が見たいと思いました。」ことあるごとに出てきては人を斬れと唆す。おまえのせいでどれだけの人が死んだかわからない。おまえは邪悪です」

市に集まった人々が声を潜めて私と青い男の話を聞いています。そのせいで青い男は守勢に立っている。みなの疑念を一身に受けて、いわば心の足場を失っている。

「人を殺さぬ者が國の上に立てるか。俺のような者はどこにでもいる。人の心に隙があれば入り込む。若い時のワカタケルが正にそうだった。野望に燃えて何でもするつもりであった。だから少しばかり手伝ってやったのよ」

「余計なことを。世間ではあの方のことを『大いに悪しき大王』と呼んでいます。あまりに多く人を殺したから」

「最初はおもしろかった。あれが夢中になっていたイト（伊都）という女の上に乗ろうとした時、押しのけて俺が乗ってやった。締まりのよいホト、大きな胸乳《むなぢ》、賑やかなよがり声、よく動く四肢、いい女だった。ワカタケルは怒って剣をもって斬りかかった。しかしその時は俺の背中は青銅《からかね》になっていたから剣は弾《はじ》き飛ばされた。二度目に斬りかかった時、俺はもうそこにはいなかった。かわいそうに、真っ二つに斬られたのはイトだった。おびただしく血が流れた」

「その女の話は聞いています。あれはおまえの仕業だったのね」

「あれでワカタケルは血を見ることに慣れた。いよいよ血を求めるようになった。『大いに悪しき大王』とはよい名が付いたではないか」

「私《わたくし》たちはおまえを許しません」

「私たちとは？」

「すべての女」

私は一歩前へ出ました。

周りにいて話を聞いていた市の人々もまた一歩詰め寄りました。

男は脅《おび》え始めました。

不安げな顔であたりを見て、いきなり二、三人を突き飛ばして人の輪を崩し、走り出しました。誰も追おうとはしないのでその姿は市の場を出てたちまち見えなくなりました。

私は男が去った方へゆっくりと歩き始めました。

懐から笛を出して静かに吹きました。

しばらくすると空に鳥の姿が二、三羽見えました。高いところを悠然と遊弋《ゆうよく》している。上から地上のすべてを見ている。

やがて鳥の数が増え始めました。高い空を飛ぶ大きな鳥だけでなく、いつも木の枝あたりにいる小鳥や、時節を決めて渡ってくる白い鳥など、次第に大きな群れを成しながら一つの方角へ飛んでゆく。

私は笛を吹きながら鳥を追って歩きました。

青い男は必死で逃げたらしく、ずいぶん遠くまで行っていました。私の後ろには数十名の群衆が付いてきておりました。

遠くに山と森が見える野原の真ん中に青い男の姿が見えました。もう走る力はなく、疲れ切ってとぼとぼ足を運ぶばかり。

鳥の群れがその上に舞い降り、鳥に囲まれて男の姿は見えなくなりました。鳥たちは狂乱してばたばたと騒ぎ回る。

鳥がみな飛び立った後、そこに青い男はもうおりませんでした。一滴の血も、一片の肉も残さぬまま、消滅したのです。

青い男を退治したことを私は大后ワカクサカに報告しました。

「もともとあれは邪心の青い煙のようなものだったのです」と大后は言われました。

「これで大王がいきなり剣を抜くようなことはなくなったのかしら?」

「おそらくは。その一方で私は分に過ぎたことをしてしまったかと悔やんでおります。年々歳々その時に起こったことを記憶して後世に伝えるのが歴代の稗田《ひえだ》の一人としての私の務め。今回は事態に介入してしまいました」

「それでよかったのよ、今回は」

「そうだとよいのですが」

「大王は強くなくてはいけない。力をうしなった王は國を衰退に引き込みます。若者が剣をもって王に挑戦し、勝ったら王になるという國もあると聞いています。そんなやり方では一國《こく》の経営は不安定になるばかりですが、それでも力を失った王はそのままにしておけません。ワカタケル様は明らかに気力を失っておられる。父の十九代ワクゴ（若子）という方の治世は四十二年間続きました。それだけの器量をもって大王の座に就かれた。兄の二十代アナホ（穴穂）はわずか三年。弑《しい》されたとはいえ、それもまた即位の時に決まっていたことでしょう。その程度の器でしかなかった」

「ではワカタケル様は？」

「父の半分は超えましたがこの先どこまで続くか。力が足りないから宋の爵位を恃《たの》みにしたり、兵に頼ったりするのです。このままにしておくと國そのものが危うくなる」

「カラヒメ（韓媛）との間の子、シラカ（白髪）王子は？」

「あれも大王の器ではないでしょう。生まれた時から髪が白いことをワカタケルは瑞《ずい》兆《ちょう》と言っていますが、私《わたくし》は違うと思います。即位しても長くは保《も》たないはず」

大后《おほきさき》ワカクサカは王位を求めることを心に決めました。

その日が来ました。

初瀬《はつせ》の宮の奥の間に集まったのはもう若くもたけだけしくもない大王《おほきみ》ワカタケル（若猛）、いつもの随臣のヤマセ（山背）とミカリ（御狩）、そして私ヰト（井斗）。豪族たちは呼ばれませんでした。

大后と大王は床几《しょうぎ》に腰を下ろして対峙しております。他の面々は床に胡座《あぐら》する形でした。

大后の傍らには白い犬、カラノ（枯野）が控えておりました。

「申し上げたいことがあってこの場をご用意いたしました」とワカクサカは申しました。

「ことごとしく何の話だ？」と大王は不興げに言いました。

「位をお譲りいただきたく存じます」といきなり言う。

大王は呆然《ぼうぜん》としました。

何を言われたかわからない。

「大王の位をか？」

「はい」

「なにを根拠にそのようなことを」

「あなたはすでに気力を失っておられます。新羅や高句麗との小競り合いに國勢を無駄に費やし、海彼の大國に支援を求め、その間に諸国の民草は疲れ果てました。今はこの島々だけで暮らすべき時。何度となくそう申し上げましたが、お聞き入れにはなりませんでした」

「國《くに》は男が動かす」

「だからうまくいかないのです。男では駄目なのです。宋の言うような天の秩序ではなくこの國の神々が手に手を繋《つな》いで広げる地の秩序こそが木々を育て獣を育てるのです。国神たちならぬ誰がこの國を支えますか」

「神々は充分に大事にしている」

「いえ。宋に位階を求めることなどに神々は怒っておられます。ここ数年の作物の不作はそれ故のこと」

「我もねんごろに儀礼は行っているぞ」

「しかし雨は降らず稲は実りません。更には日輪がお隠れになりました」

「あれは昔もあったこと。すぐに回復したではないか」

「しかし民は昔のことなど知りません。大王の徳が足りない故と思っております」

「天象の責めまで我が負うのか」

「大王とはそういう立場です。日照りも地震《なゐ》も嵐も、責は大王に帰します。だからこそ気力横溢《おういつ》の者でなければ務まらないのです」

「我はもうそれを欠くと言うか」

「お役目は充分に果たされました」

大王は無言でした。

「思い出して下さい。大王の資質なき二十代アナホ（穴穂）の横死の始末を速やかにつけられ、継承時の混乱を避けるべく競争者を素早く除かれ、私を大后として國を立て直された。五穀豊かに実り、物産も盛んに、海を越えて文物も人も多く参りました。その海彼に無駄な出兵はあったものの幸い大きな傷は蒙《こうむ》らなかった。よい治世でありました。しかしそれも終えられる時が来たのではありませんか」

「おまえの背後には誰がいるのだ？」

「私が誰か豪族と結託しているかとの問いであれば、誰もおりません」

「古《いにしえ》の女神や女王《をんなぎみ》が後ろ盾というのはまことか？」

「お聞き及びでしたか。いかにも私の後ろにはアマテラスとヒミコがおられます。あなたの背後に王統の始祖である大王カムヤマトイハレビコ（神倭伊波礼毘古）と五代の大王に仕えた忠臣タケノウチ（建内）がいたように。しかしカムヤマトイハレビコはアマテラスに言われて引きました。タケノウチはやがて葛城の血を引くシラカが王位を継ぐのならそれでよいと考えています。その前に女たちが統べる世を、というのがアマテラスとヒミコのお考えです」

大王は無表情に宙を見ておりました。

その姿は以前より一回り小さくなったように見えました。

大后は静かに床几に坐《すわ》っておりました。

その先で大王の顔に表れたのは苦悩であったのか憤怒なのか。

大王はいきなり立ち上がりました。

床几が後ろに倒れました。

足で床を踏み鳴らし、音高く大后の前へ駆け寄りました。

「ならぬ」と大音声で言われる。「大王位を譲るなど我がすることではない。おまえこそ大后の座をカラヒメに譲って、速やかに河内の日下の旧宅へでも、いっそ日向へでも帰るがよい」

ワカクサカは無言で大王の顔を見ておりました。

その穏やかさが大王を更に激昂《げきこう》させたのかもしれません。勝者の余裕と見えたのかもしれません。

大王は右手を高く上げて大后を打ち据えようとしました。

そこに猛然と飛びかかったものがありました。

カラノ、白い犬です。

大王が求婚の貢ぎとして贈った子犬は大きな犬になって久しい。

その体当たりを正面から受けて大王は不意を突かれて床に転びました。

ようやく起き上がった大王に向かって犬は太いよく響く声で吠《ほ》え立てました。

大王の顔は怒り一色に染まりました。

いつもそばに控えているヤマセが傍らに置いた剣の柄《つか》を向けます。

「ヤマセ！　剣！」

鞘《さや》から引き抜いて、犬に向かって一歩踏み出して、振り下ろそうとする。

その間に大后が割って入りました。

大王の胸を両手で突いて押しとどめようとしました。

その力が余って大王は再び床に仰向《あおむ》けに転びましたが、さすがは武人、一瞬で起き上がりました。

そして、その場を両足で踏まえてすっくと立ち、手の中の剣を高く掲げ、目の前に立つ大后の肩に振り下ろしたのです。

後になればさまざまな考えが浮かびます。

その場には私《わたくし》ヰトだけでなくヤマセもミカリもいたのに、犬のように体当たりしてでも大王を止めることはできなかったのか。

私には油断があったかもしれません。青い男を退治した以上、大王が一時の怒りにまかせて剣を振るうことはないと思っておりましたから。

ヤマセは言われるままに大王に剣を渡してしまった。年来の犬の忠義と年来の随臣ヤマセの忠義がぶつかった。

そして、青い男の唆しがなくても、大王には怒りを抑える力がなかった。

今、大王の前に大后の遺骸《いがい》があります。漆を塗った床の上におびただしい量の血が流れています。

大王はその場に坐り込んで、両手を床に突いてうなだれておりました。

しばらくは誰も動かない。

みな息さえしないかのようでした。

犬が亡き主人の傍らに寝そべって、鼻を鳴らしながら身を擦りつけました。白い毛に少しずつ血が滲《にじ》んでゆく。

いつになっても大王は同じ姿勢のまま動かない。

剣は手の横に投げ出されたままです。

その部屋からすべての力が吸い出されてしまったかのようでした。

ずいぶんたった頃、犬がふと立ち上がって、庭に降り、そのままどこかに行ってしまいました。

「ミカリ、大王を他の部屋へお連れして」と私は申しました。「そこでずっとおそばにいて」

この場を仕切るのは私しかいないと思ったのです。

大王は為《な》したことの重大さに魂《たま》を失っています。一人にしてはおけない。ヤマセも大王の手に剣を渡した責を負うています。この二人を一緒にしておいてはいけない。だからミカリに見張らせる。

「ヤマセ、動きなさい。口の堅い舎人《とねり》と下人を数名、選んで秘《ひそ》かにここへ寄越して下さい。それから、この館《やかた》にも武器庫がありますね。弓矢や剣や鎧《よろい》と共に柩《ひつぎ》がいくつかあったはず。その一つをここへ運ぶよう命じて下さい。それと、この血の始末をするための藁《わら》、仮に遺骸を包むための蓆《むしろ》などを」

ミカリが肩に手を掛けると大王《おほきみ》はおぼつかなく立ち上がり、のろのろと歩き始めました。今は深く深く内に籠《こ》もっているのでしょう。その闇の暗さを思うとこちらもそこに引き込まれそうな気持ちになるのですが、悼むこと悔やむことは先延ばしにしました。今はこの場を収めること。それがなぜか私の役回りになりました。ヤマセとミカリは命を承《う》けることには慣れていても、率先して動く意気に欠ける男たちです。

大后《おほきさき》ワカクサカの死は病死としなければならない。いずれは漏れるとしても、ともかく今は真相を伏せなければならない。鬼病《きびよう》、すなわち鬼の仕業としか考えられない突然の病と突然の最期。

大王はしばらくは表に出せない。

本人はずっと意気阻喪が続くでしょう。即位から今まで常に傍らにいて治世を支えてきた大后です。それを自らの手に掛けてしまった。犬に対する怒りを后に向けてしまった。青い男の唆しもなく、他にまた憑《つ》いたモノがあったわけでもなく、自分自身の激情で手にした剣を振り下ろした。

あの時、大王の目に犬と自分の間に割って入った大后の姿は見えていたのでしょうか。

男たちがやって来る足音がしました。

私は戸口に立って彼らを迎えました。

先頭にいたのは舎人ではなく、紀《き》の出身でずっと大王に仕えてきたシヅカヒ（静貝）でした。宇陀で朱が出て以来の忠臣です。この人が来てくれたのはありがたい。

「待って」と私は制止しました。「部屋に入る前に、心を引き締めて下さい。恐ろしいものを見ることになります」

そう言ってから、中へ導く。

シヅカヒは息を呑《の》みました。

そこに女が一人、血を流して倒れている。

明らかに死んでいる。

おそるおそる寄って見れば、それは大后ワカクサカ。この傷、この血、生きているはずはないし、実際、何の動きもない。

「何が起こったのです？　誰がこのようなことを？」

「それは追々話します。今はともかくこの場を収めるのが大事。大后は亡くなりました。それは隠せることではありません。しかしこれは病死にしなければならない。この場はしばらく私が仕切ります。よろしいですね？」

「はあ」と呆然《ぼうぜん》としたままシヅカヒは答えました。

「ヤマセは？」

「何か調達するものがあると言って奥の方へ行きました。柩とか言っていたのはこのことで」

「そうなのです。下人を一人遣《や》って、大后付きの采女《うねめ》に正装を一揃い持って来るよう言いつけて下さい。おまえたちは（と下人に言います）、ご遺骸を蓆でくるんで、川のところまで運んで。その前にあたりの人払いをして。残った者はこの血の始末を」

初瀬の宮はすぐ脇を大和川が流れています。その岸辺まで行って、平らな岩の上に亡き大后を安置し、私はせせらぎの中に立って、両手に掬《すく》った水でワカクサカの身体を洗ってゆきます。私の主《あるじ》、私の分身。

大王の剣は首の下のあたりに斜めに入っておりました。そのためにたくさんの血が流れ出して、それと共に大后の命も流れ出したのでしょう。その血を少しずつ洗います。肩から下には大きな傷はないらしい。

「男たち、向こうを向いて下さい」

そう命じておいて、衣装の前を開きました。水を掛けながら全身を清める。大王の手と唇しか知らない乳房、大王の重さしか受けなかった胸と腹、大王の陽根しか入れなかったホト、そこを飾るつややかな毛。歌で「腿長《ももなが》に」というとおりの長い強い腿。それに挟まれて締め付けられた大王の喜びを思ってみます。

私の脚は川の水に浸ったままでどんどん冷たくなってゆきました。全身が冷えてもう何も感じない。でも、私は水から上がればまた温かみを取り戻せます。

大后はもうずっと冷たいまま。

水から出て、脇に跪《ひざまず》き、衣装の前を閉じました。

体温を失った私の分身は、難死にもかかわらず、穏やかなよい顔をしておりました。

シヅカヒが側仕《そばづか》えの采女を伴って戻ってきました。

アダ（阿陀）でした。この人が来てくれてよかった。

私は立って行って、アダの手を取りました。

「驚かないで。大后さまは身罷《みまか》られました。理由は今は聞かないで。お身体は清めましたが、着るものを乾いたのに替えてさしあげなくては。手伝って下さい」

アダは魂《たま》を失ったように黙ったまま手を動かしました。

きちんと衣装を着せ終わり、髪飾りや首飾りを付けた時、柩が届きました。男たちの手を借りて、亡き大后ワカクサカ様をその中に納めました。仮の殯《もがり》の場を北の庭の一角に定めて運ばせました。下人二名を衛士《えじ》として立てさせ、夜は火を焚《た》くよう命じました。

豪族たちに使いを出して参内を求めます。使者たちは四方へ散ってゆきました。

シヅカヒとヤマセがよく働いてくれました。身を動かして、起こったことを考えないようにしている。それは私にしても同じです。

大王の傍らに付けたミカリから「よく眠っておられる」という伝言がありました。何か薬草を飲ませたのかもしれません。

犬のことが気になる。

白いカラノは血に塗《まみ》れてここを出てどこに行ったの？

鳥を飛ばします。

やがて報告が入りました――

「カラノは北西に向かって走っております」

北西？　河内を目指しているの？

自分の生まれたところ、山を越える直越《ただこえ》の道の途中にあった志紀《しき》の大県主《おほあがたぬし》の家か。いや、日下の館、若いワカタケルから若いワカクサカに手渡されたあの館に違いない。

次の報告が来ました――

「狐たちが追っています」

「先頭はあのクズハという狐です。タケノウチの使い」

私《わたくし》は気を揉《も》みました。

カラノは狐の群れに囲まれて嚙《か》み殺されてしまう。

「仲間が間に入りました」

「ワシやタカからシジュウカラからスズメまで、狐たちに上から襲いかかります。頭を鷲摑《わしづか》みにして目をつぶします」

「カラノは川に飛び込みました」

川は大和川、生駒《いこま》山と葛城山の間から河内に出ます。あの川を越えれば葛城一統の力は及ばない。狐はもう追えない。

「川の水でカラノの毛皮に付いた大后の血も洗われました」

あの犬は生駒山の麓《ふもと》にある日下一統の館に行き着くでしょう。後は安泰。亡くなった主人を思って残りの日々を送ることでしょう。

そこで私は大事なことを思い出しました。あの犬はカラノ（枯野）と名付けられる前からコシハキ（腰佩）という男の手で養われておりました。あの男の手からでなければ餌も食べない。私はすぐにコシハキを呼び出して河内へ送り出しました。あちらにはワカクサカの名代《なしろ》があります。領地と部民《べみん》があります。淋《さび》しいかもしれないけれど、安楽に暮らすことができます。

大后の死から三日目になって豪族たちが初瀬に集まりました。

大伴、物部、紀、平群の首長、そして葛城のイヒトヨ（飯豊）。

「まず、位階もなき私キトの名においてみなさまを召集したことをお許しください。その訳は追々おわかりになると思います」と私は言いました。「大后様が身罷られました。鬼病のため卒然と、とみなさまへの使者には言わせましたが、実際には大王の剣に掛かってのことでした」

その場に静かなどよめきが広がりました。

私は起こったことを詳細に伝えました。証人として私だけでなくヤマセとミカリもその場にいたことも。二人は長く大王《おほきみ》に仕えた身。その言は信頼が置けるはず。

「大王はどうしておられる？」

「お会いになりますか？」

私はみなを率いて奥へ向かいました。

見ていただかなければ信用されないと思ったのです。

大王は大きくもない部屋の隅にうずくまっていました。

そばにミカリが控えています。

二人とも憔悴《しょうすい》しきった風でした。

ミカリは私たちの訪れに顔を上げて会釈しましたが、大王の目は宙の一点をじっと見たまま動きません。

「ワカタケル様」と私は声を掛けましたが、何も聞こえていない様子。

「魂《たま》をなくしておられる」と平群のマトリ（真鳥）がつぶやきました。

一同はまたぞろぞろと元の広間に戻りました。

坐《すわ》って、誰も何も言わない。

私は、ミカリは誰か他の者と交代させなければと考えておりました。シヅカヒに頼もうか。

「ことはあらましわかった」と大伴のムロヤ（室屋）が口を開きました。「大王はしばらくはあのままにして、魂が戻るのを待つしかあるまい」

「戻るか？」と言ったのは物部のメ（目）でした。

「当面の課題は政だが」

「今は即断を要する案件はないように聞いているぞ」

「百官に任せておいてよいかと」

「大后《おほきさき》の葬礼は？」

「先の例を覚えている者たちがいる。仕切らせて大過ないと思うが」

「殯は今のところでよいとして、陵《みささぎ》はどこに？」

「気の早い話だな」

「河内にお帰しするしかあるまい」

「あのお方、父はオホサザキ（大雀）だが母は？」

「日向《ひむか》のカミナガヒメ（髪長媛）でした」と私は申しました。

「日向《ひうが》か。そこまでお帰りいただくのは」と大伴のムロヤが言いました。

「それもよいかもしれませんね」と葛城のイヒトヨ。

「キト、おまえは霊力に長《た》けている」ムロヤが言いました。「ワカクサカのためによき場所を選定してはくれないか？」

「お受けいたします」と私は頭を下げました。

「待て」と平群のマトリが声を挟みました。「この一件、この女に責はないのか？　もともとワカクサカとは格段に親しい仲だったと聞いているが」

「ではキトの話を聞こう。大王が大后を斬られた経緯《いきさつ》は聞いたが、そもそもなぜそのようなことになったのか、おまえは知っていないか？」

「ワカクサカ様は大王の気力が衰えたことを憂いておられました」

「衰えは吾《われ》らも気づいていた」

「それで大王に譲位を促されたのです」

「誰に？」

「御自分に。女王《をんなぎみ》になると」

その場の男たちは呻《うめ》きとも怒りとも言えない声を発しました。

「かつて例がないではありません。昔々、ヒミコという女王の世にはこの國《くに》は栄えておりました。そもそもこの國の始まりはアマテラス、すなわち女王でした」

「しかし、女が大王とは……」

「私は大后の考えを聞いてそれもよいかもしれないと申しました。武張って海彼に兵を送るなどしなくてもよいかも。ここはここだけでまとまった島々であるわけで」

「それはそうだが……」

「しかし大王は大后の申し出を聞いて怒気も露《あら》わに立たれ、剣を手にされました。そして私やミカリやヤマセが止める間もなく……」

大后は分不相応なことを言った、と男たちは受け取ったようでした。

「女の大王、悪くないですね」と葛城のイヒトヨが低い声で言いました。

男たちはぎょっとなりました。

「いえ、本気ではない。このキトにしても、またもちろん私も、そんなつもりはありません。ねえキト？」

「はい。念を押されるまでもなく」

座は白け、それを機に男たちはそそくさと帰ってゆきました。

「王位など、そちらはともかく、私には考えも及ばないことです」

最後に立ったイヒトヨに私はそう言いました。

「わかっています。でもいつか女の大王は現れます」


自分の部屋に戻って私は深く息を吐《つ》きました。なんという日だったのだろう。これからなんという日々なのだろう。

まだ考えなければならないことがある。

まだ大事なことがある。

大王ワカタケルをどうするか？

今は魂《たま》が身体の外に出ています。

その魂はどこにあるのか？

ワカクサカの魂を求めてこのあたりをうろついているか、河内の方へ行っているか。

しかし私はワカクサカの魂が遠い日向に向かったことを知っております。本当に陵もあちらに造るべきかもしれない。

ワカタケルは正妻であるワカクサカをその手に掛けて殺しました。私《わたくし》にすればこの罪は赦《ゆる》しがたい。一瞬の逆上の結果とはいえ、犬を斬ろうとした剣の勢いが止まらなかったからとはいえ、あの男は私の分身を殺した。

さまようあの男の魂が戻るべき身体を滅ぼさなければならない。

私は祈りました。呪詛《じゅそ》の祈りを力を込めて行いました。あの男は私の霊の手が鼻と口を塞《ふさ》ぐのを感じたはずです。

息ができない。

「大王が身罷《みまか》られた！」

シヅカヒの大音声が宮の内外に響き渡りました。

「大王がかむあがりなされた！　みなみな、出あえ！　大王はもう息をしておられぬぞ。人を集めよ！　使者を出せ！」

やがてあたりは大きな騒ぎになりました。

大后が鬼病で薨去《こうきょ》されたことの動揺はまだ収まっておりませんでした。それを追うように大王が果てられたという報《しら》せ。豪族たちも百官百僚も、初瀬と朝倉、大和から河内までの民草も、大后の死を受け止めかねている。そして、まるで大后の後を追うように、大王も逝かれた。國の柱がなくなってしまった。

実際には私キトが大王に大后の後を追わせたのです。追いつけるはずのない旅に押し出したのです。

それは誰も知らないこと。大王はいつ亡くなってもおかしくないような姿でした。あの剣の一閃《いっせん》から後、何も言葉を発しませんでした。飲み食いもしない。

しかしさまよい出した大王の魂《たま》が戻る先の身体を奪ったのは他ならぬ私です。冥界《めいかい》でこの魂を導く相手を考えなければなりません。妻であったワカクサカは拒むでしょう。父であるワクゴ（若子）も母であるオサカ（忍坂）も縁《えにし》は薄い。

タケノウチ（建内）はどうでしょう？

行き来はあったけれどタケノウチは結局は葛城一統がかわいくて、そのためにワカタケルを利用したのです。葛城の血を引くシラカ（白髪）という王子《みこ》を得て、それでワカタケルの役割は終わったと思っている。

ではあの方しかいない？

いちばん大事な選択の時に、従兄《いとこ》のイチノヘノオシハ（市辺押歯）ではなくワカタケルを選んで大王の座に推した方。

カムヤマトイハレビコ（神倭伊波礼毘古）。

すべての大王の始祖の方。

大王の魂をお手に委《ゆだ》ねます、と私は祈りました。

大王《おほきみ》と大后、二人合わせての大葬の準備が進められました。

私は大伴のムロヤの命に従って大后ワカクサカの陵を築く場を定めました。近い河内ではなく日向の高千穂《たかちほ》。ワカクサカの父祖の地です。昇る日を迎える丘の辺《ほとり》、と指示を出しました。出来上がるのは十年ほど先でしょう。それまでの殯《もがり》の間、大后のなきがらはこの初瀬の地で待つことになる。私が日向の陵を見ることはあるでしょうか。

日輪が隠れてみなが脅《おび》えた日の夜は新月でした。

その次の新月の頃に大后が亡くなり、やがて大王も亡くなりました。

それから数日の後、ミカリがやって来ました。

肩を落として暗い顔をしております。

「どうしました？」

「ヤマセが、死にました。自刃して果てました」

「殉死？」

ミカリがうなずきます。

心配しないことではなかった。

周りの者にそれとなく気を付けるよう言っておいたのですが。

「あの時、大王に剣を渡したことを悔やんでいました。命に背いていたら、大后《おほきさき》も大王も亡くなることはなかったと」

「それだけではないでしょう。まだワカタケルが髪をみずらに結っていた時から一緒にいたのです。大王がいない世で生きていてもしかたがないと思ったのでは」

「たしかに」

「あなたは大丈夫？」

「私は妻子がありますから」

「そうね。ヤマセは独り身だった。采女《うねめ》たちを相手にずいぶん遊んだけれど、その一人を選ぶことはなかった。つまりは大王一途《いちず》だったのでしょう。忠君の鑑《かがみ》」

「だからあの場で剣を差し出してしまったのです」

みんないなくなってしまいました。

大后ワカクサカ、大王ワカタケル、そしてヤマセ。

初瀬の宮も朝倉の町も人は行き来しているのになぜかがらんとして、淋《さび》しい風が埃《ほこり》を舞い立てるばかり。市の喧噪《けんそう》も遠いものにしか聞こえません。

私には大后から頂いた小さな所領がありますから食べるのに困ることはありません。身分は史部《ふひとべ》に組み込まれ、古来のことどもを諸家の古老から聞いて覚えて次代に伝えるのが仕事。稗田という名を継いでゆきます。

一連の事件を思い出して、ああなるしかなかったのだろうか、と考えます。女王《をんなぎみ》の地位を求めるにワカクサカは性急すぎはしなかったか。ワカタケルの剣の一振りを止めることは本当にできなかったか。

しかしワカタケルは持って生まれた力を使い尽くしていたのです。あの人の兄クロヒコ（黒日子）の館《やかた》で会って以来、大王に即位して以来、ワカクサカと交替して身を引いてからも、ずっとあの人の所業を見て来ました。乱暴すぎると思いました。時には粗野にもほどがあると嘆きもしました。しかしそれはこの時期に國《くに》を率いる者には好ましい資質だった。なによりも勢いがあった。故に、実際、この大王を上に頂いて國は栄えた。豪族たちはこぞってこの大王を支えました。

そして、翳《かげ》りが出た。

治世二十三年目にして衰えが見え始めた。

たしかに兄たちや従兄の誰にも増して大王にふさわしい器でしたが、その器が蓄えた精力が尽きる日が来た。

二十三年間、私は國の中枢にあって波瀾《はらん》に満ちたおもしろい日々を過ごしました。そして今、ワカクサカを見送り、ワカタケルを送り出した。

これでよかったのでしょう。

悔いることはありません。

私はまだ生きております。

この先も長く生きることを知っています。

九　時は流れゆく

ワカタケルとワカクサカ（若日下）、大王と大后、二人合わせての大葬が行われました。

後には服喪の日々が続きます。

その静かな日々に私はワカタケルの事績を改めて思い返しました。それは自分のためではなく、起こったことを整理して、記憶して、次の世に伝えるという職務のためでした。

ワカタケルが力を失い、それを案じたワカクサカが王位を譲るように迫って、怒った大王が大后を斬り殺した。こういうことをそのまま世に広めるわけにはいきません。私の仕事は國の威信に繋《つな》がる記憶の保持です。凶事は取り繕わなければならない。

私は大王の最期を大往生に仕立てました。

病に倒れた大王は大伴《おほとも》のムロヤ（室屋）と東漢《やまとのあや》のツカ（掬）の二名を身近に呼び、こう言ったと広めさせました――

「この國を万民に住みよきところにしようと我は力を尽くしてきた。今は栄えて田畑は豊か、四海は波静かである。この先も、都にあっては臣《おみ》・連《むらじ》・伴造《とものみやつこ》、みなみな力を合わせて國を支えよ。また国々にあっては国司《くにのみこともち》・郡司《こほりのみこともち》、それぞれに民を安んじ、殖産に励め。王位はシラカ（白髪）が継ぐのがよい。我には子は多いがみな母は采女。よき家の血を受けるのは葛城《かつらぎ》のカラヒメ（韓媛）を母とするシラカだけだ。その他に吉備《きび》のワカヒメ（稚媛）を母とするホシカワ（星川）がいるが、あれは大王の器ではない。あるいは叛乱《はんらん》を企てるかもしれぬので気をつけるよう。この後も一同、心して國を治めよ」

そう言って亡くなった、としたのです。

ワカタケル亡き後、大王位はシラカ王子が継ぐとほぼ決まっておりました。

しかし、先王《さきのきみ》が心配していたとおり、ホシカワ王子が叛乱を企てたのです。

この人の母はワカヒメ。もとは吉備のタサ（田狭）の妻でした。吉備はなかなか勢力があってしかも歴代の大王の権威に逆らうことの多い一族でした。

従って吉備一族と王統との間には長い確執がありました。だからこそ、ワカヒメは息子のホシカワに王位を窺《うかが》うよう唆したのです。

戦略に長《た》けた母は息子に、まず大蔵《おほくら》を占拠するようにと言いました。ここには国々から貢納の物資が集まります。ここを押さえることはすなわち國の財力を押さえること。

この叛乱は武力で押し伏せるしかない。予《あらかじ》めこの王子に警戒するよう言われていた大伴のムロヤと東漢のツカはそう考えて大軍勢をもって大蔵を囲み、火を放った。

火の中でホシカワは死にました。同時に多くの財貨も焼尽しました。

先王ワカタケルの服喪は短く済まされました。表向きはともかく、大王と大后を共に大葬に付するという変事に百官や民草が動揺するのを避けようとしてのことでした。新しい大王に早く世を率いて頂きたいとみなが思ったのです。

ワカタケルがかむあがりなされたのは統治二十三年目の八月、翌年の正月にはシラカが二十二代の大王として即位しました。それからの政には大伴のムロヤ、物部《もののべ》のメ、平群《へぐり》のマトリなどが知恵を貸すことになりました。

この大王は生まれつき髪が白く、肌も白く、これを父ワカタケルは瑞兆《ずいちょう》として喜びましたが、そうではないと囁《ささや》く声も世間からは聞こえました。

私《わたくし》キトもこの方はどうも覇気に欠けると見ておりました。しかし世は平穏で、ワカタケルのような荒々しい力を必要としないのは好ましいことかもしれない、とも考えました。

その年の十月には丹比《たじひ》の高鷲原《たかわしはら》に造っていた先王の円形の陵《みささぎ》ができあがり、遺体を殯《もがり》宮《のみや》からこちらに移しました。寿陵として早くから用意しておいたことが役に立ちました。本当ならば完成しても長く空であるのが望ましかったのでしょうが。

以後、大王シラカの事績には目立ったことが何もありません。当初、吉備の血を引く星川王子を滅ぼしたのも本人よりは豪族たちの合意によるもので、即位に際してそれ以外に血が流れることはありませんでした。ワカタケルに王子が二人しかいなかったことが幸いしたとも言えます。

后は何人かいましたが、子は生まれませんでした。

そうして何ごともなく日々は過ぎ、五年にしてふっと火が消えるように薨去《こうきょ》なさいました。葛城《かはち》の一統の勢いがまた一段と衰えたように見えました。

陵は河内の坂門原《さかどのはら》に造られました。

大王位は空白になってしまいました。

ワカタケルの父十九代ワクゴ（若子）には四名の王子がいましたが、カルノミコ（軽王子）は実の妹との恋が理由で自死、クロヒコ（黒日子）とシロヒコ（白日子）はワカタケルが殺してしまった。

ワクゴの兄である十七代イザホワケ（伊邪本和気）の子にイチノヘノオシハ（市辺押歯）がおりましたが、これも従弟《いとこ》にあたるワカタケルが殺してしまった。

この人にはオケ（意祁）とヲケ（袁祁）という二人の男子《なんし》があったのですが、父がワカタケルに殺されたと聞いたとたんに速やかに身を隠しました。自分たちも殺されると覚ったのです。

つまり、どこまで遡《さかのぼ》っても十六代オホサザキ（大雀）に血の繋がる王子がいない。

この倭《やまと》の國に大王《おほきみ》は必要です。安定した國の姿を内外に示すためには、簒奪者《さんだつしゃ》ではなく血の繋がる正統な後継者が要ります。しかし候補がいない。

豪族たちは合議を重ねました。

彼らは互いに牽制《けんせい》しあって、どの一族にも王位を渡そうとはしません。氏族出身では権威に欠け、他の氏族や百官百僚ならびに民草が従うことはなく、國の中は乱れるでしょう。

さまざま考えたあげく、大王としての資格を備えているのはイヒトヨ（飯豊）王女ということになりました。この人の父はイザホワケ、母は葛城のソツヒコ（襲津彦）の孫にあたるクロヒメ（黒比売）。つまりイチノヘノオシハの妹です。名門の出なのです。

しかし、女である。大王ではなく女王《をんなぎみ》でよいのか。だが、そもそも始祖アマテラスは女の神であった。ヒミコ（日御子）という女の大王がいたとも聞いている。

では、イヒトヨを女王に、と衆議は一致しました。結局、女王をというワカクサカの考えが実現したのです。

私キトは葛城のイヒトヨが女王の座に就かれると聞いて、とても嬉《うれ》しく思いました。あの方ならばしっかりと穏やかにこの國を導いて下さる。人の話をよく聞く一方で気丈でもある。しかも智略にも長けている。

まことに慎《つつ》ましい即位の式典からしばらくした頃、女王からお召しがありました。式典の時は私は末席に連なるばかりでお声を掛けられるなどなかったのですが。

「よく来てくれました」とにこやかに言われる。

「ご即位、改めておめでとうございます」

「ワカクサカは國《くに》の経営は女の方がよいと言っていましたね」

「そう言い募って、ワカタケルに殺されました。アマテラスやヒミコの例など引かれたのですが」

「そして私が女王になってしまった。手を貸してほしいのです」

「私に？」

「この座に就いて、豪族たちをまとめる自信はあります。知謀策略はまずまず」と言って、にっと笑われる。「民草を働かせて國を豊かにすることもできる。海彼とのやりとりを少なくするという方針も間違ってはいないでしょう。人と文物は行き来させても兵は送らない」

「大変によろしいお心構えかと存じます。そのままワカクサカ様が言われていたことです」

「その先なのよ、問題は。あの方には霊の力があった。私は女ながらそれがまったく欠けているのです。どこまでも現世的で、まるで男のよう。そこをあなたが補ってはくれない？」

私は考えました。

「あなたとワカクサカが互いに分身だったということも聞いています。ワカタケルが大王になるまではあなたが霊力で支え、即位の後はその任をワカクサカに渡した。そうでしょ？」

「はい。そうでした」

「ではまた大王のそばに仕えて。私は女王というより大王のつもりでいます」

「私は一度は身を引いた者です。今は古《いにしえ》からのことどもを調べて覚えて次の世に伝えるのが仕事」

「わかっています。それも大事と思います。その一方で、時おり、私の方にも手を貸していただけない？」

結局、私は女王の願いを受け入れることにしました。女同士で力を合わせる。足りないところを補い合う。穏やかな世を紡ぐ。よいではないですか。

二十何年かの昔、イヒトヨの兄であるイチノヘノオシハをワカタケルが殺そうと思い立った時、私はそれを促しました。悔やみはしません。あの時はあれでよかった。しかしここに来て償いをしてもいいという気になったのです。

「お仕えします」

「ありがとう」とイヒトヨは言いました。「これでしばらくはやってゆけますね。遠い先の不安はあるけれど」

「それは？」

「私には子がない。私の世が終わる時、また次を継ぐ者がいない」

「お子はお産みにならなかった」

「そう。産みませんでした。キト、あなたは？」

「私も。先の大后《おほきさき》ワカクサカと私は共に自分たちは子を産まない生涯と初めからわかっておりました」

「それでワカクサカは冷静に先王《さきのきみ》の為《な》すことを見ておられたのね。自分の子を次の大王にという欲望に足を掬《すく》われずに」

「そしてホシカワの叛乱《はんらん》、シラカの即位、安泰の世がしばらく続きましたが」

「私はねえ、一度だけ男を試したことがあるのですよ」とイヒトヨが言います。

「一度だけ？」

「世の中、誰も彼もがまぐわいのことばかり言っている。女と生まれた以上は男を床に迎えるのが当たり前と言う。さして興味もなかったけれど、知らぬまま済ませるのも口《くち》惜《お》しい気がして、試したの」

「どうやって？」

「若い者では心許《こころもと》ないから、まずまずの歳の舎人《とねり》を選んで呼び寄せました。そして私を抱きなさい、みながすることをしてみなさいと命じた」

「相手は困ったことでしょうね」

「それでもきちんとやってくれました。あんなものを脚の間に差し込むのは笑止と思いながら脚を開いた。相手はちゃんと差し込んで、なにやら一人で騒いで、果てた。それで終わり」

「感興は？」

「なにも。こんなものかと思い、一度で充分と思いました。それからは男を近づけなかった。だから子もいない」

女王《をんなぎみ》イヒトヨの治世は穏やかに日を重ねました。

豪族たちも、百官百僚も、またあまたの民草も、この人の落ち着いた人柄にふわりと覆われて、争いごとなど起こす気にもなれないという風でありました。

海彼から文物はもたらされ、人は行き来しましたが、戦の話は聞こえてきません。海を越えてまで女王の感化が及んだはずはないのに、諸邦もまた波立つことを忘れたかのよう。

日は照り、雨は降り、月は満ちては欠け、四季は移ろいました。年ごとに稲は実り、蚕《こ》は糸を吐き、山の中では鉄《まがね》が作られました。海からは多くの魚《うお》が上がります。

私《わたくし》キトが霊力をもって女王を支援する事態も多くはありませんでした。ことが予定のとおり滑らかに進むのですから、先を読んで予《あらかじ》め策を立てる必要もない。

そういう年が何巡もした頃、日向《ひうが》から使者が来ました。

「先の先の大后ワカクサカ（若日下）様の陵《みささぎ》が出来上がりました。どうか御遺体をお運び下さい」と使者は申しました。

遠い日向の地、かつて跋扈《ばっこ》していた熊襲《くまそ》一族をヤマトタケルが平定したところ、更に遡《さかのぼ》れば始祖の神なるアマテラスの孫に当たるホノニニギ（番能邇邇芸）が天から降り立ったところ、そして日下《くさか》氏の発祥の地、その地の昇る日輪を迎える丘の辺《ほとり》にワカクサカの陵を造ると決めたのは私でした。

これは柩《ひつぎ》を送り出して済むことではない、と私は思いました。私はその地へ赴かざるを得ない。むしろ喜んでそうしたい。あの懐かしい人を親しく葬りたい。

私は女王イヒトヨに許しを乞《こ》いました。今は平穏、私の霊力を要するような緊急時ではありませんし。

女王は快諾され、伴《とも》の者の選定や船の手配をしかるべき司《つかさ》に命じられました。

「下人たちはいるにしても一人では不安でしょう。舎人と采女《うねめ》を伴として付けましょう」

選ばれた舎人は紀《き》の出のシヅカヒ（静貝）。ワカクサカが亡くなった時によく働いてくれた男で、元はと言えば宇陀《うだ》から朱が出た時以来のワカタケルの忠臣でした。

采女はアダ（阿陀）。もともとワカクサカに最も近い女官で、死の際には正装を持ってきて最後の着付けを手伝ってくれました。しかも聞くところでは日向の出身だとか。向こうには縁者が多く、地理なども心得ているというのはありがたいことです。

まず殯宮《もがりのみや》に仮に納めた遺体を運び出しました。柩がだいぶ傷んでいたので、新しく大きな柩を造って前の柩をそのまま納めます。蓋《ふた》を開けて顔を見ることもできたのだけれど、そうする気にはなれませんでした。もうあらかたは骨でしょうし。

柩は舟に乗せられて初瀬《はつせ》川から大和《やまと》川へと下り、難波津《なにはづ》に至りました。この間、私どもは徒《かち》で舟を追います。

海に出たところで柩は大きな船に積み替えられ、今度は人もみな乗りました。

私は海を行く船をこんなに近くで見たのは初めてでした。館《やかた》のようにとは言わないけれど、家のように大きなものです。それが木を組んで造られ、水に浮いている。

浮いて揺れている。大きいのは頼もしいのですが、揺れているところは心許ない。しかも港でこそ大きく見えるけれど、沖を行くのを遠くから見るととても小さい。時おりは波のまにまに見えなくなる。

しかし私はこの航海が無事に終わることを知っていました。ワカクサカは母の郷里へ帰りたがっています。その魂《たま》が船を守ります。

船は難波津の港を出ました。

帆に風を受け、水夫《かこ》たちが櫂《かい》を漕《こ》いで進みます。

波というものが勝手次第に、しかも手荒く、船を揺さぶります。揺れ始めたとたんに私は固い地面の上に戻りたくなりました。

「こんなに揺れるものなの？」と途切れる息でアダに尋ねました。

「はい」と答えますが、その顔は明るい。「この一揺れごとに日向に近づきます。若い折に都に上った時は、一揺れごとに都に近づくと思って耐えました」

「わかったわ。私もそう思いましょう」

夕方に近くなって船は大浦《おほうら》の港に入りました。この夜はここで泊まるとのこと。

ここは十六代オホサザキ（大雀）が執心した吉備のクロヒメ（黒日売）に縁《ゆかり》の地です。大王《おほきみ》の大后イハノヒメ（石之日売）はこの寵姫《ちょうき》を憎んで宮廷から追い出した。船で戻るのさえ許せなくて、この大浦から先は徒で行かせた。

翌日は風がよろしくないというので大浦の港で一日を過ごしました。陸を行くのと違って海では潮と風に合わせて船を動かすということがわかってきました。自分の足で歩かなくてもいいけれど、その代わり波に身を任せ、待つことも多くなる。

その先、いくつの港で夜を過ごしたことでしょう。明石津《あかしのつ》、室津《むろのつ》、牛窓津《うしまどのつ》、多麻《たま》ノ浦《うら》、鞆《とも》ノ浦《うら》、覚えた地名、忘れた地名。荒れた海、凪《な》いだ海。さまざまありました。

ずいぶんな日と夜を重ねてこの瀬《せ》戸《と》の海の南側にある愛媛の熟田《にぎた》津《つ》に至りました。この名前にも覚えがあります。ワカタケルの兄であるカルノミコ（軽王子）が実の妹との許されぬ恋のゆえに流された伊予《いよ》の地にはこの港から入るのです。ここには湯が湧く不思議な泉があるとか。

その先、豊後《ぶんご》の坂門津《さかとのつ》を経て、ようようのことに日向の細島《ほそしま》の港に至りました。もうここからは足で土を踏む旅です。

「ようやくここまで来ましたね」とアダに言いました。

「はい、ようやく。それでもずいぶんと順調だったのです。海もあまり荒れなかったし」

「そうなの、あれで？」

「ええ。ワカクサカ様の霊力がまだ利いていたのかもしれません。それに海賊に遭わなかったのはワカタケル様のお力です。かつてはたくさんいたのに、みな退治してしまわれた」

「吉備のサキツヤ（前津屋）のような者はもういませんからね」

港に迎えに来ていたのは土師《はじ》のキヅキ（築）でした。かつて十九代ワクゴ（若子）の陵のために埴輪《はにわ》を焼き、更に二十一代ワカタケルの寿陵のためにも働いた。それがここでも最後の段階になってやってきて、ワカクサカのために埴輪を焼いていたのです。

「すっかりできあがりましたか？」

「はい。後は柩をお迎えするばかりです」

かつての大后の陵は私が指示したとおり、海から昇る日輪を正面に見る位置にありました。静かなよいところ。

日を迎えるのがあの方の定めだった。若いワカタケルが求婚に行った時、受けて言われるには「日の光を負う日継ぎの王子《みこ》様にわざわざここまでおいでいただいてのお言葉、とくと承りました」と言われた。その場では諾否を言わず、後に自分から初瀬に赴いて「お受けいたします」と答えられた。

ここで毎朝、日輪を迎え、そこにまだ若かった、若くて猛々《たけだけ》しかったワカタケル（若猛）の姿を重ねて見るのは、まことあの方にふさわしいことなのでしょう。

日向に残ってワカクサカの陵を守るというアダと別れて、私ヰトはシヅカヒならびにキヅキと共に都に帰りました。

女王《をんなぎみ》イヒトヨのもとに罷《まか》り出て、旅の報告をします。

「これで一つは片付いたわね」と女王は言われました。「ごくろうさま」

その後でしばらく黙っておられます。

やがて、意を決したかのように私の顔を正面からじっと見ました。

「分身であるワカクサカの遺体を日向に運ぶのはあなた自身のための仕事でしたね。私はそれに手を貸した」

「はい、おかげさまで無事に彼《か》の地の陵に納めることができました」

「今度は私のためにまた旅に出てもらうことになるかもしれません」

そう言う顔はしかしどこか憂いの色を帯びておりました。

「どこへなりと参りますが、しかしどこへ？」

「それがわからないのです」と言ってまた口を嗣《つ》む。「おそらくあなたの霊の力に頼ることになる」

黙して次の言葉を待ちました。

「この歳月、女王《をんなぎみ》として國《くに》を束ねてきましたが、しかし私も老いました。このままいつまでもこの座に居られるわけではありません。いずれは身罷《みまか》る。どうしても次の大王ないし女王のことを考えないわけにはいかない。そして、候補はいないのです」

たしかに、男を遠ざけてきた女王自身には子はいません。その前、二十二代シラカは子を残さずに逝った。男がいなかったからこのイヒトヨ様が女王になった。あの時と事態は何も変わっていない。ヒミコが亡くなって國が乱れた時は姪《めい》のトヨ（台与）が立って事態を収拾したと伝えられます。

イヒトヨ様に姪はいない。

あっ、甥《おい》がいたはず。

「甥がいらっしゃる！」

「そうなのです。いるはずなのです。生きているとすればどこかにいる。しかも二人まで」

イヒトヨの兄イチノヘノオシハ（市辺押歯）の子、オケ（意祁）とヲケ（袁祁）！

「あの二人を探し出したいのです」

「なるほど。見つかれば次の大王の座を譲ることもできるわけですね。王統に繋《つな》がり、葛城の一族の血も引く者に」

「そのとおり。ですから、キト、手を貸して」

二十年以上前に消えてしまった男子《なんし》二人。生きていれば今は壮年になっているでしょう。

　生きているとして、どちらへ逃げ、今はどこにどう身を隠しているのか。言うまでもなくあの後、あの二人こそ自分の王位を脅かす者とワカタケルは考え、手を尽くして探しましたが見つけられなかった。

　鳥を飛ばしてみるしかない、と私《わたくし》は考えました。それも一羽や二羽では足りない。私の力の及ぶかぎりたくさんの鳥を四方八方に送り出さなければならない。二人が海を渡ったとすれば、任那《みまな》や百済《くだら》、新羅《しらぎ》までも探索の範囲に入ります。

　私は女王に頼んで葛城山の頂に櫓《やぐら》を建てることにしました。空が広く見える場所で、一族に縁《ゆかり》の地。そこに鳥たちを集めて号令し、全方位に向かわせる。

　鳥たちは気まぐれですから、出発した後もずっとこちらの意思を送り続けないといけない。そうしないと、行った先で伴侶《はんりょ》を見つけて帰ってこないかもしれないし、そのまま季節はずれの渡りに旅立ってしまうかもしれない。

　私は結果が出るまで、二人の生死がわかり居場所がわかるまで、櫓を降りることができない。食べるものを運ばせ、雨風を凌《しの》ぎながら耐えることになります。

　秋の好日を決めて、私は櫓に登りました。

　まず鳥を呼び寄せる。

　大小さまざまな鳥が、空が暗くなるほど集まってきました。私はそれらの鳥に「こういう二人を探してきて」と命じました。

鳥たちは思い思いの方向へ飛び去った。

後は待つばかりです。

翌日あたり、大和各地に行った鳥が戻ってきました。こんな近くに二人が潜んでいるはずはないと思ったとおり、見つかったという報告はありませんでした。

次の日も同じ。河内《かはち》や紀、伊勢《いせ》など、近隣の国ではないのでしょう。吉報はない。

数日を経て遠い国に向かった鳥たちが戻ってきましたが、
私はずっと櫓の上で寝起きして更なる報告を待ちました。

海を越えて任那あたりに行った鳥が帰ってきましたがやはり二人はいない。

と思ったら、播磨《はりま》の国に送った鷺《さぎ》が一羽、ふらふらと帰投しました。

「どうしたの？」

「いえ、いろいろあって」とはっきりしない返事。途中で遊んでいたのか、何か危難に遭ったのか、聞いても一向に要領を得ません。

「二人はいたの？」

「たぶん、おそらく」

「それはどこ？」

「だいたい播磨の国司《くにのみこともち》の館《やかた》の近くです。行けばわかります」

「わかったわ。ありがとう」

鷺の言うことはいつも曖昧《あいまい》です。

私はその後も数日、櫓の上に留《とど》まって帰ってくる鳥たちに礼を言いました。ありがとう。みな、この先、よい運を授かるよう。

女王イヒトヨのところに行って、鷺の報告を伝えます。

「誰かを送って探させましょう」

「私が参ります」

「それは嬉《うれ》しいこと。播磨にはちょうど新任の国司を赴任させるところでした。山部《やまべ》のヲタテ（小楯）という男。同道させましょう」

私はその男と共に播磨に向かいました。道々聞けばこれは葛城一統の信任篤《あつ》い者であるとか。

播磨に着いて、国司の館に入りましたが、その先の手がかりがない。鷺の報告は曖昧で詳しいことはここに来てもわかりません。

これは急いでもしかたがないことと覚り、この地でしばらく暮らすことにしました。

ここは摂津《せつつ》と吉備に挟まれ、南は海でその先に淡路《あはぢ》島が見えます。かつて大王《おほきみ》ワカタケルが吉備のサキツヤを成敗するために兵を動かした時、この国を通っております。その折に霊の力で戦を勝利に導いたのは大后《おほきさき》ワカクサカでした。すべて昔のこと。

ヲタテは葛城一統に連なる、小者ながらよく気がつく快活な男でした。この位置にあるこの大きさの国の国司にふさわしい能吏でもありました。言葉の端々に葛城一統への忠誠の思いが溢《あふ》れています。

ある日、シジム（志自牟）という地元の有力な家から使者が来て、館を新築したのでその祝いにおいで頂きたいと申しました。この土地に慣れ親しむためにも国司としては行かざるを得ない。秘《ひそ》かに調べたところでは特に叛意《はんい》などはなく、危険もなさそうです。私も同行することにして、丘を越えて半日ほどのところにあるシジムの館へ参りました。

なかなか豪壮な建物で、これならば国司を招くのも当然と思われました。

とりわけの説明はしなかったものの、主人は私をヲタテの身内とでも思ったようでした。私はここでただ起こることを見ているだけ。

多くの客を招き、多くの馳走《ちそう》と甕《かめ》にいくつもの待ち酒を用意した上で、豊明《とよのあかり》が開かれました。三日がかりの大宴会です。

大きな広間に数十名が居並び、まずは祈りのことが行われ、やがて賑々《にぎにぎ》しい宴《うたげ》となりました。

酒が運ばれ、料理がもたらされ、女たちが忙しく立ち働きます。そして歌と舞いになりました。みなみな声もよく振りもよく、囃《はや》しも手拍子も揃って賑《にぎ》やかなことです。

うまい下手それぞれに歌と舞いが一巡したところで、この家の主《あるじ》であるシジムが末席に声を掛けました。

「そこの二人、火の番の二人、おまえたちも何か歌え」

みながそちらを見ます。

火の番は賤《いや》しい仕事ですからその二人は遠慮して小さくなっておりました。

言われて、二人は「おまえが先に」とか「兄さんから」とか小声で順序を譲り合っております。どうやら兄弟らしい。

それが聖人のふるまいのようだと満座の者が笑いました。

やがて一方が立って歌います——

物部《もののふ》の我《わ》が夫子《せこ》が
取《と》り佩《は》ける、太刀《たち》の手上《たがみ》に丹《に》画《か》き著《つ》け、
其《そ》の緒《を》は、赤幡《あかはた》を載《かざ》り、赤幡《あかはた》を立《た》てて、
見《み》ゆれば五十《い》隠《かく》る、山《やま》の三尾《みを》の、
竹《たけ》をかき苅《か》り、末押《すゑお》し靡《なび》かすなす、
八絃《やつを》の琴《こと》を調《しら》べたる如《ごと》、
天《あめ》の下《したをさ》治め賜《たま》ひし、
伊《い》邪《ざ》本《ほ》和《わ》気《け》の、大王《おほきみ》の御子《みこ》、
市辺《いちのへ》の、押歯王《おしはのみこ》の、奴末《やつこすゑ》。

勇猛な私の主君が腰に着けた太刀、その太刀の柄《つか》は丹を赤く塗り、その紐《ひも》には赤い布を飾り赤い旗を立てるが、それが目立つのとは逆に山の尾根に見ても隠れるような竹を根から刈り取り、それを先がずらりと並ぶように地面に敷くように、あるいは八絃の琴を正しく調弦するように、天下をまちがいなく治められた大王イザホワケの子、市辺押歯王《イチノヘノオシハノミコ》のその子こそ、私たち。

そこまで聞いて山部のヲタテは仰天して客座の壇から転げ落ち、おろおろと走り寄って舞いを終えた男の手を取って泣き出しました。

「王子《みこ》、王子、王子……」

もう一人もそこに来て、ヲタテは二人の手を握ります。

「みなの者、この場を外してくれ」とヲタテは言い、宴席に連なる人々は蒼惶《そうこう》として室外に退きました。

私は、見つけた、と思いながらそっとその場に留まりました。

「オケ（意祁）様とヲケ（袁祁）様ですね」と問いながらもヲタテはぼろぼろ泣いています。「どちらがどちらで？」

「私が弟のヲケだ」と舞った方が言いました。

「私が兄のオケ」

「よくぞ生きていて下さった。よくぞ名乗って下さった」とヲタテは言いました。「いきさつはゆっくり伺います。都では叔母上《おば》イヒトヨ様が首を長くしてお待ちです。今はイヒトヨ様がこの國《くに》を統べる女王《をんなぎみ》。大王として後を継ぐ者は甥《おい》の二人しかいないと思われ、二人を探すようにと私に命じられました。私はこのキト殿の不思議な力を借りてこの播磨まで来て、お探し申しておりました」

ヲタテはまず国司の館の部下に命じてとりあえず粗末ながら柴《しば》で造った宮を建てさせ、二人をそこに移しました。

その一方で早馬《はゆま》を仕立てて都のイヒトヨ様にこの吉報を伝えます。口上をしっかりと覚えた使者は、駅《はゆま》ごとに馬を替えながら、一度も休まず都へとひた走りました。朝に播磨を出て夜には女王のもとに着いていたことでしょう。

二人の王子《みこ》、オケとヲケはヲタテをはじめとする供奉《ぐぶ》の者たちに付き添われて叔母イヒトヨの待つ都へ上りました。

迎えの正使が明石まで来ておりました。

宮居《みやゐ》に着いた甥たちを見て女王はいたく喜ばれました。

二人を近くに招いて、しみじみと顔を見て、安堵《あんど》のため息を吐かれます。

「よくぞ生きていてくれた。よくぞ名乗り出てくれた」とヲタテと同じことを言われました。

「叔母様にお目にかかれて嬉しいかぎりです」とヲケが言います。

「まことに」とオケが続けます。

総体に弟の方がよく話し、兄は少し遠慮するところがあるように見受けました。性格の違いでしょうか。

「今まで何をしていたの？　そもそもどうして播磨にいたの？」とイヒトヨは畳みかけるように問われます。

「あの時、淡海《あふみ》へ狩りに出た父が帰ってきませんでした」とヲケが話します。「三日の後、同行した者が手傷を負って戻り、ワカタケルが父を殺したと申しました」

「しかしその場所も暗殺の仔細《しさい》も伝えることなく、その者は死にました」とオケが話を補います。

「父が殺されたと知って私たちはすぐに逃げました」と弟のヲケが言います。「誰を頼ろうか？　誰も信用できない。信じて頼ってワカタケルに通報されたら私たちは終わりです」

「手引きしてくれる者もないまま、ともかく西へ向かいました」と兄のオケ。

「世が世ならば大王の座に就くべきイチノヘノオシハの子、十七代イザホワケの孫、という身分は捨ててしまおう。名もない奴《やつこ》として生きていこうと決めました」

「幸い私たちは一人ではない。二人で力を合わせればなんとか生き延びられる、と話し合いました」

「まずは着ていた衣類を粗末なものや食べるものと取り換え、貧しい姿に身をやつして旅を続けました。行く先々で木の実・草の根を見つけて飢えを凌《しの》ぎ、時には運よく礫《つぶて》で兎を仕留めて焼いて食べました。夜は大きな木の下や洞穴で眠りました。月のある夜もあり、月のない夜もありました」

「田や畑の半端な仕事をして食べるものを貰《もら》うこともありました。弟は人前できちんと話ができるので信用されたのです」

「しかし一つところに長くはいないようにしました。ワカタケルが自分たちを探しているのはわかっていましたから、なるべく遠くへ行きたかった。大王《おほきみ》の力は絶大です。いつ見つかるかと不安に思う旅が続きました」

「そうして播磨まで行って、シジムの家に雇われることができたのです」

「仕事は馬甘《うまかひ》・牛甘《うしかひ》。ここで飼い葉や馬糞《ばふん》・牛糞《ぎゅうふん》、敷き藁《わら》にまみれて、顔を上げずいつも地面を見て暮らすならばたぶん見つかることはあるまい。そう二人で言って、それ以上は旅をやめたのです」

「ひっそりと静かに暮らし、やがて火の番に昇格しました」

「そう言えば、逃げる途中でおかしな男に会ったなあ」と弟のヲケが兄に言いました。

「ああ、あの男か」と兄のオケがうなずきます。

「山代《やましろ》の苅羽井《かりはゐ》というところまで逃げて、そこの川辺で乾飯《かれいひ》を食べようとしていると、顔に文身《いれずみ》のある老人が来て、剣を手に私たちを脅したのです」

「その乾飯を寄越せと言う」

「逃げる途中の私たちは怪しまれないよう武器など持っていなかったから、しかたなく乾飯を渡しました。別に一食分が惜しいわけではないが、無礼と強奪に腹が立った。そこで名を問うた」

「これは渡すが、それにしてもおまえは誰だ、と」

「すると相手は答えて、山代のヰカヒ（猪甘）だと言います。その名、しっかり覚えておくぞ、と言うと男は行ってしまった。あれは本当に名前だったのか、豚を飼うという仕事をそのまま名乗っただけなのか、わかりません」

「また会ったらただでは置かない」

「しかし、私たちはあの粗野な男が猪甘であったから、こういう仕事ならば下賤《げせん》の者として目立たないだろうと思った。だからシジムの家で馬甘・牛甘ならば雇うと言われて、これを受けたのです。そこまで身を落とすと決めて、それで今まで見つからずに済みました」

「あの後で玖須婆《くすば》という妙な名の土地を通ったね。尾籠《おこ》ながら、糞場《くそば》という意味であるのか」

「いえ、あれは糞袴《くそばかま》が縮まったものです」と私《わたくし》ヰトは口を挟みました。「十代の大王ミマキイリヒコイニヱ（御真木入日子印恵）の御代《みよ》、オホビコ（大日子）という者を遣わして王家に従わぬ者どもを退治しました。その時に負けて逃げた兵たちが川の渡し場まで行って、怯《おび》えるあまり袴に糞を漏らしたのです。それでその名になりました」

「そういうことだったのですか」とオケが言いました。

女王《をんなぎみ》イヒトヨがおもしろそうに聞いていました。

「それにしてもあなたはどなたですか?」とヲケが問いました。「まずあなたはヲタテと共に播磨のシジムのところに来た。そして今日はこうしてここにいらっしゃる。私たちの叔母である女王とも親しいようだ。どういう方なのですか?」

「その人はキト」とイヒトヨが言いました。「ヲタテを播磨に導いてあなたがたを見つけさせた。そういう力があるのです。私は統治にずいぶんキトの力を借りています。夢を見る力、鳥を操る力、未来を見る力を備えている。その力を私のため、國のために用いている」

「未来を見るは言い過ぎです。時に先を少しだけ透かし見るというくらい」と私はオケとヲケに申しました。「その一方、私は過去を整理して覚えることも職務としております。歴代の大王の名、それぞれの事績、系譜、その御代に起こったこと、海彼との行き来、みな記憶して次代に伝える」

「尊い仕事ですね」

「もう一つ申し上げておきます。私はワカタケルがあなたがたの父を殺すことに加担しました」

二人は表情を変えました。

「二人に一人という時でした。温厚にして円満なイチノヘノオシハ(市辺押歯)よりも粗暴で勢いのあるワカタケルの方がこの國を導くのにふさわしい、と考えたのです。私だけでなく葛城を除く豪族たちがそう考え、初代カムヤマトイハレビコ（神倭伊波礼毘古）もそう思われた。今は私は女王《をんなぎみ》の庇護《ひご》のもとにありますが、いずれはお二人のどちらかが大王になられる。その時に私を処罰なさろうというのなら、慎んでお受けいたします」

二人の王子《みこ》ヲケとオケはちょっとたじろぎました。

「それは後々のこと。今はまず私たちを見つけてくれた礼を言おう」と兄のオケが言いました。

「処罰などしようとすると、無数の鳥が飛来してこの人を守りますよ」と女王イヒトヨが笑いながら言いました。

「まさか。私事《わたくしごと》に鳥を使いはしません」

イヒトヨは本当に身を引くと言われます。

兄弟二人のどちらが王位を継ぐか、女王を交えて話す場に私も同席しました。

「長幼の序列というものがあるから兄さんが大王になるのがよいと思う」とヲケが言います。

「いや、シジムの館《やかた》の宴《うたげ》で、自分たちこそイチノヘノオシハの子と名乗ったのはおまえだ。そのおかげで私たちはこの場にいられる。おまえの方が大王になるのがふさわしいと思うよ」

「まあまあ、兄弟で王位を譲り合うなんて聖人君子のようですね」とイヒトヨがからかいました。

そう言えばシジムの館でも二人は歌の順番を譲り合っていた、と私は思い出しました。

そんな風にしてヲケが二十三代の大王と穏やかに決まりました。

やがて女王《をんなぎみ》イヒトヨは本当に身を引かれ、弟の方の王子ヲケが大王の座に就かれました。

滞りなく式典が行われ、大后《おほきさき》には石木《いはき》の王《みこ》の娘であるナニハノキミ（難波王）という方が選ばれました。

豪族たちもこぞって新しい大王を迎え、世は安泰となりました。それもこれも二十一代ワカタケルがこの國《くに》の形を整え、離反する者たちを平らげ、民草の暮らしを豊かにしておいたから、と私は思いましたが、もちろん口にはしませんでした。

即位から月の巡りにして二、三回を過ぎた頃、一人の老女がとぼとぼと宮居《みやゐ》を訪れました。貧しい身なりで口の利きようも田舎めいていたので警護の者は追い返そうとしました。奥にいた私はふっと何かに呼ばれた気がして、立って門のところに出ました。

「何の御用なの、お婆さん？」と尋ねます。

「淡海から参りました。新しい大王様の父上の御遺体のありかを知っております」という言葉を聞き出すのに小半時はかかりました。

これは重大事と中に伝えます。

老女は奥に導かれ、大王と兄のオケならびに私を前にして、たどたどしく思うところを述べました。

「私《わたくし》は、淡海の蚊屋野《かやの》というところに住む、至って賤《いや》しい、名もない者でございます」

その地名を聞いただけで兄弟二人は身を乗り出しました。そここそはワカタケルに誘われて父が狩りに行った先。

「あの日、立派な方々が狩り装束でおいでになり、林に向かわれました。鹿の多い年で、足だけを見ればまるで薄《すすき》の原のよう。角だけを見れば枯松《からまつ》の林のよう、とみなが申しておりました」

その言い回しも伝わっている。その言葉でワカタケルは従兄《いとこ》を誘ったのです。

「私は犬上《いぬがみ》の駅《はゆま》の近くに住んでおりました。夫が駅の馬甘でしたので」

この人の言うことは嘘ではない、褒美めあての虚言ではない、と聞いていた私は思いました。

「朝、騎馬で狩りに出ていった方たちが午後になって戻って来ました。鹿や猪などの獲物はない。その代わりに茅《かや》でくるんだ物を二つ運んで来ました。私は物陰からそれを見ておりました。茅の中は人の死骸《しがい》。それを馬の飼い葉を入れる馬槽《うまぶね》に二つ共に押し込み、近くの林の中に運んで、大きな穴を掘って埋めてしまいました」

大王ヲケも兄のオケも息を凝らして聞いております。

「しかも埋めた跡を平らに均《なら》してしまった。なにやら悪しきことが行われた。見てしまった私はそれと知られたら殺される。その場を離れることもできないまま最後まで物陰から見ておりました。幸い狩り装束の方々はそのまま行ってしまいました」

「その場所を覚えているか？」とオケが聞きます。

「はい。いつでもご案内できます」と老女は答えました。「しばらくして殺されたのはイチノヘノオシハ、殺したのはワカタケル、と噂に聞きました。やがてワカタケルは大《おほ》王《きみ》になられた」

「そうだ。その治世が長く続いたのだ」と今の大王のヲケが言われます。

「死んだ者を土に埋める時は、私どものような賤しい者でも塚を造って柱一本なりとも徴《しるし》を立てます。何もないままに埋められたお二人、無念であろうと思い、私の目が塚の徴となって覚えていようと心に決めました」

大王は実地に赴いて見聞するよう兄に頼みました。

当然、私キトも同道いたします。

場合によっては広大な範囲を掘らなければならないと思い、多くの下人が同行しました。それだけ大王も兄君も本気だったわけです。

広い大きな淡海を左に見て進むこと一日、犬上の駅まで来たところでその日は泊まりといたしました。

翌朝、あたりが明るくなるのを待って、老女の導きでその地を目指します。

駅から遠くないところで、老女は一本の高い櫟《くぬぎ》の木の脇に立ち、少し先にある別の櫟の木の方を見透かしました。それからそちらの木に向かってまっすぐ歩きます。口の中で何かつぶやいているのは歩数を数えているのでしょうか。

向こうに行き着くと身を返して戻り始め、あるところで足を止めました。

「ここです」と言う。

下人たちがそこを掘りました。

すると正にその位置に、まず木で造った何かの端が見え、掘り進めると朽ちかけた馬槽らしき物が出てきました。

オケ様は下人が手にした道具を奪って、その場に膝《ひざ》を突き、自ら馬槽を満たした泥を取り除いてゆきます。

やがて遺骸《いがい》とおぼしい物が見えてくる。

頭のところか、丸い骨でした。

オケ様はそこに手を当てて、ゆっくりと静かに泣き始めました。

ようやく、何十年かを経て、父に再会できたのです。

後は手下の者たちが手を貸して、遺骸をすっかり日のもとに晒《さら》しました。水を運んで清め、用意した柩《ひつぎ》に納めます。

老女の言うとおり遺骸は二体ありました。

「どちらかが父上、もう一方が主人を慕ってその場で死んだという佐伯部《さへきべ》のナカチコ（仲子）でしょう」と私《わたくし》は申しました。

しかし歳月を経ているので衣装も朽ち果ててどちらがどちらかわかりません。

結局、蚊屋野の東に同じ形の陵《みささぎ》を二基造り、それぞれに納めることにしました。陵戸《りょうこ》、すなわち陵の番人にはいちばん初めにワカタケルをこの地に誘ったカラブクロ（韓帒）の子孫を当てました。

大王ヲケはワカタケルに父を殺されて兄オケと共に逃げた日々のことをつらつら思い出しました。

山代の苅羽井というところまで行った時、顔に文身《いれずみ》をした奇妙な男に乾飯《かれいひ》を奪われた。名を名乗れと言うと「山代のヰカヒ（猪甘）だ」と言って去っていった。

あの男は許しがたい、と改めて大王は考えました。

人をやって探させると、果たしてその男が見つかった。これを飛鳥《あすか》川のほとりまで引き立て、斬《ざん》に処しました。その子らも足の腱《けん》を切って歩くのが難儀であるようにしました。それ故にこの一族は今も大和の国に行く時はわざわざ足が不自由なしぐさで参ります。

大王の復讐心《ふくしゅうしん》は更に募り、仇敵《きゅうてき》であるワカタケルその人に向けられました。とはいえこの人は二十数年の安定した治世を経て亡くなっている。

今は河内は大和川の南岸、丹比高鷲原の円い陵に眠っています。

死者を罰することはできない。

しかし大王は諦《あきら》めませんでした。

兄オケを呼び出して言うことには——

「吾《われ》らの父を殺したワカタケルの所業はまこと許しがたいと私は思う」

「私も同じ思いです」

「今となっては死んでいる者を罰することはできないが、しかしその名誉を奪って辱めることはできる」

「いかにして？」

「人を遣《や》って陵墓をすっかり毀《こぼ》ち、遺骸を引き出して日に晒す」

「なるほど。しかしそれは下人に任せて軽々にできることではありません。私が自ら赴きましょう」

これに私も同行することにしました。何が起こるか見なければと思いました。

たくさんの下人が従ったのは力仕事が多いと見込んだからのことでしょう。更に多くを現地で調達することになるかもしれない。本当に陵一つをすっかり壊すとなれば、これは何年もかかる大工事になるはずです。

その夜、河内に着いて宿営の官舎に入ると、オケ様は私を呼び出しました。

「何か御用で？」

「キト、おまえはどう考える？」

「何をですか？」

「私は弟ヲケの言うままにここまで来た。ワカタケルは吾らが父を殺した。騙《だま》し討ちにした。憎んでも余りある。そういう弟の思いは私の中にもある」

「そのお気持ちをお察し申し上げます、という資格が私にはありません。私は父上を殺したワカタケルのあの所業の加担者でした」

「知っている。ただ、なぜかあなたには憎しみが湧かない。それは弟も同じらしい。あなたは処罰も覚悟と言われたが、それを実行する気は吾らにはない」

「もう一度申し上げましょう。ワカタケルが即位すると同時に私は身を引きました。大王の治世のために先を読む、夢を見る、という職務を大后《おほきさき》ワカクサカに譲ったのです。大王になった後のワカタケルから私は距離を置きました」

「しかし吾らの治世に手を貸してくれている」

「ワカタケルが父上を殺した件について申し上げることはありません。一國《こく》に大王は一人。あの時、私はワカタケルを推すと決めました」

そう言ってから、その先を言うべきか否か、少しだけ迷いました。やはり話すしかない。

「ワカタケルが死んだ時のことをお話しします。これは今まで誰にも告げたことがありません。言わないまま終わるつもりでしたが、今、ここでだけは言ってよいかと思います」

　そこで私は深く息をしました。

「ワカタケルを殺したのは私です。死なせたのは」

　聞いている相手はわずかな驚きの目でこちらを見ています。

「あの時、大后ワカクサカと大王ワカタケルが前後して亡くなった。共に身罷《みまか》られた。かむあがりなされた。実際、数日の間のことでした。おかしいと思いませんか？」

「そう聞いている。たまたまそうなったとは思えない。しかし、誰もその間の事情を語ってはくれなかった」

「あの時期、ワカタケルは大王として勢いを失っていました。覇気がなく、ふるまいに乱れが見られる。これは一國の危機です。ワカクサカは憂慮して、いっそ自分が代わると言われた。戦乱の時には男が上に立つのがよいかもしれないが、平和の時には女の方がその座にふさわしい。この考えを、すべての始まりの日輪の神であるアマテラスと、かつて國《くに》が乱れた時にそれを収めた女王《をんなぎみ》ヒミコの霊が支援した。本当にそういうことが起こったのです」

「叔母《おば》のイヒトヨも女王だった」

「ワカクサカはいっそ自分を女王にした方が國のためによいと大王ワカタケルに言い、大王は激昂《げきこう》して大后を打ち据えようと高く手を挙げました。そこに、ワカクサカが大后になる前から飼っていた犬、ワカタケルが求婚に訪れた時に贈った犬、カラノと名付けられた犬が猛然と突進し、胸にぶつかり、大王《おほきみ》を突き倒したのです。怒った大王は傍らにいたヤマセから剣を取って犬を斬ろうとした。でも、その時、大王の前にいたのは犬ではなくて大后でした。そのつもりはなかったのでしょうが、大王はワカサクカを斬ってしまった。ことは内密のうちに処理され、大后は病死ということになりました。大王はすっかり気落ちして、亡霊のような姿になりましたが、しかし生きてはいた。その情けない姿を見るに見かねて、あるいは私の分身であるワカクサカを手に掛けたことがどうしても許しがたいと思って、私は祈りの力で、むしろ呪いの力で、見えない手を伸ばしてあの方の鼻と口をそっと塞《ふさ》いだのです」

オケ様は嘆息した。

「迷っていらっしゃいますね？」

「ああ、迷っている。弟の言うとおり遺骸を引きずり出すか。つまり死者を辱めるか。ワカタケルの陵をすっかり壊して、平らになるまで均《なら》してしまうか。あるいは静かに眠らせておくか」

「お恨みはわかります。父を謀殺され、ご自身は二人で播磨まで逃げられた。そこで長い間の苦労を味わわれた。しかし、私もまたこの件にはあまりに深く関わっております。今ここでどうなさるべきか、お貸しすべき知恵を持ち合わせません」

翌日、オケはワカタケルの陵を左手に見ながら掘割の外側から三度に亘《わた》って回りました。それからここを守る陵戸の者に舟を用意させて水を渡り、円い陵の頂まで登りました。

私はその姿を水を隔てたこちら側から見ておりました。

日が沈みかけるまでそこにいて、それから戻ってこられた。

その次の日、時の大王の兄であるオケは連れてきた下人たちに陵の隅の方をほんの形ばかり壊すよう命じました。

「これでよいのです。たしかにワカタケルへの恨みは深い。それは弟も私も変わらない。その一方、この方は私どもには父の従弟《いとこ》に当たる。身内であり、祖父十六代オホサザキ(大雀)を共にする親族なのです。しかもこの國をよく治めた大王であった。その統治によって國は栄え、民は喜んだ。こういう方を死して後に辱めるのは人倫に照らしてすべきことではない。戻って私は弟にそう言います。おそらくわかってくれるでしょう」

二十三代ヲケの英邁《えいまい》な統治のおかげで國の中は平穏でありました。後に記された文書には——

是《こ》の時《とき》に、天下《あめのした》、安《やす》く平《たひらか》にして、民《おほみたから》、徭役《さしつかひ》はるること無《な》し。歳比《とししきり》に登稔《としえ》て、百姓《おほみたから》殷《さかり》に富《と》めり。稲斛《いねひとさか》に銀銭一文《しろかねのぜにひとつ》をかふ。馬《うま》、野《の》に被《ほどこ》れり。

とあったほどです。すなわち――

天下は太平で、民草が酷使されることもなかった。穀物はよく実り、職を持つすべての人々が栄えた。米は高い値で売り買いされ、馬は野にあふれるほど。

しかし私《わたくし》が聞いたところではこれらの言葉はみな海彼の立派な史書からの引き写しであるとのこと。この國にはまだ美辞麗句が足りなかったのです。それだけ風紀は醇朴《じゅんぼく》であったとも言えるでしょう。

(こういう私は時の流れのどこにいるのでしょうか? まるでもう永遠の命を授かったかのよう。稗田《ひえだ》族というのは異種の者なのかもしれません。)

二十三代の大王ヲケは治世三年にして身罷りました。

その陵《みささぎ》は河内ではなく、大和の葛城に造られました。傍丘磐杯丘《かたをかのいはつきのをか》というところ。

兄オケが二十四代の大王として即位しました。

もともと后であったカスガ(春日)を大后としましたが、この方は二十一代ワカタケルの娘です。父を殺した岳父への恨みは消えたのか、格別に寵愛《ちょうあい》が深かったのか、あるいはこの方の母親が有力な和珥《わに》一族の出であることに配慮したのか。おそらくどれも当たっているでしょう。

この方は和珥のフカメ(深目)の娘。ワカタケルは一夜に七度姦《ななたびかん》して、そのまま忘れた。それで生まれたのがカスガでした。

この大王の治世も穏やかなものでした。

弟二十三代ヲケについて述べた文書を引いたのに倣えば――

八年の冬十月《ふゆかむなづき》に、百姓《おほみたから》の言《まう》さく、是《こ》の時《とき》に、國中《くにのうち》、事無《ことな》くして、吏《つかさ》、其《そ》の官《つかさ》に稱《かな》ふ。海内《あめのした》、仁《うつくしび》に歸《おもむ》き、民《おほみたから》、其《そ》の業《わざ》を安《やすみ》す、と。

統治八年目の冬十月、職を持つすべての者が言うには、國の中に難題は何もなく、官吏はそれぞれの持ち場にふさわしく働き、仁の精神は國の隅々に及び、民草もまたそれぞれの職務を安心して営んでいる、と。

二十三代弟のヲケの御代《みよ》は三年で終わりましたが、二十四代兄オケの統治は十一年に亘って続き、そこでかむあがりなされました。

振り返って見れば――

二十二代シラカ（白髪）　　五年
二十一代ワカタケル（若猛）　　二十三年

二十代アナホ（穴穂）　三年
十九代ワクゴ（若子）　四十二年
十八代ミヅハワケ（水歯別）　五年
十七代イザホワケ（伊邪本和気）　六年
十六代オホサザキ（大雀）　八十七年

それぞれに長い短いがあるものです。

そしてよい治世とそうではない治世がある。

二十四代兄オケ（意祁）には王子《みこ》は一人しかありませんでした。もう一人のマワカ（真若）は夭折《ようせつ》してこの世にはいない。

従って次の大王はワカサザキ（若雀）と前から決まっておりました。

私キトがはっきり申し上げますが、即位して二十五代大王となったワカサザキは最悪の大王でした。

まず裁きが好きで、罪人とおぼしい者を問い詰めて罪を白状させ、刑罰を与えるのを喜ぶ。たとえ罪なくとも人は痛めつければ何かを口にします。それをもって罪あるものと見なす。疑われることはすでに罪なのです。

そしてただに罰するだけでなく、さまざまな酷《むご》い罰を考え出して、それが実行されるのを見て楽しみました。

人が悶《もだ》え苦しむのを見るのが好きで、血を見るのも好きという性分でした。

それ故に時には刑罰でなくただ己《おのれ》の悦楽のために人を殺しました。

下人を木に登らせて、高くまで行ったところでその木《き》を伐る。

あるいは同じように人を木に登らせて、下から矢を射かける。当たって落ちて死ぬのを見る。

人の爪を剝《は》いでおいて、その手で山芋を掘らせる。

池の堤に穿《うが》った流路に人を流し込み、反対側から出てくるところを三つ叉《また》の矛で刺し殺す。

更には、炮烙《ほうらく》と称する仕掛けまで作らせようとしました。

これははるか遠い昔の海彼、殷《いん》という王朝の紂《ちゅう》という帝《みかど》が考案したと古書にあるもので、まず空中高くに油を塗った銅の棒を差し渡し、その下で盛大に火を焚《た》きます。人をしてそこを渡らしめ、滑って落ちれば火の中。その必死の様を紂は愛妃であった妲己《だっき》と共に笑い転げて見ていたという。

さすがにこれは周囲が止めました。大伴のカナムラ（金村）が、そこまでしては豪族たちも百官百僚も民草もあなたを見放すと申しました。弑逆《しいぎゃく》さえあり得る。

ワカサザキは思いとどまりました。

臣下の諫《いさ》めを聞き入れたわけですが、もう一つ、共にこれを楽しむ愛妃がいなかったのも理由だったかもしれません。

紂には妲己という稀代《きたい》の悪女が脇におりました。

ワカサザキには愛妃はなく、そもそも愛した女はいませんでした。大后《おほきさき》は春日《かすが》氏の女《むすめ》を入れましたが、しかしこの二人、どうやら一度も共寝をしたことがないらしい。

そういう噂が聞こえてきました。

大王《おほきみ》はどんな女ともまぐわいをなさらないらしい。かと言って見目のよい若い男がお好みというわけでもない。

心底から人というものを憎んでいる。

だから人が苦しむところを好んで見る。

とりわけ女を憎むこと、ひとかたではありませんでした。

妊婦を捕らえ、腹を割って胎児を取り出す。無論、母子共に死にます。

そういう所業が伝えられました。

女たちを集めて、目の前で盛りのついた雌雄の馬にことを行わせる。見せつけた後で一人一人のホトに手を入れて調べ、潤っている者は淫乱《いんらん》と見なして殺す。残るのはホトの乾いた女ばかり。それを身近で使う。

ある時、例によって大王ワカサザキは女たちを集めて馬のまぐわいを見せつけました。

事後に女たちのホトを調べることを命じられた兵士の一人が「乾!」と大声で言った後でわずかに笑みを漏らしたのを大王は見逃しませんでした。

「指を出してみろ」と大王は言います。

兵は指を出し、それを大王が摑《つか》む。

「これは乾ではない。潤だ。なぜ嘘をついた？」

返事なし。うつむくばかり。

「見逃せと囁《ささや》かれたのだろう。そうすれば後でまぐわいをすると」

兵は黙し、女は震えています。

「では許してやろう。今この場でこの女を姦してみよ」

果たして怯《おび》え切った男にそんなことができるものか。

若い兵は女に近づき、抱き留め、胸をまさぐり、衣類をまくり上げてついさっき自分が検分したホトに手を伸べました。

それからそっとその場に寝かし、脚を広げさせ、その間に跪《ひざまず》きます。

そして自分の着たものの前をまくって、隆々たる陽根を取り出し、女のホトに深々と差し込みました。

そして悠然と腰を動かし始めた。

その動きが次第に速くなり、嫋嫋《じょうじょう》たる女の声が高まって天にも届くよがり声となった時、大王は傍らにいた警備の兵の矛を取って、まぐわう二人の背中から地面まで刺し通した。

二人は喜悦の頂点で果てました。

人々は若い兵の偉業に密《ひそ》かに賛嘆のため息を漏らしました。

殺しはしたものの、これは大王の敗北、若い兵と女の勝利でした。イザナキとイザナミの初めのまぐわい以来、この國《くに》は男と女の腰の力によって動かされてきた。

それがまた明らかになり、大王は取り残された。

二十一代ワカタケルと二十五代ワカサザキ、似ているようでまるで違います。ワカタケルはよく下人を斬りました。しかしそれはいつも短慮の結果、かっとなっての所業で、脇からそれを唆したのが青い男でした。

たしかにワカタケルは粗暴でした。

それに対して、ワカサザキは生まれついて邪悪でした。

悪逆非道、大王にはふさわしくない人物でした。

しかし、王位を支える豪族たちはこの大王を降ろそうとはしませんでした。なぜならば日継ぎの王子《みこ》がいなかったから。

次の大王となる子がなかったから。

ワカサザキは女と寝ない。女を相手になすべきことができない。

大后はいても形ばかり。

それでは子は生まれません。

豪族のどれかが、大伴なり物部なり和珥なり紀なりに他をすべて圧倒する力があれば、あるいは簒奪《さんだつ》を考えたかもしれません。しかし誰もそこまで踏み切る気概と力はなかった。

彼らは蜂起《ほうき》した後の國の乱れを知らないほど愚かではありませんでした。この國はそこまで成熟していたとも言えます。

だからワカサザキの悪行に眉《まゆ》をひそめつつ、ただ待っておりました。しかし、何を待っていたのか。

治世八年目にして二十五代大王ワカサザキは、誰にも弑されることなく、かりそめの病で身罷《みまか》りました。

この方の場合は「みまかられた」であり「亡くなられた」であっても、「かむあがりなされた」という大王にふさわしい敬語を使うことは憚《はばか》られる。みながみな、そう思ったことでした。

そして日継ぎの王子はいない。

大王の空位は世を乱します。

すぐに大伴のカナムラの発議で十四代タラシナカツヒコ（帯中津日子）の五世の子孫に当たるヤマトヒコ（倭彦）という方が選ばれましたが、迎えに赴いた兵たちを見ただけで山に逃げ込んで以後は姿を見せない。

再びの衆議でヲホド（袁本杼）という方が次代の大王に選ばれました。

二十六代の大王となるヲホドははるか遠くから来ました。

まず大王になる資格ありとして探して見つかったところが大和や河内や、淡海からさえずっと北、高志《こし》の国でした。山々を越した先にあるからこの名があるほどの遠隔の地。

それ以上に王統への縁《えにし》が遠い。十五代ホムタワケ（品陀和気）の子の子の子の子だというのです。そこまで遡《さかのぼ》らないと血が繋《つな》がらない。

十六代オホサザキ（大雀）から二十五代ワカサザキ（若雀）まで、大王にして十代を数えますが、十七、十八、十九はみなオホサザキの子で兄弟同士、十九代の子が二十代と二十一代でこれも兄弟、二十一代の子が二十二代、二十三代と二十四代は十七代の孫で、二十四代の子が二十五代。

ずっと血は繋がってきたのです。

しかもここに葛城一統の女たちの血が濃く混じる。

十六代オホサザキの大后イハノヒメ（石之日売）も、十七代の大后クロヒメ（黒比売）も、二十一代の后カラヒメ（韓媛）も葛城の出であり、この女たちが産んだ子や孫の実に六名が大王になったのです。

つまりこの間は王統と葛城一統を二本の柱とする世であったと言ってよい。豪族たちはもっぱらこれを支え、時に思い上がった者が叛逆《はんぎゃく》を試みては滅ぼされ、ぜんたいとしては安泰のうちに國の形態が造られ、経営されてきた。

そしてそれが終わった。

偉大な大王とされた十六代オホサザキに始まって暗愚の極みと呼ばれた二十五代ワカサザキで終焉《しゅうえん》した。すべてはこの二羽の雀《サザキ》の間の栄華でした。

その中頃あたりに現れて、最も大きく國を伸ばし、盛り立てたのが二十一代ワカタケルであった、と私《わたくし》は、ヲホドという見知らぬ方の即位を聞きながら思ったことでした。

人の世はこのようにして変わってゆくのでしょう。

キトも老いました。

私はもう鳥は飛ばさず、夢を見ることも減りました。

それでも稀《まれ》に、ふっと先のことが見えるという時が訪れます。ああ、そうなるのかと納得してため息を吐きます。

私の分身、大后ワカクサカは國を治めるのには女王《をんなぎみ》の方がふさわしいと言っておりました。

今から十何代か先には七年に亘《わた》って世を統べる立派な女王が出られる、と誰かが私に囁きます。権謀術数、男まさり。しかしたしかに女である。

ワカクサカはまた、海彼の百済や新羅に兵を送るのは得策ではないとも言われました。この國はここだけでまとまっている。渡来の文物や賢者は歓迎するし、物産を送って対価でよき物を購《あがな》うのもよい。しかし出兵は控えた方がよろしい。

先に述べた女王が即位する一世代ほど前、この國《やまと》の兵は百済と共に新羅・唐《とう》の連合軍と戦い、徹底的に敗れるでしょう。百済は滅び、倭は任那を失い、以後は島の中でおとなしくしているようになるでしょう。

そういうことを記すのは私ではなく、私を継いで稗田姓《ひえだの》を負う女たち。私はきちんと次の継承者を見つけて、何年もかけて知るところを教え、心構えを教えました。後は大丈夫。


ワカタケルの魂《たま》はどこにおられるか？

国つ神となってこの初瀬の山野に今も住んでいるか、あるいは初代カムヤマトイハレビコに導かれて天つ神となり、彼方《かなた》へ行ってしまわれたか。

それがわかるのは私が亡くなって向こうに渡った時。

もう間もなくのことでしょう。

解説

上《うえ》野《の》　誠《まこと》（國學院大學教授〔特別専任〕）

泊瀬《はつせ》の朝倉《あさくら》の宮に天《あめ》の下《した》知らしめしし天皇《すめらみこと》の御代《みよ》〔大泊瀬稚武《おほはつせわかたける》の天皇〕

天皇の御製歌《おほみうた》

籠《こ》もよ　み籠《こ》持ち
掘串《ふくし》もよ　み掘串《ふくし》もち
この丘《をか》に　菜《な》摘《つ》ます子
家《いへ》告らせ　名《な》告らさね
そらみつ　倭《やまと》の国《くに》は
おしなべて　我《われ》こそ居《を》れ
しきなべて　我《われ》こそ座《ま》せ
われこそは　告《の》らめ
家《いへ》をも名《な》をも

雄略《ゆうりゃく》天皇の御製歌
籠《かご》も　まぁまぁ立派な籠を持ってね
箆《へら》も　まぁまぁ立派な箆を持ってね
この丘で　若菜を摘んでいらっしゃる娘さん方……
家をおっしゃいな　名前をおっしゃいな
そらみつ　この大和の国はね
すべての上に　私が君臨しているのだよ
すみずみまで　私が治めているのだよ
だからね　私の方から　まず名告《なの》ろう
家のことも ね　名前のこともね――

なんという牧歌的な歌か。大和《やまと》に春を告げる若菜摘みという行事に訪れたワカタケル。ワカタケルは、その若菜摘みの少女たちに、声をかける。「よい籠を持って、よい箆を持って」と。そして、結婚を申し込むのである。男性が、女性に対して、家と名前を聞くことは古代社会においては、結婚を申し込むことであった。

娘たちは答えない。ならば俺の方から名告ろうと、自らの家のこと、自らの名前のいわれを語ると、ワカタケルは、その家系と名前を語ったのであった。

このワカタケルという人物こそ、奈良時代の後半からは、雄略天皇と呼ばれた人物である。「タケル」とは、猛々《たけだけ》しい、強い男という意味だが、若々しいという意を添える接続語「ワカ」を冠すれば、「ワカタケル」となる。さらに、ワカタケルが政治を行なった宮の場所を冠して、大泊瀬の朝倉宮を冠することもある。この地は、奈良県桜井《さくらい》市三輪山《みわやま》の麓《ふもと》だ。長谷寺《はせでら》は、この地に建立されることになる。「泊瀬」すなわち「ハッセ」は、後の「ハセ」なのだ。

本小説によって、池澤が描き出したのは、国土を統一し、大和の統治者となったワカタケルの光と影である。こうまでしなくては、日本の統一はできなかったのだという古代国家成立の闇である、と思う。単行本を一読した私は、ふとこんな言葉とともに溜《た》め息を吐いた。

はぁ、池澤さんは、こう見たのかぁ……であった。

そして、今、当該文庫の解説を書くにあたり、再読して次のようなことを思っている。いかなる政治家も、善人であり、大悪党である。今日、われわれは、民主国家を標榜《ひょうぼう》しているし、政治は国民の福祉のために行なわれているはずだ。ところが、である。悪名高き独裁者も、同じ思いかもしれないのである。一方的に誰かをヒーローにし、誰かを大悪党にすれば話はわかりやすくなるかもしれないけれど、事実はそれほど単純ではない。国家を担う政治家になるということは、その国家の抱える闇の部分をも、自らの心の内に抱え込むということなのだから。

二人の兄、シロヒコとクロヒコを殺し、大王の位に就くワカタケル。では、兄のうちひとりが逆に即位したとしよう。そうなれば、自分の方が殺されてしまうということなのだ。私は、その心の闇こそが、ワカタケルの国家統一の原動力になっていった、との小説を読んで考えた。いや、この小説の起点は、ここにあるのだ。

ワカタケルのことを、後に「大悪天皇《だいあく》」とも称したのには、二つの理由がある。一つは、人倫にもとる行為をしたということ。もう一つは、大悪党と呼ばれるほどの偉大なる力を持っていたということである（もちろん、それは表裏一体）。『日本書紀』は、直情径行であるがゆえに、誤って人を殺すこともあったと記している。八世紀の人びとは、五世紀のワカタケルについて、そういう人物評価を下していたのであった。

池澤の筆は、私の読解の限りでは、次の点に力点を置いて、ワカタケルの心の闇を描いているように思う。一つは、その大きさである。これほどの大きさがなくては、国家統一などできないだろうと私は思った。もう一つは、生き延びるために行なった行為。その行為がもたらす負の側面が、次々に彼の人生にのし掛かってくるのだ。仏教語では、因果応報ということだろうが、因と果が直結するほど世の中は単純ではない。

とある若手の経営者たちの団体で、講演をして、一日興じたことがかつてあった。有名な部品メーカーの若社長の言葉が、今も印象に残っている。

上野さん。学問というものには、正解はあるかもしれませんが、経営というものは、何が正しくて、何が正しくなかったのか、その正解がないように思うんですよ。特定の経営判断によって、三年後に大きな利益を得たことが、その次の十年に、会社と社員の幸福に繋《つな》がっているかどうか、わからないんです。だから、何が善で、何が悪か、よくわかりません。

というのである。今、しみじみとこの言葉を思い出している。

次に、この小説の隠し味について言及しておこう。たぶん、古代の神話や、歴史を好きな人ならすぐに気付くはずだ。「ワカタケル」は、大王として国土を統一した英雄だが、もうひとり「タケル」と称する人物が、古代にはいる。「ヤマトタケル」である。「ヤマト」は、現在の奈良県天理《てんり》市の新泉町《にいずみちょう》を中心とする小地域名だが、この勢力が現在の奈良県、近畿《きんき》地方を徐々に制圧してゆき、国土統一を果たしてゆくことになる。

じつは、二人の「タケル」は、二人にして一人、一人にして二人という関係性を持っている。ヤマトタケルは、皇子として、西の諸豪族と対決し、東の諸豪族を制圧してゆく人物だ。そして、その途時に斃《たお》れた悲劇の皇子である。よく考えてみると、

ワカタケル↓皇子間の戦い・外交
ヤマトタケル↓地域の諸豪族との戦い

という役割分担があって、おそらく、国土統一に関して存在していた諸伝承を、二分割して、ワカタケルとヤマトタケルの伝記に負わせているのである。この分割は、じつに巧妙である。ワカタケルは、大王位に就いた人物。ヤマトタケルは、大王位に就かなか

った人物となっている。大王位に就いた人物の汗と血、大王位に就かなかった人物の汗と血があってこそ、全国統一はなされたのであるから、うまく役割分担ができているのである。『古事記』『日本書紀』を通して、今日、われわれは、国土統一に関わる伝えを、二つの汗と血の物語によって読むことができるのである。

おそらく、池澤は、この役割分担を知った上で、ワカタケル像の中にヤマトタケル像を潜り込ませている、と思っている。ただし、私はこのことを池澤に逢《あ》って直接尋ねたくはない。レストランの厨房《ちゅうぼう》に土足でずかずかと押し入って、食材と調味料をメモすることは、下品この上ない行為であると思うからである。ただし、もし、池澤が筆の趣くままに、書いてそうなったとしたら、学問知ではなく、作家の想像力の勝利ということになろう。ここは、文庫本の読者も、楽しんで読んでほしいし、検証してほしい。

じつは、『風土記』の一部には、「ヤマトタケル天皇」と大王になったかのごとくに記されている。これは、『古事記』『日本書紀』の元になった「帝紀」によって、ワカタケルとヤマトタケルの二人の人物に国土統一の伝承が整理されたのだが、整理以前の伝承が地方に残っていたからだ、と推測されているのである。

この数年、文壇では、古典ブームが巻き起こっている。高樹《たかぎ》のぶ子《こ》は、『日本霊異記』『伊勢物語』をもとにした長編小説に取り組み、町田《まちだ》康《こう》もファンキーな文体の『古事記』口訳をものしている。安部《あべ》龍太郎《りゅうたろう》は、阿倍仲麻呂《あべのなかまろ》だ——。もちろん、それらは、谷崎潤《たにざきじゅん》一郎源氏《いちろうげんじ》、円地《えんち》文子《ふみこ》源氏、瀬戸内寂聴《せとうちじゃくちょう》源氏などに代表される円熟作家の古典回帰に範があることは、間違いない。けれども、歴史小説というものは、長い準備期間が必要なので、おいそれと書けるものではない。やはり、起爆剤が必要なのである。

じつは、この火つけ役こそ、池澤その人であった。池澤夏樹＝個人編の『日本文学全集』に、角田光代《かくたみつよ》の『源氏物語』など、今、脂が乗りきっている作家たちに、古典の新訳を促したのは、池澤夏樹なのであった。今、われわれは、その果実の一部を、この文庫で味わうことができるのである。

最後に、最初にわざわざ『万葉集』のワカタケルの巻頭歌を示した理由を説明しておきたい（といっても、賢明なる読者には、いわずもがなであるが——）。

ミレーの一幅の絵を見るような抒情歌《じょじょうか》と、「大悪」と称されたワカタケル。その伝は、一見結びつかないように見える。しかし、そうではない。一人の人物の心のうちにも、光と影があり、どす黒い闇も存在するのである。だからこそ、大きな仕事もできるのである。

いいよ。いいよ。俺から名告るよ。
家のこともね。名前のこともね。
俺はね。この大和を治めている
ワカタケルという者だ。
自分でいうのもなんだが、この大和は

ぜんぶ、俺さまが治めている。

泊瀬の朝倉の宮にいて、
強い男だから、大泊瀬のワカタケルと人は呼んでる。が……。

できたら、宮殿においでよ。

俺の妻のひとりにならんかねぇ……。

こんな男があんなことしたなんて……、という謎解きが、この本では具体的になされているのである。

三六六―三六八ページの「上表文」の和訳は井上光貞『宋書倭国伝』に依るものです。

本書は、二〇二〇年九月に日本経済新聞出版より刊行された単行本を加筆修正のうえ、文庫化したものです。

ワカタケル

池澤《いけざわ》夏樹《なつき》

令和５年 ９月25日　初版発行

発行者●山下直久

発行●株式会社KADOKAWA
〒102-8177　東京都千代田区富士見2-13-3
電話　0570-002-301（ナビダイヤル）

角川文庫 23803

印刷所●株式会社暁印刷
製本所●本間製本株式会社

表紙画●和田三造

●お問い合わせ
https://www.kadokawa.co.jp/（「お問い合わせ」へお進みください）
※内容によっては、お答えできない場合があります。
※サポートは日本国内のみとさせていただきます。
※Japanese text only

ISBN 978-4-04-107671-2　C0193

◇◇◇

角川文庫発刊に際して

角川源義

第二次世界大戦の敗北は、軍事力の敗北であった以上に、私たちの若い文化力の敗退であった。私たちの文化が戦争に対して如何に無力であり、単なるあだ花に過ぎなかったかを、私たちは身を以て体験し痛感した。西洋近代文化の摂取にとって、明治以後八十年の歳月は決して短かすぎたとは言えない。にもかかわらず、近代文化の伝統を確立し、自由な批判と柔軟な良識に富む文化層として自らを形成することに私たちは失敗して来た。そしてこれは、各層への文化の普及滲透を任務とする出版人の責任でもあった。

一九四五年以来、私たちは再び振出しに戻り、第一歩から踏み出すことを余儀なくされた。これは大きな不幸ではあるが、反面、これまでの混沌・未熟・歪曲の中にあった我が国の文化に秩序と確たる基礎を齎らすためには絶好の機会でもある。角川書店は、このような祖国の文化的危機にあたり、微力をも顧みず再建の礎石たるべき抱負と決意とをもって出発したが、ここに創立以来の念願を果すべく角川文庫を発刊する。これまで刊行されたあらゆる全集叢書文庫類の長所と短所とを検討し、古今東西の不朽の典籍を、良心的編集のもとに、廉価に、そして書架にふさわしい美本として、多くのひとびとに提供しようとする。しかし私たちは徒らに百科全書的な知識のジレッタントを作ることを目的とせず、あくまで祖国の文化に秩序と再建への道を示し、この文庫を角川書店の栄ある事業として、今後永久に継続発展せしめ、学芸と教養との殿堂として大成せんことを期したい。多くの読書子の愛情ある忠言と支持とによって、この希望と抱負とを完遂せしめられんことを願う。

一九四九年五月三日

角川文庫ベストセラー

角川文庫ベストセラー

キトラ・ボックス　池澤夏樹

考古学者の三次郎は奈良山中で古代の鏡と剣に巡り合う。剣はキトラ古墳から持ち出されたのか。ウイグル出身の研究者・可敦と謎を追ううち何者かに襲われた可敦を救うため三次郎は昔の恋人の美汐に協力を求める。

落下する夕方　江國香織

別れた恋人の新しい恋人が、突然乗り込んできて、同居をはじめた。梨果にとって、いとおしいのは健悟なのに、彼は新しい恋人に会いにやってくる。新世代のスピリッツと空気感溢れる、リリカル・ストーリー。

泣かない子供　江國香織

子供から少女へ、少女から女へ……時を飛び越えて浮かんでは留まる遠近の記憶、あやふやに揺れる季節の中でも変わらぬ周囲へのまなざし。こだわりの時間を柔らかに、せつなく描いたエッセイ集。

冷静と情熱のあいだ　Ｒｏｓｓｏ　江國香織

２０００年５月25日ミラノのドゥオモで再会を約したかつての恋人たち。江國香織、辻仁成が同じ物語をそれぞれ女の視点、男の視点で描く甘く切ない恋愛小説。

泣く大人　江國香織

夫、愛犬、男友達、旅、本にまつわる思い……刻一刻と姿を変える、さざなみのような日々の生活の積み重ねを、簡潔な洗練を重ねた文章で綴る。大人がほっとできるような、上質のエッセイ集。

角川文庫ベストセラー

はだかんぼうたち　江國香織

9歳年下の鯖崎と付き合う桃。母の和枝を急に亡くした、桃の親友の響子。桃がいながらも響子に接近する鯖崎……〝誰かを求める〟思いにあまりに素直な男女たち＝〝はだかんぼうたち〟のたどり着く地とは——。

あかん男　田辺聖子

奥ゆかしくやさしいニッポンの女を求めてさすらう、禿げの独身男の淡い希望と嘆きを描いた表題作ほか6篇。人生の悲喜劇を巧みなユーモアに包み、ほろりとさせる、かと思えばクスクス笑いを誘う作品集。

ほとけの心は妻ごころ　田辺聖子

家ではよくしゃべるが外ではおとなしい夫。勘定に細かく、会社でのあだ名は「カンコマ」。中年にもなって美貌が自慢で妻を野獣呼ばわり。オロカな夫を見つめる妻の日常を、鋭い筆致とユーモアで描く10篇。

むかし・あけぼの（上）（下）　田辺聖子

美しいばかりでなく、朗らかで才能も豊か。希な女主人の定子中宮に仕えての宮中暮らしは、家にひきこもっていた清少納言の心を潤した。平成の才女の綴った随想『枕草子』を、現代語で物語る大長編小説。

おちくぼ姫　田辺聖子

貴族のお姫さまなのに意地悪い継母に育てられ、召使い同然、粗末な身なりで一日中縫い物をさせられている、おちくぼ姫と青年貴公子のラブ・ストーリー。千年も昔の日本で書かれた、王朝版シンデレラ物語。

角川文庫ベストセラー

ジョゼと虎と魚たち　田辺聖子

車椅子がないと動けない人形のようなジョゼと、管理人の恒夫。どこかあやうく、不思議にエロティックな関係を描く表題作のほか、さまざまな愛と別れを描いた短篇八篇を収録した、珠玉の作品集。

クレシェンド　竹本健治

ゲームソフトの開発に携わる矢木沢は、ある日を境に激しい幻覚に苦しめられるようになる。幻覚は次第に進化し古事記に酷似したものとなっていく。『涙香迷宮』の鬼才・竹本健治が描く恐怖のメカニズム。

腐蝕の惑星　竹本健治

最初は正体不明の黒い影だった。そして繰り返し襲ってくる悪夢。航宙士試験に合格したティナの周囲に起こる奇妙な異変。『涙香迷宮』の著者による、入手困難だった名作SFがついに復刊！

閉じ箱　竹本健治

幻想小説、ミステリ、アイデンティティの崩壊を描いたアンチミステリ、SFなど多岐のジャンルに及ぶ竹本健治の初期作品を集めた、ファン待望の短篇集、ついに復刊！

フォア・フォーズの素数　竹本健治

『涙香迷宮』の主役牧場智久の名作「チェス殺人事件」やトリック芸者の『メニエル氏病』など珠玉の13篇。『匣の中の失楽』から『涙香迷宮』まで40年。ついに復刊される珠玉の短篇集！

角川文庫ベストセラー

乱灯　江戸影絵（上）（下）　松本清張

江戸城の目安箱に入れられた一通の書面。それを読んだ将軍徳川吉宗は大岡越前守に探索を命じるが、その最中に芝の寺の尼僧が殺され、旗本大久保家の存在が浮上する。将軍家世嗣をめぐる思惑。本格歴史長編。

夜の足音　短篇時代小説選　松本清張

無宿人の竜助は、岡っ引きの粂吉から奇妙な仕事を持ちかけられる。離縁になった若妻の夜の相手をしろという。表題作の他、「噂始末」「三人の留守居役」「破談変異」「廃物」「背伸び」の、時代小説計6編。

落差（上）（下）　新装版　松本清張

日本史教科書編纂の分野で名を馳せる島地章吾助教授は、学生時代の友人の妻などに浮気心を働かせていた。教科書出版社の思惑にうまく乗り、島地は自分の欲望のまま人生を謳歌していたのだが……社会派長編。

或る「小倉日記」伝　松本清張

史実に残らない小倉在住時代の森鷗外の足跡を、歳月をかけひたむきに調査する田上とその母の苦難。芥川賞受賞の表題作の他、「父系の指」「菊枕」「笛壺」「石の骨」「断碑」の、代表作計6編を収録。

葦の浮船　新装版　松本清張

某大学の国史科に勤める小関は、出世株である同僚の折戸に比べ風采が上らない。好色な折戸は、小関が親密にする女性にまで歩み寄るが……大学内の派閥争いと2人の男たちの愛憎を描いた、松本清張の野心作！

角川文庫ベストセラー